DER FALL DES GRAZER KÖNIGS

TS WELT TEIL 7

NOREIA

KAISERWALD

SCHREINLECHNER NIKI

Robert Preis wurde 1972 in Graz geboren. Nach dem Publizistik- und Ethnologiestudium in Wien lebt er heute mit seiner Familie wieder in der Nähe seiner Heimatstadt. Er ist Journalist, Autor zahlreicher Romane und Sachbücher sowie Initiator des FINE CRIMEKrimifestival™ in Graz.
www.robertpreis.com

Dieses Buch ist ein Roman. Handlungen und Personen sind frei erfunden. Ähnlichkeiten mit lebenden oder toten Personen sind nicht gewollt und rein zufällig.
Auf Seite 286 befindet sich ein Glossar.

ROBERT PREIS

DER FALL DES GRAZER KÖNIGS

Kriminalroman

emons:

Bibliografische Information der Deutschen Nationalbibliothek
Die Deutsche Nationalbibliothek verzeichnet diese Publikation
in der Deutschen Nationalbibliografie; detaillierte bibliografische
Daten sind im Internet über http://dnb.d-nb.de abrufbar.

© Emons Verlag GmbH
Alle Rechte vorbehalten
Umschlagmotiv und Karte S. 2/3: Niki Schreinlechner,
www.nikischreinlechner.at
Umschlaggestaltung: Nina Schäfer, nach einem Konzept
von Leonardo Magrelli und Nina Schäfer
Umsetzung: Tobias Doetsch
Gestaltung Innenteil: DÜDE Satz und Grafik, Odenthal
Lektorat: Susanne Bartel
Druck und Bindung: CPI – Clausen & Bosse, Leck
Printed in Germany 2021
ISBN 978-3-7408-1142-6
Originalausgabe

Unser Newsletter informiert Sie
regelmäßig über Neues von emons:
Kostenlos bestellen unter
www.emons-verlag.de

Für

die Schmidis.
»Brauch ma net reden!«

Prolog

113 v. Chr., Noreia

Wolken zogen auf. Das Blättermeer des Waldes rauschte im Wind, der dem Gewitter vorauseilte. Doch noch achtete niemand darauf. Nichts als das tobende Geschrei Tausender und Abertausender war zu hören. Großer Helden, die im Dreck lagen und elend verreckten.

Selten wurde ein Gewitter so sehr herbeigesehnt wie an diesem Nachmittag. Allein es kam zu spät. Bis zuletzt hielt es der römische Konsul Gaius Papirius Carbo für undenkbar, dass dieser Tag sein letzter als großer Heerführer sein sollte. Seine Soldaten waren Richtung Norden gelaufen, um den Germanen in den Rücken zu fallen und sie über die Berge und hinaus aus Noricum zu drängen.

Doch es kam anders. Carbo machte mit dem berüchtigten »Furor teutonicus« Bekanntschaft, der teutonischen Raserei, und sah sich plötzlich mit einer ihnen zahlenmäßig zehnfach überlegenen Horde aus brüllenden Ungetümen konfrontiert. In der schwülen Nachmittagshitze durchbrachen die Riesen mit den zotteligen Bärten bald die starre römische Schlachtformation und hatten kein Mitleid. Mit ihren Keulen und Äxten schlugen sie um sich wie von allen Göttern verlassen, und selbst die Schwerverwundeten unter ihnen hieben noch auf ihre Gegner ein, bis sie ihnen schließlich die Gliedmaßen halb vom Leib gehackt hatten. Es war schlimmer als alle Geschichten, die Carbo über diese Völker gehört hatte. Die Geschichten, die von Grauen und unaussprechlichen Gewaltorgien erzählten.

Die Stämme der Kimbern und Ambronen waren aus Nordjütland vor einer Sturmflut geflohen. Ihrem Zug hatte sich der Stamm der Teutonen angeschlossen, und gemeinsam begannen sie, sich durch die mährische Pforte zu rauben. So zogen die Germanen wie eine Plage bis in den Alpenraum, ins Regnum Noricum, ein Königreich von dreizehn keltischen Stämmen, das sich großteils im heutigen Kärnten und in der Steiermark befand. Die dort lebenden Älpler waren zwar ein hartgesottener Menschenschlag, gegen die kriegserprobten und zahlenmäßig weit überlegenen Fremden aber machtlos.

Dass nun ausgerechnet dieses friedliche Noricum in Gefahr war, war den Römern Grund genug, eine gewaltige Armee nach Norden zu entsenden. Hunderte Reiter und Tausende schwer bewaffneter Fußsoldaten, die unter dem Kommando des Konsuls Carbo marschierten, sollten sich gegen die germanische Übermacht stemmen.

Vor der vernichtenden Schlacht hatte Carbo mit den in Felle gehüllten nordländischen Fürsten Boiorix und Teutobod so lange verhandelt, bis diese tatsächlich versprochen hatten, weiterzuziehen. Aber die Römer hatten eine List geplant. Für die Rückkehr zu ihrem Lager in der befestigten Keltenstadt Noreia wurden den Germanen ortskundige Älpler zur Seite gestellt, Taurisker, die sie auf Umwege leiten sollten. Die Römer hingegen nahmen den direkten Weg. Carbo wollte die wilde Horde aus dem Norden ihrer Lebensgrundlage berauben, ihre Frauen und Kinder, die Alten und Schwachen ermorden und Noreia einnehmen. Zurück sollten nur mehr seelenlose Wilde bleiben, deren Lebenswille bald erlöschen würde.

Doch Noreia fiel nicht.

Stattdessen fanden sich die Römer ihrerseits in einer Falle wieder, da sie alle Warnungen in den Wind geschlagen hatten. Niemals könnten die Germanen mit mehr als dreihunderttausend Menschen – Kindern, Frauen, Alten und Kriegern – quer durch Europa ziehen, hatten sie gedacht. Und niemals könnte das römische Heer besiegt werden. Davon waren sie überzeugt gewesen.

Die Probleme begannen schon mit der verzweifelten Flucht der Plänkler, deren Aufgabe es üblicherweise war, die Schlachtordnung des Gegners mit kleinen Nadelstichen durcheinanderzubringen. Als Vorhut bewarfen sie die Feinde in der Regel mit Steinen und Speeren, stachelten sie auf, sodass sie unüberlegt angriffen. Was die Plänkler meist überlebten, weil sie keine schwere Ausrüstung mit sich führten und geübt im Laufen waren.

Doch dieser Schritt der römischen Kriegsführung erwies sich als unnötig. Niemand musste die Germanen provozieren, sie stürmten von sich aus drauflos. Und sie waren schnell: Sie überrannten ihre Gegner einfach. Die ersten Reihen der römischen Fußsoldaten waren binnen weniger Minuten in einen verzweifelten Überlebenskampf verwickelt, und selbst die Taurisker an den Flanken mussten viel zu schnell ins Geschehen eingreifen; letztlich war auch die römische Kavallerie völlig überfordert. In einer normal verlaufenden Schlacht wäre sie erst auf dem Schlachtfeld aufgetaucht, wenn es dort schon von Leichen wimmelte und der vom Gemetzel zum tiefen Morast gewordene Boden es den Fußsoldaten nahezu unmöglich machte zu kämpfen. Doch während der Schlacht bei Noreia stürmten die Germanen von allen Seiten auf die Römer zu und verwickelten sie an mehreren Linien gleichzeitig in gnadenlose Zweikämpfe. Das Toben war ohrenbetäubend, das Stechen und Schlagen endete in einem unsagbaren Blutbad. Versprengte römische Soldaten wurden bis tief in die Wälder verfolgt, ihre Todesschreie hallten über die Berge.

Die germanischen Krieger waren so zahlreich wie die Bäume des Waldes. Sie schwangen ihre Waffen und verschonten keinen Gegner.

Und dann setzte endlich das Gewitter ein. Bereits die ersten dumpfen Donnerschläge geboten den Germanen Einhalt. Ein letztes Mal bohrten sich ihre Waffen in schon am Boden liegende und um ihr Leben flehende Gegner. Weit aufgerissene Augen starrten in den sich verfinsternden Himmel, aufgerissene Münder stießen den letzten Todesschrei aus. Vor lauter Matsch und Blut war kaum zu erkennen, welche Leichen welcher Seite angehörten. Verwundete Kämpfer krochen über zerhackte Körperteile, zerbrochene Helme und im Morast liegende Waffen, untermalt von fürchterlichen Schreien. Die Söhne brüllten ihre Sehnsucht nach der Mutter hinaus. Die Väter weinten im Sterben, während sie ihre Kinder vor sich tanzen sahen. Und die Ehemänner hoben im Todeskampf ihre zitternden Hände, um noch einmal über die Gesichter ihrer Frauen zu streichen.

Kein Wunder, dass die Blitze über den schmutzig grauen Himmel zuckten. Dass die Götter zornig waren. Was die Kämpfer einander antaten, war abscheulich. Und so zogen sich die germanischen Wilden zurück. Ließen von ihren Gegnern ab und suchten Schutz vor ihren wütenden Göttern.

Dass das Abschlachten ringsum trotzdem noch lange kein Ende nahm, davon berichten römische Überlieferungen. Demnach dauerte es noch drei Tage, bis die versprengten Reste des römischen Heers wieder zueinanderfanden. Der römische Historiker Appian schrieb zweihundert Jahre später, dass damals mehr als zwanzigtausend Römer ihr Leben auf dem Schlachtfeld gelassen hätten, nicht mehr als sechstausend Mann sollten überlebt haben. Es mag sein, dass er, was die Zahlen betrifft, wie damals üblich etwas übertrieb, aber es war das erste Mal, dass die Stämme der Germanen schriftlich in den römischen Annalen Eingang fanden. Ihre rohe Gewalt brannte sich somit ins kollektive Bewusstsein der Römer, die nie wieder aufhören sollten, die Stämme des Nordens zu fürchten.

Nach dieser siegreichen ersten Schlacht hielten sich die Germanen an ihr Versprechen und zogen nördlich der Alpen weiter bis nach Gallien, ein Gebiet im heutigen Frankreich. Konsul Carbo erwartete wegen der Niederlage in Rom ein Prozess. Wie er ausging, ist unklar – einige Quellen bestätigen seinen Freispruch, andere berichten davon, dass er gezwungen wurde, sich selbst zu vergiften. Ob er im Anblick des Todes noch einmal jenes furchtbare Gemetzel in Noricum vor Augen hatte?

Heute

Donnerstag

1   Alexia Morgentaus Kopf verschwand und tauchte plötzlich an einer anderen Stelle der staubigen Grube wieder auf. Ein warmer Wind wischte über die Lichtung und trocknete den Schweiß auf ihrer Stirn. Sie kroch auf allen vieren und pinselte den Staub von der Oberfläche eines Steins mit einer Hingabe, als erwartete sie darunter etwas Kostbares, etwas lange Gesuchtes.

Unter dem Stein blitzte ein Gegenstand hervor. Ein scharfkantiger Gegenstand, den sie freilegte, fotografierte und schließlich vermaß. Die Daten trug sie in ein Handbuch ein, das sie dafür aus ihrer Hosentasche gezogen hatte. Ihre Schrift war winzig, aber deutlich, die Linien klar mit akribisch exakten Abständen dazwischen. Alexia Morgentau führte den Bleistift mit der linken Hand. Kurze Finger mit kurz geschnittenen Nägeln. Beim Schreiben tauchte die Spitze ihrer Zunge zwischen ihren Lippen auf, die ein Lächeln andeuteten. Ihr Haar wirkte wegen des Staubs heller, in wirren braunen Locken stand es vom Kopf ab und verlieh ihr den Anschein einer Wissenschaftlerin, die über ihre Arbeit ihr Äußeres völlig vergisst. Was in gewisser Weise auch stimmte.

Morgentau hatte in den neunziger Jahren das Doktoratsstudium der Archäologie an der Universität Graz absolviert und ihre akademische Laufbahn mit zusätzlichen Magistertiteln in den Fachbereichen Philosophie und Kunstgeschichte garniert. Inzwischen leitete sie ein Team, das aus Experten des Archäologiemuseums und der Universität Graz bestand. Ihr Forschungsprojekt, das sich schon seit einigen Jahren hinzog, lieferte neue Erkenntnisse zur Keltenzeit rund um Neuberg an der Mürz. Selbst an den Wochenenden war sie hier draußen und genoss die Ruhe der Einöde.

Morgentau pinselte die nächste Scherbe ab, und hätte sie sich selbst dabei beobachten können, wäre ihr vielleicht viel früher aufgefallen, dass sie auf ein besonderes Fundstück gestoßen war. Ihre Stirn warf bereits Falten, ihre Augen fixierten leuchtend das Etwas vor ihr, die Finger zitterten leicht. Doch während ihrem Körper die Besonderheit des Moments längst bewusst war und er darauf reagierte, war sie in Gedanken noch weit weg. In einer anderen Welt. Sie dachte daran, wie es wäre, durch die Zeit reisen zu können. Ein Wunsch, der unter Archäologen weitverbreitet war, kämpften Menschen dieses Berufs doch jeden Tag mit der Schwierigkeit, aus den kläglichen Überresten der Geschichte Rückschlüsse auf ebenjene zu ziehen. Wie hatte man vor Christi Geburt gelebt? Hatte die Luft wie heute gerochen? Wie hatte die Welt ausgesehen, damals, als die Menschen diesen Landstrich schon besiedelt hatten? Es gab Handelsrouten, die heimischen Kelten stellten Münzen nach dem Vorbild der Vorgehensweise auf den griechischen Inseln her, bauten ihre Behausungen meist aus Holz, und ihre Friedhöfe waren weithin sichtbar.

Ja, all das ließ sich theoretisch rekonstruieren – aus Wandmalereien, Scherben und den wenigen historischen Quellen. Und dennoch brauchte man eine gehörige Portion Phantasie, um sich das Leben damals einigermaßen vorstellen zu können.

Der Kopf der Archäologin hielt in seiner Bewegung inne. Als er sich wieder regte, wurde nach und nach auch immer mehr von dem dazugehörigen Körper sichtbar. Morgentau stieg in verstaubten Jeans und einer schmutzigen Jacke aus der Grube und lief zu einem Zelt am Rand der Grabungsstelle. Dessen Seitenwände waren hochgebunden und gaben den Blick auf einen weißen Opel Astra Kombi frei, dessen Heckklappe geöffnet war. Im Kofferraum lag die Matratze, auf der die Archäologin in der kommenden Nacht schlafen würde, auf dem Beifahrersitz eine kleine Tasche mit allem für die Morgentoilette sowie Wechselkleidung.

Der Wind wirbelte verspielt eine Staubfontäne durch das

Zeltinnere, während Alexia Morgentau ihr jüngstes Fundstück auf den kleinen Tisch legte und eine Mineralwasserflasche aus der Kiste zog, die sich darunter befand. Sie nahm einen großen Schluck und wischte sich einen Tropfen von der Oberlippe, dann betrachtete sie das, was sie gefunden hatte, noch einmal. Später würde sie Fotos von dem Artefakt machen, es einer exakten Prüfung unterziehen, es dokumentieren und dabei immer wieder ehrfürchtig anstarren. Doch zuvor griff sie zum Handy, schaltete es ein, drückte eine Taste und wartete.

»Hi, Bernd«, sagte sie, als jemand abhob. »Ich hab wieder eins gefunden.« Sie lachte. »Ja, sieht so aus, als hätten wir ziemliches Glück. Vielleicht schreiben wir ja endlich Geschichte, wenn uns nicht wieder der Geldhahn abgedreht wird.« Sie blickte sich um, winkte Wanderern zu, die mit einem kläffenden Hund in Sichtweite vorübergingen. »Und solange hier keiner auf die Idee kommt, auf eigene Faust weiterzugraben, wenn wir nicht da sind …«

Sie drehte die eiserne Pfeilspitze, die sie soeben der Erde entrissen hatte, in ihrer Hand. Ihrer ersten Schätzung zufolge war sie in einem Jahrhundert hergestellt worden, in dem auch die Venus von Milo entstanden war, rund hundert Jahre nachdem Hannibal über die Alpen auf Rom zumarschiert war. Vor rund zweitausendzweihundert Jahren. Als Tausende Römer auf einem Schlachtfeld ihr Leben gelassen hatten. Genau hier.

2   Schwarze, rußige Trümmer lagen neben dem Baumstumpf, der im Garten emporragte wie ein mahnender Finger. Asche wurde über die Wiese geweht, im Restehaufen der Holzlatten waren Nägel und Schrauben auszumachen.

Unweit des niedergebrannten Baumhauses drängte sich der dichte, urige Wald an den Gartenzaun, dessen Baumriesen wild und ungezähmt schienen. Am Himmel über den Wipfeln mischten bedrohliche Wolkenformationen ein schmutziges

Grau, durch das die Sonne nadeldünne Strahlen sendete. Windböen wehten übers Feld und wirbelten wie ein Sturmauge die trockene Erde um Armin Trost herum auf.

Trost hockte minutenlang mit bebenden Schultern inmitten all der Zerstörung. Als er sich erhob, ging er auf das Haus zu, dessen Fenster ihn so trüb wie ein Tier im Dämmerschlaf anstarrten. Die Fensterbalken ächzten im Wind, und aus der Regenrinne war das Tapsen von Amseln zu vernehmen.

Dass die Tür jetzt aufschwang und ihm Elsa entgegenlief, bildete er sich nur ein. Dass Jonas auf der Veranda im Rattan-Schaukelstuhl saß und ihm zuwinkte, ebenso. Ganz zu schweigen von Frederik, dem kleinen Mann, dessen Schreie oft weit und breit zu hören gewesen waren. Und Charlotte? Auch von ihr keine Spur. Alles, was ihn hätte trösten können, entstammte einzig seiner Phantasie. Trost war allein.

Er zog sein Handy heraus, so wie er es in den letzten Tagen zigmal getan hatte, und wählte Charlottes Nummer. Nichts. Sie war untergetaucht. Anfangs hatte er seine Familie noch vor der Welt versteckt, jetzt versteckte sich seine Familie vor ihm.

Wieder bebten seine Schultern, und er lief zum Wagen, ehe ihn noch jemand dabei ertappen konnte, wie er heulend vor seinem eigenen Haus hockte. Seinem Haus, das er, so hatte er sich geschworen, nie wieder ohne seine Familie betreten würde.

3   Der steirische Landeshauptmann Konrad Wachmann legte den Kopf in seine Hände. Sein Herz schlug hart gegen den Brustkorb. Er versuchte, einen klaren Gedanken zu fassen, und scheiterte daran. Zu viel ging ihm durch den Kopf. Er wandte sich dem Regal an der Wand zu, auf dem die Statue des heiligen Urban stand, seines Zeichens Schutzpatron der Weinbauern. Spätestens mittags würde es wieder losgehen mit den

ersten Achterln, hier einem Trinkspruch, da einem Schwank und dort einem Scherz. Am liebsten hätte er sich jetzt schon einen Schluck genehmigt, dabei war es erst kurz vor sieben Uhr morgens.

Wachmann stand grunzend auf, wobei er seine Arme zu Hilfe nehmen musste, um sich vom Schreibtisch hochzustemmen. Sie zitterten unter dem Gewicht seines Körpers. Er war außer Form. Natürlich war er das, er ging schließlich auf die fünfundsechzig zu und hatte die letzten zwanzig Jahre so gut wie keinen Sport betrieben – davor war er wenigstens manchmal am Wochenende mit dem Fahrrad zum Eisessen gefahren oder von Buschenschank zu Buschenschank gewandert.

Ein paar Minuten lang starrte er vom Balkon seines Arbeitszimmers in den hinteren Garten der Grazer Burg. Es war eine Eigenheit der Steiermark, die ihm immer schon gefallen hatte, dass das Oberhaupt des Landes es von einem sicheren Gemäuer aus regierte und dabei auf einen Garten blickte. Die Blätter des Buschwerks glänzten im Morgentau. Er fröstelte.

Als er sich umdrehte, fiel sein Blick auf die vielen Gemälde von Professor Wolfgang Hollegha, eines in Kärnten geborenen Künstlers, der mit dem Großen Goldenen Ehrenzeichen des Landes Steiermark ausgezeichnet worden war. Schon allein deshalb hatten es Holleghas Bilder verdient, in Wachmanns Büro zu hängen.

Wenn er ehrlich war, hatte Wachmann Holleghas irrwitzige Farbkleckskunst nie ganz verstanden. Sie war unergründlich. Aber das war auch der eigentliche Grund, warum die Bilder ihn seit Jahren begleiteten. Er hoffte, dass etwas von dieser geheimnisvollen Unergründlichkeit auf denjenigen abfärbte, der sie besaß. Dass die Bilder seinen Besitzer interessanter und unberechenbarer machten, als es die altehrwürdigen Biedermeier-Möbel um den runden Sitzungstisch und die Siebziger-Jahre-Ledercouch neben dem Eingang je vermocht hätten.

Wachmanns Büro hatte die Größe einer Gemeindebauwohnung, der Parkettboden knarrte unter seinen Schritten, während er es gedankenverloren durchmaß. Auf einer Kommode lachten ihm die Gesichter seiner Familie aus Bilderrahmen entgegen. Manchmal hatte er das Gefühl, die Gören lachten ihn aus. Zum wiederholten Mal ging er zum Schreibtisch, wo sein Blick auf den Brief fiel, den er vor wenigen Minuten gelesen hatte. Dann drückte er kurz entschlossen einen Knopf an seiner Telefonanlage.

Sein Sekretär hob ab.

»Gehn S', stellen Sie mich zum Landespolizeidirektor durch und«, er machte eine Pause, um noch einmal darüber nachzudenken, »bringen S' mir ein Glas vom Weißen, bitte.«

4   »Lass den Chauffeur warten«, schimpfte Rosalia Gstrein, und Helmut Ludwig Gstrein, Doktor der Rechte und ehemaliger Richter, schlurfte wieder zurück auf die Terrasse, wo seine Frau sich gerade eine Tasse heißen Thymiantee aus der Porzellankanne einschenkte.

»Dass das einfach nicht in seinen Schädel geht!«, meckerte sie weiter. »Wenn ich sage, halb acht, dann meine ich auch halb acht und nicht zehn nach sieben.«

Ihr Mann erwiderte nichts, ließ sich ächzend in den Sessel fallen und schlug die »Große Tageszeitung« auf. Wie immer begann er seine Lektüre mit dem Leitartikel, las dann die Kommentare – den »Denkzettel« und den »Aufwecker« – und schmunzelte schließlich über die Karikatur. Ins Schmunzeln hinein schlürfte er wenig vornehm seinen Milchkaffee, was seine Frau stets mit einem missmutigen Seitenblick kommentierte, den er zwar bemerkte, der ihn aber nicht daran hinderte, es weiterhin zu tun. Es war ein Morgen wie jeder andere auch.

»Verstehst du, warum die Post mit der Zeitung manchmal mitten in der Nacht kommt? Das ist ja auch nicht normal. Früher war alles besser«, nörgelte Rosalia Gstrein weiter. »Hörst du mir überhaupt zu?«

»Natürlich, mein Schatz. Ich hör dir zu. Ich hör dir immer zu«, sagte er und sah dabei kein einziges Mal von der Zeitung auf. Er hörte, wie seine Frau die Briefe öffnete und dabei immer noch Geräusche von sich gab, die dem Grummeln eines vorüberziehenden Unwetters nicht unähnlich waren.

Über den Lokalteil der Zeitung gelangte er schließlich zur Wirtschaft, überflog die Überschriften, las einige Todesanzeigen und schlug schließlich den Sportteil auf. Er freute sich über jeden Bericht der 99ers. Eishockey war immer schon seine Leidenschaft gewesen, Fußball konnte ihm gestohlen bleiben. Seine Frau hatte den Sport stets abstoßend gefunden, all die blutenden Nasen unter den Helmen und die riesenhaften Gestalten in ihren seltsam bunten Rüstungen, aber Helmut Ludwig Gstrein gefiel einfach alles daran. Auf dem Eis gab es Regeln und Gesetze, und Verstöße wurden schnell geahndet. Manchmal auch hart bestraft. Da wurden die Spieler minutenlang vom Platz genommen und in kleine Kojen gesteckt, in kleine Gefängnisse. Alles sehr ähnlich dem richtigen Leben, in dem er einst selbst als Richter über das Schicksal anderer entschieden hatte.

Heute wurde seine Expertise nur noch ab und zu als Gutachter gebraucht, weil sich kaum jemand mit Raumordnungsrecht besser auskannte als er. Er betrachtete diese Arbeit nur noch als Hobby, als Zeitvertreib. Früher jedoch, als Richter … Schon allein das Rauschen seiner Robe, wenn er den Saal betrat, hatte für Stillschweigen gesorgt.

»Helmut?«

Er musste wieder schmunzeln. Ein Sonnenstrahl kitzelte ihn an der Nase.

»Heli?«

»Ja, mein Schatz?«, säuselte er.

»Lies das mal.«

Ohne sie anzusehen, griff er nach dem Brief, den ihm seine Frau reichte, und überflog die Zeilen, die erst nach und nach sein Interesse weckten. Nach dem letzten Wort blickte er zum ersten Mal während des Frühstücks auf und sah seiner Frau in die Augen. »Ein Scherz?«

»Lache ich vielleicht?«

Doktorin Rosalia Gstrein, Landesrätin für Umwelt, Klimaschutz, Energie, Regionalentwicklung, Raumordnung und wahrscheinlich noch für allerhand andere Dinge, erhob sich langsam von ihrem Stuhl.

Ihr Mann nickte ihr beruhigend zu, während er den Brief zurück auf den Frühstückstisch legte und nach seinem Handy griff. »Ich regle das. Fahr du schon einmal los.«

»Soll ich nicht lieber hierbleiben?«

»Das musst du wirklich nicht. Aber ruf vom Auto aus deine Kollegen an. Vielleicht bist du ja nicht die Einzige, die heute Post bekommen hat.«

Als sich seine Frau entfernt und er den Anruf getätigt hatte, fiel sein Blick noch einmal auf den Brief, der aus ausgeschnittenen und auf weißes DIN-A4-Papier geklebten Buchstaben bestand, vielleicht sogar aus jenen der »Großen Tageszeitung«. In seiner aktiven Zeit als Richter hatte er es mit Leuten jeglicher Couleur zu tun gehabt. Mit Mördern, Dieben, Vergewaltigern – eigentlich gab es keine Art von Mensch, der er nicht begegnet war. Und doch hatte er nie einen solchen Brief gesehen, geschweige denn erhalten. Eine Morddrohung. Gerichtet an seine Frau, verfasst in überzogener Wortwahl. Und doch war sie ernst zu nehmen. Schließlich wurde recht eindeutig beschrieben, auf welche Weise Rosalias Leben zu Ende gehen sollte.

Also doch kein Morgen wie jeder andere.

5   Die acht Regierungsmitglieder der Steiermark saßen um den ovalen Tisch in einem Raum, der so groß wie ein Tanzsaal war. Vier Frauen und vier Männer.

Deren PR-Berater verteilten Zettel oder tippten auf ihren

Handys herum. Der stämmige Sicherheitsoffizier der Burg musterte jeden Anwesenden mit wissendem Lächeln. Vielleicht malte er sich dabei aus, wie er sie nacheinander mit Handkantenschlägen und Judorollen zu Boden strecken würde. Zwei Sekretärinnen verteilten Wasserkaraffen und Saftgläser, während der offizielle Fotograf des Landeshauptmanns eifrig nach geeigneten Motiven suchte.

Konrad Wachmann war unübersehbar schlecht gelaunt und schickte mit einem herrischen Wink und einem »Kommts, passt schon, lassts uns allein« alle, die nicht am Tisch saßen, aus dem Raum.

Stuhlbeine kratzten über den Parkettboden, Brillen wurden nervös von Nasenrücken auf Nasenspitzen geschoben, um bald darauf wieder in ihrer Ausgangsposition zu landen.

Wachmann faltete die Hände vor seinem Gesicht und berührte mit den Fingerspitzen seine Augenbrauen. Sein Blick darunter wanderte über die Runde. Doktorinnen, Magistrae und ein Professor – einzig er selbst besaß keinen akademischen Grad. Allesamt gescheite Leute, dachte er. Allesamt wirkten sie souverän und überlegen, doch er wusste es besser. Sie waren unsicher, hatten im Augenblick womöglich sogar Angst.

»Also«, hob er an, als die Tür endlich zugefallen war. Der Sicherheitsoffizier hatte sie geschlossen, war aber selbst im Raum geblieben und verharrte neben ihr mit versteinertem Gesichtsausdruck. Wachmann blickte ihn ernst an, entschied sich aber dafür, den Mann nicht hinauszukomplimentieren. »Soweit wir wissen«, sagte er stattdessen zur Runde, »gibt es bisher fünf Briefe. Die Landesräte für Landwirtschaft, Umwelt, Zukunft, Infrastruktur und ich haben je einen bekommen. Offenbar weisen alle den gleichen Wortlaut auf.«

Er nahm den Zettel vor sich, eine Kopie jenes Briefs, den er selbst erst vor wenigen Stunden erhalten hatte, in beide Hände und begann, laut zu lesen.

*»Sehr geehrte Mitglieder der Steiermärkischen Landes-
regierung, honorige Damen und Herren, Magistrae und
Doktoren, Wichtigtuer und Rampensäue,
wir, die Nachfahren der Trümmerfrauen, Habsburger,
Babenberger, Bayern, Slawen, Römer und Atnamechs,
sind unzufrieden mit Ihrer Politik des Drüberfahrens. Sie
betonieren unsere Geschichte zu. Sie wollen eine Autobahn ausbauen, wo doch alle wissen, dass mehr Straßen
nur mehr Verkehr verursachen. Sie sind unfähig und
gefährlich. Nach Ihnen folgt nur noch Asphalt. Unser
Land, unser wunderschönes, heiliges Innerösterreich, Ka-
rantanien, die Mark, alles wird vergessen sein. Deshalb
müssen wir Ihnen mitteilen, dass wir Sie innerhalb der
nächsten Woche hinrichten werden.
Sie sind schuldig!
Ob Sie durch Enthaupten, Ertränken, Verbrennen oder
durch unsere Pfeile, Schwerter oder Äxte sterben werden,
entscheiden wir.
Genießen Sie Ihr restliches Leben. Nutzen Sie die Zeit,
die Ihnen bleibt.
Lang lebe der König!«*

Unwirsch legte Wachmann das Blatt zur Seite. »Natürlich habe ich keinen Grund zu der Annahme, dass wir uns wegen so einer Spinnerei fürchten müssen, aber lassen Sie uns die Sache dennoch ernst nehmen. Jeder von uns wird Personenschutz erhalten, dafür wurde bereits alles in die Wege geleitet.«

»Das mit dem Personenschutz ist aber schon etwas über-trieben«, konnte Rosalia Gstrein ihre üble Laune nicht länger verbergen. »Wegen dieser leeren Drohung musste ich heute bereits zwei Termine absagen.«

Ihr Tonfall hatte nichts damit zu tun, dass sie einer anderen politischen Fraktion als Wachmann angehörte. Umweltlandes-rätin Rosalia Gstrein war bekannt dafür, bis zur Mittagszeit mit schlechter Laune nicht zu sparen. Normalerweise brachte erst das Mittagessen, vorzugsweise eingenommen im »Landhauskeller«, eine leichte Milderung ihrer fatalen Stimmung.

Wachmann nahm die Brille von seiner Nase. »Der Personenschutz bleibt, und wir werden den Anweisungen der Exekutive Folge leisten.« Er betrachtete konzentriert die Brillengläser. »Dieser Unterredung folgt ein Krisenstab, dem auch Mitarbeiter der Sicherheitsdirektion und unsere Kommunikationsexperten beiwohnen werden.«

»Und wie willst du dabei auftreten? Etwa wie die Regierung während der Corona-Krise? Willst du dich auf Pressekonferenzen vielleicht hinter Plexiglas verschanzen?«

»Plexiglas ist gut, aber ein schusssicheres Material wäre besser«, äußerte sich jetzt der Landesrat für Landwirtschaft und suchte mit glänzenden Augen nach einem Lächeln in der Runde. Da niemand in Stimmung für seinen Humor zu sein schien, huschte sein Blick verschämt zurück auf sein Handy, das vor ihm auf dem Tisch lag.

»Wir werden auf den Rat der Experten hören«, sagte Wachmann in einer Stimmlage, die keinen Widerspruch duldete. »Wir sind das Gesicht des Landes, und das muss gewahrt werden. Wir dürfen keine Furcht ausstrahlen, nur Entschlossenheit.« Sehr ernst, fast grimmig fixierte er die Anwesenden. »Und ich erwarte mir von jedem von euch den Willen zur Geschlossenheit. Wir sind eine Einheit.« Auf Rosalia Gstrein ruhte sein Blick besonders lange, ehe er wiederholte: »Wir sind eine Einheit.«

Freitag

1 Nur der vermag das Leben um sich herum zum Stillstand zu zwingen, der selbst stillsteht. Nach all den Erlebnissen und Vorfällen der letzten Monate gab es für Armin Trost nur eine Option. Innehalten. All die Gewalt und all die schlechten Einflüsse würden dann einfach weiterziehen. Möglicherweise.

In dieser Phase des Stillstands verharrte Armin Trost nun schon seit Wochen. In seinem aktuellen Zuhause, einem leer stehenden Wirtshaus, hatte er dem Schnarchen seines riesigen Hundes namens Zeus gelauscht. Oder den schweren Schritten seines Nachbarn und Vermieters Stefan Hollermann, eines Journalisten, der seine besten Zeiten hinter sich hatte und sich mehr schlecht als recht durchs Leben schrieb. Im Schattenwurf des durch die Vorhänge dringenden Laternenlichts hatte Trost dann die Fotografien seiner Familie betrachtet. Wie ihnen allen das Lächeln ins Gesicht gefroren war, was ihm jedes Mal ein eigenes, echtes auf die Lippen zauberte.

Ein- und ausatmen.

Trost brauchte Zeit. Zu viel von all dem Bösen und Schlechten dieser Welt war zuletzt auf ihn eingeprasselt. Manchmal hatte er sich unsichtbar gemacht, dann war er sich selbst nicht mehr sicher gewesen, ob er noch am Leben war. Manchmal spürte er das Böse in seinem Nacken, so nah, dass er vor Furcht hätte schreien können.

Ob er verrückt wurde? Vielleicht.

Doch jetzt, in diesem Augenblick, spürte er nur Vorfreude. Er saß im VW-Bus und konnte es kaum erwarten, in einer halben Stunde mit einem Weinbauern und einem Glas Weißburgunder in dessen Garten zu sitzen. Ein banaler Wunsch in einer zunehmend banalen Welt, all dem Bösen und der Gewalt zum Trotz. Ein Weinkauf, wie er sich für einen Steirer gehörte: direkt beim Winzer mit einer Verkostung in der prallen Frühlingssonne, untermalt vom Spritzmittelgeruch. Wann hatte er das zuletzt gemacht? Die Dimension seiner Vorfreude darauf war fast bedenklich.

Als er aus dem Fenster blickte, wurde ihm bewusst, dass er sich schon seit geraumer Zeit keinen Meter weiterbewegt hatte. Aus den Tagträumen gerissen schalt er sich sogleich für seine Dämlichkeit, an einem Freitagnachmittag mit dem Auto in die Südsteiermark fahren zu wollen. Genau dann, wenn halb Graz die gleiche Idee hatte und ins Wochenende im Grünen tingelte. Jetzt stand er im Stau. Noch mehr Stillstand. Auf der Rückbank hechelte Zeus.

Als der erste Wagen durch die Rettungsgasse an ihm vorüberraste, dachte er sich noch nichts dabei. Auch nicht bei den weiteren Fahrzeugen. Feuerwehr, Rettung, Polizei, das ganze Geschwader.

Trost klopfte mit den Fingern auf das Lenkrad. *Jetzt macht schon!*

Die Pyhrnautobahn, die A 9 Richtung Slowenien, weckte in ihm Erinnerungen an seine Kindheit. Wie oft hatte er mit seinen Eltern hier früher im Stau gestanden, unten an der Grenze in Spielfeld, bevor es über holprige Straßen weiter bis ans kroatische Meer ging. Der Schweiß brach ihm aus. Trotz der Hainbuchen und Feldahorne am Straßenrand knallte die Frühlingssonne durch die Windschutzscheibe. Wenigstens boten die Bäume streckenweise einen für eine Autobahn verhältnismäßig idyllischen Anblick. Wäre Trost Pflanzenexperte gewesen, wären ihm auch Sträucher wie Haselnuss und Hartriegel aufgefallen, die sich mit Zitterpappeln, Schwarz- und Grauerlen zu einer Einheit verbanden, die den Eindruck vermittelte, die Autobahn sei durch einen dschungelartigen Landstrich geschlagen worden. Das grüne Band bis nach Leibnitz war mitunter so exakt geschnitten, dass es aussah wie eine grüne Wand. Eine Wand, die auf Autofahrer beruhigend wirken und für die dahinter Wohnenden die Blechlawine verstecken und deren Lärm dämpfen sollte. Das Grün war also nur dazu da, darüber hinwegzutäuschen, dass der Verkehr von Jahr zu Jahr in erschreckend hohem Ausmaß zunahm.

Trosts Kleinbus stand keine zwanzig Meter vor einer Unterführung, an der eine blaue Tafel darauf hinwies, dass die Abfahrt nach Wundschuh noch tausendeinhundert Meter entfernt war. Wundschuh, die letzte der kleinen Ortschaften, die das Ende des Grazer Beckens Richtung Süden markierten.

Als er das Fenster öffnete, wehte ihm ein heißer Wind entgegen. Und wieder rasten Fahrzeuge an ihm vorbei.

Doch diesmal spürte Trost ganz deutlich, dass die Zeit des Stillstands vorüber war. Dass ihn das Böse immer und immer wieder einholen würde. Selbst hier im Stau. Auf der Autobahn.

Denn diesmal waren zivile Fahrzeuge an ihm vorbeigefahren. Fahrzeuge, deren Insassen er kannte.

2   Er ignorierte die Gänsehaut, die sich über seine Unterarme zog, öffnete den Sicherheitsgurt, stieg aus und warf einen Blick nach vorn und zurück. Der Stau musste bereits eine beträchtliche Länge haben, und es gab keine Anzeichen dafür, dass er sich demnächst auflösen würde. Trost zog den Wagenschlüssel ab, ließ Zeus auf die Straße springen, versperrte seinen VW-Bus und marschierte los.

Die meisten Fahrer der Wagen, an denen er vorüberlief, hatten den Motor abgestellt. Eine für diese Umgebung ungewöhnliche Stille hing in der Luft. Die Einmaligkeit des Moments wurde ihm bewusst, denn in seinem bisherigen Leben war er noch nie über eine Autobahn gelaufen. Kein Wunder, schließlich war es bei sechzigtausend Fahrzeugen, die pro Tag die Pyhrnautobahn entlangfuhren, auch nicht wirklich ratsam.

Trost spürte, wie die Hitze vom Asphalt durch seine Schuhsohlen drang. Seltsam, dass es im Frühling schon so heiß war. Er bückte sich und berührte mit den Fingerspitzen den Straßenbelag. Nach einem Blick zu Zeus, der ihn munter erwiderte, befand Trost, dass der Asphalt noch nicht heiß genug war, um dem Tier Schmerzen zuzufügen, und sie gingen weiter.

Als Trost an Lkw, Vans und Pick-ups vorüberlief, erinnerte ihn der Anblick an Endzeitfilme, in denen die ganze Dynamik einer aus den Fugen geratenen Welt an einer Autobahn sichtbar wurde, auf der nichts mehr ging.

Langsam näherte er sich jener Stelle, wo sich der Grund für den Stau befand, vor dem auch schon im Radio eindringlich gewarnt worden war. Der Sprecher hatte zum großräumigen Umfahren über die Landesstraßen geraten.

Linker Hand tauchten die Hallen des Cargo Centers von Werndorf in Trosts Blickfeld auf. Sie sahen aus wie überdimensionierte Schuhschachteln. Fensterlos und langweilig. Einer weiteren Tafel am Straßenrand nach waren es noch fünfhundert Meter bis zur nächsten Abfahrt mit der Nummer 197. Eine Stromleitung verlief rechts neben der Autobahn. Eine Beobachtung, die Trost aus unerfindlichen Gründen trübselig machte.

Mit der Abbiegespur nach Wundschuh wurde die Autobahn hier kurzfristig dreispurig. Ein dichtes Wäldchen drängte sich an den Pannenstreifen. Orangefarbene Hütchen markierten den Beginn einer Baustelle und zwangen die Abbieger dazu, das Tempo zu reduzieren. Baufahrzeuge waren jedoch nirgendwo auszumachen.

Hektisch rannten Feuerwehrmänner hin und her, zwei davon direkt auf ihn zu. Sie hoben ihre Arme und machten dabei grimmige Gesichter. Trost hatte Verständnis für ihre Reaktion, würde er sich selbst doch ähnlich verhalten, wenn plötzlich ein Autofahrer, wahrscheinlich einer, der »ganz dringend wohin« musste, nach vorn zum Stauanfang eilte, um sich zu beschweren. Noch dazu einer mit Hund. Womöglich ein verwirrter Kerl, der den Stau dazu nutzte, um mit seinem Hund mal auf der Autobahn Gassi zu gehen.

Hinter den Männern bemerkte Trost etwas, das untypisch für Verkehrsunfälle war. Normalerweise bestand die

Aufgabe der Feuerwehrleute darin, Eingeklemmte aus ihren Fahrzeugen zu schneiden und ausgeronnene Öle zu binden. Normalerweise landete bald nach dem Unfall auch ein Rettungshubschrauber in der Nähe, der ein Sanitätsteam des Roten Kreuzes ausspuckte. Normalerweise. Doch hier wurden Absperrbänder ausgerollt, und Männer und Frauen schlüpften in weiße Plastikoveralls. Der Rettungswagen kam ihm ohne Eile und Blaulicht entgegen und fuhr davon. Trost hatte das unbestimmte Gefühl, dass stattdessen bald ein Leichenwagen eintreffen würde. Normal war an dieser Situation also nichts.

3   »Was wollen Sie denn hier? Gehen Sie zurück zu Ihrem Wagen«, hörte Trost die Stimme des bulligeren, größeren Feuerwehrmanns und wunderte sich noch darüber, wie dünn sie klang. Auf der Gegenfahrbahn hinter der Leitschiene kam der Verkehr indes ebenfalls zum Stocken. Trost sah heruntergelassene Scheiben und Gaffer mit offenen Mündern, ein Phänomen, das Einsatzkräfte seit Jahren beobachteten und gegen das sie kaum etwas tun konnten. Menschen starrten nun einmal. Waren fasziniert von allem, was nicht der Norm entsprach.

»Haben Sie mich nicht verstanden?«

Trost war einfach weitergegangen. Nicht etwa, weil er sich den Anweisungen des Feuerwehrmannes widersetzen wollte, sondern einfach deshalb, weil er keine andere Wahl hatte. Dabei war es nicht die Faszination der Gaffer, die ihn antrieb, sondern vielmehr etwas, von dem er eigentlich gedacht hatte, sein freiwilliger wochenlanger Rückzug habe ihn davon befreit. Nun riss ihn die Gewissheit, dass dem nicht so war, wie eine Lawine mit. Sein hart erarbeitetes Selbstbewusstsein fiel in sich zusammen wie ein Kartenhaus aus pickigen Doppeldeutschen. Von gar nichts war er befreit worden. Nichts hatte sich verändert, alles war noch da. Dieser ganze vermaledeite

Drang, sich dem Bösen gegenüberzustellen, Auge in Auge, war so stark wie eh und je. Das Böse zog ihn unwiderstehlich an. Also stapfte er einfach weiter mit schweren Schritten, mit denen er auch durch Tiefschnee gekommen wäre.

Auch ein Motorradpolizist in Lederkluft bewegte sich nun auf ihn zu und massierte sich mit einer Hand die andere, als hätte er allen Ernstes vor, ihn mit Gewalt aufzuhalten. Plötzlich rief eine Trost bekannte Stimme: »Lasst den Mann unverzüglich durch!« Ja, die Stimme sagte wirklich »unverzüglich«, ein Wort, das man hierzulande nur aus juristischen Texten kennt. Er gehöre zu ihr, fügte die Stimme noch hinzu. Er gehöre zu ihnen allen.

Und als er aufblickte und sich zur Stimme umwandte, sah er Annette Lemberg vor sich, die seinen Blick ebenso verwundert wie erleichtert erwiderte. Sie nahm ihre Sonnenbrille ab, wischte sich eine Haarsträhne aus dem Gesicht, als stünde sie auf dem Set eines Werbefilms, und kam auf ihn zu. Trost wusste um ihre Wirkung und war gegen sie gefeit, die anderen Anwesenden machten allerdings allesamt einen verlegenen Schritt zurück. Lemberg hatte die Gabe, Menschen zu beeindrucken. Vor allem Männer.

Sie blieb ein kleines Stück zu nahe vor ihm stehen. Einen Moment lang hatte es den Anschein, als wollte sie ihn umarmen, was ihn mindestens ebenso sehr irritierte wie der Umstand, dass er das gern getan hätte.

»Was machst du hier?«, unterbrach sie die unangenehme Stille zwischen ihnen, während sich die Feuerwehrleute zurückzogen.

»Ich war auf dem Weg, Wein zu kaufen.«

»Wein?«

»Ja, Welschriesling, Morillon, Alkohol halt.«

Sie beugte sich zu Zeus hinunter und streichelte seinen Kopf. Er lehnte sich sogleich dankbar gegen ihr Bein.

»Ist das ein Privatgespräch, oder hat es etwas mit dem Tatort zu tun?«

Den Motorradpolizisten hatten sie völlig vergessen.

»Lassen Sie es bitte unsere Sorge sein, wie wir diesen Mordfall lösen. Kümmern Sie sich lieber darum, dass uns keine Autofahrer belästigen, und regeln Sie den Verkehr. Okay?«

»Dann leinen Sie den Hund wenigstens an«, maulte der Polizist.

»Das muss er nicht. Noch was?«, versetzte Lemberg.

Eine Sekunde lang schien der Mann zu überlegen, etwas zu erwidern, ließ es dann aber bleiben und ging wortlos davon.

»Tatort, Mordfall?«, sagte Trost.

»Ein simpler Verkehrsunfall ist das jedenfalls nicht.«

Zum ersten Mal warf Trost jetzt einen Blick auf das zerbeulte, rauchende Autowrack, das am Ende einer kurzen schwarzen Brems- und Schleifspur mitten auf der Fahrbahn der Abzweigung von der A 9 nach Wundschuh auf dem Dach lag.

4   Dem Mann, der im Sicherheitsgurt mit dem Kopf nach unten hing, fehlte es nicht nur an Haltung, er sah zwangsläufig auch würdelos aus. Sein Hals war verdreht, der Kopf lag in unnatürlicher Haltung auf der Schulter. Die Augen verrieten, dass er im letzten Moment seines Lebens an etwas gedacht hatte, das ihm wichtig war, ihn aber keineswegs mit Schrecken erfüllte. Als fesselte ein Punkt in unbestimmter Ferne seinen Blick. Trost hatten Tote schon immer fasziniert. Je kürzer der zeitliche Abstand zu ihrem Ableben, desto intensiver waren die Eindrücke. Der Leichnam in dem Wagen erweckte beinahe den Anschein, als wäre er nicht tot, so seltsam wach wirkten seine Augen.

Der Mann trug einen Oberlippenbart, der blutverklebt von der Wunde seines gebrochenen Kiefers war. Auch der schlaff aus dem Armaturenbrett hängende Airbag war rot und konnte die durchnässte Hose des Fahrers nicht verbergen.

Die groteske Haltung seiner Arme verlieh ihm das Aussehen einer achtlos weggelegten Marionette. Eine Gesichtshälfte wurde von der Krawatte verdeckt, die Beine waren unter dem Lenkrad verkeilt. Trost vermied es, den Mann noch länger anzustarren. Er tat ihm leid. Die Mitglieder der Tatortgruppe, die Feuerwehrleute, die Polizisten, alle starrten sie ihn an, schossen Fotos, machten Messungen, tasteten mit Latexhandschuhen seine Umgebung ab. Ja, Mitgefühl machte sich in Trost breit, und das irritierte ihn.

Er blinzelte. Er hatte niemals Mitgefühl.

Nicht, weil er unfähig war, Empathie zu empfinden, sondern weil er normalerweise seine Arbeit zu machen hatte, wenn er eine Leiche sah. Was verlangte, dass er sämtliche Gefühle vermied. Sich konzentrierte.

Endlich wanderte Trosts Blick zu jener Stelle des Leichnams, die ihn am meisten faszinierte und gleichzeitig abstieß. Im Hals der männlichen Leiche steckte ein fingerdicker Stock, genauer gesagt ein gefiederter Pfeil aus Holz.

5 »Hast du so etwas schon einmal gesehen?«

Lemberg hatte sich zu ihm hinuntergebeugt, unter ihren Schuhsohlen knirschten Glassplitter. Gemeinsam starrten sie durch die von der Feuerwehr zuvor aufgeschweißte Wagentür die seltsame Mordwaffe an. Dann sah Trost zu Lemberg.

»Nein, noch nie.«

Sie hob die Augenbrauen. »Ich meinte eigentlich die Mordmethode.«

Trost lächelte. »Ich auch.«

Sie erwiderte sein Lächeln, und ihm wurde bewusst, wie sehr er das vermisst hatte.

»Und?«, sagte sie. »Wirst du mir helfen, der Sache auf den Grund zu gehen?«

Trost antwortete nicht. Er richtete sich auf, ging um das

Fahrzeug herum und sah sich die Umgebung an. Die Ausfahrt der Autobahn nach Westen machte einen Bogen in Richtung einer Wiesenlandschaft. Eine Waldinsel sorgte für ein gewisses Maß an Idylle. Sein Blick streifte die im Stau stehenden Fahrzeuge. Ganz vorn bemerkte er den Motorradpolizisten, der ihn mit verschränkten Armen noch immer nicht aus den Augen ließ. Trost wusste, dass er nicht der Einzige war. Auf ihm lagen die Blicke von Dutzenden. Von denen, die ihn bewunderten und versuchten herauszufinden, was das Geheimnis seines Erfolgs war. Und von den anderen, die auf ein Zeichen von ihm hofften, um die Straße für den Verkehr wieder freigeben zu können.

Bei dem auf dem Dach liegenden Wagen handelte es sich um ein mattschwarzes Porsche-Cayenne-Cabrio. Ein sündteures Auto, das in seinem jetzigen Zustand – um das zu sagen, musste man kein Experte sein – nicht viel mehr wert war als Trosts angerostetes Fahrrad.

Sein Blick fiel auf eine offen stehende Aktentasche, aus der eine Handvoll Zettel herausschaute. Dann auf die Leitplanke, gegen die der Porsche geprallt war, und die umgestürzten orangefarbenen Hütchen. Als Trost sich in Bewegung setzte, folgte ihm Lemberg.

»Wohin gehst du?«

»Zum Schützen.«

»Wie lange wirst du hier noch brauchen?«

Er gab keine Antwort. Sah vom Straßenrand zum Gebüsch und zeigte auf eine Stelle etwa dreißig, vierzig Meter weiter vorn, wo mehrere Baracken einer Hundeschule zwischen Wäldchen und Autobahnabzweigung standen.

»Sucht das Gstauder ab, der Pfeil wurde mit Sicherheit von dort abgeschossen. Vielleicht haben die Leute von der Hundeschule etwas gesehen. Und schau dir den Inhalt der Aktentasche von dem Typen an. Die Papiere sehen mir nach einem Bauprojekt aus. Lass den Pfeil untersuchen. Ich kann mich täuschen, aber wenn ich richtigliege, ist es keiner, den

Sportbogenschützen verwenden. Weißt du schon etwas über das Opfer?«

Lemberg blickte über die Schulter zurück. »Armin, ich …«

»Name?«

»Helmut Ludwig Gstrein.«

»Gstrein? Etwa *der* Gstrein?«

»So wie es aussieht, ja.«

Trost blähte die Backen. »Wo ist der Graf?« Erst gerade war ihm aufgefallen, dass Lembergs Partner Reinhard Maria Hinterher, genannt der »Graf«, am Tatort fehlte. In diesem Moment hörte er jemanden seinen Namen rufen und drehte sich um.

Aus dem Gebüsch hinter ihm trat soeben ein Mann. »Ich bin doch hier.«

»Ah, gut.«

Lemberg machte einen Schritt auf ihn zu. »Ich brauch dich hier, Armin.«

»Nein, Anne, das tust du nicht. Ich bin raus, und das weißt du auch.«

»So ein Blödsinn. Du kannst jederzeit zur Mordgruppe zurückkommen.«

Trost fixierte sie. In ihrem Blick glaubte er Spott auszumachen.

»Du kannst doch gar nicht ohne uns.«

Trost wischte sich fahrig über den Mund. Einen Augenblick lang hatte er tatsächlich gedacht, sie habe gesagt: »Du kannst doch gar nicht ohne *mich*.« Ihm war unbegreiflich, warum er so nervös war. »Gstrein war früher ein hohes Tier«, sagte er schnell. »Riegelt alles ab und sorgt dafür, dass der Leichnam abgeschirmt wird. Vor allem den Pfeil darf niemand sehen. Warum ist das nicht schon längst passiert?«

Damit drehte er sich um und ging in geduckter Haltung davon, als hätte er etwas angestellt. Oder als befürchtete er, erkannt zu werden. Zeus schien es nicht anders zu gehen, er lief immer zwei, drei Schritte vor ihm und trieb Trost auf diese Weise an.

»Das war's jetzt, oder was? Du lässt mich einfach hier stehen und fährst wie geplant Wein kaufen? Ist dir eigentlich bewusst, was los sein wird, wenn bekannt wird, wer der Tote ist?«

Er hob die Hand zum Gruß und murmelte: »Ja. Trotzdem fahr ich jetzt Wein kaufen.«

Lemberg trat von einem Bein aufs andere. Einen Moment sah sie so aus, als wollte sie ein Loch in den Asphalt treten und darin verschwinden.

Plötzlich stand der Motorradpolizist neben ihr. »Und das war jetzt dienstlich, oder wie?«

Lemberg rollte mit den Augen und schob sich an dem Kerl vorbei in Richtung Tatort.

6 Ob er ein vorbildlicher Mensch war? Gar ein vorbildlicher Polizist? Ginge es nach Trost, sollten diese Fragen andere beantworten. Er jedenfalls spürte den Geschmack des Grauburgunders immer noch auf der Zunge, als er Stunden später – nach einer ausgiebigen Verkostung im Garten des südsteirischen Weinbauern – wieder Richtung Graz hinterm Steuer saß. Doch der Geschmack war eine Sache, die Gedanken eine andere. Anders ausgedrückt: Auch mit der Südsteiermark am Gaumen wollte ihm der Grazer Süden nicht aus dem Kopf gehen.

Natürlich hatte ihm das Ereignis auf der Autobahn einen Strich durch seine ursprüngliche Rechnung gemacht. Er hatte vorgehabt, zwei, drei Winzer anzusteuern und mit einem Kofferraum voller Wein heimzukehren. Er hatte gern ein paar Varianten der steirischen Weißweinsorten vorrätig. Trost rieb sich die Nase, die seit dem Spritzmittelduft im Weingarten juckte.

Der Tag neigte sich schon dem Ende zu, als er jene Stelle erreichte, wo die Gaffer Stunden zuvor vom Gas gegangen waren. Jetzt starrte auch er einen Augenblick lang auf die

Gegenfahrbahn zur Unfallstelle, die natürlich längst geräumt war, und nahm dann kurzerhand die Ausfahrt.

Er fuhr die Schleife über die Brücke auf die Westseite und bog dann in eine Nebenstraße ein. Im Schritttempo dahintuckernd sah er sich die Umgebung an. So zumindest hätte es ein Beobachter interpretiert. In Wahrheit war Trosts Aufmerksamkeit selten auf das Offensichtliche gerichtet. Vielmehr folgte er seinem inneren Kompass, der ihn verlässlicher leitete als seine Sinnesorgane. Trost taxierte die Gegend wie ein Rutengeher ein Haus auf der Suche nach Wasseradern, indem er auf die Regungen in seinem Inneren hörte und der Spur des Bösen folgte. Denn genau das war es, woran er glaubte: Für ihn stand fest, dass alles Böse, was einen Menschen motivierte, Verbrechen zu begehen, greifbar war. Es war Materie. Und demzufolge aufspürbar.

Der Süden von Graz war nach dem Marchfeld in Niederösterreich das zweitgrößte Gemüseanbaugebiet Österreichs. Eine riesige Ebene, die allerdings im Lauf der letzten zehn, zwanzig Jahre immer mehr mit Lagerhallen und Fabriken zugebaut worden war. Das Industrie- und Gewerbegebiet hatte sich wie Krebs ins fruchtbare Ackerland gefressen, die Zahl der Bauern im Bezirk hatte sich halbiert. Die Lebensmittel, die einst vor der Haustür produziert worden waren, mussten nun zum Teil aus fernen Gegenden herangekarrt werden. Viele Bauern konnten von den Erträgen ihrer Felder nicht mehr leben.

An diesem Freitagnachmittag kam es Trost so vor, als durchquerte er eine seelenlose Asphaltwüste. Das Wochenende war angebrochen, Zauntore waren geschlossen, Parkplätze leer, die Rollläden an den Lagerhallen heruntergelassen. Nur Traktoren von Nebenerwerbsbauern krochen vereinzelt über die Felder. Zwischen den Hallen mit den spiegelnden Fassaden wirkten sie wie anachronistische Wesen, wie eine vom Aussterben bedrohte Art.

Trost ließ den Wagen am Straßenrand ausrollen, schaltete

den Motor ab und stieg aus. Weit und breit war kein Mensch auszumachen, die Ebene erstreckte sich bis zu den im diffusen Licht verschwimmenden Baumwipfeln am Horizont. Auf der gegenüberliegenden Straßenseite entdeckte er eine Trainingseinrichtung für Fußballer. Eine Halle, in der die Spieler in einer virtuellen Umgebung spezielle Fähigkeiten üben konnten. Trost hatte davon in der Zeitung gelesen und erinnerte sich, beeindruckt gewesen zu sein. Ein Computerprogramm simulierte Spielsituationen, die die Spieler innerhalb einer bestimmten Zeit zu bewältigen hatten. Ein Training, das Reaktionsfähigkeit und kognitive Fähigkeiten schärfte und für großes Aufsehen gesorgt hatte. Sogar Mannschaften aus der deutschen Bundesliga waren darauf aufmerksam geworden und hatten es getestet. Dass die Einrichtung hier im kahlen Nirgendwo neben einer Autobahn stand, hatte Trost jedoch nicht erwartet.

Erst vor ein paar Monaten hatte ihn ein Fall ins Hochschwabgebirge verschlagen. In eine Gegend, in der er zuvor nie gewesen war, eine raue, menschenunfreundliche Region. Und dennoch – er blickte über die Kukuruzfelder und bemerkte vereinzelte Kirchturmspitzen, die aus der Ebene ragten wie mahnende Zeigefinger – fühlte er sich hier weitaus bedrohter. Als stünde er in einer Schusslinie.

Er dachte an den Pfeil, der in Helmut Ludwig Gstrein gesteckt hatte, und überlegte, aus welcher Entfernung er abgeschossen worden sein musste, um ihn tödlich zu treffen. Ein Buch, das er gelesen hatte, kam ihm in den Sinn. In ihm war die Rede davon gewesen, dass englische Langbogenschützen zur Zeit des Hundertjährigen Kriegs aus einer Distanz von dreihundertfünfzig Metern zielsicher getroffen hätten. Er blickte sich wieder um. Die Kukuruzäcker waren keine fünfzig Meter entfernt. Schützen könnten sich darin verstecken, ihre Pfeile könnten ihn aus den verschiedensten Richtungen treffen. Plötzlich wurde aus dem latenten Unwohlsein eine kleine Panikattacke. Während Trost zurück zum Auto stolperte, fürchtete er, jeden Moment durchbohrt zu werden. Aus dem Inneren des VW-Busses glotzte ihn Zeus mit großen Augen an. Trost hätte schwören können, dass sich der Hund Sorgen um ihn machte.

Wieder in Sicherheit fuhr er bis zu einer Tankstelle mit angeschlossenem Beisl, das den seltsamen Namen »Wurmschach« trug. Dahinter begann ein großes Waldgebiet.

Da die Nadel seines inneren Kompasses auf das Gebäude zeigte, stieg Trost aus, ging darauf zu und fühlte sich mit jedem Schritt einer Antwort näher.

Vor einiger Zeit hatte er diese Todessehnsucht gehabt, damals war die Welt um ihn herum verstummt. Jetzt war es ähnlich, wenngleich es sich diesmal nicht so anfühlte, als hielte die Welt den Atem an. Hier draußen gab es einfach keine Geräusche außer dem steten Hintergrundrauschen der nahen Autobahn. Diesmal war es die Stille einer sprachlosen Welt.

7   Die Ladenlokale von Tankstellen sind zauberhafte Orte, denn wenn man über ihre Schwelle tritt, eröffnet sich einem stets eine neue Welt. Auch dieser Ort strahlte eine Art von Magie aus, als sich die Schiebetür schmatzend öffnete und Trost mit einem lauten »Grüß Sie!« eintrat. Das Draußen war schlagartig vergessen, Kaffeearoma und Zigarettenqualm überlagerten den Benzingeruch. Hinter den Regalreihen mit Naschzeug, Energydrinks, Extrawurstsemmeln in Frischhaltefolie und Pornoheften ging es in den Nebenraum, dem »Wurmschach«, wo sich ein halbes Dutzend Männer um einen Kaffeeautomaten drängte. Eine dicke graue Rauchwolke hing in dem Raum, Bierdosen standen auf Stehtischen. Trost hatte nie verstanden, warum ausgerechnet in den Hinterzimmern von Tankstellen so viel getrunken und geraucht wurde. Warum das erlaubt war. Die schummrige Atmosphäre, die von den schräg durchs Fenster fallenden Strahlen der Abendsonne ver-

stärkt wurde, zog ihn unweigerlich in den Bann, und er quittierte das plötzliche Verstummen der Anwesenden bei seinem Eintreten mit einem wissenden Lächeln. Ihre Reaktion hatte nichts mit ihm persönlich zu tun. Auf dem Land verstummten die Leute immer, wenn ein Fremder ihr Wirtshaus betrat. Und für Trost ging das Hinterzimmer der Tankstelle als Wirtshaus durch – als Wirtshaus mit Zapfsäulen.

Er griff nach einem Bier in der Kühlvitrine und ging damit zur Kasse, hinter der ein drahtiger Mann stand, der ihn mit Schlafzimmerblick, an dem seine Schlupflider schuld waren, stumm musterte. Während Trost bezahlte, wurden die Gespräche im Nebenzimmer wieder aufgenommen.

Als er sich zu dem Raum umdrehte, stellte er fest, dass die an drei Tischen stehenden Männergruppen anscheinend zusammengehörten, denn immer wieder kommentierte einer, was einer am anderen Tisch gesagt hatte. Trost fiel auch auf, dass die Gäste einander ähnlich sahen, als wären sie alle miteinander verwandt, was in kleinen Dörfern schon mal vorkommen konnte. Erneut lächelnd nippte er an seinem Dosenbier.

»Was gibt's da zu grinsen?« Einer der Männer, ein mächtiger Kerl mit schulterlangem Haar, schwieligen Händen und schlechten Zähnen, kam näher.

Trost blickte auf und merkte in diesem Moment, dass das Bier ein Fehler gewesen war, spürte er doch immer noch den Wein.

Der Tankwart, dessen Adern sich jetzt auf seinen beeindruckend dicken Unterarmen abzeichneten, wandte sich dem großen Gast zu. »Lass gut sein, Harti. Reg dich ab.«

Der Kerl, der Harti genannt wurde, musterte Trost, verzog die Lippen und murmelte ein: »Holt di Goschn«, wobei unklar blieb, wem von ihnen die Bemerkung galt – Trost oder dem Tankwart –, ehe er sich davontrollte.

Die anderen schienen den kurzen Zwischenfall nicht bemerkt zu haben und unterhielten sich weiter. Trost hörte ihnen zu.

»Wird die Autobahn jetzt ausgebaut oder nicht?«

»Ich sag dir was, ganz sicher wird sie das. Denen da oben sind die Leut ja eh wurscht. Es schert sie einen Dreck, was wir wollen. Und ob da jetzt einer von denen tot ist oder nicht, ist auch egal. Da geht's doch nur ums Geld.«

»Ja, aber die Bürgerversammlung werden s' deshalb ja wohl nicht absagen, oder?«

Mittlerweile hatte sich der streitlustige Harti wieder zu ihnen gesellt. »Und? Was glaubst du, was die ändern wird?«, fragte er. »Glaubst du etwa, da hört dir jemand zu? Da reden doch nur die Großkopferten, irgendwelche Anwälte und gescheite Leut, und am Ende bist sogar noch für den Ausbau, weil sie dir das Gehirn gewaschen haben.«

»Geh bitte, hörts doch auf. Was redets denn da? Sicher haben wir noch eine Chance, wir dürfen jetzt nur nicht aufgeben.«

»Stimmt, wir müssen etwas tun.«

»Vielleicht noch jemanden umbringen?«

Stille. Alle Köpfe drehten sich in Trosts Richtung.

Er konnte nicht glauben, dass er das jetzt gesagt hatte. Er hatte eine Frage in den Raum geworfen, die seiner Meinung nach gestellt werden *musste*, ein wenig mehr Behutsamkeit hätte aber nicht geschadet, das musste er zugeben. Nichtsdestotrotz ließ er seinen Blick nun wachsam durch den Raum gleiten, damit ihm nichts entging.

Harti kam auf ihn zu, blickte ihn starr an, machte dann einen Schritt zurück und spuckte ihm vor die Füße, ehe er den Raum verließ. Nach und nach folgten ihm die anderen. Keiner von ihnen ließ es sich nehmen, Trosts Blick zu suchen und dabei seiner Verachtung Ausdruck zu verleihen. Zuletzt stand Trost nur noch mit dem Tankwart im Laden.

»Tut mir leid«, sagte Trost. »Jetzt hab ich Ihnen das Geschäft versaut.« Er schaute auf die Stelle vor seinen Zehenspitzen. »Und den Boden.«

»Schon gut. Die machen sowieso nur Ärger, brauch ma net reden.«

»Wer sind die?«

»Bauern und Arbeiter aus der Gegend. Irgendwelche halt.«

»Kennen sich einige davon mit Pfitschipfeilen aus?«

Der Tankwart zuckte mit den Schultern.

»Sind zufällig Mitglieder eines Bogenschützenvereins darunter?«

Der Tankwart runzelte die Stirn. »Weiß ich auch nicht. So gut kenn ich meine Gäste in der Regel nicht. Wieso wollen Sie das wissen?«

Doch Trost murmelte schon einen Abschiedsgruß und ging zur Tür, die sich von selbst öffnete. Als er sich seinem Wagen zuwandte, bemerkte er, dass die Gäste nicht einfach nach Hause gefahren waren, sondern seinen VW-Bus wie eine Horde Wikinger ein wehrloses Dorf belagerten. Seine Chancen, heil das Tankstellengelände zu verlassen, schätzte Trost als nicht sonderlich gut ein.

8   »Wer bist du?«, brüllte Harti über die Zapfsäulen hinweg und ließ seine Fingerknöchel knacken.

Trost ging auf ihn zu wie ein Märtyrer. Es war offensichtlich, worauf er sich einließ. Es bestand nicht der geringste Zweifel, dass er geradewegs auf eine handfeste Schlägerei zusteuerte.

»Polizist? Eher nicht. Privatdetektiv vielleicht? Oder doch einer vom Land? Ein Beamter vom Bauamt?«

»Red nur weiter«, erwiderte Trost ruhig. »Das wird ja immer interessanter. Wen würdest du denn noch gerne verprügeln?«

Harti wandte sich zu den anderen um. »Was der redet? Was der reeedet?« Aus seinem Tonfall war die Ironie deutlich herauszuhören. »Verprügeln! Alter, wieso sollte ich? Du hast doch gar nichts falsch gemacht.«

»Aber er hat Fragen gestellt«, sagte jetzt ein anderer aus

der Gruppe, der furchterregend aussah. Ein Auge war angeschwollen, Pockennarben zerfurchten sein Gesicht, und eine Platzwunde an der Unterlippe verheilte nur schlecht. Er wirkte wie für ein Schlachtfeld zurechtgemacht, zumindest war offensichtlich, dass die letzte Wirtshausschlägerei nicht lange her war.

»Ja, hat blöde Fragen gestellt und rumgeschnüffelt«, sagte ein anderer.

Plötzlich spürte Trost einen Schlag von hinten auf die Schulter. Er war nicht sonderlich schmerzhaft, ließ ihn aber das Standbein wechseln. Wie hatte er sich nur überraschen lassen können? Mit der Berührung war klar eine Grenze überschritten worden. Die anderen waren zu siebt, einige davon ziemlich bullige, durchtrainierte Kerle.

Aus dem VW-Bus drang das wütende Bellen seines Hundes. Warum hatte er Zeus nicht mitgenommen? Er hätte so herrlich furchteinflößend dreinschauen können. Der Wagen begann zu schaukeln, so sehr sprang Zeus in ihm herum. Der Hund ahnte offenbar, dass es nicht gut um sein Herrl stand. Mit zweien, dreien von den Typen hätte Trost es vielleicht aufnehmen können, aber gegen die ganze Truppe waren seine Möglichkeiten begrenzt. Noch dazu, wo seine Leistungskurve seit Jahren abwärtsging, was kein Wunder war, betrieb er doch kaum noch Sport. Der letzte Zehn-Kilometer-Lauf lag Jahre zurück, Boxtraining machte er seit seinen Zwanzigern keines mehr, Fitnessstudios und Sportplätze trübten seinen Blick zu einer Erinnerung in Schwarz-Weiß. Was ihm geblieben war, war seine bullige Statur, und auch seine Erfahrungswerte konnte ihm keiner nehmen.

Ein Chuck-Norris-Satz fiel Trost ein. *Manche Menschen können viele Liegestütze – Armin Trost kann alle.* Er wusste nicht, warum ihm sein Gehirn in den unpassendsten Augenblicken immer wieder solche Gedanken lieferte. Vielleicht lag es diesmal am Wein? Und dann musste er auch noch über den dämlichen Satz grinsen.

»Ah, da findet einer schon wieder was witzig. Bist ein richtiger Witzbold, was?«

Der zweite Schlag war heftiger, eine Faust traf seine Brust. Trost wankte und lächelte nicht mehr. Der Hieb hatte wehgetan.

Strauchelnd sah er plötzlich Annette Lemberg vor seinem geistigen Auge. Sie sagte: »Ich brauche dich.«

Er riss sich zusammen und rieb sich die Brust. »Burschen«, hob er seine Stimme, »ich bin sicher, da liegt ein Missverständnis vor.«

»Ach ja? Weißt was? Das ist uns scheißegal.«

Trost sah eine Faust durch die Luft wirbeln, als wollte sie seinen Schädel wie eine Abrissbirne ein Gebäude einreißen. Ausweichen hatte keinen Sinn, würde die Männer vermutlich nur noch zorniger machen. Besser, er steckte die Schläge einfach ein. Im besten Fall würde er schnell das Bewusstsein verlieren. Im schlimmsten … »Alles ein Missverständnis«, flüsterte er noch und erwartete den nächsten Schlag.

Doch er kam nicht. Stattdessen dröhnte eine Stimme über den Parkplatz. Der Tankwart war aus dem Laden gekommen und hielt ein Handy in die Höhe. »Ich ruf die Polizei, so schnell könnts gar nicht schauen, und dann seids alle dran! Alle zusammen. Hab alles auf Video, ihr Deppen.«

Harti machte einen Schritt auf ihn zu. »Jetzt beruhig dich einmal, Edgar. Ist doch gar nichts passiert. Wir sind nur a bisserl angespannt. Erst diese blöden Idioten mit ihrer Autobahn, dann stirbt einer, und dann taucht auch noch prompt so ein Wichtigtuer auf und will uns ausfratscheln, indem er was von Mord redet. Kannst du das nicht verstehen?«

»Ich verstehe alles, Harti«, knurrte der Tankwart bedrohlich. »Einen Schritt noch und ihr könnt euer Bier ab sofort woanders saufen.«

Zwei Minuten später hatten sich alle getrollt, und der Tankwart legte Trost einen dicken Arm um die Schulter. »Alles in Ordnung mit Ihnen?«

»Ja, danke.«

»Nichts zu danken, aber die hätten Ihnen schon nichts getan.«

»Das hat aber anders ausgesehen.«

»Ach was, eigentlich sind die ganz harmlos. Dampfplauderer halt.« Seine Stimme war jetzt fast unangenehm laut.

»Dampfplauderer, ja, das sind sie. Aber die Leute hier stehen halt unter Strom. Haben Angst, dass der Verkehr mit dem Autobahnausbau noch stärker zunimmt. Und fürchten noch mehr Lärm, Staub und Dreck. Es wird eh immer mehr, weil die Bauern ihr Land verkaufen und sich immer mehr Firmen mit immer mehr Lkw hier ansiedeln. Von dem Landidyll, wegen dem viele hierhergezogen sind, ist kaum mehr was übrig.«

»Landidyll in der Nähe einer Autobahn?«, fragte Trost skeptisch.

Der andere schnalzte mit der Zunge. »Na ja, die Mehrheit der Häuser stand schon da, bevor es die Autobahn gab. Und wenn Leute etwas Neues kauften, wurde ihnen vor Baustart eben das Blaue vom Himmel versprochen. Ein paar Jahre später folgte dann das böse Erwachen. Flächenwidmungspläne änderten sich, und aus Ackerland und Grünflächen wurde Bauland. Die Landwirte haben ihre Felder bei uns für um die zweihundert Euro pro Quadratmeter verkauft. Wenn Sie rechnen können, wissen Sie, dass die mit ein paar Ackerflächen Multimillionäre geworden sind. Das ist so, brauch ma net reden.«

Trosts Meinung nach hörte sich der Tankwart immer mehr an wie ein polternder Kommunalpolitiker. Als hätte er gut und gerne fünfzig Kilo mehr auf den Rippen und würde am liebsten mit seinen fleischigen Fingern auf einen Stammtisch trommeln. Sein Kopf war schon bluthochdruckrot.

»Dann waren diese Typen keine Bauern?«

»Nein, aber genauer kenn ich die auch nicht.«

Trost machte einen Schritt zurück und musterte den Mann. »Ein Wirt, der seine Gäste nicht kennt?«

»Das ist doch ganz normal. *Sie* kenn ich ja auch nicht. Außerdem bin ich nur ein kleiner Tankwart, der nebenher Bier verkauft. Sind Sie jetzt einer von der Polizei oder nicht?«

Trost grinste gequält. »Chuck Norris bin ich jedenfalls nicht.«

»Bitte?«

»Ach, nichts.«

Das Zwielicht senkte sich über die Ebene, als Trost kurz darauf den VW-Bus startete, nachdem er Zeus beruhigt hatte. Die Sonne ging hinterm Schöckl unter und warf letzte spitze Strahlen. Die Schatten wurden länger. In den Häusern der kleinen Ortschaft hinter der Tankstelle gingen die Lichter an, im angrenzenden Wald wurde es immer dunkler. Dort setzte die Nacht zuerst ein. Als Trost auf die Autobahn zurück nach Graz fuhr, hatte er das Gefühl, etwas Böses würde ihn verfolgen. Er stieg aufs Gas.

9   Eine Leiche, viel Wein und fast eine Schlägerei, und trotzdem war Armin Trost mit seinen Gedanken ganz woanders, als er eine gute Stunde später seinen Wagen zwischen Herz-Jesu-Kirche und Schillerplatz in Graz abstellte. Er hatte einen Entschluss gefasst. Er würde die Flaschen im Auto lassen und sie nicht Karton für Karton in seine Unterkunft tragen.

Einen Moment lang schloss er die Augen. Als er sie wieder öffnete, war das Licht seines Handydisplays die einzige Lichtquelle im Wagen. Darauf der Kontakt, den er zuvor ausgewählt hatte. Er berührte das grüne Hörersymbol und wartete so lange, bis eine mechanische Frauenstimme ihn aufforderte, eine Nachricht auf Band zu hinterlassen. Was er nicht tat.

Seltsamerweise ging es ihm nach dem erfolglosen Anruf besser. Es war zu keinem Gespräch gekommen, aber er hatte es zumindest versucht.

Der zweite Anruf bereitete ihm mindestens genauso viel Kopfzerbrechen. Stunden schon hatte er ihn vor sich hergeschoben und musste ihn nun endlich hinter sich bringen. Diesmal meldete sich bereits nach dem ersten Läuten die Stimme am anderen Ende der Leitung. Und fünf Minuten später war Trost sich nicht mehr sicher, das Richtige getan zu haben. Er drehte sich zur Rückbank und öffnete einen Weinkarton. Kurz darauf machte er sich mit zwei Flaschen halbtrockenem Sämling unterm Arm und Zeus an seiner Seite auf den Weg zu seiner Behausung.

Samstag

1   Die Landespolizeidirektion Steiermark lag zwischen Wetzelsdorf und Straßgang, den 15. und 16. Grazer Gemeindebezirken. Beide Dörfer waren 1938 vom Nazi-Regime ins damalige Groß-Graz eingemeindet worden.

Das Hauptquartier der Polizei bestand aus einer Ansammlung großer schachtelartiger Betongebäude, deren martialischer Eindruck durch die direkte Nachbarschaft zum Militärkommando Steiermark noch verstärkt wurde. Rechter Hand hinter der Zufahrt lag der Bau, in dem das Landeskriminalamt untergebracht war.

In dessen Gängen wimmelte es am nächsten Morgen nur so von Frauen und Männern. Es schien, als wären alle Einheiten auf den Beinen, als wüsste jeder ganz genau, was zu tun sei. Die einen schritten in ihren Büros auf und ab und telefonierten dabei, die anderen legten ihre Dienstwaffen an, als zögen sie in den Krieg.

Das sphärische Licht der aufgehenden Sonne unterstrich die allgemeine Aufbruchsstimmung. Befehle wurden verteilt, manche gebrüllt, manche durch zusammengepresste Lippen ausgestoßen. Armin Trost stand inmitten des großen Büros der Mordgruppe und kam sich deplatziert vor. Niemand beachtete ihn.

Er sah an sich hinab, betrachtete seine Hände, als wollte er sich vergewissern, dass er existierte. Als er sich wieder im Raum umschaute, traf sein Blick den einer zweiten Person, die wie er verloren im Trubel wirkte. Die einzige, die ihn ansah. Ein zweiundsechzigjähriger Mann mit schütterem Haar und einem in letzter Zeit wieder zu beachtlicher Größe angewachsenen Bauch. Wie immer trug er einen grauen Anzug über einem weißen Hemd, und Trost musste nicht genauer hinsehen, um zu wissen, dass sich unter den Achseln die obligatorischen dunklen Schweißflecken ausbreiteten. Seine Füße steckten in weißen Turnschuhen, und seine aschfarbenen Augen sahen durch eine altmodische Hornbrille, sodass er einem italienischen Paten ähnelte. Nur wenige kannten den Mann besser als Armin Trost und wussten, dass Johannes Schulmeister genau das Gegenteil von einem Mafiaboss war. Immerhin waren die beiden fast zwanzig Jahre lang Seite an Seite gegen das Böse ins Feld gezogen.

Ihr Verhältnis war nie ganz frei von Konflikten gewesen. Schulmeister hatte Trost immer spüren lassen, wer der ältere und erfahrenere Ermittler von ihnen war, und als Trost dann eines Tages zum Gruppenleiter ernannt wurde und später auch noch die junge, ehrgeizige Annette Lemberg das Team verstärkte, waren Spannungen beinahe an der Tagesordnung. Die Zusammenarbeit mit Schulmeister war selten angenehm. Zumindest war ihnen nicht langweilig geworden, sie retteten sich gegenseitig das Leben, kämpften letztlich immer für dieselbe Sache. Und jetzt standen sie beide da und fühlten sich als die Außenseiter, die sie mittlerweile waren. Trost, weil er sich seit Monaten zurückzog – zuerst ins Baumhaus in seinen Garten, jetzt in ein Zimmer in einem ehemaligen Wirtshaus in St. Leonhard am anderen Ufer der Mur. Weil er vor den Geistern davonlief, die ihn verfolgten, und dabei war, seine Familie zu verlieren.

Und Schulmeister, weil er den Tod seiner Frau nicht verkraftete.

Zwei Männer, auf deren Seelen das Leben als Kriminalbeamte große Narben hinterlassen hatte.

Jetzt musterte Schulmeister Trost mit einem seltsamen Blick, den selbst er, der begnadetste Ermittler im ganzen Land, wie ihn eine Wiener Gratiszeitung einmal in einem peinlich heroisierenden Bericht bezeichnet hatte, nicht zu deuten wusste. Sprach Feindschaft oder Freundschaft daraus? Trost musste es darauf ankommen lassen und es herausfinden. Er nahm sich ein Herz und ging auf Schulmeister zu.

Die beiden standen sich gegenüber und schienen die Welt um

sich herum nicht mehr wahrzunehmen. Trost legte den Kopf etwas in den Nacken, um dem Größeren in die Augen zu sehen.

»Was machen wir hier?«, begann er und war froh, immerhin ein Schulterzucken als Antwort zu bekommen. Genauso gut hätte Schulmeister ihn einfach beiseiteschieben und ignorieren können.

»Du weißt, dass ich nichts dafürkann. Nichts dafür, dass du entführt wurdest. Und auch nichts dafür, dass wir dich so spät gefunden haben.«

Diesmal reagierte Schulmeister nicht einmal mit dem Zucken einer Wimper.

»Und ich konnte auch nichts dafür, dass sich Roswitha das Leben genommen hat«, fuhr Trost leiser fort und machte dann eine Pause, um herauszufinden, ob seine Worte etwas in Schulmeister auslösten. Vor sich hatte er das Bild von Roswitha Schulmeister, die am Kalvarienberg vor der Kreuzigungsgruppe auf der Brüstung stand. Wie sie sich die Pistole an den Kopf hielt und Lemberg versuchte, sich unbemerkt von hinten zu nähern. Wie der Schuss fiel. Das Blut spritzte. Trost blinzelte die Einzelheiten fort.

»Es war schrecklich für uns«, sagte er schließlich. »Annette und ich haben alles versucht, aber sie wollte einfach nicht mehr.« Und weil ihm nichts Besseres einfiel, wiederholte er leise: »Es war schrecklich.«

Schulmeister senkte nur den Kopf, die Hände immer noch in den Hosentaschen. Leicht wippte er vor und zurück, als wägte er einen Gedanken ab. Er kaute an seiner Unterlippe, dann flatterte ein Augenlid, als wollte es ein Staubkorn wegblinzeln. Oder eine Träne.

Trost erinnerte sich, wie er Schulmeister vor ein paar Monaten in einem Sarg entdeckt hatte. Wie überrascht sie beide gewesen waren, sich doch noch einmal lebend wiederzusehen.

»Ich habe gehört«, sagte Schulmeister plötzlich in die sie umgebende Aufregung hinein, »dass deine Familie auch weg ist.«

Trost blendete alles um ihn herum aus. »Sie ist fort«, sagte er. »Aber nicht weg.«

»An einem sicheren Ort?«

»Ich hoffe es.«

»Und kommt sie zurück?«

»Ich hoffe es.«

»Das hoffe ich auch. Für dich.«

2   Es war ein eigenartiger Moment. Fast wären sie einander um den Hals gefallen, zwei in die Jahre gekommene Männer, die sich schwer miteinander taten, deren Chemie nicht hundertprozentig stimmte. Und doch empfanden sie etwas füreinander. Sie waren einander nicht egal.

»Nun gebt euch schon die Hand, wir haben nicht ewig Zeit.« Annette Lemberg stand im Türrahmen und winkte die beiden zu sich. »Der Graf und ich würden uns gerne mit euch unterhalten.« Indem sie mit den Armen wedelte, vertrieb sie zwei, drei telefonierende Kollegen aus dem Raum. Als sie die Glastür hinter sich zuzog, sperrte sie auch den Lärm aus und schloss eine Sekunde lang die Augen. »Ihr habt keine Ahnung, was sich gerade abspielt.«

Sie hatte gerade einen Schritt von der Tür weg gemacht, da öffnete sich die sogleich wieder, und ein Kollege von der Sitte platzte herein. »Mensch, Johannes, was machst 'n du da?« Er begrüßte den schmallippig lächelnden Schulmeister mit High Five. »Dass du auch einmal wieder vorbeischaust. Wie geht's dir denn? Fangst wieder bei uns an?«

»Manninger, bitte.« Lemberg stand mit verschränkten Armen an der Tür.

Der Angesprochene hob sofort die Hände. »Bin schon weg. Wir reden später, Hannes, alles klar?«

»Alles klar.«

Diesmal sperrte Lemberg hinter ihm ab und seufzte tief, als

würde das eine Last von ihren Schultern nehmen. Eine Last, die fast sichtbar war, so müde wirkte sie. »Setzt euch doch.« Sie räusperte sich. »Bitte.«

Schulmeister und Trost zogen umständlich die Sessel zu sich, der Graf lehnte sich an eine Schreibtischkante.

»Also«, Lemberg massierte ihre Finger, »ihr fragt euch sicher, warum ihr hierhergebeten wurdet.« In diesem Moment schien ihr bewusst zu werden, dass sie mit zwei ehemaligen Vorgesetzten sprach, beide so etwas wie lokale Legenden, und sie stockte.

»Es war nicht ihre Idee«, fiel ihr der Graf ins Wort und erntete dafür einen giftigen Blick von Lemberg.

Schulmeister und Trost hoben synchron die Augenbrauen.

»Um ehrlich zu sein«, versuchte Lemberg, das Steuer wieder zu übernehmen, »kam der Wunsch tatsächlich von ganz oben, aber wir freuen uns natürlich, euch wieder mit im Boot zu haben. Derzeit können wir jeden Mann gebrauchen.«

»Moment.« Schulmeister hob den Zeigefinger und schaute von einem zum anderen. »Noch bin ich in gar keinem Boot. Zumindest nicht, solange ich nicht weiß, worum es geht. Gierack hat mich angerufen, das ist bis jetzt alles.«

»Auf dessen Anliegen wollte ich ja gerade zu sprechen kommen. Wenn mich jetzt bitte keiner der Herren mehr unterbrechen würde?«

Trost fand die Schärfe ihres Tonfalls unangebracht. Dennoch ging es ihm wie Schulmeister, der Lembergs sichtliche Anspannung offenbar bemerkt hatte und ihr jetzt aufmerksam zuhörte.

Fünf Minuten später waren alle im Bilde, und Trost war froh, dass sie bereits Platz genommen hatten, denn schon nach dem ersten Satz war klar gewesen, dass es diese Neuigkeiten in sich hatten.

3 Lemberg berichtete, dass bisher davon ausgegangen wurde, dass Gstrein Opfer eines Missverständnisses geworden war. »Ein Unfall. Schließlich hat nicht er, sondern seine Frau die Drohbriefe erhalten. Wie übrigens die Mitglieder der halben steirischen Landesregierung, was leider bereits bis zur Presse durchgedrungen ist.«

Deshalb, so fuhr sie fort, stünden die Spitzenpolitiker schon seit zwei Tagen unter Polizeischutz. Und nicht nur das: Sämtliche öffentliche Gebäude würden von schwer bewaffneten Kollegen bewacht, die Polizeipräsenz auf den Straßen sei verstärkt worden, der Landespolizeidirektor habe eine Urlaubssperre für die Exekutive ausgesprochen, und der Leiter der Kriminalabteilung, Balthasar Gierack, halte seine Leute fast rund um die Uhr auf Trab.

»Nicht nur zur Sicherheit der Politiker«, betonte Lemberg, »auch, weil uns jetzt alle auf die Finger schauen. ›Wir lassen keine Schwächen zu. Wir zeigen denen, wie gut wir sind‹, das waren Gieracks Worte.«

Es war ein offenes Geheimnis, dass ihr Chef dabei vor allem an sich selbst dachte. Er war es, der sich keine Schwächen anmerken lassen und vor der Obrigkeit und vor allem vor der Presse gut dastehen wollte.

Lemberg atmete tief durch. »Also haben wir alle in den letzten Tagen unser Bestes gegeben. Haben kaum geschlafen, alles andere liegen und stehen gelassen, und dann wird plötzlich der Mann der Landesrätin ermordet. Noch dazu auf höchst aufsehenerregende Weise. Ihn hatten wir natürlich nicht unter Schutz gestellt. Jetzt ist die Hölle los. So sieht es im Moment aus.« Sie seufzte und rückte einige Akten auf dem Tisch gerade. Die Geste wirkte hilflos. »Falls ihr bereits erste Vorschläge habt, wie wir mit der Ermittlung vorankommen könnten, her damit. Wenn nicht, geht bitte an die Arbeit, die Zeit drängt.«

Da weder Trost noch Schulmeister etwas erwiderten, steckte Lemberg die Hände in die Hosentaschen ihrer Jeans und hob die Schultern. »Und eines noch: Es war wie gesagt nicht meine

Idee, euch zu bitten, wieder einzusteigen. Die Direktive kam von oben. Ich persönlich bin der Meinung, wir hätten es noch eine Zeit lang ohne euch versuchen sollen, aber wie ebenfalls schon angedeutet, freue ich mich natürlich, dass ihr wieder zurück seid. Auch wenn der Chef das entschieden hat.«

»Das kam jetzt mindestens ein Mal zu viel«, meinte Schulmeister. »Warum ist Gierack eigentlich weit und breit nicht zu sehen?«

»Er ist seit heute früh bei der Sicherheitsdirektion in Wien. Tut mir leid, dass ihr mit mir vorliebnehmen müsst.«

»Darum geht es doch gar nicht«, erwiderte Schulmeister. »Versteh mich bitte nicht falsch, ich schätze deine Gesellschaft hundertmal mehr als die von Gierack. Aber wie sollen wir jetzt anfangen? Wo setzen wir an?«

Trost merkte, dass Lemberg ihn das erste Mal ansah, seit sie in den Raum gekommen waren. Ein kurzer, flüchtiger Blick.

»Reini und du seid ein Team«, sagte sie dann. »Ich arbeite mit Armin zusammen.«

Trost entging nicht, dass Schulmeisters linke Augenbraue kurz zuckte.

»Ihr kümmert euch um die Leiche«, fuhr Lemberg fort. »Vielleicht hat die Spurensicherung schon weitere Erkenntnisse. Ich kann mit dem Dietrich nicht so gut, wäre also besser, wenn ihr das übernehmt.«

Waldemar Dietrich, der Leiter der Spurensicherung, war ein hervorragender Analytiker, mochte es aber nicht, unter Druck gesetzt zu werden. Lemberg dagegen konnte nicht anders, als immer alles schnell zu erledigen und sofort wissen zu wollen und mit ihrer Hektik und Ungeduld alle um sie herum fahrig zu machen. Kurzum: Die beiden harmonierten einfach nicht.

»Außerdem checkt ihr bitte die Bogenschützenvereine. Wir brauchen eine Liste aller Mitglieder. Armin und ich nehmen uns noch einmal die Umgebung des Tatorts vor.«

Trost betrachtete seine Fußspitzen, während Schulmeister die Backen blähte.

Lemberg schaute von einem zum anderen. »Ach, kommt schon. Jetzt tut halt nicht so, als würdet ihr nicht wollen.« Dann wandte sie sich direkt an Trost. »Wir brauchen euch.«

4   »Ein richtiger Wirt kennt immer seine Gäste.«

Im kleinen Garten des Hinterhofs vom »Wurmschach«, in dem auch Blechtonnen und ein Autowrack standen, schaufelte der Tankwart mit nacktem Oberkörper ein Loch. Die Muskeln spannten sich unter seiner auffälligen Tätowierung am Rücken. Der Mann beachtete Trost und Lemberg kaum, die am Maschendrahtzaun lehnten. Zeus schnüffelte am Zaun entlang und markierte eine Stelle.

»Ein Kollege ist vorne im Laden, falls ihr tanken wollt.«

»Ich habe noch nie eine Tankstelle mit Garten gesehen«, sagte Trost. »Wollen Sie Ihre Ware in diesem Loch lagern?«

»Nein, das Loch ist für eine Rose, damit in dieser Gegend wenigstens etwas blüht.«

Trost ging auf die Bemerkung nicht weiter ein und wechselte stattdessen das Thema: »Schöne Tätowierung. Was stellt sie dar?«

»Ein Kreuz und einen Drachen, sieht man doch.«

Lemberg verlagerte ungeduldig das Gewicht von einem Bein aufs andere. »Entschuldigt, dass ich unterbreche, meine Herren«, mischte sie sich ein, »aber wir haben keine Zeit, um uns über Gartenarbeit und Körperkunst auszutauschen. Gehen wir jetzt rein, oder wollen wir uns hier draußen unterhalten?«

Der Mann lehnte sich lässig auf seine Schaufel. »Worüber denn?«

»Über Ihre Gäste«, gab Trost zurück.

»Sie sind also wirklich Polizist?«

»Ich hab nichts anderes gelernt.«

»Unzufrieden mit dem Job? Dann sind wir schon zwei.«

»So, die Plauderstunde ist hiermit endgültig beendet«, hielt Lemberg es nicht mehr aus und holte einen Notizblock hervor. »Ihren Namen bitte.«

Der Mann wirkte amüsiert. »Landmann. Edgar Landmann, aber ihr könnt ruhig Du zu mir sagen. Ich bin der Edi.«

»Danke, Herr Landmann, aber ich denke, es ist besser, wir bleiben beim Sie. Sie kennen also einen gewissen«, sie blätterte im Notizblock, »Harti?«

Landmann schaute Trost in die Augen und nickte. »Sie haben gute Informanten.«

»Wissen Sie, wo der wohnt?«

»Hören Sie, ich bin keiner, der Leute verpfeift.« Landmanns Miene versteinerte sich. »Mich geht das alles nichts an.«

»Verpfeift? Hat dieser Harti denn etwas ausgefressen?« Lemberg schaute Trost von der Seite an. »Außer dass er einen Polizisten angegriffen hat.«

Auch Landmann warf Trost neuerlich einen langen Blick zu. Er wirkte amüsiert, doch unter der Fassade glaubte Trost auch so etwas wie Enttäuschung auszumachen. »Ich denke nicht, dass ihm bewusst war, mit wem er sich da angelegt hat.«

»Und die anderen? Wer waren die?«

»Seine Leute halt. Mit denen hängt er oft hier ab. Kenn die nicht so gut.«

»Wo wohnt dieser Harti? Wie heißt er noch? Kommen Sie schon, lassen Sie sich doch nicht jedes Detail aus der Nase ziehen.«

Trost griff nach Lembergs Unterarm. »Anne …«

Sie entwand sich ihm und funkelte ihn an. »Wir haben keine Zeit für Zaungespräche. Wir brauchen Details, und zwar schnell.«

»Ich weiß aber keine Details«, sagte der Tankwart. »Wirklich nicht.« Er hielt kurz inne. »Aber kommen Sie doch heute Abend zum großen Treffen in den Veranstaltungssaal. Ist wegen der Autobahn. Da werden eh alle da sein.«

»Obwohl gerade jemand gestorben ist?«

Über Landmanns Gesicht huschte der Ausdruck von Gleichgültigkeit. »Was hat denn der Tote mit uns zu tun? Jeden Tag sterben Leute. Seit Monaten werden täglich Todeszahlen vermeldet, damit wir kuschen. Glauben Sie, einer mehr bringt uns da noch aus der Fassung?«

Lemberg zeigte mit gezücktem Kugelschreiber auf ihn. Das Letzte, was sie jetzt wollte, war eine Corona-Diskussion, wie sie an Stammtischen geführt wurde. »Da haben Sie nun auch wieder recht. Dann sagen Sie mal, warum hier so eine große Aufregung wegen der Autobahn herrscht. Jeden Tag im Stau zu stehen ist nicht gerade angenehm, und die Bauarbeiten würden doch höchstens ein, zwei Jahre dauern.«

Er blickte sie scharf an. »Und weil es dann eine dritte Fahrspur gibt, wird der Verkehr weniger, oder was? Glauben Sie das wirklich? Ist nicht eher das Gegenteil der Fall?«

»Wohnen Sie auch hier?«

»Nein, in Graz.«

»Aha, und Sie fahren jeden Tag mit dem Fahrrad zur Arbeit?«

»Natürlich nicht. Trotzdem ist das hier nun einmal das zweitgrößte Gemüseanbaugebiet Österreichs. Ich finde, der Verkehr reicht.« Landmann klang, als würde er die Sätze von einer Broschüre ablesen.

Spöttisch warf Lemberg einen Blick auf eine Schiefertafel, die an der Hausmauer lehnte. »Ach, Gemüseanbaugebiet? Und warum bestehen Ihre Menüs dann vorrangig aus Wurstsemmeln und äh ... Wurstsemmeln? Warum gibt's hier nichts für Vegetarier? Ich sag's Ihnen, weil diese Nahrungsmittel teurer sind als Fleisch.«

Trost unterbrach die beiden, indem er sich vom Zaun abstieß. »Wir gehen jetzt.«

Landmann schaute eingeschnappt. »Ist auch besser so. Aber kommen Sie heute Abend vorbei, da wird mit solchen Floskeln nur so um sich geschmissen. Vegetarier sind übrigens auch willkommen.«

»Wir sehen uns.« Trost schob Lemberg auf den Dienstwagen zu.

»Bin aber auch nicht beleidigt, wenn nicht!«, rief Landmann ihnen hinterher.

Als sie beim Wagen ankamen, wurden sie schon von Zeus erwartet. Er war schon mal vorgegangen, legte den Kopf schief und schien sich zu freuen, von hier wegzukommen.

Trosts Hand drückte immer noch gegen Lembergs Rücken. Ihr Körper fühlte sich steif und hart an.

Plötzlich befreite sie sich und drehte sich um. »Glaub ja nicht, dass ich mir alles gefallen lasse, nur weil du plötzlich wiederaufgetaucht bist. Ich hatte so gehofft, dass …«

»Was?«

»Ach, steig ein.«

»Warte noch kurz«, sagte Trost und ging zum Garten hinter der Tankstelle zurück.

Landmann streifte sich gerade sein T-Shirt über. Der Drache verschwand darunter, als wollte er sich verkriechen.

»Eins noch. Die dritte Fahrspur brächte mehr Verkehr, sagen Sie?«

»Ja, sicher.« Landmanns Kopf kam durch den Shirtausschnitt zum Vorschein.

»Aber wäre das nicht gut für Sie?«

»Hä? Wieso?«

»Na ja.« Trost machte eine Geste, die den Garten und das angrenzende Gebäude sowie die Zapfsäulen mit einschloss. »Ist doch naheliegend.«

Landmann zuckte mit den Schultern. »Ist nicht meine Tankstelle.«

5   »Lässt du mich kurz raus?«

Lemberg fuhr an den Straßenrand und beobachtete, wie Trost aus dem Wagen stieg und regungslos auf einen Acker starrte. Sie hatte gedacht, er müsse erledigen, was nur Männer am helllichten Tag am Straßenrand im Stehen erledigten, doch nach ein paar Minuten wurde ihr klar, dass er nachdachte. Und es wurde ihr auch klar, wie sehr er sie mit dieser Attitüde nervte. Sie schaltete den Radio ein und gleich darauf wieder aus, weil ein Werbeblock lief. Schließlich gab sie ihrem Drang nach und stieg ebenfalls aus.

»Was immer du da machst, könntest du damit langsam zu einem Ende kommen? Wir haben einen Mordfall zu klären.«

Trost schreckte hoch. »Eben. Siehst du das dort hinten?« Er zeigte in Richtung der Autobahnauffahrt, in deren Nähe der Mord geschehen war.

»Die Hundeschule, ja.«

»Habt ihr euch dort schon umgehört?«

»Reini war unmittelbar nach der Tat dort, aber es war geschlossen. Hat niemanden angetroffen.«

»Jetzt sollte jemand da sein. Ich kann Hundegebell hören.«

»Und? Wenn zum Tatzeitpunkt niemand da war, wäre eine Befragung nur Zeitverschwendung. Wir stehen unter großem Druck, Armin.«

Trost fixierte sie, als forschte er nach einem Anflug von Ironie. Sichtbar enttäuscht, nichts zu finden, blickte er wieder zur Hundeschule. »Was hast du gehofft?«

»Wie bitte?«

»Du wolltest vorhin doch etwas sagen.«

Sie rollte mit den Augen. »Ich hatte so gehofft, dass du aus freien Stücken zurückkommst. Ich hatte es dir doch angeboten. Aber stattdessen kommt diese blöde Weisung, euch beide sofort einzubinden. Ich merke doch, dass Gierack mir die Leitung des Falls nicht zutraut.«

»Ich glaube nicht, dass das der Grund ist. Wir brauchen einfach alle verfügbaren Kräfte.« Trost wollte das Thema nicht weiter vertiefen. »Wir gehen jetzt zur Hundeschule und stellen unsere Fragen.« Nachsatz: »Und wir beeilen uns.«

Der Kies knirschte unter ihren Schritten, als sie eine Minute später vom Parkplatz der Hundeschule zum Vereinshaus gingen. Auf dem Weg dorthin klärte Lemberg ihn auf. »›Sitz & Platz‹ wurde 1996 gegründet, war ursprüngliche ein auf Collies spezialisierter Verein, nimmt heute aber alle Hunderassen auf.«

»Offenbar ist die Zeit von Lassie wirklich vorbei.«

Zeus spitzte die Ohren und hatte sein Haupt hoch erhoben. Als ahnte er schon, dass es darauf ankam, gab er sich zutraulich und wich nicht von Trosts Seite.

»Haben sich Schulmeister und der Graf wegen der Bogenschützenvereine schon gemeldet?«, erkundigte sich Trost.

»Nein. Soll ich sie jetzt etwa auch alle Hundevereine abklappern lassen?«

Trost ging nicht darauf ein. »Manchmal liegen die Dinge nicht so weit auseinander.«

Sie gingen an einem Zaun entlang, hinter dem ein Border Collie Kunststücke vollführte. Er sprang über Hindernisse und kroch durch Röhren, nur um Sekunden später wieder an der Seite seines Herrchens zu hecheln. Schließlich blickte er hoch, schnappte sich ein Leckerli und wartete auf das nächste Kommando. Auch eine weitere Herrchen- und Frauchengruppe mit Hunden unterschiedlichster Rassen an der Leine übte gerade. Einige der Tiere bellten, andere erhielten Befehle, nur wenige saßen friedlich und artig neben ihren Besitzern. Zeus warf seinen Artgenossen auf dem Trainingsplatz einen geradezu überheblich beiläufigen Blick zu.

»Wozu braucht euer Hund denn eine Schule? Der ist doch perfekt erzogen.« Die helle Stimme kratzte unangenehm. Ihr Besitzer hustete kurz.

Zeus machte Platz, ließ sein Zunge hängen und Trost nicht aus den Augen.

»Oder seid ihr von der Konkurrenz?« Der Besitzer der Stimme saß auf der Veranda einer Holzhütte auf einem Holzstuhl, dessen hellblaue Farbe abblätterte und gefährlich unter seiner Last knirschte, und drückte den Rest seiner Zigarette in einen Aschenbecher auf dem Fensterbrett. Als er sich streckte, stellte Trost fest, dass der Mann ihn um mindestens einen Kopf überragen musste. Er hatte eine Statur wie Popeyes Olivia und trug einen Bart, der ausschließlich am Kinn dicht wachsen wollte. In seine grauen Bartsträhnen waren farbige Bänder und Glöckchen geflochten, die leise klingelten. Die Finger des Mannes, den Trost auf knapp sechzig schätzte, waren gerötet und knotig. Insgesamt machte der Typ einen betrunkenen und vergnügten Eindruck, keine Erscheinung, die man sonderlich ernst nehmen konnte, befand Trost. Und auch keine, der man seinen Hund anvertrauen wollte.

»Gehört Ihnen der Laden?«, wollte Lemberg wissen und stellte sich selbstbewusst und breitbeinig vor ihn hin.

Er musterte sie sichtlich amüsiert und machte eine theatralisch ausholende Bewegung. »Der Laden, wie Sie ihn nennen, gehört einem Verein. Ich bin stolzes Vorstandsmitglied. Momentan das einzige hier anwesende.«

»Haben Sie auch einen Namen?«

»Wer will das wissen?«

»Lemberg, Kripo Graz. Und das ist mein Kollege Trost. Können Sie sich ausweisen?«

»Nur, wenn Sie das auch tun.«

»Hören Sie«, schaltete Trost sich ein. »Ich würde das Spielchen gerne abkürzen. Sagen Sie uns bitte, wie Sie heißen.«

Der Mann streckte seine Beine aus und legte sie auf die Verandabrüstung. Er kraulte sich so auffällig am Bart, als spielte er Activity und wollte das Wort »Nachdenken« pantomimisch darstellen.

Lemberg runzelte die Stirn. »Echt jetzt? Ihnen will Ihr Name nicht einfallen?«

»Wie? Ach so. Maultasch. Mein Name ist … Peter Maultasch.«

»Das haben Sie sich jetzt gerade ausgedacht.«

Sein Mund formte ein entrüstetes O. »Nein, so heiße ich wirklich.«

»Okay, Herr Maultasch, haben Sie denn mitbekommen, was gestern unweit von hier passiert ist?«, wollte Lemberg wissen.

Maultasch schaute von einem zum anderen. »Ah, jetzt verstehe ich. Ihr seid gar nicht von der Finanz- oder Gewerbepolizei und an Hunden oder unserem *Laden* interessiert.« Er betonte das vorletzte Wort, als bedeutete es etwas Unsittliches.

»Ganz richtig. Also?«

»Wie ihr sicher schon rausbekommen habt, war gestern unser Ruhetag. Keiner da. Kann ich also noch irgendwie anders weiterhelfen?« Maultasch schwang seine Beine von der Brüstung, stand auf und kam überraschend flink auf sie zu.

Lemberg machte einen Schritt zurück, und Trost bemerkte aus dem Augenwinkel, dass sich ihre Hand Richtung Pistolenhalfter bewegte.

Vor Trost ging der Mann plötzlich in die Knie und berührte Zeus am Kopf. »Na, du bist ja ein Hübscher.« Die Glöckchen in seinem Bart klingelten.

Zeus schaute irritiert auf, ließ sich aber bereitwillig kraulen und streicheln.

»Wahnsinn. Ein reinrassiger Sennenhund. Wie lange haben Sie ihn schon?«

»Ein knappes Jahr.«

»Erst? Der ist doch schon mindesten vier oder fünf Jahre alt. Aus dem Tierheim?«

»Von der Straße.«

»Ehrlich? Einfach so?«

»Einfach so. Und jetzt lassen wir das mal mit den Gegenfragen. Sind Ihnen in letzter Zeit fremde Personen auf dem Areal hier aufgefallen? Oder sonst irgendetwas Verdächtiges?«

Maultasch richtete sich wieder auf und zündete sich eine weitere Zigarette an.

Der Rauch stach Trost in den Augen, doch er wich nicht zurück.

»Nein, alles war ganz normal hier«, sagte Maultasch schließlich. »Warum wollen Sie das eigentlich wissen?«

»Wir sind wegen des ... Unfalls gestern da.«

»Ich hab davon gehört. Ziemlich tragische Sache.«

Trost nickte. »Noch einmal: Ist Ihnen in den letzten Tagen irgendetwas merkwürdig vorgekommen?«

Maultasch wandte sich ab und kehrte wieder zurück auf die Veranda. »Was meinen Sie damit? Sorry, aber ich steh grad völlig auf der Leitung.«

Trost und Lemberg wechselten einen Blick.

»Dort hinten ist neben der Autobahn ein kleines Waldstück«, sagte Lemberg. »Buschwerk. War da jemand unterwegs, oder ist Ihnen jemand aufgefallen, der sich besonders für die Umgebung interessiert hat?«

Maultaschs Augen wurden größer. »Dann war das mit dem Toten doch kein Unfall?«

»Bitte antworten Sie mir – und keine Gegenfragen mehr«, blaffte nun auch Lemberg.

Fast beleidigt zog Maultasch wieder an seiner Zigarette. »Nein, mir ist nichts aufgefallen.«

»Kein Bogenschütze?«

»Wieso das denn?«

»Noch eine Gegenfrage und wir nehmen Sie mit aufs Revier«, sagte Trost, dann fiel ihm etwas ein. »Oder nein, noch besser: Dann informieren wir die Finanz- oder Gewerbepolizei.«

6 »Wie gesagt, die Testergebnisse liegen mir noch nicht vor. Ich fürchte, das wird auch noch eine Zeit lang dauern, es ist schließlich Wochenende.«

Hinter Waldemar Dietrichs Hornbrille wirkten seine Augen größer, als sie waren, wodurch seine Müdigkeit noch betont wurde. Er hielt den Pfeil in seiner behandschuhten Hand ins Licht der Neonlampe.

»Außerdem haben wir das Problem, dass die halbe Mannschaft unseres forensischen Labors krank ist. Auch das Uni-Institut, an das wir uns sonst manchmal wenden, hat abgewinkt. Und dann noch …«

»Wochenende, ich weiß«, vervollständigte Schulmeister den Satz.

Dietrich nickte. »Uns blieb nichts anderes übrig, als die Proben und Fotos nach Wien zu schicken. Vielleicht haben wir ja Glück, und die haben da einen Pfeilexperten. Wir müssen uns in Geduld üben.«

»Du weißt, dass wir dieses Wort nicht kennen. Ist für mich wie Rumänisch oder Spanisch …«

»Oder Finnisch oder Ungarisch. Jaja, ich kann mich an deinen Humor noch erinnern.«

Schulmeister lächelte säuerlich. »Schön, dass du mich nicht ganz vergessen hast.«

Der Graf räusperte sich und erntete dafür von Dietrich einen Seitenblick.

»Auch die Jugend hat anscheinend keine Geduld.« Der Forensiker widmete sich wieder der Pfeilspitze. »Der Schaft des Pfeiles ist ein gewöhnlicher Holzzylinder. Meistens werden dafür Äste von Gebüschen verwendet, die in Laubwäldern wachsen. Etwa vom Wolligen Schneeball, das ist ein Krautholz, das gern am Straßenrand gepflanzt wird. Wusstet ihr, dass schon vor Tausenden von Jahren Pfeile daraus gemacht wurden?«

»Hm«, machte Schulmeister. »Du meinst, als es noch gar keine Straßen gab?«

Dietrich lächelte. »Ich weiß, dass du viel weißt, deshalb freut es mich, dich mal überraschen zu können.«

Diesmal murmelte Schulmeister nur eine ungeduldige Aufforderung, weiterzumachen.

»Also gut«, fuhr Dietrich grinsend fort. »Ich habe noch etwas für dich.« Er schaute hoch und den Grafen an. »Für euch …«

Der Forensiker hielt die Befiederung des Schafts in das Neonlicht. »Den kurzen Vortrag müsst ihr euch anhören, ich hab recherchiert: Also, beim modernen Bogenschießen werden meist sechs Kunststofffedern verwendet, sogenannte Plastic Vanes. Die sind aber eher für Schüsse über kurze Distanzen geeignet. Besser sind nach wie vor Naturfedern, weil sie Fehler eher verzeihen und viel höhere Geschwindigkeiten und größere Reichweiten zulassen. Meist sind das Truthahnfedern, Adlerfedern wären zwar die beste Wahl, sind aber sehr teuer. Früher wurden vor allem Gänsefedern verwendet, manchmal auch welche von Krähen – wie in unserem Fall. Das ist die erste Anachronie, die zweite, dass der Pfeil nur zwei Federn hatte, so wie früher. Aber die dritte und eigentlich bedeutsamste Anachronie des Pfeils ist dessen Spitze. Die ist nämlich geradezu spektakulär.« Nun hielt er die Pfeilspitze ins Licht, die rötlich schimmerte.

Dietrichs Augen wurden größer, und links und rechts von seiner Schulter näherten sich die Gesichter von Schulmeister und vom Grafen.

»Fällt euch etwas daran auf?«, fragte der Forensiker und senkte dabei die Stimme, als wollte er in ein geheimnisvolles Nest einer eigentlich ausgestorbenen Tierart blicken und die Jungtiere darin nicht wecken. Bevor jemand eine Antwort geben konnte, fuhr er fort: »Obwohl sie poliert ist, sieht man, dass an ihr gefeilt wurde.«

Der Graf starrte auf die Pfeilspitze, als erwartete er jeden Moment, dass etwas passiert. »Und was daran ist ungewöhnlich?«

»Nichts!«, rief Dietrich und nahm die Spitze aus dem Licht. »Aber daraus lässt sich immerhin schließen, dass sie nicht mehr funkelnagelneu ist, was auch eine Erkenntnis ist, oder? Außerdem ist die Vorstellung widerlich, dass dieses Ding ursprünglich auch noch einen Dorn hatte, der abbricht, wenn man den Pfeil aus dem getroffenen Opfer herauszieht. So ist es leider in diesem Fall passiert.«

Der Graf wurde blass. »Sie haben den Pfeil also einfach aus der Leiche herausgezogen?«

Dietrich hob verwundert die Augenbrauen. »Warum denn nicht? Der Mann war doch schon tot.«

Als der Graf das Zimmer verließ, grinsten sich die beiden Verbliebenen an.

»Warum denn nicht?«, wiederholte Dietrich.

Schulmeister nickte in Richtung der Pfeilspitze. »Was willst du mit deinen Ausführungen wirklich andeuten?«

Dietrich wurde ernst. »Wie gesagt, Genaueres weiß ich vermutlich erst am Montag. Aber wie du interessiere ich mich für die Vergangenheit und würde alles darauf verwetten, dass der Pfeil zu keiner modernen Waffe gehört. Diese Spitze dürfte alt sein. Sehr alt sogar.«

»Museumsreif?«

»Wäre ein Ansatz, ja. Aber das ist nur eine Vermutung, und du weißt, dass für eine Ermittlung Vermutungen teuflisch sind.«

»Können Sie Fotos davon machen?« Schulmeisters Frage war an den Grafen gerichtet, der den Raum wieder betreten hatte und auch sogleich sein Handy zückte.

Kurz darauf verließen die beiden Beamten grußlos das Zimmer, doch Dietrich beachtete sie ohnehin nicht mehr. Er hielt die Pfeilspitze erneut ins Lampenlicht, seine durch die Hornbrille vergrößerten Augen näherten sich ihr, und er flüsterte fast ehrfürchtig: »Spektakulär.«

7   Stunden später hatte sich die finstere Masse am Himmel, die sich seit Mittag über den Schöckl auf Graz zuwälzte, entladen. Allerdings war der Regen weit verhaltener ausgefallen, als es die bedrohlich wirkenden Wolken zunächst hatten befürchten lassen. Das Gewitter war rasch weitergezogen, hatte aber eine drückende Schwüle hinterlassen. Mit anderen Worten: Es war wirkungslos geblieben.

Schulmeister und der Graf saßen im Wagen. Schulmeisters Stirn glänzte, der Graf streckte seinen Kopf aus dem Fenster, als würde ihm das Kühlung verschaffen. »Ich mag Ihren Mercedes ja sehr«, sagte er. »Aber er hat halt keine Klimaanlage.«

»Ist ein Oldtimer.«

»Sag ich doch. Er hat keine Klimaanlage.«

»Weil es ein Oldtimer ist. Oldtimer haben nie eine.«

Der Graf nickte und erwiderte nichts mehr. Stattdessen nahm er sein Handy und begann, darauf herumzutippen.

Es war nicht allein das Wetter, das sie nervte, vielmehr die Aneinanderreihung der immer gleichen Fragen, die sie seit Stunden beschäftigten. Mittlerweile hatten sie sämtliche Bogenschützenvereine im Grazer Einzugsgebiet abgeklappert, und die Monotonie ließ den Grafen sich so fühlen, als stünde er an einem Fließband. An einem Fließband, auf dem die immer gleichen Fragen an ihm vorbeifuhren.

»Das bringt doch nichts«, maulte Schulmeister, der jetzt am Telefon hing. »Mittlerweile kann ich euch alles übers Bogenschießen erzählen, aber nichts, was wir verwerten könnten.« Er wischte sich mit einem Stofftaschentuch übers Gesicht und lauschte der Stimme am anderen Ende der Leitung eine Weile.

Der Graf versuchte währenddessen, in einer Handy-App ein Kreuzworträtsel zu lösen.

»Ist gut«, sagte Schulmeister schließlich. »Ist gut«, wiederholte er noch einmal etwas gedehnter. »Jaha, machen wir. Bis später.« Dann betrachtete er das Telefon in seiner fleischigen Hand, als wäre es ihm erst in dieser Sekunde aufgefallen.

»Was hat sie gesagt?«, wollte der Graf wissen.

»Wir sollen abbrechen. Zurück in die Zentrale kommen. Besprechung.« Schulmeister schüttelte den Kopf.

»Eine Frage habe ich noch«, sagte der Graf.

»Wegen dem Auto?«

Dem Grafen fiel der grammatikalische Fehler in Schulmeisters wörtlicher Rede sofort auf. »Nein, nicht wegen des Autos«, erwiderte er und betonte den Genitiv.

»Wegen was dann?«

»Wieso tun Sie sich das eigentlich an?«

»Was?«

»Na, das Ganze hier. Nach allem, was passiert ist, könnten Sie doch in den Ruhestand gehen, Altersteilzeit, Korridorpension, irgend so was halt. Ich meine, Sie waren in einem verdammten Sarg eingesperrt.«

»Danke, dass Sie mich daran erinnern.«

»Entschuldigung. Aber ich verstehe es einfach nicht.«

Schulmeisters blasse Augen richteten sich wie Geschütze auf ihn. »Sie müssen auch nicht alles verstehen.«

Der Graf zuckte mit den Schultern. »Dann eben nicht. Wenigstens gibt es im Büro eine Klimaanlage.«

8   Aus den Kanaldeckeln der Straßganger Straße dampften Wolken in den Spätnachmittag.

Entgegen der Hoffnung des Grafen war es auch im Büro des Polizeihauptquartiers stickig. Es roch nach dem Parfum Lembergs und nach altem Mann, der dringend eine Dusche nötig hatte. Der Graf tippte auf Schulmeister, denn Trost war geruchslos. Dass er selbst Gerüche absonderte, hielt er ebenso für ausgeschlossen, denn bei einem unauffälligen Geruchstest unter der Achsel war ihm nichts aufgefallen.

»Ich fasse mal zusammen, was wir bis jetzt haben: eine männliche Leiche mit einem Pfeil im Hals. Der Tote ist ein ehemaliger Richter, die Pfeilspitze aus Eisen. Ihr Alter kennen wir noch nicht. Warum eigentlich nicht?«

Die Antwort erhielt Lemberg von Schulmeister, der sein Sakko über die Stuhllehne hängte. »Vor Montag ist in den Laboren niemand zu erwischen. Wochenende.« Im Neonlicht, das eingeschaltet war, obwohl Tag war, glänzten kleine Schweißperlen auf seiner Stirn. Als er gehört hatte, dass die Klimaanlage ausgefallen war, war ihm anzusehen gewesen, dass er am liebsten Büromöbel zertrümmert hätte. Offenbar hatte er seine Schwäche, den Jähzorn, noch immer nicht in den Griff bekommen. Lemberg warf ihm einen kurzen Blick zu, in dem durchaus ein wenig Mitleid lag. »Okay«, fuhr sie fort, »dann ist da noch eine sonderbare Gruppe, die Armin zusammenschlagen wollte und der der geplante Autobahnausbau schwer im Magen zu liegen scheint. Die Kollegen vom Revier sind unterwegs, um die auszuforschen. Außerdem haben wir die Hundeschule, die in der Nähe des Tatorts liegt. Keinem will etwas aufgefallen sein, ein gewisser Peter Maultasch, mit dem wir länger gesprochen haben, wird überprüft.«

Sie blies hörbar Luft aus und steckte ihre Hände in die Taschen ihrer schwarzen Jeans. Die Hose war so eng, dass die Finger beim zweiten Glied stecken blieben. »Und schließlich sind da noch die aufgebrachten Politiker, die Medien und unsere eigene Presseabteilung, die auch ständig etwas von mir will. Eine ziemlich nervtötende Situation.« Ihr Blick fiel auf ihr Handy, das auf dem Tisch lag und im selben Moment zu brummen begann. »Schon wieder. Ihr entschuldigt mich?«

Während sie ein paar Schritte vom Besprechungstisch wegging, sagten die drei Männer kein Wort. Der Graf fummelte einmal mehr an seinem Handy herum, Schulmeister beobachtete Trost, der wiederum Lemberg gedankenverloren fixierte.

»Und? Wie war's bei dir?«, fragte Schulmeister nach ein paar Sekunden.

Trost riss sich vom Anblick los: »Alles gut.«

Schulmeister nickte. »Dann ist's ja … gut.«

Lemberg hatte aufgelegt, kehrte an den Tisch zurück und wischte sich eine Haarsträhne aus der Stirn. »Hab ich's doch gesagt. Schon wieder unsere Presseabteilung.«

»Wo steckt eigentlich Gierack?«, wollte Schulmeister wissen. »Das ist doch sein Metier.«

»Immer noch in Wien«, gab Lemberg zurück.

Trost blickte sie schon wieder an.

»Aber auch ohne seine Anwesenheit müssen wir die Sicherheit der Politiker gewährleisten und den Mord aufklären«, fuhr sie fort.

»Eigentlich fällt nur Letzteres in unseren Aufgabenbereich, oder?«

»Danke für diesen Einwand, Herr Schulmeister.« Sie lächelte ihm ernst zu. »Aber wie du dir eigentlich denken können solltest, steht beides nun mal in sehr enger Verbindung. Ich glaube nach wie vor, dass der Anschlag eigentlich der Landesrätin galt.«

»Und warum? Sie hat einen Chauffeur und fährt einen anderen Wagen.«

»Weil sie das sagt.«

»Aha. Und seit wann verlassen wir uns auf die Expertise einer Außenstehenden, Frau Lemberg?«

»Seit …«

Trost lehnte sich interessiert nach vorn, und auch der Graf hatte sein Handy mittlerweile weggesteckt.

»Seit gestern.« Wieder wischte Lemberg sich eine Strähne aus dem Gesicht. »Ich bin vom Tatort gleich zu ihr gefahren. Es war ein … seltsamer Besuch.«

»Warum seltsam?« Wieder kam die Frage von Schulmeister.

»Weil ich noch nie einen Menschen gesehen habe, der so selbstbeherrscht ist. Rosalia Gstrein hat mich an einen Soldaten erinnert, an einen General, der soeben von einer bitteren Niederlage seiner Truppen erfahren hat und doch nicht gewillt ist, seine Taktik zu ändern. Versteht ihr, was ich meine? Mit steifem Rücken und zusammengepressten Lippen saß sie da und hat mich angestarrt. Und als sie den Mund endlich aufgemacht hat, hat sie mich aufgefordert, sie über unsere Sicherheitsmaßnahmen zu informieren.«

»Hat sie denn eine Vermutung, wer ihrem Mann das angetan haben könnte?«

Lemberg betrachtete ihre Handflächen und schüttelte den

Kopf. »Ich bin mir nicht einmal sicher, ob sie das kümmert.«
Dann schaute sie Trost mit klarem Blick an. »Sie ist felsenfest
davon überzeugt, dass der Anschlag ihr galt.«

Schulmeister blickte zwischen Trost und Lemberg hin und
her. »Und ihr Mann war auch nicht Mitglied in einem Bo-
genschützenverein, Hundeclub oder sonst etwas in der Richtung?«

»Nein.« Ein kaum wahrnehmbares unpassendes Lächeln
umspielte ihre Lippen. Lemberg sah aus wie ein Schulkind,
das stolz darauf ist, auf alles eine Antwort zu haben. Sie schien
die anderen völlig auszublenden, betrachtete nur Trost. »Nach
dieser Bürgerversammlung werde ich wieder zu ihr fahren. Ab
Mitternacht übernimmt ein Kollege von der Fahndung ihre
Bewachung. Ab morgen sollten wir ebenfalls ein paar Nacht-
schichten vor ihrem Haus schieben. Bitte überlegt, wann ihr
Zeit habt. Dann sehen wir uns in einer Stunde zur gemeinsamen Abfahrt.«

Der Graf stand auf und verließ, wieder tief über sein Handy
gebeugt, den Raum. Es war ihm nicht anzusehen, was er über
das seltsame Verhalten seiner Kollegin dachte.

Schulmeister deutete ein Kopfschütteln an. »Wir sollen uns
überlegen, wann wir Zeit haben?«, zischte er Trost zu, bevor
er sich umdrehte. An seinem Rücken hatte sich ein dunkler
Fleck gebildet, und die Haare am Nacken waren feucht. Sein
Keuchen verschwand mit dem Klang seiner Schritte im Gang.
Die Tür hatte er offen stehen lassen.

Trost ließ sich Zeit und beobachtete, wie Lemberg versuchte, ihre Unterlagen in die Aktentasche zu stecken. Die
Zettel entglitten ihr und fielen auf den Boden.

Trost bückte sich und half ihr beim Einsammeln. Neben-
einander krochen sie über das Linoleum.

»Was ist bei der Landesrätin wirklich geschehen?«

Sie sah ihn überrascht an und kniete sich hin.

»Und bitte keine Geschichten. Hat sie dich eingeschüch-
tert?«

Als würde eine Last von ihr fallen, sackten ihre Schultern nach unten.

»Jetzt sag schon.« Trost stand auf. »Was ist passiert?«

Lemberg massierte ihr Gesicht. Als sie die Hände wegnahm, leuchteten rote Flecken an ihrer Schläfe. »Die dumme Kuh ist völlig ausgerastet. Hat mir eine unprofessionelle Vorgehensweise vorgeworfen und verlangt, dass ich persönlich vor ihrer Haustür Wache halten soll, um für ihre Sicherheit zu garantieren. Sollte ich mich weigern, würde sie bei Gierack oder noch weiter oben Meldung erstatten.«

»Was denn für eine Meldung?«

»Keine Ahnung, aber das ist doch auch egal, Armin. Gierack hat mir die provisorische Leitung der Abteilung übertragen, dann tauchst du urplötzlich wieder aus der Versenkung auf, und schon am nächsten Tag werdet ihr zurückbeordert. Ich meine, Schulmeister ist doch immer noch neben der Spur, und du …«

Trost senkte seinen Blick.

Sie seufzte. »Es tut mir leid, aber sieh uns doch nur mal an. Und wenn Gierack euch jetzt schon zurückwill, nach nur einem Ermittlungstag, was glaubst du, wie lange es dauern wird, bis er mir die provisorische Leitung wieder entzieht?«

»Hm.«

»Schau nicht so abschätzig, Armin. Du weißt, mir geht es nicht um diese verfluchte Position. Aber mir wurde etwas anvertraut und, kaum dass ich mich bewähren konnte, das Vertrauen auch schon wieder entzogen. Das ist ganz einfach scheiße.« Sie atmete kurz durch. »Ist doch wahr. Die Presseabteilung terrorisiert mich, Gierack taucht einfach ab, eine Politikerin tickt aus, und dann holt man auch noch euch zurück.«

»Ich versteh dich nicht, Anne. Hast du nicht selbst gesagt, du willst mich zurück?« Er sah sie an, woraufhin sie sogleich den Kopf senkte.

Sie raffte die letzten Unterlagen an sich. »Ich wollte, dass du aus freien Stücken kommst«, erwiderte sie trotzig. »Nicht, dass man dich mir vor die Nase setzt.«

»Anne ...«

»Nix, ›Anne‹. Es ist doch so: Ich werde nie aus deinem Schatten treten.«

»Ich wusste gar nicht, dass du das willst.«

»Du wusstest sehr wohl immer, was ich will.« Sie funkelte ihn an.

Trost hätte sich auf die Zunge beißen können. Eine peinliche Stille entstand.

»Du hast mir gefehlt«, flüsterte Lemberg schließlich kaum hörbar.

Ich weiß, dachte er.

Sie lächelten sich an.

»Soll ich dich später zu dieser Landesrätin begleiten?«, wechselte er das Thema.

»Wäre wahrscheinlich besser.«

Wieder lächelten sie einander zu. Trost war hin- und hergerissen. Er wollte Lembergs Hand nehmen, fühlte aber gleichzeitig, wie ihm eine eiskalte Klaue über den Rücken strich. Die Nadel seines inneren Kompasses drehte sich, spielte verrückt.

»Viel besser«, bekräftigte sie ihre Antwort, und plötzlich lag ihre Hand auf seiner. Sie war kalt.

Lass bloß die Finger von ihr!, brüllte eine Stimme in Trosts Innerem.

Als sie aufstanden, glaubte er, sich entfernende Schritte auf dem Gang zu hören.

9   Die Eingangstüren waren mit Flyern beklebt, die die heutige Bürgerversammlung ankündigten. »Infoabend zum Ausbau der Pyhrnautobahn«, prangte auf ihnen in dicken Lettern.

Als er den Saal betrat, steuerte eine kleine Frau mit einem erhabenen Muttermal auf der Oberlippe, angegrautem Haar und steifem Wollrock direkt auf ihn zu. Sie sah aus wie die eifrige Helferin auf einem Pfarrfest, und im ersten Augenblick befürchtete er schon, sie könnte ihn fragen, warum sie ihn noch nie beim Gottesdienst in der örtlichen Kirche zu Gesicht bekommen habe. Doch stattdessen wies sie ihm lediglich professionell lächelnd den Weg zu einem der wenigen noch freien Plätze.

Trost spürte Dutzende Blicke auf sich, konnte aber weder seine Kollegen noch jemanden aus dem Schlägertrupp von der Tankstelle ausmachen. Er schätzte, dass fünf- bis sechshundert Leute anwesend waren. Ihre Stimmen vereinten sich in dem hohen, schmucklosen Raum zu einem Geräusch, das ihn an eine Maschine im Leerlauf denken ließ.

Kaum hatte er sich gesetzt, löste eine Rückkoppelung auf der Bühne protestierende Rufe im Publikum aus. Doch fast im selben Moment stand auch schon ein junger Mann im Scheinwerferlicht und versprühte sogleich die Energie eines Machers. Sein Sakko passte genau, die Hosen waren bewusst zu kurz, sodass die mintgrünen Socken zur Geltung kamen. Dazu trug er braune Lederschuhe und die Haare im modischen Short Cut. Der Dreitagebart war wie aufgemalt rasiert, sein schlanker Körper durchtrainiert und sein Teint sonnengebräunt. Der Typ wirkte wie eine Parodie, und doch machte er seinen Job von der ersten Sekunde an gut. Er begann mit einem Versprechen. Der Abend solle vor allem eines bringen: Aufklärung, Aufklärung und nochmals Aufklärung. Die wichtigsten Fragen zum Ausbau der Autobahn sollten gestellt und beantwortet werden, Juristen seien zu diesem Zwecke extra aus Wien angereist, dazu Umweltexperten und Baukapazunder. Man wolle den Bewohnern der betroffenen Orte die Möglichkeit geben, »einheitlich informiert« zu werden. Es seien ja Zehntausende betroffen, ging es doch um die Strecke von Zettling über Wildon bis hinunter nach Leibnitz. Alles solle an diesem Abend transparent gemacht werden. Bevor es aber in medias res gehen würde, bat der Moderator um eine Schweigeminute. Einer der wichtigsten Sachverständigen des aktuellen Diskurses sei nämlich am Tag zuvor verstorben. Bei einem Autounfall just auf jener Autobahn, um deren Ausbau es heute gehe.

»Meine Damen und Herren, Dr. Helmut Ludwig Gstrein war stets darum bemüht, beide Seiten zu verstehen, die Gegner und die Befürworter, und zwischen ihnen zu vermitteln. Er war ein geradliniger Mensch mit Handschlagqualität. Wir wollen seiner still gedenken.«

Trost glaubte, seinen Ohren nicht zu trauen. Gstrein war Sachverständiger bei dem aktuellen Autobahnprojekt gewesen? Warum hatte er davon nichts gewusst? Wieder ließ er seinen Blick über die Besuchergesichter gleiten. Endlich fand er das von Schulmeister, der ihn anstarrte. Ein paar Reihen dahinter bemerkte er den Glöckchen im Bart tragenden Maultasch, das Vorstandsmitglied des Hundeschulvereins. Maultasch schüttelte den Kopf so vehement, dass seine Bartzöpfchen hin- und herflogen, und rollte mit den Augen. Auch einige der Wirtshausschläger glaubte Trost nun zu erkennen, zweifellos Harti mit seinem vor Groll und Hass verzerrten Gesichtsausdruck. Schließlich fand sein Blick Lemberg, die im Schatten einer Nische nahe einem der Ausgänge stand. Sie war in Schwarz gekleidet, sodass ihr Gesicht und ihre Hände zu leuchten schienen. Als sie etwas in ihr Handy getippt hatte, vibrierte es in Trosts Jackentasche. Er holte sein Handy hervor und las die gerade eingegangene WhatsApp, die aus einem Wort bestand: »Ups.«

Ups?

Als er aufsah, war Lemberg verschwunden. Er erhob sich, drängelte sich an seinen murrenden Sitznachbarn vorbei und eilte aus dem Saal.

Er entdeckte Lemberg im diffusen Licht der Parkplatzscheinwerfer. Sie lehnte an ihrem Auto und zog an einer Zigarette. Der Rauch, den sie ausblies, umspielte ihr Gesicht und verwandelte es für einen Moment in das einer alten Frau.

»Seit wann rauchst du?«

»Ich hab früher schon geraucht, und jetzt fang ich eben wieder an.«

»Warum wussten wir nichts von Gstreins Tätigkeit als Sachverständiger?«

»Keine Ahnung, wie uns das durchrutschen konnte.«

»Wie kannst du nur so ruhig bleiben, Anne? Du weißt doch so gut wie ich, dass die Ermittlungen sofort Fahrt aufnehmen müssen.«

Sie zog an der Zigarette und hustete.

Trost nahm sie ihr aus der Hand, ließ sie fallen und zerdrückte sie mit seiner Schuhsohle. »Mein Vorschlag: Johannes und der Graf bleiben hier, wir beide fahren sofort zu Gstreins Frau. Und danach treffen wir uns zur gemeinsamen Lagebesprechung.«

»Sag mal, du hast gerade einfach so meine Zigarette …«

»Was?«

»Ach, nichts.«

10   Rosalia Gstrein posierte mit einem Cognacschwenker in der Hand vor dem Bücherregal in ihrem Wohnzimmer, als stünde sie Modell für einen Maler. Sie trug ein schwarzes Kleid mit tiefem Ausschnitt und eine Kette mit großen silbern schimmernden Perlen, die von der welken Haut darunter ablenkte. Das braune Haar war kurz geschnitten – nur wenn man genau hinsah, konnte man den grauen Ansatz erkennen. Der einzige Hinweis darauf, dass sie um ihren Ehegatten trauerte, waren die dicken geröteten Tränensäcke. Ihr Blick, der auf Lemberg und Trost ruhte, die auf dem Sofa Platz genommen hatten, war hart und herablassend.

»Ich habe es Ihrer Kollegin doch schon gesagt. Ich erwarte, dass der Fall schnellstmöglich aufgeklärt wird. Sie wollen bestimmt nicht, dass die Presse über Schlamperei und Verzögerung bei den Ermittlungen berichtet.« Sie werde genau über die Fortschritte der Exekutive unterrichtet und verfüge über gute Beziehungen, die ihr garantierten, dass sich nur die Besten der Besten um diesen Fall kümmern würden, fügte sie an.

»Das Wichtigste für mich ist, dass ich weiterarbeiten kann, aber dafür muss ich mich auf ein gewisses Maß an Sicherheit verlassen können. Im Klartext heißt das: Polizeischutz Tag und Nacht. Kann ich davon ausgehen, dass Sie die heutigen Nachtwächter sind?«

»Also«, Trost räusperte sich, weil er das Gefühl hatte, seine Stimme würde zu unsicher wirken, »Frau Gstrein, es ist so –«

»Frau Doktor, wenn ich bitten darf, junger Mann. Ich habe mir meinen akademischen Grad redlich erarbeitet und lasse ihn mir nicht durch neumodische Lockerheit wegretuschieren.«

»Also gut, Frau *Doktor*.« Wieder räusperte er sich. »Lassen Sie mich einiges klarstellen.«

Die Landesrätin prostete mit dem Glas in seine Richtung und kam auf ihn zu.

Doch Trost ließ sich nicht unterbrechen. »Wir sind keine Nachtwächter«, fuhr er fort, »sondern von der Kriminalpolizei. Aber seien Sie versichert, dass wir und unsere Kollegen alles tun, um Sie zu beschützen. Ich gehe davon aus, dass Ihre Drohung auf den Umstand zurückzuführen ist, dass Sie sich in einer emotionalen Ausnahmesituation befinden. Andernfalls müsste ich Beschwerde einlegen, denn seien Sie versichert, wir lassen uns nicht unter Druck setzen.«

»Wie reden Sie denn mit mir?«

»Und ich bin noch nicht fertig, Frau …«, Pause, »Doktor. Wir ermitteln in einer Mordsache. Ihr Mann wurde auf höchst ungewöhnliche Weise getötet. Noch dazu an einem Ort, den er aufgrund seiner Rolle als Sachverständiger gut kannte, direkt an der Autobahnausfahrt nach Wundschuh. Haben Sie in dem Zusammenhang irgendwelche Hinweise für uns? Gab es Drohungen oder Anfeindungen, die sich auf seine Tätigkeit als Gutachter in der Causa Autobahnausbau bezogen?«

Die Politikerin starrte ihn an. »Soll das etwa heißen, Sie vermuten, dass mein Mann das Opfer eines geplanten Mordes geworden ist und nicht, wie gestern von Ihrer Kollegin hier behauptet, ein irrtümliches Opfer, da man es eigentlich auf mich abgesehen hatte?«

Trosts Gesicht blieb reglos, nur sein Blick huschte kurz zu Lemberg. »Im Laufe einer Mordermittlung ergeben sich stets neue Erkenntnisse, Frau Doktor.«

»Also werde ich ab sofort nicht mehr beschützt?«

Irritiert forschte Trost in ihrer Mimik nach Regungen, die ihm Aufschluss auf ihre Gedankengänge geben könnten. Erfolglos. »Nein, das heißt es nicht«, sagte er schließlich. »Sie werden natürlich beschützt.«

Die Politikerin atmete sichtbar auf und setzte sich zu ihnen. »Gut. Denn das wäre die nächste Frechheit gewesen.«

Lemberg schüttelte kaum merklich den Kopf.

»Haben Sie eine Ahnung, warum Ihr Mann gestern auf der Autobahn unterwegs war?«

»Nein.« Sie zuckte mit den Achseln. »Ich habe ihn nie zu seinen Tagesaktivitäten befragt. Aber ich nehme an, er hatte sich mit Wundschuhs Bürgermeisterin verabredet. Oder mit dem Gemeindevorstand, den Leuten von der Autobahngesellschaft oder der Bezirkshauptmannschaft. Oder er wollte sich vor Ort einfach noch einmal umschauen. Kurzum: Ich habe keine Ahnung.« Plötzlich wirkte sie erschöpft. »Ich weiß, dass ich auf Sie einen gefühllosen und selbstsüchtigen Eindruck mache, aber mein Beruf ist ein anderer als Ihrer, und ich bitte Sie, das nicht falsch zu verstehen. Sie können nach Ihrem Dienst nach Hause gehen, aber mein Beruf hört nie auf. Vielmehr *bin* ich der Beruf. Was meinem Mann passiert ist, ist furchtbar, eine Tragödie und unfassbar traurig. Und eines Tages wird die Zeit für mich kommen, ihn zu betrauern, doch in diesem Moment warten da draußen«, sie zeigte auf das Fenster, hinter dem sich die nächtliche Dunkelheit ausbreitete, »Leute darauf, dass ich wichtige Entscheidungen treffe. Die Partei braucht mich. Wir leben in dramatischen Zeiten. Die Wirtschaft erholt sich nur langsam von den jüngsten Krisen, die Bürger sehnen sich nach einer starken, führenden Hand. Momentan kann ich mich unmöglich mit Details aufhalten. Mit persönlichen Details. Ja, mein Mann ist tot. Und zu gegebener Zeit werde ich seinen Tod beklagen. Aber bis dahin muss ich in jeder Minute wissen, dass ich in Sicherheit bin, denn nur dann kann ich agieren. Verstehen Sie das?« Sie holte kurz Luft. »Und noch einmal zu Ihrer Frage: Nein, mein Mann wurde von niemandem bedroht. Als er noch Richter war, wünschte ihm bestimmt die halbe Justizanstalt Karlau den Tod, aber diese Zeiten waren längst vorbei. Er war ein freier, zufriedener, stiller Mann.« Trost glaubte zu sehen, dass ihre Augen glänzten, doch Rosalia Gstrein fing sich schnell wieder. »Wie gesagt: *Ich* werde bedroht. *Ich* benötige jetzt Schutz.«

Als sie kurz darauf über den Kiesweg zurück zu ihren Autos gingen, war Trost sprachlos. Ein alter Ausdruck aus seiner Jugendzeit in Eggenberg fiel Trost ein. »Alter Fuchs …«, sagte er.

Lemberg drehte sich zu ihm um. »Was meinst du damit?«

»Dass es immer noch Leute gibt, die mich schlichtweg fassungslos machen.«

»Ja, das war Narzissmus pur.«

»Aber nicht nur das. Ich kann nicht sagen, was mich genau gestört hat, aber ich denke, wir sollten uns die Frau mal näher ansehen.«

Lemberg blickte die Straße entlang zu einem Wagen, der am Rand des Lichtkegels einer Straßenlaterne stand. Der Fahrer winkte ihr zu und hob den Daumen. Sie nickte. »Okay, die Kollegen vom Personenschutz sind schon da.«

Er drehte sich um, rief Lemberg zu: »Dann in zehn Minuten im Revier!«, stieg in seinen VW-Bus, startete und fuhr los. Im Rückspiegel sah er, wie sie ihm hinterherblickte, und hatte ein schlechtes Gewissen. Doch sein Herz pochte, und die Nadel seines inneren Kompasses zuckte noch immer unruhig hin

und her. Von der Rückbank aus schaute ihn Zeus wehmütig
an, als wünschte er sich seinen alten Freund zurück. Wieder
packte Trost das schlechte Gewissen.

11   Schulmeister hob den Plastikbecher mit dem Automaten-
cappuccino, schlürfte und ließ sich vom Pulveraroma hinters
Licht führen. Genüsslich schloss er die Augen. Die Schwüle
des Nachmittags war verschwunden, er fühlte sich offensichtlich deutlich wohler.

Der Graf wirkte zwar müde, war aber immer noch die Kor-
rektheit in Person und stand aufrecht wie ein Torwächter. Mit
Tweedweste und -sakko sah er einmal mehr aus wie ein eng-
lischer Lord. Wie ein Graf eben. Seinen Bart trug er wie einst
Clark Gable, sauber über der Oberlippe rasiert.

Auf einem Computerbildschirm liefen als Slideshow die
Fotos durch, die Schulmeister und der Graf mit ihren Handys
während der Infoveranstaltung gemacht hatten. Trost erkannte
Edgar Landmann, den Tankwart, der geduzt werden wollte;
Harti, den Schläger; Maultasch mit den Glöckchen in seinem
Bart.

»Es wurde noch sehr emotional«, kommentierte der Graf
die Bilder. »Dieser Harti, der eigentlich Hartwig Strehmayr
heißt und in Wildon noch bei seiner Mutter wohnt und sich
mit Gelegenheitsjobs über Wasser hält, hat sich zu Wort gemeldet und das vermehrte Verkehrsaufkommen und das Geld
angeführt, das anderswo besser investiert werden könnte. Die
gleichen Argumente wurden immer wieder auch von diesen
Herrschaften hier hervorgebracht.« Sein manikürter Finger
zeigte auf zwei Männer, in denen Trost zwei der Typen erkannte, die ihn vor der Tankstelle beinahe verprügelt hatten.
Grobschlächtige Kerle mit kurzen Hälsen und rasierten Köpfen. »Harald Bronn und Gustav Erblicher, Ersterer ist bei einer
Poolbaufirma in Wettmannstätten angestellt, Letzterer arbeitet

bei einem Rauchfangkehrerunternehmen in Stainz. Bronn ist unbescholten, Erblicher vorbestraft wegen Körperverletzung nach einer Zeltfestschlägerei in Dobl. Wir haben ihre Adressen, können ihnen also einen Besuch abstatten. Am besten«, er wechselte einen schnellen Blick mit Schulmeister, »gleich morgen in der Früh.«

»Morgen in der Früh«, wiederholte Lemberg skeptisch.

Schulmeister schaute auf die Uhr. »Na ja, jetzt ist es fast schon Mitternacht.«

»Gut, dann also morgen. Alles klar, gute Nacht.«

Sichtlich überrascht über das abrupte Ende der Besprechung klopfte Schulmeister mit der flachen Hand auf den Tisch. »Wir haben aber auch noch neue Erkenntnisse zu Gstreins Arbeit als Gutachter für die Autobahnfinanzierungsgesellschaft.« Die Gereiztheit war ihm deutlich anzusehen und -hören.

»Ach ja?«, erwiderte Lemberg beiläufig. »Dann mal raus damit.«

»Laut seinem Gutachten stünde einem Ausbau nichts im Wege. Er hat zahlreiche Kriterien berücksichtigt, ist auch auf die Argumente der Kritiker eingegangen, hat sie aber allesamt entkräftet.« Er blickte sich in der kleinen Runde um. »Das kam auch auf der Versammlung zur Sprache, die es wert gewesen wäre, auch von euch bis zum Ende besucht zu werden. Es gab fast einen Tumult. Meines Erachtens nehmen die Befürworter des Ausbaus die Sorgen der Bevölkerung nicht allzu ernst und stützen sich zu sehr auf Gstreins Gutachten. Die Stimmung in der ganzen Region ist deshalb angespannt.«

»Das heißt«, beendete Trost den Gedankengang, »Gstrein hatte sehr wohl eine ganze Menge Feinde.«

Schulmeister nickte. »So ziemlich jeden, der gegen den Autobahnausbau ist. Heute Abend immerhin fast der gesamte Saal.«

»Bleibt noch die Frage, warum er ausgerechnet mit Pfeil und Bogen umgebracht wurde. Diese Waffenart klingt sehr nach Symbolik, oder?«, mischte sich jetzt der Graf wieder ein.

»Und der widmen wir uns morgen«, schloss Lemberg. »Am besten ausgeschlafen, also treffen wir uns um neun. Ich muss jetzt los, die Landesrätin bewachen. Nicht dass mir der Kollege noch einschläft. Ich hab versprochen, dass ich ihn wenigstens ein paar Stunden unterstütze.«

Und eine Sekunde später war sie auch schon verschwunden. Die drei Männer schauten erst ihr hinterher, dann einander an.

»Warum macht sie das?«, wollte Schulmeister wissen. »Das Bewachen der Frau des Mordopfers ist doch überhaupt nicht ihr Job.«

Trost zuckte mit den Schultern.

»Eine ordentliche Ermittlung ist das jedenfalls nicht mehr«, fuhr Schulmeister fort.

»Gib ihr Zeit«, bat Trost.

»Als ob wir die hätten.«

Sonntag

1   Der Radiowecker auf dem Nachttisch zeigte ein Uhr morgens, als Trost sich endlich auf die Bettkante setzte. Vom Stockwerk über sich hörte er die schweren Schritte Hollermanns und versuchte, sich vorzustellen, was der um diese nachtschlafende Zeit tat.

Stefan Hollermann war ein merkwürdiger Kerl. Auf der einen Seite liebenswürdig schrullig, auf der anderen introvertiert und sogar Angst einjagend. Am Anfang ihrer Bekanntschaft hatte Trost gedacht, der Journalist könnte genauso gut ein liebender Vater dreier Kinder sein wie ein Kinder mordender Irrer. In letzter Zeit tendierte Trost vermehrt zu letzterer Vermutung. Etwas ging vor sich, sobald sich Hollermann ihm näherte. Etwas an ihm alarmierte ihn. Oder stimmte doch eher mit ihm etwas nicht, dass er in fast jedem Menschen in seiner Umgebung eine Bedrohung sah?

Trosts Blick fiel auf Zeus, der bereits am Fußende seines Bettes schlummerte. Er gönnte ihm seinen Schlaf. Bevor Trost selbst sich endlich hinlegen würde, musste er noch etwas erledigen. Wie zuletzt an jedem Tag wählte er eine in seinem Handy gespeicherte Nummer, aber einmal mehr meldete sich nur die Stimme des Anrufbeantworters. Er schaltete sein Handy aus.

Sobald er in der Waagerechten lag, fiel er in einen tiefen, traumlosen Schlaf.

Die zahlreichen Anrufe während der nächsten Stunden landeten auf seiner Mailbox. Alle stammten von Annette Lemberg.

2   In der Früh weckte ihn ein energisches Klopfen. Schnell schaute er zum Wecker. Nur sechs Stunden Schlaf, aber er

fühlte sich kein bisschen gerädert. Er ging zur Tür, öffnete sie und stand seinem Nachbarn gegenüber. Erstaunt registrierte Trost, dass Hollermann sich anscheinend seit Wochen weder rasiert hatte noch zum Friseur gegangen war. Seine mächtige Erscheinung wirkte im Stiegenhaus wie ein Hinkelstein, die Augenpartie überspannte eine haarige Monobraue. Hollermann sah aus wie ein Komparse in einem Piratenfilm.

»Was ist? Brauchst du Milch für deinen Kaffee?« Trost öffnete die Tür so weit, dass sein Vermieter vorbeigehen konnte, was dieser auch tat.

»Nein«, dröhnte Hollermanns Stimme durch die Gastwirtschaft. »Ich trink den Kaffee gleich bei dir.«

Überrascht blickte Trost der Erscheinung nach, die jetzt durchs Vorzimmer in den Schankraum verschwand.

Wenig später standen sie einander gegenüber. Trost hinter der Theke, den Kaffee zubereitend, davor Hollermann, der soeben auf einem Barhocker Platz nahm.

Als er seinen Kaffee schlürfte, fragte er Trost, ob er wieder arbeite oder weiterhin selbst sein bester Gast sei, und spielte damit auf die letzten Wochen an, in denen er mehrmals dabei hatte zusehen können, wie Trost an seiner Bar so manche Weinflasche leerte. Obwohl Hollermanns Körper massiger war, vertrug er nicht annähernd so viel wie der Chefinspektor.

»Wie es scheint, bin ich wieder dabei«, erwiderte Trost.

»Und ich hatte gedacht, wir machen ein Detektivbüro auf.«

»Können wir ja trotzdem.«

»Und ich hab dann allein die Arbeit, oder wie?«

»Na ja, so viel wird da nicht gleich zu tun sein, oder?«

»Hm.«

Trost kam um den Tresen herum und klopfte Hollermann auf die Schulter. »Jetzt lass mich erst mal diesen Fall abschließen, und dann schauen wir weiter.«

Hollermann starrte in sein Häferl, und prompt hatte Trost das Gefühl, dass etwas nicht stimmte.

»Was ist los?«

Hollermann nahm einen weiteren Schluck, und Trost ließ ihm Zeit.

»Weißt du, die Idee mit dem Detektivbüro fand ich anfangs ganz gut. Und ich bin immer noch der Ansicht, dass es großartig ist, nicht mehr allein in diesem Riesenhaus zu leben.«

»Aber?«

Der Journalist blickte ihn an. »Du musst raus.«

»Was?«

»Ich muss dich bitten auszuziehen.«

Trost stellte seine Tasse ab. »Gleich, oder wie?«

»Das wäre natürlich am besten.«

»Aber heute ist Sonntag.«

»Na und?«

»Sag mal, spinnst du?«

Hollermann stand auf und wagte es nicht mehr, ihm in die Augen zu sehen. Er verließ den Schankraum, bevor er vom Flur aus noch einmal zurückrief: »Ich weiß, das Leben ist ungerecht!«

Trost hörte, wie Hollermann raschen Schrittes zwei Stockwerke höher stieg und schließlich die Tür seiner Wohnung ins Schloss fiel. Er kannte die Wohnung, einen winzigen ausgebauten Dachboden mit einer Fensterfront, die einen faszinierenden Blick auf die Grazer Dächer freigab. Vor einigen Monaten war Hollermann in dieser Wohnung überfallen worden, und Trost hatte die Täter später dingfest machen können. Seither gab es ein neues Türschloss, neue Fenster und eine beginnende Freundschaft zwischen den beiden. Die anscheinend gerade beendet worden war. Trost blickte sich um. Vereinzelte Möbelstücke, die wie auf einer Theaterbühne vergessene Requisiten wirkten, standen herum: eine Couch. Ein Tisch. Ein Fernseher. Sein Bett im Nebenraum, in einer der ehemaligen kleineren Gaststuben. Eine schmale Tür führte in den Innenhof. Es war eine ungewöhnliche Bleibe, in der er die letzten Wochen verbracht hatte, aber er hatte sich an sie gewöhnt. Auf dem Boden verstreut lag sein Gewand. Leere Weinflaschen in der Ecke des Zimmers. Ein paar Plastiksackerl mit Müll. An den Wänden breiteten sich dunkle Flecken aus – ob von Zigarettenqualm oder Schimmel, das wollte Trost gar nicht so genau wissen. Und plötzlich packte ihn eine unglaubliche Wut. Was bildete sich der Kerl eigentlich ein? Er konnte ihn doch nicht mir nichts, dir nichts auf die Straße setzen. Trosts Faust hämmerte so energisch auf die Theke, dass Hollermanns Tasse umfiel und der schwarze Kaffeerest als zuckerdurchtränktes Rinnsal über das furnierte Holz auf den Boden tropfte. Als ein stechender Schmerz durch sein Handgelenk zuckte, hörte er auf und spürte, wie statt der Wut ein überwältigendes Gefühl der Einsamkeit in ihm aufstieg.

Noch einmal blickte er sich um, aber diesmal fand er seine Behausung unendlich trostlos. Viel zu groß und kalt und leer für einen Mann. Was war nur aus ihm geworden?

Erst nach einem weiteren Kaffee und der Morgentoilette schaltete Trost sein Handy an und stutzte. Lemberg musste die halbe Nacht lang versucht haben, ihn zu erreichen.

Es scheuchte Zeus aus dem Bett, und eine Minute später liefen beide die Schumanngasse entlang und bogen nach links Richtung Merangasse ab. Trost sah sich hektisch um. Wo hatte er heute Nacht nur den Wagen geparkt? Zeus hechelte. Schnüffelte und pinkelte an Hausmauern und Laternenmasten, ehe er schließlich das tat, was Hunde in der Früh fast immer tun müssen. Trost tastete kurz seine Jackentaschen ab, bevor er die Umgebung nach einem Hundesackerlautomaten absuchte. Weit und breit war keiner zu sehen. Zeus schaute ihn mit schief gelegtem Kopf an. »Jo mei«, sagte Trost. »Ich hab's halt vergessen.«

Der braune Patzen dampfte hinter ihnen am Gehsteigrand.

Irgendwann kehrte Trost um und hielt erst wieder schwer atmend vor der Herz-Jesu-Kirche inne. Wegen der verdammten Parkplatzknappheit musste er den Wagen jeden Tag woandershin stellen und konnte sich am nächsten Morgen meist nicht mehr daran erinnern, wo. Oder war der VW-Bus womöglich abgeschleppt worden?

»Denk nach, denk nach«, feuerte er sich an, während er sich mit der Faust gegen seine Stirn hieb.

»Haben Sie ein Problem?«

Die Stimme ließ ihn herumfahren.

Eine ältere Dame mit einem Einkaufswagen stand vor ihm und lächelte ihm gutmütig zu. »Egal, was es ist, nehmen Sie es nicht allzu tragisch. Sie sind doch noch so jung.«

Trost konnte nicht anders, als zurückzulächeln. »Leider anscheinend nicht. Mein Gehirn ist ein Sieb.«

»Wenn ich etwas vergessen habe, denk ich mir immer, das muss Schicksal sein, und mache einfach weiter.«

Trost zuckte mit den Schultern. »Vielleicht haben Sie recht damit, danke für den Rat.«

Notgedrungen machte er sich auf den Weg zur Straßenbahn, blieb aber unvermittelt vor der Haltestelle stehen. Er traute seinen Augen nicht. Da stand sein VW-Bus – direkt vor einem Hundesackerlautomaten. Nie im Leben hätte er den Wagen hier vermutet. Er blickte sich nach der alten Frau um, doch sie war nirgendwo mehr zu entdecken. Und so fühlte Trost sich wie vom Schicksal berührt, als er mit Zeus neben sich den Bus startete und losfuhr – nicht ohne sich vorher einen Vorrat an Hundesackerln eingesteckt zu haben.

3   Die Dämmerung war vom blassen Grau eines regnerischen Junitages abgelöst worden. Doch auch das Wetter schien die Menschen nicht von einem Besuch des Portiunkulamarkts abhalten zu können – eines von vier Raritätenmärkten im Jahr, die es in Graz seit dem Mittelalter gab. Dieser Markt hatte seinen Ursprung im Jahr 1223, als eine Bitte von Franz von Assisi an einem zweiten August gehört wurde und der Papst Gläubigen in der Kapelle Santa Maria degli Angeli in der

Nähe von Assisi einen ewigen Ablass der Sünden gewährte. Bis zum heutigen Tag besuchten deshalb viele Gläubige an jedem zweiten August eine Ordenskirche der Franziskaner, um zu beichten und bestimmte Bußgebete zu sprechen. Das toskanische Wort »Portiunkula« bezeichnet dabei die ursprüngliche Kapelle und kam wohl einst durch die vielen italienischen Bauleute nach Graz. Bald schon wurde aus dem kirchlichen Brauch einer der bedeutendsten Jahrmärkte der Region.

Im Lauf der Jahre war der Portiunkulamarkt in Graz zeitlich immer weiter vorverlegt worden. Was letztendlich egal war, denn es wusste ohnehin längst niemand mehr, woher der Markt seinen Namen hatte.

Vor Klein-Lkw standen Tische, auf denen sich Erinnerungen an eine vergangene Welt türmten: Grammofone, Schellackplattensammlungen, Gemälde in verschnörkelten Bilderrahmen und Werkzeuge, deren Verwendung sich ohne die Erklärungen der Verkäufer nicht erschloss. Und auch diese Verkäufer waren einen Blick wert. Zum Beispiel tauchte hinter grünstichigem Silberbesteck und Bergen alter Bücher eine gekrümmte Gestalt auf, aus deren silbrig gelbem Vollbart eine Hakennase stach, die der Hexe aus Grimms »Hänsel und Gretel« zur Ehre gereicht hätte. Noch unansehnlicher waren ihre langen Fingernägel, die sich einzurollen begannen wie bei Inklusen, den freiwilligen Einsiedlerinnen im Mittelalter. Und war der Besucher erst einmal einer dieser grotesken Erscheinungen gewahr geworden, schienen sich diese Gestalten aus dem Kuriositätenkabinett wie von Zauberhand zu vermehren. Eine Frau brachte mit ihrem Gebiss in der Hand zwei potenzielle Kunden zum Lachen. Eine Gestalt ohne Beine sauste auf einem winzigen Rollwagen so schnell durch die Standgassen, dass Marktbesucher stolperten. Ein Mann, der fast den gesamten geöffneten Kofferraum seines Wagens ausfüllte, hockte auf der Stoßstange und musterte jeden Vorübergehenden mit finsterem Blick. Aber nicht sein Glasauge war das Auffälligste an ihm, sondern der unansehnliche Kropf, ausgelöst durch Jodmangel, der bis zum

19. Jahrhundert noch typisch für einen Steirer gewesen war. Heutzutage wirkte die Krankheit so surreal wie eine öffentliche Auspeitschung am Hauptplatz.

Die Atmosphäre auf dem Portiunkulamarkt glich also der eines Markts zur Zeit der Hexenverbrennungen. Nur an Badern, die mit Alkohol betäubten Leuten die Zähne zogen, fehlte es – oder an Schauspielern, die sich über den König lustig machten.

Und doch gab es weitere Figuren, die aus der Zeit gefallen schienen. Etwa jene ganz in Schwarz gehüllte männliche Gestalt, die sich wie der leibhaftige Wächter der Unterwelt durch die Menge bis an die Tischkanten schob, um dort die verschiedensten Objekte in ihrer weißen Hand zu drehen. Irgendwann winkte der Mann eine hässliche alte Funzel, die missmutig hinter ihrem Stand saß, zu sich und erklärte ihr, er suche nach alten Waffen, Schmuck und solchem Zeug. Am besten aus der Zeit der Römer oder der Kelten.

Die Alte, die ihm ihr kleines, missgebildetes Ohr hingedreht hatte, nickte. »Warten«, krächzte sie und ging zu ihrem Kleinbus hinter dem Stand. Sie verschwand durch die Schiebetür, erschien eine Minute später erneut und legte ein Brett mit den Enden auf Fahrzeugboden und Asphalt. Im nächsten Moment fuhr ein glatzköpfiger Mann undefinierbaren Alters in einem Rollstuhl die notdürftige Rampe herunter. Trotz der kühlen Morgentemperaturen trug er nur ein geripptes Unterleiberl, die Jeans waren an seinen Beinstümpfen umgeschlagen und mit Wäscheklammern fixiert, in seinem Mundwinkel steckte eine Zigarette der Marke Smart Export, und seine Oberarmmuskeln zitterten, während er sein Gefährt vorwärtsbewegte.

»Wer will was?«, brummte er schließlich, und sein Akzent enttarnte ihn als Osteuropäer.

Der Kunde äußerte noch einmal seinen Wunsch, und während sich die beiden Männer unterhielten, näherten sich Schatten aus den Gassen ringsum, die im Trubel von niemandem bemerkt wurden. Mit hinter den hochgeschlagenen Krägen ihrer Jacken verborgenen Gesichtern steuerten sie auf den Markt zu und mischten sich unter die Leute. Sie drängten murrende Kunden zur Seite, suchten das Gespräch mit den Standlern und hielten ihnen immer wieder Fotos jener Männer unter die Nase, die zuletzt bei den Ermittlungen im Mordfall Gstrein in Erscheinung getreten waren. Fotos von Landmann, Maultasch, Bronn, Erblicher und Strehmayr.

Als einer der Schatten plötzlich vor dem Mann im Rollstuhl auftauchte und auch einige Einsatzfahrzeuge der Polizei die Marktfläche umstellten, war der seltsame Kunde mit dem ausgefallenen Wunsch bereits in Richtung Annenstraße unterwegs, verschwand unentdeckt im langsam einsetzenden Nieselregen. Der Mann im Rollstuhl verneinte alle Fragen der Beamten, schmunzelte dem Fremden aber nach.

4   Als Armin Trost in den großen Besprechungsraum der Landespolizeidirektion kam, war kaum mehr ein Platz frei. Kollegen verschiedenster Abteilungen saßen in den etwa zwanzig Reihen. Annette Lemberg musste sie teilweise aus ihrem freien Wochenende geholt haben.

Auf dem Weg hatte Trost für Zeus noch eine Büchse Hundefutter im Bahnhof-Supermarkt besorgt, sie in der Gemeinschaftsküche in eine Schüssel geleert und den Hund dort zurückgelassen. Wahrscheinlich würde er ihm bald folgen.

In der ersten Reihe erkannte Trost Schulmeister und den Grafen. Dietrich stand neben einem Laptop, von Gierack fehlte immer noch jede Spur. Trost nahm sich einen Stuhl von einem Stapel, der an der hinteren Wand stand, und setzte sich.

Vor den Versammelten stellte eine in einem blauen Hosenanzug überaus ausgeschlafen und attraktiv wirkende Annette Lemberg lakonisch fest, nun, da alle da seien, könne man ja endlich anfangen.

Sie schilderte den aktuellen Stand der Ermittlungen und erteilte schließlich dem Forensiker Dietrich das Wort, der leicht überfordert wirkte.

»Also, ich gehe immer noch davon aus, dass die Pfeilspitze nicht neu ist«, begann er seine Ausführungen. »Sie wurde poliert, vermutlich werden sich im Labor Korrosionsspuren feststellen lassen, denen zufolge sie schon etwas älter sein dürfte.«

»Genauer geht es nicht?«, rief jemand dazwischen.

»Es ist Sonntag, ich konnte noch keinen Experten für Pfeilspitzen erreichen«, rechtfertigte sich der Forensiker. »Aber ich rechne damit, dass wir morgen mehr wissen. Vielleicht handelt es sich ja um die älteste Tatwaffe in einem Mordfall, mit der wir in Graz jemals zu tun gehabt haben. Das wäre dann einmal ein echter Cold Case ...« Er verzog sein Gesicht zu einem schiefen Grinsen.

Während einige der Anwesenden lachten, trat Lemberg wieder einen Schritt vor. »Leute, ich muss noch einmal darauf hinweisen, dass wir extrem unter Druck stehen. Ich bitte euch also, die Ermittlung ernst zu nehmen.«

In diesem Moment tauchte Zeus auf. Er trottete an ihr vorbei, legte sich in eine Ecke und betrachtete die ihm zugewandten Zuseher und -hörer aus müden Augen.

Lemberg rang um Fassung. »Herr Dietrich, wir brauchen exakte Angaben, und das so schnell wie möglich. Ranghohe Politiker haben Drohbriefe erhalten, und der Mord ist in seiner Art durchaus ungewöhnlich. Umso ärgerlicher ist es, dass wir schon ins Visier der Medien geraten sind.« Sie hielt eine Sonntagszeitung hoch. »Von einem Bogenschützenmörder ist die Rede. Fehlt nur noch, dass jemand Robin Hood ins Spiel bringt.«

Trost runzelte die Stirn. Ein Geächteter, der an den Reichen Rache nimmt? Keine so schlechte Idee.

»Wir dürfen uns keine Fehler oder Verzögerungen mehr erlauben, deshalb ...«

Trost wurde abgelenkt, als einer der Kollegen sein Jausenbrot aus seiner Tasche holte, knisternd das Stanniolpapier abwickelte und von dem mit Wurst und Käse belegten Brot abbiss. Es erinnerte ihn an die Extrawurstsemmeln in der Theke von Landmanns Tankstelle.

Vor seinem inneren Auge sah er wieder den Wald, der nicht weit davon begann und der ihn stumm und finster anzustarren schien. Ja, genau dieses Gefühl hatte er: als könnte der Wald ihn sehen. Und das weckte Trosts Interesse.

5   Er wusste nicht mehr, unter welchem Vorwand er die Besprechung verlassen hatte, aber er war zu seinem Wagen gelaufen und hierhergefahren. Jetzt atmete er tief durch, denn vor ihm erhob sich eine Dunkelheit, die lebendig schien. Trost stand am Rand des Waldes. Etwas zog ihn hinein.

Minutenlang ging er auf einem Trampelpfad tiefer ins Geäst. Die Bäume standen noch weit auseinander, Tageslicht fiel hindurch, aber er spürte, dass es nicht mehr lange so bleiben würde.

Im Gehen blickte er sich immer wieder um, als fürchtete er, verfolgt zu werden. Doch da war nichts außer dem Rascheln, das seine eigenen Schritte im Laub verursachten.

Immer wieder hielt er inne und lauschte, als würde er auf ein Geräusch achten. In Wahrheit horchte er nur in sich selbst hinein und versuchte herauszufinden, wonach er hier suchte und wohin es ihn trieb.

Der Trampelpfad mündete in einen Forstweg, dem er folgte, und schließlich erreichte er auf einem markierten Wanderweg wieder den Waldrand, wo er stehen blieb. Vor ihm erstreckte sich ein Kukuruzfeld.

Im Wald hinter sich glaubte Trost, einen Ast knacken zu hören. Er drehte sich um und beobachtete, wie die Bäume sich wiegten, obwohl es doch windstill war. Der Weg, auf dem er hierhergekommen war, schien auf geheimnisvolle Weise verschwunden zu sein.

Trost entschied sich, am Waldrand entlang weiterzugehen. Eine Fliege verfolgte ihn, und mehrmals versuchte er vergeblich, sie zu verscheuchen. Der Schotterweg, dem er jetzt folgte, war schmal. Er war schon eine Weile gegangen, als vor ihm plötzlich eine Gestalt auftauchte.

Entweder hatte er sie zu spät bemerkt, oder sie war von einem Moment auf den anderen plötzlich da gewesen, das konnte er später nicht mehr sagen. Jedenfalls ging sie auf einen Holzstab gestützt, war gekrümmt und in einen langen Mantel mit einer Kapuze gehüllt. Trosts erste Assoziation war die eines Sensenmanns. Ein Schauer überlief seinen Körper. Und obwohl der Gedanke natürlich Blödsinn war, konnte Trost nicht vermeiden, dass seine Angst zunahm, je näher die Gestalt kam. Also rief er ihr schon von Weitem ein hoffnungsfrohes »Guten Tag!« zu, doch sie reagierte nicht. Kam näher. Und ging schweigend an ihm vorüber, das Gesicht von der Kapuze verborgen.

Nach wenigen Sekunden blieb Trost stehen und drehte sich um, um ihr nachzublicken, aber sie war so schnell verschwunden, wie sie aufgetaucht war. Geräusche drangen jetzt aus dem Wald. Ganz deutlich hörte er ein Flüstern, ein Wispern. Wieder bogen sich die Äste der Bäume, aber diesmal spürte er den Wind wie den Atem eines großen Tiers. Eines sehr großen Tiers. Er war heiß und ging stoßweise.

Trost begann zu rennen, als ein Trampeln hinter ihm den Boden erbeben ließ. Er lief, bis die ersten Häuser von Wundschuh, der nächsten Ortschaft, an ihm vorüberzogen. Wundschuh, was für ein seltsamer Name. Die Gebäude warfen bizarre Schatten auf die Straße, ein Punkt zwischen seinen Schulterblättern begann zu schmerzen, als drückte ihm sein Verfolger einen spitzen Gegenstand dagegen. Trost war sich sicher, der andere würde ihn aufspießen, wenn er nicht sofort etwas unternahm. Würde ihn einfach durchbohren und ihn sich vor Schmerzen windend am Straßenrand liegen lassen. Kein Wort würde er mehr herausbringen, nicht einmal ein Wimmern, und so würde er sprachlos verbluten.

Trotz seiner Panik blieb er stehen. Stemmte die Hände auf seine Knie und versuchte, wieder zu Atem zu kommen. Seine Lungen brannten, dafür ließ der Druck zwischen seinen Schulterblättern nach. Und dann sah er auf und Schulmeisters graue Augen in der teigigen Masse seines unrasierten Gesichts über sich. Der Atem seines Kollegen roch nach Kaffee und nach irgendetwas zwischen Rumschnitten und Honig.

»Bist deppert?«, zischte Schulmeister. »Fehlt nur noch, dass du zu schnarchen anfängst.«

Trost schreckte auf. Sein Nacken schmerzte. Als er sich umschaute, sah er, dass ihm verstohlene Blicke zugeworfen wurden.

»Los, steh auf. Die Lemberg hat die Sitzung beendet und wegen eines Anrufs den Raum verlassen.«

»Hat sie mich gesehen?«

»Glaub ich nicht. Sag mal, du hast geträumt, oder? Hast im Schlaf sogar gemurmelt, peinlicher geht's kaum.«

Trost nickte. »Kommst nie drauf. Von einem Wald hab ich geträumt. Dem Wald nahe der Tankstelle. Dem Kaiserwald. Irgendwas ist dort, glaub mir.«

Schulmeister starrte ihn nur kopfschüttelnd an. »Du bist wirklich deppert.«

Ein paar Minuten später warteten sie an ihre Schreibtische gelehnt, während Lemberg mit dem Handy in der Hand auf und ab ging. Es war klar, dass sie jeden Moment aufbrechen würden, nur wohin, stand noch nicht fest. Mit dem Telefon zwischen Ohr und Schulter versuchte Lemberg, sich ihre Jacke anzuziehen, was sich schwierig gestaltete. Doch da war der Graf schon an ihrer Seite, half ihr, reichte ihr die Autoschlüssel und öffnete die Bürotür. So servil wie ein Liftboy. Schulmeister und Trost warfen sich einen amüsierten Blick zu.

Endlich deckte Lemberg mit einer Hand ihr Handy ab, drehte sich zu ihnen um und flüsterte: »Wir fahren zum Kaiserwald. Ihr folgt uns.«

Wären Gesichter Satzzeichen, wäre Schulmeisters in dem Moment eindeutig ein großes Fragezeichen gewesen.

In Trosts Magen breitete sich ein flaues Gefühl aus. Ein Gedankenstrich.

6 Zu viert stapften sie durchs Dickicht, Zeus war vorausgelaufen. Trost fühlte sich nicht wohl. Der Wald hatte ihn zwar nicht so abweisend begrüßt wie in seinem Traum, aber allein die Tatsache, dass er kurz zuvor davon geträumt hatte, durch einen Wald zu gehen – durch *diesen* Wald –, verunsicherte ihn. Er versuchte, die Vorstellung zu verdrängen, dass ihm womöglich auch noch die seltsame Sensenmann-Gestalt begegnen könnte.

»Und ihr seid euch sicher, dass wir hier richtig sind?«, äußerte er Bedenken. »Ich meine, der Wald ist riesig.«

Schulmeister schaute ihn skeptisch von der Seite an. »*Fühlst du etwa nichts?*«

Widerwillig musste Trost auflachen, und er erinnerte sich, wie die Autofahrt hierher verlaufen war.

Sie waren in zwei Wagen gefahren, Lemberg hatte sie unterwegs aus dem anderen angerufen, um Schulmeister und ihm den Weg genauer zu beschreiben. Offenbar habe sich am Ende der Versammlung eine anonyme Anruferin bei der Zentrale gemeldet und von merkwürdigen Vorgängen im Kaiserwald berichtet. Lemberg, die aus Trosts auf Lautsprecher gestelltem Handy krächzte, klang kurzatmig, als sie davon berichtete. Sie wirkte nervös und gereizt.

»Ich hab sofort die Kerle von der Cobra alarmiert, und wisst ihr, wie die reagiert haben? Wollten von mir das Gefahrenpotenzial auf einer Skala von eins bis zehn wissen, denn zum Spielen im Wald seien sie nicht ausgebildet.«

»Die testen sie«, flüsterte Schulmeister grinsend.

»Jedenfalls haben die ernsthaft gemeint, wir sollen dort warten«, fuhr Lemberg fort. »Sie würden in einer Stunde mit einem kleinen Eingreiftrupp da sein. In einer Stunde. Und jetzt kommt das Beste: Sollte sich meine Meldung als Fehlalarm herausstellen, bin ich denen eine Kiste Bier schuldig. Ich meine, geht's noch?«

Trost und Schulmeister versuchten, ihr Lachen zu unterdrücken.

Am Waldrand trafen sie sich dann. Da alles bereits gesagt war, nickten sie einander nur schweigend zu und marschierten sofort los in den Wald. Natürlich hatten sie nicht auf die Eingreiftruppe warten wollen.

Und da waren sie nun. Nach einem viertelstündigen Marsch hielt Lemberg genervt inne.

»Das ist doch sinnlos. Die Frau am Telefon will diese Typen, die mit Spaten durch den Wald gelaufen sind, irgendwo hinter dem Wundschuher Teich gesehen haben. Bei der genauen Ortsangabe können wir noch Tage durch den Wald rennen und werden nichts finden.«

Trost, der Graf und Schulmeister pflichteten ihr bei. Letzterer stemmte seine Hände in die Hüften. »Noch einmal, weil ich es nicht glauben kann: Wir sind wirklich wegen ein paar Typen mit Schaufeln hier? Und deshalb kommt auch die Cobra hergerast?« Seine gute Laune von der Herfahrt war wie weggepustet.

Lemberg nickte. »Na ja, die Anruferin hat auch etwas von einem Tempel erzählt.«

»Tempel?«, raunte Schulmeister. »So wird doch das Munitionslager aus dem Zweiten Weltkrieg genannt, das hier im Wald irgendwo verrottet.«

Lemberg schaute ihn erstaunt an. »Echt jetzt?«

»Ja, und eine genauso alte Schießstätte soll's hier auch geben. Dieser Wald kann viele Geschichten erzählen.«

»Was du nichts sagst«, murmelte Trost.

»Die Frau hat noch etwas berichtet«, fuhr Lemberg fort, während sie sich beunruhigt umschaute. »Sie will auch ein paar Typen mit Pfeil und Bogen gesehen haben.«

Trost drehte sich im Kreis. »Irgendetwas ist hier faul.«

Der Graf betrachtete seine Schuhe. »Und was? Ich mein, außer dass unsere Schuhe jetzt schon völlig im Arsch sind?«

»Fällt euch denn nichts auf?«

Schulmeister tauchte an Trosts Seite auf und tupfte sich mit einem hellblauen Stofftuch den Schweiß von Gesicht und Nacken. Danach wies es dunkelblaue Flecken auf. »Was genau meinst du? Hast du vielleicht den Tempel entdeckt?«

»Nein, keinen Tempel. Aber seht euch doch einmal um. Überall um uns herum sind diese kleinen Hügel. Das ist doch seltsam, oder?«

»Ach, Armin«, seufzte Schulmeister. »Das ist ein stinknormaler Wald, sonst nichts.«

Plötzlich setzte sich Lemberg wieder in Bewegung und verschwand im Dickicht.

»Anne?«, rief Trost, doch sie antwortete nicht.

7   Er ging ihr hinterher. Über ihm fegte ein Windstoß durch die Baumkronen. Noch ein paar weitere Schritte, und Donnergrollen setzte ein.

Hinter sich vernahm er Schulmeister: »Das glaub ich jetzt echt nicht.«

Trost war stehen geblieben und blickte in eine kleine Mulde, in der Lemberg lag und versuchte, sich wieder aufzurappeln.

»Ist dir etwas passiert?«, fragte er.

»Nein«, winkte sie ab. »Aber was ist denn das hier für ein Mist?«

»Laub, Zweige und ein Loch drunter.«

»Klar, eine Falle.« Sie stand wieder auf ihren Füßen. »Aber wozu denn, bitte schön?«

»Keine Ahnung.«

Wieder Donnergrollen, diesmal lauter. Auch der Wind wurde heftiger.

Trost reichte ihr die Hand. »Komm, ich zieh dich raus.«

Ein Ruck und sie standen sich gegenüber, Zehenspitzen an Zehenspitzen. Der Wind flaute kurz ab, als hielte er den Atem an, und einen Augenblick lang hatte Trost das Gefühl, er könnte aus seinem Körper schlüpfen, fünf, sechs Meter in die Luft steigen und sich von oben betrachten. Wie er vor Annette Lemberg stand. Die Sekunden vergingen, die Anspannung stieg. Wie in einem Teenagerfilm. Das Einzige, was nicht dazu passte, war die Eiskralle, die seine Wirbelsäule fest im Griff hatte und ihm riet, sofort einen Schritt zurückzumachen. Und ein Räuspern.

Es stammte von Schulmeister, der nachdenklich sein Gesicht knetete, das währenddessen so aussah, als würde es nie wieder seine ursprüngliche Form annehmen. Die Wangen überlappten die Nase, die wiederum fast seine Oberlippe berührte, und die Schlupflider bildeten zusammen mit der Stirn eine seltsame Einheit. Trost musste sich von dem beängstigenden und zugleich faszinierenden Anblick losreißen.

Als Schulmeister fertig war, leuchtete sein Gesicht knallrot. »Ich weiß ja nicht, wie es euch geht, aber ich finde diesen Ort jetzt auch seltsam.«

Trost wusste sofort, was er meinte. Die Rinde eines Baums war durchlöchert, im Geäst eines anderen hatte er die Reste einer Plattform aus Brettern entdeckt. Als er ein paar Schritte weiterging, sah er angespitzte Hölzer, die im Boden steckten. Hastig rief er den anderen zu, sich auf keinen Fall vom Fleck zu bewegen. »Überall können Fallen sein.«

»Wo sind wir hier?«, fragte Lemberg rhetorisch, und niemand antwortete ihr.

Schulmeister starrte auf ein Wort, das in die Rinde eines Baums geritzt war. »Wieder dieses Atnamech, wie schon in diesem Drohbrief. Wissen wir schon, was das bedeutet?« Auch das war eine rhetorische Frage, denn natürlich wusste er, dass niemand bislang daran gedacht hatte.

»Soll ich's googeln?«, rief der Graf, machte sich ans Werk, gab aber bald darauf genervt auf. Kein Netz.

Als eine Elster kreischte, schreckten alle vier zusammen.

Trost blickte gegen die blendende Sonne, die sich plötzlich durch die Wolkenberge gezwängt hatte, Richtung Baumkronen. Etwas blitzte auf, aber er konnte nicht erkennen, was. »Wir sollten umkehren«, sagte er, und erst in diesem Moment fiel ihm auf, dass Zeus verschwunden war.

Mehrmals rief er den Namen seines Hundes. Und lauschte. Und pfiff. Und lauschte abermals.

»Hab mich ehrlich gesagt eh gewundert, dass du den Hund ohne Leine im Wald laufen lässt«, murmelte Schulmeister neben Trost. »Der kommt nimmer zurück.«

In diesem Moment schoss Zeus aus einem Gebüsch ganz in der Nähe auf sie zu. Trost beugte sich zu ihm hinunter und kraulte das Tier daraufhin fast ein wenig stolz, wie er sich eingestehen musste.

»Los jetzt. Gemma wieder«, sagte Schulmeister.

Und als hätte Zeus ihn verstanden, riss er sich von Trost los und führte die kleine Gruppe zurück zu den Autos. Er lief voran, der Graf, Schulmeister und Lemberg dahinter.

Trost, der das Schlusslicht bildete, fiel Lembergs unrunder Schritt auf. »Hast du dich beim Sturz verletzt?«

»Nicht der Rede wert«, erwiderte sie, aber er bemerkte, dass ihr Abstand zu Schulmeister größer geworden war, und das hieß schon etwas. An einer Stelle, an der der Pfad schmaler wurde, lag ein vermutlich bei einem früheren Sturm abgeknickter Baumstamm. Lemberg setzte sich darauf und atmete durch. »Nur eine kurze Pause.«

Was direkt danach geschah, konnte Trost sich später nicht

erklären, jedenfalls fand er sich plötzlich im Laub kniend vor ihr wieder. Er streifte ihr den Sneaker ab und betastete ihren Knöchel.

Sie hatte kleine Füße, wahrscheinlich nicht einmal Größe achtunddreißig. Trug kurze blaue Söckchen. Der Knöchel über dem Bündchen war dick. »Eindeutig geschwollen«, sagte er und musste feststellen, dass er zu einer aussagekräftigeren Diagnose nicht fähig war. Dennoch hielt er immer noch ihren Fuß. Genau genommen ihre Wade.

Er war kurz davor, sich wieder von oben zu betrachten. Was geschah mit ihm? Zuerst der beängstigende Traum, dann der Wirklichkeit gewordene Wald und schließlich diese Kindereien.

»Lass sie los!« Er blickte hoch und schaute in die gesichtslose Kapuze der Sensenmann-Gestalt aus seinem Traum. Regungslos stand sie neben ihm und stützte sich auf einen Holzstock. Der schwarze Mantel, der schmutzig und an manchen Stellen leicht eingerissen war, verströmte einen Geruch nach Moos, feuchter Erde und Verfaultem. Es war, als befände sich in der Kapuze tatsächlich – nichts. Die Stimme daraus hatte blechern geklungen. Mechanisch.

»Au!«, hörte er Lembergs Stimme.

Erschrocken realisierte Trost, dass er ihr Bein fallen gelassen hatte. Eine Entschuldigung brummelnd richtete er sich auf und sah sich um. Vom Kapuzenmann war keine Spur mehr.

Dafür tauchte der Graf aus dem Dickicht auf. »Was ist passiert?«, fragte er.

»Wir müssen die Kollegin zum Auto bringen«, sagte Trost unbeholfen. Er wagte nicht, Lemberg in die Augen zu blicken, aber vor allem wagte er nicht, zur Seite zu schauen. Die Vorstellung, den Kapuzenmann noch einmal zu sehen, trieb ihm die Schweißperlen auf die Stirn. Sollte er ihn hingegen nicht mehr entdecken, hieße das wiederum, dass er langsam, aber sicher den Verstand verlor. »Verstauchter Knöchel«, sagte er noch lapidar.

Lemberg sah ihn merkwürdig an, zog sich dann aber vorsichtig den Schuh an, legte ihre Arme um die Schultern der beiden Männer und setzte humpelnd ihren Weg fort. Dabei lächelte sie Trost sogar an.

Er zwang sich dazu, zurückzulächeln. Sie konnte ja nicht wissen, dass ihm immer noch das Herz gegen die Rippen hämmerte. Der Kapuzenmann. Lembergs Fuß, ihre Wade. Was es stärker zum Rasen gebracht hatte, war unklar.

Die Regenwolke schwebte derweil immer noch über den Baumkronen und sah aus wie eine schmutzige Pfütze, die sich um einen verstopften Abfluss bildet. Sie warf ihren düsteren Schatten auf den Wald. Einen Schatten, in dem sich Dinge zu bewegen schienen.

8   Es dauerte noch fast eine halbe Stunde, bis acht Mann der Cobra aus einem schwarzen Van sprangen, der sich am Waldrand hinter die Fahrzeuge von Lemberg und Trost eingereiht hatte. Die Beamten trugen Jeans, schusssichere Westen über T-Shirts und Sturmhauben. Nur ihr Anführer entblößte sein Gesicht und stellte sich als Major Makel vor, während sich seine Männer hinter ihm formierten und ihre Ausrüstungen überprüften.

Makel hörte sich kurz die Schilderung über den seltsamen Ort im Wald an und musterte dann einen nach dem anderen der vier Kriminalbeamten. Auf Lembergs Fuß, den sie von sich gestreckt hielt, während sie ächzend auf der Ladefläche des Kofferraums ihres Wagens Platz nahm, verweilte sein Blick einen Moment länger, ehe er den Kopf schüttelte.

»Also wieder einmal ein Alleingang«, sagte er schließlich. »Aber gut, wir mussten wenigstens keinen von euch retten. Ab jetzt übernehme jedenfalls ich das Kommando. Wenn es hart auf hart geht, sind wir dran, und wenn ich ehrlich bin, hört sich das, was bisher passiert ist, ein bisschen danach an. Hab ich recht, Walter?«

Einer der Schutzhaubenträger, ein Berg von einem Mann, trat zu ihm nach vorn. »Na ja, für mich klingt das eher nach einem Waldspaziergang mit Pfadfinderlager, Major.«

Makel lachte auf. »Das werden wir ja sehen. Das Angebot der Kiste Bier steht noch, gell, Frau Bezirksinspektorin?«

Lemberg wollte antworten, doch Trost ließ sie nicht zu Wort kommen. Er gab zu bedenken, dass die Fallen im Wald kaum sichtbar seien.

»Das haben Fallen so an sich, mein lieber Chefinspektor«, entgegnete Makel und ließ ein Gegacker folgen, das wohl sein Lachen war. »Ich habe schon viel von Ihnen gehört, und vieles davon gefällt mir. Die Geschichten über Sie klingen wie Abenteuer von Comichelden.« Wieder Gegacker, dann wurde er ernst und kniff die Brauen zu einem wilden Blick zusammen. »Aber wie schon gesagt, ab jetzt übernehme ich. Das ist die Realität und nichts für Gschichtldrucker.«

»Ich weiß, dass Fallen meist nicht offensichtlich sind«, versuchte Trost es noch einmal. »Ich möchte Ihnen auch nur den Rat geben, mit der nötigen Vorsicht –«

»Ich muss Sie leider unterbrechen, Trost. Ihren Rat haben wir nicht nötig. Wir sind die großen Jungs. Wir gehen da jetzt rein, und Sie bleiben schön hier und warten, bis wir wiederkommen oder nach Ihnen schicken.« Er wandte sich seinen Leuten zu. »An die Arbeit, Männer.«

Bald waren die acht Testosteronmonster geräuschlos im Dickicht verschwunden, doch ihre feine Duftnote nach Leder und Männerschweiß hing immer noch in der Luft.

Trost blickte wieder zu den Baumwipfeln hinauf. Die kleine Regenwolke hatte Verstärkung bekommen und sich zu einem gelblichen Wattesee ausgewachsen. Typisch steirisches Juniwetter. Unvorhergesehen konnten lokal begrenzte Unwetter niedergehen und, begünstigt durch hohe Luftfeuchtigkeit und große Hitze, den betroffenen Landstrich binnen Minuten in ein Katastrophengebiet verwandeln. Schlimmer als das schwülwarme Juniwetter war nur eins: das Juliwetter. Erst der August leitete mit etwas milderen Temperaturen das Ende der Unwetterperiode ein.

»Was ist?«, wollte Schulmeister wissen.

Trost sah ihn ernst an. »Kennst du dich mit Meteorologie aus?«

»Du meinst, mit dunklen Wolken und so?«

»Ja. Und wenn du das Gefühl hast zu wissen, dass eine Katastrophe bevorsteht, du aber niemanden davon überzeugen kannst, vorsichtig zu sein.«

9   »Hast du die Tatortgruppe informiert?«, wandte sich Trost nach einer kurzen Stille an Lemberg.

»Äh, nein. Sollte vorher nicht die Cobra alles durchforsten?«

»Die Männer werden nur das finden, was wir vor ihnen gefunden haben. Einen seltsamen Ort samt Fallen. Im schlechtesten Fall zertrampeln sie wertvolle Spuren, also brauchen wir möglichst schnell die Tatortgruppe hier.«

Als sie zum Handy griff, näherte sich Trost dem Waldrand. Schulmeister beobachtete ihn. »Was machst du?«

»Den harten Jungs folgen, falls sie Hilfe brauchen.« Er ließ seine Version des gackernden Lachens von Major Makel folgen, was alle zum Schmunzeln brachte.

Zeus lief wie immer vorneweg, Trost folgte ihm. Jeden seiner Schritte setzte er mit Bedacht und suchte den Wald um sich herum nach Veränderungen ab. Was er hier tat, tat er bar jeder Logik, das war ihm bewusst. Am liebsten hätte er sich im Kreis seiner Kollegen von dem erneuten Auftauchen des Sensenmanns erholt, aber dem stand eins entgegen: seine Neugier.

Einmal mehr fragte er sich, wie sie hierhergekommen waren. Die Stelle mit den Fallen lag fernab aller Wanderwege, und doch hatte die Anruferin hier angeblich Leute beobachtet –

und vor allem hatte ihre Beschreibung ausgereicht, um die Stelle zu finden. Das war doch seltsam. Oder war es nur ein Zufall gewesen?

Immer wieder blieb Trost stehen, um seine Umgebung zu mustern. Aus den Augenwinkeln sahen die Bäume aus, als würden sie das Gleiche mit ihm tun. Einen Moment glaubte er, ihre Äste seien sehnige Arme und Krallen, die mit schwingenden Bewegungen nach ihm griffen. Er war so in die Vorstellung versunken, dass er panisch zusammenfuhr, als ihm im nächsten Moment ein Ast ins Gesicht schlug.

So lange lief er, bis er schon befürchtete, sich verlaufen zu haben. Die Baumkronen ragten locker zehn, zwanzig Meter über ihm empor, Pilze klammerten sich an Baumrinden, Moos überzog Wurzeln als tiefgrüner Teppich.

Bislang hatte Trost sich in Wäldern immer wohlgefühlt. Die Atmosphäre beruhigte ihn normalerweise. Doch dieser Wald bewirkte genau das Gegenteil. Seine Unruhe wuchs mit jedem Schritt. Und jetzt wusste er auch, warum. Es waren die Geräusche.

Irgendwo krächzte ein Rabe. Ansonsten waren keine Vögel zu hören. Trosts Schritte wurden vom Waldboden gedämpft, rechts und hinter ihm knackte und raschelte es.

Als er das Wort »Atnamech« in einen Baum geritzt vor sich sah, hielt er inne. Er war längst am Ziel.

»Als würdest du von dem Bösen angezogen«, raunte plötzlich Schulmeisters Stimme an seiner Seite.

Trost rutschte fast das Herz in die Hose. War sein massiger Kollege der Verursacher der Geräusche im Dickicht gewesen? Und vor allem: Wie hatte er es geschafft, sich unbemerkt an ihn heranzuschleichen?

»Was meinst du?«

»Na, das hier. Ich hätte die Stelle nicht mehr gefunden.« Schulmeister klopfte ihm auf die Schulter. »Nicht die schlechteste Gabe, die man haben kann.«

»Hast du einen Cobra-Kollegen gesehen?«

»Nein. Aber ich würde mich nicht wundern, wenn sie uns beobachten und jedes Wort mithören.«

»Du meinst, dass sich einer im Dreck vergraben hat, so wie bei ›Rambo‹, und wir quasi vor seiner Nasenspitze stehen?«

Schulmeister grinste. »Mir sind deine Filmvergleiche echt abgegangen.«

Sie blickten sich um und schwiegen. Die plötzliche Stille zwischen ihnen schien beiden mit jeder Sekunde unangenehmer zu sein.

»Was hältst du von dem Wald?«

»Ist unheimlich.«

»Find ich auch.«

Als hätte Schulmeister damit das Stichwort gegeben, ertönte plötzlich ein Schrei. Er war so spitz und hell, dass er ihnen durch Mark und Bein ging.

»Scheiße, wo kam das her?«, brüllte nun auch Schulmeister, während weitere Schreie ertönten.

Trosts Atem klang wie das Grunzen einer seltsamen Kreatur. Er ließ alle Vorsicht fahren und rannte los, den Schreien entgegen. Aus den Baumkronen vernahm er ein Zischen: »Atnamech.«

Keuchend erreichte er eine Grube, in der ein Mann lag. Aus seinem Bein ragte ein spitzes Holzstück. Er versuchte aufzustehen, stöhnte auf, fiel immer wieder zurück.

Trost bemerkte, warum der Mann sich schwertat, Halt zu finden. Unter ihm lag eine weitere Person, die einen noch viel schlimmeren Anblick bot. Sie stierte Trost geradewegs aus glasigen Augen an, die Lippen bewegten sich, rosafarbene Spuckebläschen quollen zwischen ihnen hervor. Im Rumpf des Mannes steckte ein weiterer Pfahl.

Wie ein Liebespaar lagen die beiden Männer beieinander in der Fallgrube, in der sich eine Blutlache ausbreitete. Der untere röchelte nur noch und hatte seine Augen auf eine fixe Stelle weit oben in den Baumkronen gerichtet, der auf ihm zitterte und wimmerte auf dem Bauch liegend.

103

Als Trost sich hastig umsah, tauchte Major Makel aus dem Unterholz auf und starrte entsetzt in das Loch. »Geh, reiß ab, der Paul.«

Erst mit Verspätung bemerkte er den Todeskampf des zweiten Opfers, das die Falle gefordert hatte. »Ivan!«, rief er, und das Weiß seiner Augen leuchtete im Schwarz der Sturmhaube.

Trost schaute Makel schweigend an. Der dämliche Satz »Ich habe Sie doch gewarnt« lag ihm auf der Zunge. Allerdings zog er durchaus in Betracht, dass ihm der Major die Kehle aufschlitzen könnte, würde er ihn jetzt aussprechen.

Dann setzte der Regen ein.

10 Das kontinuierliche Rauschen des Nieselregens wirkte fast verhöhnend. Die düstere Gefahren heraufbeschwörende Gewitterwolke hatte ihr Versprechen gehalten. Das beiläufige Donnern wurde untermalt vom Wehklagen aus einer feuchten Waldgrube und den verzweifelten Schreien der Männer, die für Spezialeinsätze ausgebildet waren. Und währenddessen mischte sich das Blut des einen mit jenem des anderen Opfers, vermengte sich beides mit dem Regen zu einem ungustiösen hellroten Teich, in dem der eine Mann ertrank und der andere nur mit knapper Not überlebte.

Das Waldstück selbst glich nur neunzig Minuten später einem Freilichtlabor. Es war mit Bändern abgesperrt, überall duckten sich weiße Plastikoveralls unter von Baum zu Baum gespannten Zeltplanen.

Die Männer der freiwilligen Feuerwehr hatten den schwer verletzten Cobra-Beamten von dem Pfahl losgeschnitten, der sein Bein durchbohrt hatte. Der Blutverlust war so enorm, dass er längst das Bewusstsein verloren hatte. Als sie ihn stabilisiert hatten, brachten zwei seiner Kameraden den Mann auf einer Trage zu einer Lichtung. Ein Hubschrauber setzte auf, und er wurde hineingehievt. Den Funkspruch des Notarztes, der ein Amputationsteam für die Operation im LKH anforderte, hörte der Schwerverletzte nicht.

Der zweite Verunglückte konnte nur noch mit einem Tuch abgedeckt werden. Noch bevor die Rettungskräfte eingetroffen waren, war er an Ort und Stelle verblutet.

Als der Blick des Manns gebrochen war, hörte Trost die Äste um sich herum unnatürlich laut knacken, so als würde der Wald dessen Tod auf seine Weise kommentieren. Aus dem Unterholz in der Ferne stiegen Dampfschwaden auf, und Trost rechnete schon damit, dass jeden Moment schaurige Gestalten hervorkriechen würden. Der Rest der Cobra-Einheit hatte gebrüllt und geweint. Auch jetzt noch hämmerten einige von ihnen vor Zorn auf die Baumstämme ein, und einer brach an der Seite des Verstorbenen zusammen.

Trost hatte selten eine herzzerreißendere Szene erlebt, und doch berührte ihn das, was er sah, nur bedingt. Verblüfft über seine eigene Kaltherzigkeit betrachtete er die Umgebung. Trotz der zahlreichen Einsatzkräfte lag eine atypische Stille über dem Wald. Mittlerweile hatte der Nieselregen aufgehört, und der Donner war verstummt.

Zeus kam in einer Nebelschwade zum Vorschein, näherte sich hechelnd und ließ sich an Trosts Seite nieder. Er wirkte unaufgeregt, was Trost beruhigte. Solange Zeus nicht kläffte, nicht sein Fell sträubte oder knurrte, waren merkwürdige Erscheinungen denkbar unwahrscheinlich.

Trost sah zu Major Makel hinüber, der auf einem Baumstumpf hockte. Ivans zugedeckter Leichnam wurde an ihm vorübergetragen. Der Major kämpfte immer noch mit den Tränen, die nach Wuttränen aussahen. Dazu mahlten seine Kiefer ohne Unterlass.

Als Trost an ihm vorbeiging, wischte Makel sich den Rotz unter der Nase weg. »Trost!«, rief er. »Ich muss Ihnen etwas zeigen.«

Der Major ging tiefer ins Unterholz hinein, und Trost folgte ihm. Die Nachmittagssonne, die herausgekommen war, reflektierte auf den Regentropfen, sodass er blinzeln musste. Dann hielt Makel an, und Trost bemerkte, dass unter einem Tarnnetz mit Laub und Ästen rostige Metallteile herausragten. Einen Moment später sah er die in die weiche Erde gegrabene Spur eines Kettenfahrzeugs. Makel bog einige Sträucher zur Seite und gab den Blick auf einen Schaufelbagger frei.

»Und der passt sehr gut zu einer Vermutung, die ich habe.« Makel und Trost fuhren herum. Keiner von beiden hatte Waldemar Dietrich, den Leiter der Spurensicherung, kommen gehört.

»Nicht erschrecken, meine Herren.« Fast vergnügt blickte Dietrich sich um. »Wisst ihr eigentlich, was das hier ist?«

»Was denn? Ein Wald vielleicht?« Der Major verzichtete diesmal auf sein gackerndes Lachen. Er wirkte wie jemand, dem die Energie zum Scherzen für alle Zeit abhandengekommen war.

»Präziser ausgedrückt, meine Herren«, Dietrich hob triumphierend den Kopf, »ist das ein geweihter Ort, ein Friedhof.«

11   Um Trost und Makel von seiner Theorie zu überzeugen, führte Dietrich sie auf eine kleine Anhöhe.

»Ein riesiges Gräberfeld.« Er deutete um sie herum. »Wahrscheinlich von den Römern oder den Kelten, aber am ehesten von beiden.«

»Mitten im Wald?«

Trost überließ Makel das Fragenstellen und betrachtete stattdessen die zahlreichen Hügel.

»Ja, das sind alles Hügelgräber.«

»Und der Bagger?«

»Keine Ahnung. Ich hab eine Bekannte, die am Joanneum arbeitet. Die werde ich fragen, ob hier gerade eine Grabung stattfindet.«

»Sieht mir eher nach etwas Illegalem aus. Warum sonst

war der Bagger hinter Zweigen versteckt«, stellte Trost fest. »Könntest du deine Bekannte nicht auch gleich zu den Pfeilspitzen befragen?«

»Das werde ich, aber erst morgen. Sorry, Wochenende.« Er zuckte mit den Schultern.

»Sorry zurück«, knurrte jetzt Makel, »aber Ihre Freundin muss heute noch herkommen. Einer meiner Männer ist tot, der andere schwer verletzt. In solchen Situationen sind Wochenenden gestrichen, das sollten auch die Labormäuse langsam mal gecheckt haben. Ich würde also vorschlagen, Herr *Doktor*, dass Sie sich ans Telefon hängen und die Frau herbestellen, aber pronto.«

Trost war von der hemdsärmeligen Art Makels beeindruckt. Vor allem auf Leute wie Dietrich, die eher Verstandesmenschen waren, musste die einschüchternde Wirkung enorm sein.

Umso erstaunlicher war Dietrichs Reaktion. Seine Gesichtszüge gefroren zu einer Maske: »So nicht, mein Freund. Nicht mit mir.« Der Forensiker blickte an Makel hoch und stellte sich so nah vor ihn, dass er ihm beinahe auf die Zehen stieg. »Heute geht nichts mehr, es ist Sonntagnachmittag, basta. Ich habe gesagt, morgen, also muss morgen reichen. Und noch etwas ganz unter uns: Man muss keine Labormaus mit Doktortitel sein, um darauf zu vertrauen, dass ein vermutlich mehr als zweitausend Jahre altes Hügelgräberfeld auch morgen noch da sein wird. So, und jetzt gehen Sie mir aus den Augen, das ist ein Tatort. Und zwar meiner. Von jetzt an rede ich nur noch mit den Beamten der Kriminalpolizei.«

12   »Das ist ein Tatort. Und zwar meiner«, wiederholte Schulmeister und kicherte. »Nicht schlecht, das hätte ich Dietrich gar nicht zugetraut.«

Auch Trost lächelte, sofern man das Hochziehen von Mundwinkeln so bezeichnen konnte.

Er, Schulmeister, der Graf und Lemberg hatten sich an ihren Wagen versammelt, die noch immer am Waldrand standen. Der Sonntag ging seinem Ende entgegen. Ein für Frühsommer ungewöhnlich kühler Abend kündigte sich an. Die Wolken hatten sich ganz verzogen, am klaren Himmel breitete sich der Nachtschatten aus.

Nur noch Lembergs Fingerspitzen schauten aus den Ärmeln ihrer taillierten Kapuzenjacke heraus. Sie fröstelte unübersehbar. »Schon wieder so spät. Trotzdem müssen wir endlich in die Gänge kommen.«

»Willst du nicht erst mal deinen Knöchel verarzten lassen?«, schlug der Graf vor.

Sie winkte ab. »Geht schon. Also, ich rekapituliere: Wir haben einen Mord durch einen Pfeil an der Autobahnabfahrt. Keine Zeugen. Sämtliche Bogenschützenvereine der Umgebung wurden abgegrast, und heute Morgen waren Kollegen sogar auf dem Fetzenmarkt, um sich umzuhören, ob dort illegal mit alten Waffen gehandelt wird. Eine Fleißaufgabe, die der Kollege Schulmeister geleitet hat. Gute Idee.«

Ein leichtes Zucken in Schulmeisters Mundwinkel verriet, dass seine Eitelkeit mit der letzten Bemerkung bedient worden war.

»Dann haben wir im Wald einen Friedhof mit tödlichen Fallen entdeckt, und natürlich dürfen wir auch die an die Regionalpolitiker gerichteten Drohbriefe nicht vergessen. Sonst noch was?«

Der Graf fixierte seine Fußspitzen: »Na ja, die Gegner des Autobahnausbaus, der Schlägertrupp, ein toter Cobra-Beamter ...«

Lemberg massierte ihren Knöchel, der offenbar doch mehr schmerzte, als sie zugeben wollte. »Was schlagt ihr also vor?«

»Bis morgen Mittag«, sagte Trost, »sollten wir alles über den Pfeil und das Gräberfeld herausgefunden haben, was es zu wissen gibt. Dann sollten wir untersuchen, wo man solche Pfeilspitzen außer am Fetzenmarkt noch kaufen oder stehlen kann. Klappert also alle Museen und Antiquitätenläden ab. Wer genau war heute Morgen eigentlich auf dem Fetzenmarkt?«

»Ich. Mit ein paar Kollegen aus dem Ermittlerpool«, erwiderte Schulmeister. »Hätte mir den Patschunkerlmarkt sowieso angeschaut. Ein uralter Raritätenmarkt, heißt eigentlich Portiunkulamarkt, einer von vier im Jahr, der schon zu Zeiten von Maria Theresia im 18. Jahrhundert stattfand, von der Stadt im Jahr 2019 aber abgeschafft wurde, um dem internationalen illegalen Handel, der dort betrieben wurde, ein Ende zu bereiten«, deklamierte Schulmeister oberlehrerhaft. »Nach langwierigem politischen Tauziehen findet er jetzt wieder am Mariahilferplatz statt, allerdings in deutlich kleinerer Form.«

»Und was hast du geglaubt dort zu finden?« Trost hatte seine Hände tief in den Taschen seiner Lederjacke vergraben und sah zu, wie Schulmeister sich wand.

»Weiß nicht, aber der Markt ist immer für Überraschungen gut. Etwa für einen Pfeil mit alter Spitze. Ich hatte gehofft, es würde uns weiterbringen, wenn wir uns dort umhörten.«

»Hat es aber leider nicht«, sagte Lemberg. »Und nun? Was können wir jetzt, um kurz vor acht abends, noch tun? Und sagt jetzt bitte nicht, nichts, weil Sonntag ist.«

Der Graf antwortete, er müsse noch bei einigen letzten Bogenschützenvereinen anrufen, und Schulmeister wollte die Bedeutung des Wortes »Atnamech« recherchieren. »Mir kommt es so vor, als hätte ich das schon mal irgendwo gehört.«

»Gut, ihr zwei«, sagte Lemberg. »Dann schaue ich mich mit Armin noch in der näheren Umgebung um. Alles klar? Reini, du nimmst meinen Wagen, mit dem Knöchel kann ich sowieso nicht fahren.«

Kurz darauf fielen die Türen der Autos zu. Der Graf und Schulmeister fuhren mit Lembergs Wagen in den Abend, während in Trosts Bus Zeus aus dem Seitenfenster in das Dunkel des Waldes schaute, ehe er sich mit leisem Winseln auf der Rückbank zusammenrollte und sofort einschlummerte.

13 Die Autofahrt verlief eine ganze Weile schweigend. Während Trost sich auf die Straße konzentrierte, vertiefte Lemberg sich in ihr Handy, als wäre es ein Mysterium. Trost hatte sich nie mit den Dingern anfreunden können. Ständig erreichbar zu sein war schon nervig genug, dass Menschen aber auch noch mit sinnentleerten Spielen oder in sozialen Netzwerken ihre Zeit vergeudeten, das entzog sich vollkommen seinem Verständnis.

Auf der Landesstraße drosselte er die Geschwindigkeit, bog dann in eine Seitengasse ab und fuhr im Schleichtempo durch eine Wohnsiedlung. Mittlerweile hatte auch Lemberg wieder Interesse an ihrer Umwelt und blickte in die Gärten der Häuser mit ihren bunten Schaukeln, die in den Frühlings- und Sommermonaten in den Prospekten der Baumärkte beworben wurden, den aufblasbaren Intex-Pools und den in den Wiesenboden gerammten Gardena-Duschen. Zurechtgestutzte Kugellinden und Schlitzahorne zierten die von Mährobotern akkurat kurz gehaltenen Rasenflächen. Blank polierte Kugelgrills, Topfpflanzen, die den letzten Winter vermutlich in Kellern oder in einer Gärtnerei verbracht hatten, und Hochbeete, in denen Erdbeeren leuchteten, rundeten die heimelige Gartenidylle ab.

Wehmütig dachte Trost an sein eigenes Haus, sein Zuhause. Nachdem es von verrückten Mördern gestürmt worden war, die seine Familie bedroht hatten, war er geflohen. Zuerst hatte er in seinem VW-Bus gelebt, schließlich in den Räumlichkeiten einer ehemaligen Gastwirtschaft im Haus von Hollermann. Jenes Hollermann, der ihn heute Morgen vor die Tür gesetzt hatte, obwohl er vorgestern noch davon gesprochen hatte, wie toll es wäre, gemeinsam etwas auf die Beine zu stellen.

Er bemerkte, wie Lemberg ihn von der Seite betrachtete.

»Und? Hast du vorgestern eigentlich noch deinen Wein gekauft?«, fragte sie beiläufig.

»Kann man so sagen. Eine halbe Wagenladung voll.«

Sie blähte anerkennend die Backen. »Und die willst du ganz allein trinken? Sportlich, sportlich.«

»Hör mal, Anne, ich möchte ...«, sagte er, weil er ahnte, worauf das hinauslaufen würde.

»Stopp«, grätschte sie ihm dazwischen. »Wenn das jetzt ein persönliches Gespräch werden soll, dann will ich es nicht führen. Ich schlage vor, stattdessen zu dieser Tankstelle zu fahren und noch einmal mit diesem Edgar-Typen zu reden. Und wenn uns der Benzingestank nicht den Appetit verdirbt, könnten wir ja anschließend noch woandershin gehen. Ich hab Lust auf ein Bausatzessen. Irgendwas zum Zusammenstellen: Pizza oder so. Was hältst du davon?«

»Okay, aber –«

»Perfekt. Dann quatschen wir nachher. Wirklich, ich will jetzt kurz noch mal über den Fall nachdenken, aber dann abschalten. Muss den Mord, den Wald und die gepfählten Kollegen irgendwie aus meinem Kopf rauskriegen. Verstehst du das?« Sie redete wie ein Wasserfall.

»Natürlich verstehe ich das.«

»Gut, dann also zum Fall. Gehen wir noch einmal durch, was wir haben ...«

Und während sie sich über das, was in den letzten achtundvierzig Stunden passiert war, unterhielten, dachte Trost, dass sie sich verändert hatte. Er konnte sich noch gut an sie erinnern, als sie bei ihnen in der Mordgruppe angefangen hatte. Die anderen trauten ihr nicht allzu viel zu, weil sie hübsch war und nach der Schrift redete. Und nicht nur das, sie verwendete dabei auch noch die Mitvergangenheit und musste ständig nachfragen, weil sie Wörter nicht verstand. Dennoch hatte Trost schnell gemerkt, dass Annette Lemberg gnadenlos hartnäckig ermitteln konnte. Sie besaß die nötige Sturheit für diesen Job. Das Durchhaltevermögen. Beide Eigenschaften unterschätzten die meisten, wenn sie sich für den Polizeidienst entschieden. Was nutzte es einem, wenn man durchtrainiert, ein Scharfschütze, ein Superhirn oder ein Computergenie war? Was, wenn man für so hehre Ziele wie Gerechtigkeit eintreten wollte, aber dann nicht ausdauernd war? Wenn man zu ungeduldig war, um den entscheidenden Moment abzuwarten? Dann lachte die Welt des Bösen nur über einen und tanzte völlig unbeschwert den Veitstanz.

Aber im Lauf der Jahre war Lemberg launisch geworden. Und manchmal geradezu übereifrig. Sie nervte die Kollegen mit ihrer Ungeduld. Dazu kam, dass es nicht mehr zu übersehen war, dass sie seine Nähe suchte. Letzteres Problem – falls Trost denn damit richtiglag – galt es heute Abend zu klären. Das war er sich selbst schuldig, denn längst konnte er nicht mehr abstreiten, dass Anette Lemberg ihn und seine Instinkte völlig durcheinanderbrachte.

14   Als die Schiebetür zur Seite glitt, dröhnte ihnen die Titelmusik von »Dallas« entgegen, und er war erleichtert, Zeus im Auto gelassen zu haben. Das blecherne Schlagzeug, der Bläsersatz und der funkige Gitarrensound lösten in Trost nicht nur Kindheitserinnerungen an die Fernsehserie aus, sie bliesen auch im Nu alle beunruhigenden Gedanken an dunkle Gestalten in finsteren Wäldern und an unangenehme Gespräche mit Kolleginnen beiseite.

Als Edgar Landmann ihn bemerkte, hörte er auf, den kleinen Tresen neben dem Kassatisch abzuwischen, und warf sich das Geschirrtuch über die Schulter. Die Ärmel des blauen Tankstellenoveralls hatte er hochgekrempelt, sodass Trost einmal mehr die hervortretenden Adern an seinen durchtrainierten Kletterarmen auffielen.

Landmann drehte die Musik leiser, doch Trost bedeutete ihm, dies sei nicht nötig. Er ging in den Nebenraum, ins »Wurmschach«, wo die Kaffeemaschine stand, und setzte sich auf einen Barhocker. Lemberg tat es ihm gleich, dann starrten beide ins Leere.

Landmann schob ihnen jeweils ein Glas Bier vor die Nase, das sie nicht bestellt hatten. »Ein seltsames Paar seid ihr«, sagte er, während die »Dallas«-Melodie langsam verklang, und ging dann zur Anlage, um die Musik doch auszuschalten.

»Lang ist's her, dass ich die Serie gesehen hab«, sinnierte er, als er wieder zu ihnen zurückkam.

»Bei mir auch«, kommentierte Trost. »Danke fürs Bier.«

Ein paar Sekunden herrschte Stille, bevor das Gespräch auf typisch steirische Weise fortgeführt wurde. »Und?«, fragte der Tankwart.

»Alles gut«, erwiderte Trost.

»Und sonst?«

»Passt alles.«

Sie grinsten einander an, und Lemberg rollte mit den Augen. »Soll ich besser gehen, damit die Herren ungestört weiter eloquente Konversation betreiben können?«

»Ich komm ja schon auf den Punkt«, hob Trost schließlich an. »Kannst du uns sagen, was es mit dem Wald auf sich hat, Edgar?«, fragte er, indem er Landmann bewusst duzte.

Der Tankwart runzelte die Stirn. »Mit dem Kaiserwald? Was soll es mit ihm schon groß auf sich haben?«

»Von ihm geht eine merkwürdige Stimmung aus. Ist dort in letzter Zeit etwas Außergewöhnliches vorgefallen?«

Landmann schürzte die Lippen und tat so, als dächte er nach. »Nicht dass ich wüsste.«

»Haben sich dort irgendwelche seltsamen Typen rumgetrieben?«

»Die Typen haben's dir wohl angetan. Aber ich glaube nicht, dass man Harti und seinen Jungs alles in die Schuhe schieben kann. Wilderer sind sie bestimmt keine.«

Trost nickte und drehte gedankenverloren sein Bierglas.

»Hast du gewusst, dass der Kaiserwald ursprünglich ›Des Herzoges Wald‹ hieß?«

Trost blickte auf. »Ach?«

»Ja. Herzog Ernst der Eiserne hat ihn im 15. Jahrhundert erstmals in einem Dokument als ›Des Herzoges Wald‹ erwähnt. Als sein Sohn Friedrich Kaiser wurde, Friedrich III., wurde aus dem Wald dann der Kaiserwald. Noch später nannte man ihn auch ›Des Römischen Kaisers Holz‹ oder ›Dobler Forst‹, weil an der einen Seite Dobl-Zwaring angrenzt. Heute ist es halt wieder der Kaiserwald.«

»Aha.«

»Und ich dachte schon, unser Kollege Schulmeister ist das einzige wandelnde Geschichtsbuch weit und breit«, ätzte Lemberg.

Trost sah sie an und fand, dass sie mit dem Oberlippenbart aus Schaum lustig aussah.

Landmann ließ sich von ihrem Einwurf nicht unterbrechen. »Und habt ihr gewusst, dass hier in der Gegend immer wieder Jagdschlösser errichtet wurden?«, fuhr er fort. »Ursprünglich war der Wald dreißig Quadratkilometer groß, er erstreckte sich von Graz bis ins Kainachtal. Erzherzog Karl ließ beispielsweise die Karlau bauen. Aber nach den Franzosenkriegen wurden viele der Jagdschlösser verkauft, weil der Staat Geld brauchte.«

»Bist du Waldhistoriker, oder was?«

Der Tankwart lachte. »Nein, aber wennst in einer Tankstelle mit Beisl arbeitest, bist du auch Wirt, und als Wirt erfährst du über kurz oder lang solche Sachen. Der Wald ist zu meinem Steckenpferd geworden. Vor allem, weil das Beisl ›Wurmschach‹ heißt.«

Trost und Lemberg sagten nichts, ließen ihn aber auch nicht aus den Augen.

Landmann verstand. »Also, ›Wurmschach‹ bedeutet ›Schlangenwald‹. Mittelhochdeutsch steht ›Wurm‹ für ›Schlange‹ und ›Schach‹ für ›Wald‹. Und der Ort Wundschuh hieß früher Wurmschach.«

»Und warum heißt Wundschuh jetzt Wundschuh?«, ließ sich Lemberg hinreißen nachzufragen.

»Weil in einem Teil des Kaiserwalds tatsächlich Schlangen hausten. Um diesen Teil zu roden, mussten die Leute hohe Stiefel gegen die Schlangenbisse tragen. Die Tiere bissen aber trotzdem zu. Also …«

»Wundschuh. Verstehe.«

Trost war tief in Gedanken versunken und blickte Landmann so lange an, bis dieser wegsah und wieder zur Stereoanlage ging. »Lassen wir die alten Geschichten. Was wollt ihr hören?«, rief er von dort.

»Überraschen Sie uns mit der Titelmelodie einer alten Fernsehserie.« Lembergs Augen weiteten sich aufgeregt, als sie Trost ansah. »Wer zuerst auf den Namen kommt.«

Als die E-Gitarre einsetzte und Lemberg mit dem Kopf zu wippen begann, lachte Trost. »›Die Straßen von San Francisco‹, aber das kannst du doch gar nicht wissen«, sagte er. »Das war lange vor deiner Zeit.«

»Na, hör mal!«, rief sie. »So viel jünger als du bin ich auch wieder nicht.«

Sie schauten einander lange an. Erst als Landmann ihnen zwei weitere Gläser Bier auf den Stehtisch stellte, schraken sie hoch.

»Geht aufs Haus«, sagte der Tankwart vergnügt, bevor Trost protestieren konnte. »Und wenn ihr wollt, könnt ihr die Tür auch zumachen.«

Trost hätte schwören können, dass er ihm zuzwinkerte. Als die ersten Takte der Titelmelodie von »Magnum« zu hören waren, starrte er grinsend ins Glas, ehe er verwundert feststellte, dass ein Schatten an seiner Seite aufgetaucht war.

Es war Lemberg, die zu tanzen begonnen hatte. Der geschwollene Knöchel schien ihr nichts mehr auszumachen. Sie warf den Kopf von einer Seite auf die andere, der Zopf flog, und ihr Körper in der schwarzen Bluse und den Jeans bewegte sich auf betörende Art und Weise. Und dann schloss sie die

Tür, nahm seine Hand, drückte ihren Körper an seinen und tanzte mit ihm. Der Kuss, der folgte, war unvermeidlich.

»Armin?«

Er erschrak.

»Sag mal, woran denkst du eigentlich, wenn du so vor dich hin starrst?«

Sie saß ihm immer noch gegenüber, die Tür zum Kassentresen stand offen, und nichts war geschehen. Und doch hämmerte sein Herz.

»An nichts«, log er.

15 Trost fuhr nach Hause, ließ Zeus in die Wohnung, gab ihm etwas zu essen und lief wieder zurück zum VW-Bus, den er kurz am Gehsteigrand geparkt hatte. Nachdem er einen richtigen Parkplatz gefunden hatte, dachte er einen Moment daran, tatsächlich einfach nach Hause zu gehen. Doch Lemberg zupfte ihn am Ärmel seiner Jacke. Eine Berührung, die keine war und ihm dennoch jeden Zweifel nahm.

Um kurz nach zehn saßen sie in einem Studentenlokal am Kaiser-Josef-Platz und warteten auf die bestellten Pizzas, während Trost immer noch über Landmanns historischen Monolog grübelte.

Lemberg strich mit dem Zeigefinger über den Rand ihres Bierglases und beobachtete ihn. »Du kannst nicht abschalten, stimmt's?«

»Tut mir leid. Mir geht eine Bemerkung einfach nicht aus dem Kopf.«

»Und zwar welche?«

»Landmann sagte, der Wald sei sein Steckenpferd.«

»Na und?«

In diesem Moment musste er sich eingestehen, dass seine Beunruhigung keinen Sinn ergab. Irgendetwas war durch den Begriff »Steckenpferd« in ihm ausgelöst worden, doch was es

auch war, es trat wieder in die Nebel seiner Gedanken zurück.
»Sorry, ich bin heute wirklich keine gute Gesellschaft.«

Sie lächelte und legte wie beiläufig ihre Hand auf seine.
»Vielleicht hast du nur keine Übung mehr darin.«

16   In der nächsten Stunde redete und redete sie, zumeist von früher, und er ertappte sich dabei, wie er in ihre Erzählungen eintauchte. Er mochte ihren Humor, versank in ihren Augen, fand ihr Lachen hinreißend. Er hätte ihr ewig zuhören können. Die warnenden Körpersignale, der eisige Schauder am Rücken, das Kribbeln, die Trugbilder – all das blieb aus.

Im Gegenteil: Wann immer sie wegsah, wann immer sie blinzelte oder sich ein Stück von ihrer Pizza abschnitt, betrachtete er sie verstohlen. Seine Blicke streiften die kleinen Fältchen an ihren Augen, ihre Nasenspitze, ihre Lippen, die Zähne und ihre Finger und machten nicht einmal davor halt, unverschämt über ihren Körper zu gleiten. Der Tagtraum im Beisl der Tankstelle hatte Nachwirkungen hinterlassen.

Kurz vor Mitternacht, als sie ein ums andere Mal immer lauter nach dem Kellner rief, hatte er gut und gerne fünf, sechs Krügerl Bier intus und spürte, wie seine Zunge schwer wurde. Ihr konnte es nicht anders gehen.

17   Als sie das Lokal verließen und tief die kühle Nachtluft einatmeten, spürte Trost die Wirkung des Biers auch in seinen Beinen. Seine Knie waren weich, während das Lachen der letzten Stunde noch in seinen Ohren nachhallte. Sie hatten sich großartig unterhalten.

Aber die frische Luft wirbelte auch die Vernunft und die Begierde in ihm durcheinander. Er konnte kaum noch einen klaren Gedanken fassen, sein Verlangen, sie zu berühren, war übermächtig, und er spürte, dass sie es zulassen würde. Am liebsten hätte er sich geohrfeigt, nur um sich abzulenken.

Trost blickte die Straße hinunter, unsicher, ob er nach einem Taxi Ausschau halten sollte. Ihre Wohnung und sein Zimmer in der Wirtschaft waren nicht weit entfernt, er hätte einfach losmarschieren sollen.

Plötzlich tauchte direkt vor ihm Lembergs Gesicht auf. Er sah in ihre braunen Augen. Konnte einzelne Wimpern erkennen. Ihre Miene war spöttisch. Eine schier unendlich lange Sekunde verging, dann spürte er ihre Lippen auf seinen, und seine Hände glitten über ihren Rücken. Die Welt verstummte. Die Zeit stand still. Er erwiderte ihren Kuss. Immer wieder.

Montag

1   Er wusste nicht mehr, wie sie in ihre Wohnung gelangt waren. Auch nicht, was danach passiert war. Sein Herz raste so höllenschnell, dass es in seinen Ohren rauschte. Er musste aus einem tiefen Schlaf aufgeschreckt sein. Sein zweiter bewusster Gedanke war, dass er nackt war.

Vorsichtig schlug er die Decke zurück und wand sich aus Lembergs Arm. Ihre Haut war warm und roch, als hätte sie frisch geduscht. Wer weiß, vielleicht hatte sie das ja. Danach.

Beim Aufstehen knackten seine Knie, und er hoffte inständig, dass das Geräusch sie nicht wecken würde. In der Dunkelheit schnappte er sich seine Kleidung, die als Beweis einer leidenschaftlichen Nacht am Boden verteilt lag.

Bislang war er erst einmal hier gewesen. Ein Krankenbesuch, sie hatte ihn im Fieber geküsst. Der Kuss damals war unschuldig gewesen, flüchtig. Er hatte ihn wegwischen, erfolgreich verdrängen können.

Das in den letzten Stunden war etwas ganz anderes gewesen. Er konnte noch das Ziehen in seinen Lenden spüren, sie mussten übereinander hergefallen sein wie Besessene. Die Erinnerung war nur bruchstückhaft, aber allein diese stroboskopartig flimmernden Bilder waren mehr als eindeutig.

Im Flur zog er Boxershorts, Hose, Hemd, Strümpfe, Schuhe und Lederjacke an und schnallte sich den Gürtel zu. Er hätte gern geduscht, aber die Vorstellung, Lemberg aufzuwecken, gemeinsam mit ihr zu frühstücken und dann in die Arbeit zu fahren, um zusammen einen Mordfall aufzuklären, erschien ihm im Augenblick als die unmöglichste aller Varianten, den Tag zu beginnen. Er musste allein sein.

Im Stiegenhaus atmete er hörbar aus, nahm zwei, drei Stufen auf einmal, flog unten durch die Haustür und rannte durch die Zinzendorfgasse zur Merangasse. Dort bog er nach rechts in Richtung seiner Wohnung ab, ehe er nach einem Kilometer im Sprinttempo keuchend innehielt. Was hatte er getan? Das verdammte Bier. Ihre verfluchten Finger auf seiner Hand.

Ich brauche dich.

Sie hatte ihn um den Verstand gebracht.

Langsam ging er an den Häuserfassaden entlang, versuchte, sich zu beruhigen und klar zu sehen. Er hatte einem Drang nachgegeben, den er schon seit langer Zeit spürte. Dem Drang, Lemberg nahe zu sein. Dennoch war er sich noch nie so schäbig wie jetzt vorgekommen.

Als die Wohnungstür leise ins Schloss gefallen war, löste sich ein Schatten von der Schlafzimmerwand. Lemberg trat ans Fenster und sah Trost nach, wie er in der Nacht verschwand. In diesem Moment beschloss sie, ihm nicht zu vergeben.

2   Er sperrte die Tür zu seiner Behausung auf und wollte lautlos hineinschlüpfen, als er etwas unter seinen Schuhsohlen bemerkte. Ein kleines Rechteck schimmerte hell in der Dunkelheit. Instinktiv wusste Trost sofort, was es war. Der Dramaturg seines Lebens konnte manchmal wirklich ein Schwein sein.

Er hob den Brief auf, der unter der Tür gesteckt hatte. Eine Zeit lang hielt er ihn in seiner Hand, dann knipste er das Ganglicht an. Auf der Rückseite des Kuverts stand nur ein C, ein C für Charlotte. Er ging in die Knie und öffnete es mit zittrigen Fingern.

Lieber Armin. Wir sind eine Familie und wollen auch so leben. Deshalb ziehen wir zurück in unser Haus. Wir wollen es noch einmal versuchen. Ich will es noch einmal versuchen. Deinen bösen Geistern zum Trotz. Die Tür steht dir immer offen. Ich warte auf dich.

Mit jedem Atemzug spürte er seinen Herzschlag stärker. Bis er den Schmerz nicht mehr aushielt und sein Gesicht in den Händen vergrub. Dass Zeus lautlos an seiner Seite aufgetaucht war und nun den Kopf in seinen Schoß legte, bemerkte er nicht.

3 Trost atmete tief durch. Seine privaten Probleme hatten hier nichts zu suchen. Er musste sie zur Seite schieben und sich auf den Fall konzentrieren.

Er hatte sich mit Schulmeister am Eingang vom Schlosspark Eggenberg verabredet. Gemeinsam gingen sie die breite Allee entlang und auf das Schloss zu, ließen das imposante Gebäude, das 1625 für die Fürsten von Eggenberg errichtet worden war, aber links liegen. Trost hatte kein Interesse an dem prächtigen Garten, fixierte stattdessen gedankenverloren seine Schuhspitzen. Selbst Zeus, der neben ihnen herlief, schien keine rechte Freude an dem Ausflug zu haben, beobachtete die Rad schlagenden Pfaue eher argwöhnisch.

»Schlechte Laune?«, fragte Schulmeister, bekam aber keine Antwort von Trost. Achselzuckend nahm er dessen Nichtkommunikation zur Kenntnis.

Als sie vor dem Museum für Archäologie standen und feststellten, dass die Tür geschlossen war, schnalzte Trost genervt mit der Zunge, zückte sein Handy und rief Dietrich an. Er solle gefälligst dafür sorgen, dass jemand aufsperrte, sie hätten ihre Zeit ja nicht gestohlen.

Auch den Wutausbruch nahm Schulmeister zur Kenntnis, diesmal stirnrunzelnd.

Ein paar Minuten später eilte im Gebäude ein Mann auf die Tür zu. Sein Gürtel musste die Länge eines Autoreifenumfangs haben, das Sakko, das sich über seinem Oberkörper spannte, wies Schweißflecken auf. Kleine Schweißperlen tropften auf Brust und Schultern, das Quietschen seiner Schuhsohlen war durch die Glasscheibe zu hören.

Trost und Schulmeister beobachteten, wie er eine Zahlenkombination in einen Kasten eintippte und danach den Schlüssel für die Tür an einem Bund in seiner fleischigen Hand suchte. Als er endlich fündig geworden war, riss er die Tür auf und breitete die Arme aus wie ein König, der seine Gäste in seinem Palast empfängt.

»Treten Sie ein, meine Herren. Ich bitte Sie vielmals um Entschuldigung, aber der Hund muss …« Er sah Trost an, der bereits neben ihm stand, überlegte kurz und murmelte dann: »Ach, was soll's. Ist ja eh keiner da außer uns.«

Selbst der beleibte Schulmeister wirkte neben dem Koloss eher schmächtig, Trost fühlte sich sogar federleicht.

»Mein Name ist Steinklopfer, Professor Bernd Steinklopfer. Es tut mir wirklich leid, dass Sie … Was gibt es da zu lachen?«

»Verzeihung.« Schulmeister versuchte, aus seinem Lachanfall ein Räuspern zu machen. »Es ist nur …«

»Wegen meines Namens, ja klar. Hat schon zu Unizeiten für Gelächter gesorgt – ein Archäologe, der Steinklopfer heißt. Ich gebe zu, das hat was, aber Sie werden verstehen, dass ich den Schmäh langsam fad finde.«

Die Reaktion erstickte Schulmeisters lachendes Räuspern vollständig.

»Jedenfalls tut es mir leid, dass Sie warten mussten, obwohl Waldemar Dietrich Sie angekündigt hatte«, fuhr Steinklopfer fort, »aber es gab ein Malheur mit dem Wasserhahn im Gemeinschaftsraum. Als Abteilungsleiter bin ich hier für alles zuständig. Na ja, jetzt ist der Schaden behoben, und ich bin völlig durchnässt, aber ich hoffe, ich kann Ihnen trotzdem weiterhelfen. Also, worum geht es?«

»Fehlt Ihrer Sammlung eine Pfeilspitze?«, fragte Trost.

»Ob uns eine Pfeilspitze fehlt?« Steinklopfer musterte ihn zweifelnd.

»Genau das habe ich gefragt, ja.«

Schulmeister holte sein Handy hervor und zeigte ihm eine

Fotografie des Pfeils, der Gstrein getroffen hatte. »Genau genommen diese hier.«

Der Archäologe musterte das Bild mit zusammengekniffenen Augen. »Ich glaube, am besten kommen Sie mit in unsere Sammlung«, sagte er schließlich. »Vielleicht hilft die Ihnen weiter.«

Ehe Trost protestieren konnte, hatten Steinklopfer und Schulmeister sich schon in Bewegung gesetzt, also trottete er ihnen mit Zeus an seiner Seite hinterher. Er wusste, dass Schulmeister das Angebot, die Sammlung ein paar Minuten für sich privat zu haben, nie und nimmer ausgeschlagen hätte. Trost kannte niemanden, der so geschichtsbegeistert war wie sein Kollege. Schulmeister schnitt alle Zeitungsartikel mit historischen Themen aus, hatte ein einschlägiges Magazin abonniert und kannte jeden historischen Roman, ganz egal, in welcher Epoche er spielte.

Während sich Trost also missmutig im Museum umblickte, hörte er seinen Kollegen nur begeisterte »Ahs« und »Ahas« von sich geben.

Die Sammlung des Archäologiemuseums war Teil des Universalmuseums Joanneum, das vor zweihundert Jahren von Erzherzog Johann gegründet worden war. In dem vor einigen Jahren neu errichteten Gebäude wurden Trost und Schulmeister von römischen Grabsteinen empfangen, bevor sie an einer Reihe von Vitrinen mit Werkzeug, Geschirr und Waffen ihrer Urahnen vorbei in einen separaten Schauraum gelangten, in dem man einst auch so spektakuläre Objekte wie den Bolzen-Georg präsentiert hatte, der bei Umbauarbeiten in der Grazer Burg entdeckt worden war.

»Bei einem Zweikampf«, erzählte Steinklopfer die Geschichte des Skeletts, »brach die Zinke einer gabelartigen Waffe ab und blieb im Auge des Opfers stecken. Die Leiche wurde verscharrt und erst Hunderte Jahre später wieder ausgegraben – mit der abgebrochenen Zinke im Gesicht. Daher der Name des Toten.«

Während Schulmeister fasziniert den Ausführungen des Archäologen folgte, beobachtete Trost Zeus. Er schnüffelte sich von Winkel zu Winkel des Raums und schien wie er kein Interesse an Geschichten wie dieser zu haben. Wie das Herrchen, so der Hund.

»Können Sie uns denn jetzt auch etwas mehr über die Pfeilspitze in unserem Fall sagen?«, mischte sich Trost endlich ins Gespräch ein. Und fügte mit einem Seitenblick auf Schulmeister noch uncharmant hinzu: »Wir haben nämlich nicht ewig Zeit.«

»Ich höre ja schon auf.« Steinklopfer klang unüberhörbar pikiert. »Aber ich bin kein Pfeilexperte. Besser wäre es, Alexia Morgentau würde sich das Foto anschauen.«

»Interessant, und wann wollten Sie uns das mitteilen, wenn wir nicht gefragt hätten?«

»Armin, jetzt lass halt –«

Aber Trost ließ nicht locker. »Wo ist diese Frau Morgentau jetzt? Können Sie sie bitte herholen?«

»Leider nicht.« Steinklopfer tat nicht einmal so, als würde es ihm leidtun. »Frau Dr. Morgentau hat nämlich ihre Grabungsarbeiten verlängert.«

»Sie hat was?«

»Ihre Ausgrabungsarbeiten bei Noreia verlängert.«

»In Italien?« Trosts Stimme wurde schrill.

Steinklopfer unterdrückte sein überlegenes Lächeln nicht. »Nein. Noreia ist quasi um die Ecke – auf der steirischen Seite vom Zirbitzkogel.«

»Aha. Und weiter? Kann man diese Frau Dr. Morgentau anrufen oder ihr eine Brieftaube schicken?«

»Armin«, war erneut Schulmeister zu vernehmen.

»Nein, nein, schon gut. Ich verstehe ja Ihre Reaktion. Sie haben es schließlich eilig. Aber leider ist sie nicht am Handy zu erreichen.« Der Archäologe zuckte die Schultern. »Sie schaltet es nur ein, wenn sie selbst jemanden anrufen muss. Eine Marotte von ihr, die ihr niemand ausreden kann. Sie sagt, sonst käme sie zu nichts, wobei die Grabung bisher nur mittelmäßig erfolgreich ist. Scheint, als wäre da oben nicht viel zu finden.«

»Jaja, schon verstanden. Dann bräuchten wir bitte die genaue Adresse der Grabung und am besten noch eine Wegbeschreibung.« Trost sah Steinklopfer auffordernd an.

»Sie wollen Frau Dr. Morgentau besuchen?«

»Natürlich wollen wir das.«

Nachdem Trost und Schulmeister alle Informationen erhalten hatten, wendeten sie sich mit Zeus im Schlepptau dem Ausgang zu.

Steinklopfer rief ihnen noch nach, ob sie sich denn vielleicht nicht doch noch die hallstattzeitlichen Funde ansehen wollten, aber Trost hob als Antwort nur die Hand und ließ den gestreckten Zeigefinger hin- und herschwingen. Seine Art, ein Angebot abzulehnen.

Auf dem Weg durch den Schlosspark zurück zum Auto hatte sich auch Schulmeisters Laune wieder auf das Niveau von Trosts gesenkt. »War das wirklich notwendig, Armin? Was auch immer dir über die Leber gelaufen ist, es rechtfertigt nicht so ein Verhalten.«

»Wie verhalte ich mich denn?«

»Bamstig.«

»Bamstig? Was soll das sein?«

»Na, bamstig halt. Ein geschwollener Fuß fühlt sich auch bamstig an. So ohne Gefühl.«

Trost blinzelte. An einen geschwollenen Fuß wollte er jetzt ganz bestimmt nicht denken. Das hätte die Erinnerungen an letzte Nacht nur noch lebendiger als ohnehin schon gemacht. Oder an die Schlangenbisse von Wundschuh.

4   Schulmeisters Mercedes 190 E aus den neunziger Jahren glitt die Eggenberger Allee entlang und bog am Bahnhof Rich-

tung Norden ab. Wenn sein Kollege etwas fragte, gab Trost bloß einsilbige Antworten. Zeus war schon nach den ersten Kurven eingedöst.

Nach dem Knoten St. Michael häuften sich die Schilder, die den bald stattfindenden Grand Prix ankündigten.

»Wann ist der denn?«, fragte Trost.

»In einer Woche, glaub ich.«

»Kennst du einen Fahrer?«

»Nein«, sagte Schulmeister. »Meine große Formel-1-Zeit ist lange vorbei. Da ist Jochen Rindt noch gefahren.«

»Ich bin mit Lauda und Berger ausgestiegen.«

»Das sind wir doch alle.«

Sie passierten Judenburg, verließen die Murtal-Schnellstraße und fuhren unter anderem an Neumarkt vorbei, ehe es in Mühlen bergauf ging. Der Wald drängte sich immer näher an den Fahrbahnrand, und der Motor des Mercedes gab in den steileren Passagen grollende Geräusche von sich, weil Schulmeister zu spät einen Gang runterschaltete. Die Ortseinfahrt von Noreia war unscheinbar. Weidezäune am Straßenrand, ein Meer aus Wiesen und Wäldern ergoss sich vor ihnen. Als Trost in den Rückspiegel sah, bemerkte er, dass der Mercedes Rauchwolken ausspuckte, für die er verboten gehört hätte. Unter der hölzernen »Noreia«-Ortstafel begrüßte sie ein geschnitztes Gesicht. Der Mercedes wurde noch langsamer, erklomm hörbar widerwillig noch einen letzten kleinen Anstieg und kam schließlich auf einem Parkplatz zum Stehen.

»Das also ist Noreia«, sagte Schulmeister und klang ehrlich begeistert. »Angebliches keltisches Zentrum und Austragungsort einer berühmten Schlacht, wahrscheinlich aber doch nur eine glorifizierte Gegend für Möchtegerngermanen.«

Trost kommentierte die Bemerkung nicht und stieg aus. Er hasste es, wenn Schulmeister mit Wissensbrocken um sich warf und ihn auf diese Art geradezu anflehte nachzufragen. Er tat ihm den Gefallen nicht. Nicht heute.

Doch Schulmeister brauchte keine Frage, um zu antworten. »In den dreißiger Jahren sollte hier ein Germanenzentrum errichtet werden, mit Denkmal und allem Drum und Dran. Wegen der gewonnenen Schlacht gegen die Römer.«

Sie ließen den Hund im Wagen, da er völlig desinteressiert an ihrem Ausflug schien, und gingen an Häusern mit herausgeputzten Vorgärten und Fassaden vorüber, deren Bewohner die bewundernden Blicke von Wanderern gewohnt sein mussten. Da lehnte nicht nur ein Rechen an der Eingangstür, er schien als Stillleben geradezu hindrapiert worden zu sein. Die Fenstersimse waren mit bunt blühenden Blumen geschmückt, in den Gärten leuchteten die ersten Sonnenblumen, und Bänke luden zum Verweilen ein. Hätte Trost dort gesessen, hätte er über eine Landschaft geblickt, die nur als atemberaubend zu bezeichnen war. Das Grün strahlte so satt, dass er vielleicht sogar danach gegriffen hätte, um die Farbkleckse zu ertasten. Unmöglich konnte das alles echt sein.

Als die Straße in einen nicht asphaltierten Weg mündete, ging es bergauf, und Schulmeisters Kondition wurde auf die Probe gestellt. Eine Probe, die er nicht bestand. Immer wieder legte er Pausen ein und stellte dabei laut keuchend fest, wie großartig die Landschaft war. Ein alter Trick, um währenddessen wieder zu Atem zu kommen.

»Weißt du«, sagte Schulmeister, als er sich den Schweiß von der Stirn wischte, »ich kann dich sogar verstehen. Die Reize der Kleinen sind unübersehbar, und sie ist klug.« Es schien, als wollte er seinen Finger absichtlich direkt in Trosts Wunde legen. »Vielleicht nicht witzig und auch ein bisschen zu sehr in ihre Arbeit vernarrt, aber ich kann verstehen, dass du in ihrer Nähe schwach wirst. Ehrlich gesagt hat es mich eh gewundert, dass du das so lange durchgehalten hast, immerhin war es schon immer offensichtlich, dass sie deine Nähe sucht. Aber weißt du, Roswitha und ich hatten nie Kinder. Das war etwas, was wir im Nachhinein bereut haben. Wir konnten uns nie dazu entschließen, und irgendwann hat es die Natur dann für uns geregelt. Aber du hast welche, Armin. Kleine, große, einen ganzen Haufen.«

Trost war stehen geblieben und sah Schulmeister entgeistert an. »Wie kommst du darauf, dass zwischen mir und Anne was läuft?«

»Geh bitte, willst du mich beleidigen? Ich mach diesen Job schon mein halbes Leben, da habe ich gelernt, in Gesichtern zu lesen. Und in deinem steht sehr viel über letzte Nacht.«

»Johannes, lassen wir das bitte.« Gespräche wie dieses waren für niemanden leicht, doch für Trost waren sie eine Qual.

»›Lassen wir das‹? Das ist alles, was du dazu zu sagen hast, Armin? ›*Lassen wir das*‹?«

»Ja …«

»Oh, ich verstehe, du willst lieber mit deinem besten Freund darüber reden. Wer war das noch mal?«

»Hannes …«

»Nein, nix, ›Hannes‹. Wer war das noch mal?« Schulmeister tat so, als würde er überlegen. »Ah, richtig, du hast ja gar keinen. Du versteckst deine Familie, hockst in einer Wohnung, die keine Wohnung ist, tust alles dafür, um zum Säufer zu werden, folgst den seltsamen Stimmen in deinem Kopf und hast nicht einmal einen besten Freund.«

»Wart einmal. Woher weißt du das mit Charlotte und den Kindern? Dass ich sie versteckt habe …?«

»Wären sie damals wirklich gestorben, wärst du nicht der, der du jetzt bist.« Schulmeisters Stimme war so fest wie die eines Heerführers, der seine Truppen darauf einschwört, auf dem Schlachtfeld mit Freuden ihr Leben zu lassen.

Wie eine Stricknadel bohrte sie sich in Trosts Kopf. Der Schmerz trieb ihm die Tränen in die Augen.

»Ich sag dir jetzt einmal was«, fuhr Schulmeister unverdrossen fort. »Du reißt dich ab sofort zusammen und hörst auf, dich treiben zu lassen. Auch von deiner angeblichen Gabe, dem Bösen folgen zu können, oder was auch immer das für ein Scheiß ist, will ich nichts mehr hören. Gstrein wurde mit einem Pfeil mitten auf der Autobahn ermordet und hat verdammt noch einmal das Recht darauf, dass wir alles dafür tun, seinen Mörder zu finden.« Er holte kurz Luft. »Das ist die eine Sache. Die andere ist, dass du für deine Familie da sein solltest. Du musst endlich Verantwortung übernehmen. Hör auf, dich hinter den Mördern und Dieben und all den anderen Idioten zu verstecken.« Er räusperte sich. »Meine Meinung.«

»Um die ich dich nicht gebeten habe.«

Schulmeister funkelte ihn an. »Richtig. Vollkommen richtig. Aber du weißt selbst, dass es manchmal wichtig ist, dass man dem anderen laut und deutlich seine Blödheit vor Augen führt. Gerade als Partner in unserem Job, wo man einander vertrauen muss. Aber das hast du in deinem Eigenbrötlerdasein ja anscheinend vergessen.« Seine Heerführerstimme wurde immer drohender und hallte wie Schüsse durch den Wald.

»Hör auf, so mit mir zu reden«, versuchte Trost zu kontern und ging auf ihn zu.

»Sonst was, hä? Sonst was, Armin? Haust du mir eine rein? Oder läufst davon und baust dir ein neues Baumhaus?«

Trost hatte keine Energie mehr, um weiter Kontra zu geben. »Du verstehst da etwas falsch, Johannes.« Er hielt kurz inne, weil er seine tränengehemmte Stimme hasste. »Sie hat sich versteckt, nicht ich sie.«

Schulmeister sah ihn auffordernd an.

»Charlotte ist untergetaucht«, erklärte Trost. »Ja, anfangs hab ich sie tatsächlich versteckt, doch dann ist sie plötzlich von der Bildfläche verschwunden.«

»Aha.«

»Aber jetzt ist sie wieder in unserem Haus.«

»Was?«

»Ich hab es gestern erfahren, als ich zurückkam von … Nachdem ich …«

»Nachdem du fremdgegangen warst?«

»Ja, aber verstehst du denn nicht? Ich dachte, sie kommt nie wieder zu mir zurück.«

Schulmeister nickte. »Ich verstehe alles, Armin. Mieses Timing.«

»Kann man wohl sagen.«

»Und was jetzt?«

Trost wischte sich übers Gesicht. »Jetzt gehen wir auf diesen verdammten Berg und zerren diese Archäologentussi aus ihrem Erdloch. Oder wir wecken meine alten Geister und fahren mit ihnen nach Graz zurück. Hauptsache, Ablenkung.«

»Hm …«

Sie sahen sich an, dann umarmten sie sich, und Trost sagte etwas, das er niemals für möglich gehalten hatte. »Ich *habe* einen Freund.«

Schulmeister blinzelte heftig. »Das mit Charlotte, Armin, das hab ich nur geraten. Und ich hab so gehofft, dass es wahr ist. Dass sie noch lebt.«

»Tut sie. Und die Kinder auch.«

Schulmeister drückte ihn fast so fest, dass ihm die Luft wegblieb. »Gott sei Dank.«

5   In Gruben steht die Zeit still. Unten der Sand und die Steine und am Himmel die Sonne, das war genug. Mehr brauchte sie nicht, um glücklich zu sein. Die Grabung schien entgegen den von Neid geprägten Prognosen der Kollegen ein Erfolg zu werden, und außerdem liebte sie die Einsamkeit. Ihr Yoga war es, wenn sie sich ganz und gar einem Thema hingeben konnte, das den meisten Menschen ein Rätsel war. Leise vor sich hin summend legte sie weitere Fundstücke vorsichtig in eine dafür bereitgestellte Plastikschale. Danach drehte sie sich auf den Rücken und verschränkte die Hände im Nacken. Das T-Shirt rutschte ihr bis zum Nabel hoch, sodass der Wind über die feinen Härchen an ihrem Bauch strich. Sie bildete sich ein, die Wolken würden sie beobachten und wie halbstarke Burschen eine kleine Show für sie abziehen. Eine graue Wolkenmasse

schob sich unter eine grellweiße, blieb über ihr stehen und verwandelte sich in ein riesengroßes Herz. Sie lächelte und applaudierte im Geiste. *Weiter, mehr davon!*

»Frau Dr. Morgentau?«, riss sie plötzlich eine Stimme aus ihren Gedanken.

Sie errötete und setzte sich auf, so perplex, dass sie kein Wort herausbrachte. Vor ihr standen zwei Männer. Der eine von ihnen trug einen hellen Sommeranzug, der schlankere Jeans und eine Lederjacke. Der eine war Völkerwanderung, der andere spätes Mittelalter – dies waren zwei ihrer Kategorien, in die sie die Menschen einteilte. Je jünger, desto näher zur Gegenwart. Kinder waren für sie 21., Jugendliche 20. Jahrhundert, mit Mitte zwanzig war eine Frau mit Kind für sie Biedermeier, ohne Kind Industrialisierung oder Französische Revolution, je nach Sympathie.

»Hier«, sagte sie jetzt und hätte fast aufgezeigt, so bestimmend hatte die Stimme ihren Namen gesagt.

Als der ältere der beiden Männer das Wort ergriff und sie realisierte, dass die Gänsehautstimme ihm gehörte, wich sie fahrig zurück. Jedoch nicht wegen seiner Stimmfärbung, sondern weil der Mann sich und seinen Begleiter als Kriminalpolizisten vorgestellt hatte.

Es ging nicht darum, ob sie etwas angestellt hatte oder nicht. In Gegenwart solcher Leute kam man sich immer vor, als säße man in der Falle. Vor allem dann, wenn man in einer Grube hockte.

6 Morgentau suchte nach einem Anflug von Humor im Gesicht des Mannes, der sich als Johannes Schulmeister vorgestellt hatte, gab es aber gleich wieder entgeistert auf. Als sich die beiden Männer vor ein paar Minuten als Kriminalpolizisten ausgewiesen hatten, war ihr ganz heiß geworden, und vor Verlegenheit war ihre Gesichtsfarbe vom anfänglichen Paradeiser-

rot zum Rot einer Kirsche kurz vor der Überreife gewechselt. So erging es ihr schon bei simplen Verkehrskontrollen. Bis sie die Scheibe heruntergelassen hatte, stand ihr Gesicht in Flammen, die Ohren leuchteten, und die Wangen glühten. Einmal hatte sie deshalb sogar einen Alkoholtest machen müssen – am helllichten Tag. Der Verkehrspolizist hatte sie angesehen und gemeint, da habe wohl jemand ein schlechtes Gewissen, was dazu geführt hatte, dass sie auch noch zu schwitzen begonnen hatte. Im Anschluss entschuldigte sich der Beamte bei ihr für seine Bemerkung, denn natürlich war sie stocknüchtern gewesen. Sie trank selten Alkohol und schon gar nicht, wenn sie Auto fuhr. Aus irgendeinem Grund hatte sie die bloße Anwesenheit von Polizisten schon immer schrecklich nervös gemacht. Wie musste sie da erst jetzt aussehen, in Gegenwart von *Kriminal*polizisten?

»Geht es Ihnen nicht gut? Haben Sie Fieber?«, fragte Schulmeister nun und wirkte ernsthaft besorgt. Etwas schien ihn an ihr zu interessieren oder zu faszinieren.

Der zweite Beamte trug – wenn sie sich nicht verhört hatte – den seltsamen Namen Trost, obwohl er gar nicht so aussah, als könnte er andere trösten. Vielmehr wirkte er auf den ersten – und zugegebenermaßen auch auf den zweiten – Blick so, als bräuchte er selbst Trost.

Bei dem Gedanken kicherte sie viel zu laut und winkte ab. Alles sei gut. Wirklich alles. Nur bitte keinen Alkoholtest, dachte sie und musste fast wieder grinsen. Das war eine weitere Marotte von ihr: War sie nervös, musste sie ständig grinsen.

Als sie jedoch daran dachte, wie das in Filmen immer ablief, änderte sich ihre Stimmung schlagartig. Sie hatte nichts angestellt, keinem etwas zuleide getan, jedenfalls nichts, was die Kriminalpolizei zu interessieren hätte. Und doch war ihr klar, dass diese Beamtenduos meist Überbringer schlechter Nachrichten waren. Und so, wie die beiden dreinschauten …

»Ist etwas mit meiner Mutter?«, brach es aus ihr heraus.

»Mit Ihrer Mutter? Ach so, nein.«

Erleichtert atmete sie auf. Dieser Schulmeister hätte ewig weiterreden können, ganz egal, was er sagte. Sie konnte sich am Klang seiner Stimme nicht satthören, vor allem jetzt, wo das Schlimmste ausgeschlossen war.

Als sich der erste Schreck über das Auftauchen der Männer gelegt hatte, kletterte sie über die Leiter aus der Grube und wischte sich die staubigen Hände an ihrer Hose ab. Den beiden die Hand zu geben, vermied sie. Seit Corona begrüßte sie kaum noch jemanden mit Handschlag.

»Es tut uns leid, Sie so zu überfallen«, sagte schließlich Schulmeister, »aber Ihr Kollege Steinklopfer meinte, herzukommen wäre die einzige Möglichkeit, mit Ihnen zu sprechen.« Er blickte sich um, schien den Wald zu mustern, der den Hügel mit saftigem Grün überzog. »Und ich muss sagen, ich verstehe, warum Sie hier arbeiten und nicht gestört werden wollen. Ein magischer Ort.«

»Hm«, machte sie und wartete ab. Sie wusste noch immer nicht, worauf er hinauswollte.

Zum ersten Mal ergriff nun Trost das Wort, in dessen Stimme ein Hauch von Ungeduld und eine merkwürdige Zeitlosigkeit mitschwangen.

In Gegenwart der beiden Männer hatte Morgentau zunehmend das Gefühl, zu selten unter Menschen zu gehen. Sie hatte Trost gar nicht richtig zugehört, was hatte er gerade gesagt?

»Die Herren interessieren sich für Pfeilspitzen?«, vergewisserte sie sich.

»Um genau zu sein, haben wir eine gefunden und hätten gerne Ihre Einschätzung dazu gehört.« Trost zeigte ihr ein Foto.

Morgentau betrachtete es eine Weile, ehe sie wissen wollte, was es mit dem Pfeil auf sich hatte.

»Bitte, Frau Morgentau, beantworten Sie einfach meine Frage«, ging Trost nicht darauf ein.

Die Archäologin sah sich um. »Wo haben Sie sie versteckt?«

»Wie bitte?«

»Die Kameras. Wo sind sie? Im Wald? In Ihren Hemd-knöpfen?«

Schulmeister sah sie unverwandt an. Sein Blick weckte in ihr viele Assoziationen gleichzeitig. Wärme, Geborgenheit, Güte.

»Wir sind nicht vom Fernsehen, Frau Morgentau. Wir sind echt.«

»Und den ganzen Weg von Graz heraufgekommen«, er-gänzte Trost, ehe Schulmeister fortfuhr.

»Für uns ist es immens wichtig, dass Sie uns mehr zu dieser Pfeilspitze erzählen.«

Eine Windböe fegte wieder über die Lichtung und ließ die Zeltplane flattern.

»Kommen Sie«, sagte Morgentau. »Es gibt noch Kaffee – allerdings keine Milch und keinen Zucker.«

»Kein Problem«, tönte Schulmeister.

»Für mich nichts, danke«, sagte Trost.

Sie spürte, dass er fast platzte vor Neugierde, während sie fie-berhaft überlegte, was sie den beiden sagen durfte. Denn eines hatte ihr ihre Mutter schon als Kind beigebracht: In Gegenwart von Polizisten musste man jedes Wort auf die Waagschale legen. Und erst recht in Gegenwart von *Kriminal*polizisten.

7   Schulmeister nahm auf zwei aufeinandergestapelten Kisten Platz, Trost hockte sich in einen bequemen Klappsessel mit Armlehnen.

Morgentau lehnte sich gegen den kleinen Campingtisch und kämpfte noch immer erfolglos gegen ihre Gesichtsröte an. Der Wind hatte nachgelassen, und wann immer die Wolken die Sonne für kurze Zeit entblößten, wurde es binnen Minuten hochsommerlich warm.

»Ich erkläre Ihnen gerne, was ich hier mache, dann können Sie eventuell auch bessere Rückschlüsse aus Ihrem Fundstück, dem Corpus Delicti – oder was auch immer es ist –, zielen. Ich meine, ziehen.« Sie lächelte. »Ich hab ›zielen‹ gesagt wegen des Pfeils, ein freudscher Versprecher …« Du meine Güte, schalt sie sich. Warum konnte sie nicht einfach cool bleiben?

Die beiden Kriminalpolizisten wechselten einen Blick, dessen Bedeutung unübersehbar war. Sie hielten sie für eine Spinnerin. Na bravo.

»Wie auch immer, dass diese Pfeilspitze aus unseren Beständen in Graz stammt, ist nicht anzunehmen. Ist ja alles alarmgesichert.«

»Davon bin ich ausgegangen«, pflichtete ihr Schulmeister bei. »Schließlich handelt es sich um das größte Archäologiemuseum des Landes. Wir möchten nur Ihre Meinung als Spezialistin hören. Sie wurden uns wie gesagt von Bernd Steinklopfer empfohlen.«

Natürlich wurde ich das, dachte Morgentau. Ich bin ja auch die Einzige, die auf den ersten Blick weiß, worum es sich bei dieser Pfeilspitze handelt. Genauer gesagt: Ich bin die Einzige, die diese Pfeilspitze schon einmal gesehen hat.

»Sagen Sie uns einfach, was Sie auf diesem Foto erkennen«, forderte Trost sie auf.

»Sagen Sie mir dann auch, worum es geht?«, konterte sie.

»Um Mord«, erwiderte Schulmeister und erntete dafür einen überraschten Blick von seinem Kollegen.

»Oh.« Morgentau tastete sich am Tisch entlang, tat so, als würde sie nach Unterlagen suchen. In Wahrheit wusste sie einfach nicht, wohin mit ihren Händen. Obwohl es taghell war, schaltete sie die Lampe ein, sodass deren Licht auf einige Fotografien auf dem Tisch fiel.

Trosts Hals wurde länger. Er stand auf, näherte sich. »Woher haben Sie diese Aufnahmen? Wo wurden sie gemacht?«

Wortlos wies Morgentau in die Grube.

8 »Also noch einmal: Wir kommen von Graz zu Ihnen und zeigen Ihnen ein Foto mit einer Pfeilspitze. Einer Pfeilspitze, die denen, die Sie hier vor wenigen Tagen bei Ausgrabungen gefunden haben, auf frappierende Weise ähnelt.« Trost ging in dem kleinen Zelt auf und ab. Er hatte sich die Lederjacke ausgezogen, das schwarze Hemd darunter war schweißnass. »Und Sie sind sich sicher, ganz sicher, dass Ihnen keine Ihrer Pfeilspitzen fehlt?«

Die Archäologin nickte. »Wie gesagt: Nur wenige wissen von dieser Ausgrabung, und ich führe akribisch Buch über die Funde. Außerdem bin ich erst vor ein paar Tagen auf die Spitzen gestoßen.«

»Haben Sie jemandem davon erzählt?«

»Ja, Professor Steinklopfer.«

»Sonst niemandem?«

Schulmeister beobachtete die Frau. Sie zögert, dachte er.

»Nein.«

Warum hatte sie gezögert?

»Okay, dann die nächste, die entscheidende Frage: Was können Sie uns über diese Art von Pfeilspitze sagen?«

»Das Foto, das Sie mir gezeigt haben, und jene, die ich gemacht habe, zeigen Pfeilspitzen, die aus der Latènezeit stammen«, begann Alexia Morgentau. »Also aus der Zeit zwischen 450 vor Christus und Christi Geburt. Das Besondere an ihnen ist neben ihrem Alter die Form, die Ausrichtung der Dornen. Ich bin überzeugt davon, dass sie damals zu einem ganz bestimmten Zweck verwendet wurden.« Sie brach ab, weil Trost aus dem Zelt gerannt war und in den Wald starrte.

»Hört ihr das?«, fragte er.

Schulmeister folgte ihm. »Was ist los, Armin?«

»Hörst du das nicht?«

»Was denn?«

»Die Pferde, das Wiehern, der ganze Boden vibriert ja unter ihren Hufen.« Er drehte sich zu seinem Kollegen und Morgentau um, die seinem Blick auswich.

»Möchten Sie ein Glas Wasser?«, fragte sie ihn.

Und Schulmeister bat ihn, sich zu setzen. Als wäre da draußen nichts außer dem Wind.

9 Morgentau hob den Kanister an. Das Wasser darin reichte, um Gesicht und Hände einigermaßen zu säubern, aber nicht, um ihren ganzen Körper zu waschen. Sie versuchte, ihr Haar, das der Staub in den letzten Tagen verfilzt hatte, ein wenig zu lockern. Sie wusste, dass sie keinen sonderlich adretten Eindruck machte, sondern mit ihren ausgetretenen Wanderschuhen, den zerrissenen, staubigen Jeans und dem weiten und von der Sonne gebleichten Shirt eher an einen Straßenjungen aus einem Charles-Dickens-Roman erinnerte. Sie wusste aber auch, dass sie – wenn sie nicht gerade hochrot anlief – eine frische Hautfarbe hatte, sonnengebräunt mit Sommersprossen und hellen Augen. Manchen Männern genügte das.

Die sonderbaren Typen standen jetzt beide drüben am Waldrand und sahen bedauernswert aus. Offenbar stimmte das Klischee, Kriminalpolizisten seien meist seelische Wracks. Kein Wunder, brachte ihr Job sie doch an den Rand ihrer psychischen Belastbarkeit. Wobei Trost das größere Problem zu haben schien, Schulmeister wirkte relativ gelassen.

Sie überlegte, jemanden anzurufen, der ihr helfen konnte. Wer glaubte denn bitte an einen solchen Zufall? Dass sie sensationelle Pfeilspitzen fand und kurz darauf an einem völlig anderen Ort im Land jemand mit exakt derselben Pfeilspitzenart ermordet wurde? Alexia Morgentau lebte gern in ihrer Phantasiewelt, liebte es, in alten Zeiten mit vergessenen Kriegen und obskuren Ritualen zu schwelgen – aber an solche Zufälle glaubte nicht einmal sie.

»Glauben Sie an solche Zufälle?«

Erschrocken fuhr sie herum und sah sich Schulmeister gegenüber. Sie hatte ihn nicht kommen gehört.

Anstatt zu antworten, erkundigte sie sich danach, wie es seinem Kollegen gehe.

»Eine alte Nervensache«, kalmierte er. »Nichts Schlimmes. Aber können Sie mir nicht noch etwas mehr über diese Pfeilspitze verraten?«

»Das auf Ihrem Foto ist nicht irgendeine Pfeilspitze«, stieß sie hervor und hätte sich im nächsten Moment am liebsten auf die Zunge gebissen. Ihr Ton hätte selbst den dümmsten Menschen hellhörig gemacht.

Schulmeisters Blick ruhte auf ihr wie eine sanfte Hand auf der Schulter. Er machte: »Hm«, und sagte nichts weiter.

Jetzt musste sie reden. »Wissen Sie«, sagte sie, und in diesem Moment war es ihr egal, ob sie rot anlief, »es ist nicht einfach für mich, darüber zu sprechen. Normalerweise machen wir aus unseren Funden ein großes Geheimnis, solange wir nichts dazu publiziert haben. Wissenschaftler, die zu früh über die Ergebnisse ihrer Studien plaudern, bereuen das später meistens. Bevor in einem wissenschaftlichen Magazin oder einer offiziellen Publikation nichts veröffentlicht ist, sind die Erkenntnisse quasi Freiwild. Jeder kann sie übernehmen.«

»Hm«, sagte Schulmeister wieder. Sonst nichts.

»Okay.« Sie seufzte und gab sich geschlagen. »Also, ich bin da einer Sache auf der Spur. Einer Frage, die uns seit Jahrzehnten beschäftigt. Und Pfeilspitzen dieser Art haben damit zu tun.«

»Womit?«

»Mit der Schlacht von Noreia.«

10 »Im Jahr 113 vor Christus muss diese Gegend noch dichter bewaldet gewesen sein. Der Legende nach trafen hier zweihunderttausend Krieger aufeinander. Die Schlacht muss grausam gewesen sein. Es wurde mit Hieb- und Stichwaffen gekämpft. Ein brutales Prügeln, Hauen und Würgen. Mann gegen Mann, alles war erlaubt, Hauptsache, man überlebte.«

»Hm«, machte Schulmeister erneut, und Morgentau fragte sich schon, ob er jemals wieder einen zusammenhängenden Satz von sich geben würde.

»Aber die Kämpfe müssen doch Spuren hinterlassen haben«, lieferte er ihr sofort die Antwort. »Bei so vielen Beteiligten.«

Sie nickte und zeigte auf sein Handy, auf dem das Foto der Pfeilspitze wieder geöffnet war.

Er kniff die Augen zusammen. »Sie meinen, Sie können anhand der Waffenart diese Schlacht lokalisieren?«

»Und die Zeit, in der sie stattfand, sehr stark eingrenzen.«

»Und sonst gibt es keine Spuren?«

»Das war bisher ja das Problem der Forschung. Deshalb wurde nie heraufgefunden, wo genau die Schlacht stattfand. Andererseits muss man bedenken, dass danach den Gefallenen wohl alles genommen wurde, was sie am Leib trugen und was noch zu gebrauchen war. Die Leichname wurden damals verbrannt oder von Tieren aufgefressen. Deshalb ist die Häufung von Pfeilspitzen hier so bemerkenswert.«

Schulmeister versenkte die Hände in seinen Hosentaschen und nickte. »Verstehe. Und ich verstehe auch, dass es Ihnen nicht leichtgefallen ist, dieses Geheimnis mit mir zu teilen.« Er warf einen Blick zum Waldrand, wo Trost immer noch auf einem Baumstumpf hockte. Morgentau folgte seinem Blick und fand, dass sein Kollege aussah wie ein unter Demenz Leidender, der die Orientierung verloren hatte.

»Wir würden Ihnen jetzt gern etwas zeigen, das Sie interessieren dürfte«, fuhr Schulmeister fort. »Allerdings müssten Sie uns dazu begleiten.«

Morgentau neigte den Kopf. »Werde ich jetzt verhört?«

»Noch nicht, Frau Morgentau«, lächelte Schulmeister, und seine Augen wirkten noch einen Tick sanfter als zuvor.

11   Morgentau zog sich eine khakifarbene Bluse über ihr Shirt, verstaute die wichtigsten Utensilien in ihrem Wagen und sperrte ihn ab. Sie hoffte, dass das, was die beiden Beamten ihr zeigen wollten, von Bedeutung für ihre Arbeit wäre. Ganz abgesehen davon hatte dieser Schulmeister etwas an sich, das sie anzog.

Bei der Abdeckung der Grabungsstelle war dessen Kollege Trost ihnen behilflich gewesen, wenn auch schweigend, als schämte er sich für sein vorheriges Verhalten.

Als sie mit den zwei Polizisten deren Auto im Ort erreichte, winselte ihnen freudig ein Koloss entgegen. Sie öffneten die Hintertür, und der Hund stürzte auf sie zu, schnüffelte an ihr, verlor aber bald das Interesse und lief davon.

»Haben Sie keine Angst, dass er nicht wiederkommt?«, fragte sie die Männer.

»Nein«, antwortete Trost einsilbig.

»Warum haben Sie ihn nicht zur Grube mitgenommen?«

»Weil er gerne schläft.«

Erst als Schulmeister den Wagen startete, schoss der Hund um die Ecke und sprang neben Morgentau auf die Rückbank. Er betrachtete sie abschätzig, legte sich dann hin und schien an jenen Ort zurückzukehren, von dem er zuvor geträumt hatte.

Als Morgentau aufsah, drohte sie wieder zu erröten, denn von der Rückbank aus sah sie über den Rückspiegel direkt in Schulmeisters graue Augen. In seinem aufgedunsenen Gesicht wirkten sie wie Stecknadelköpfe. Wenn ihre Blicke sich trafen, hatte sie das Gefühl, als könnte er sie durchschauen. Und doch ging von ihm eine Warmherzigkeit aus, die sie zuvor selten bei einem Mann gespürt hatte. Auch wie er mit seinem Kollegen umging, berührte sie.

Während der Fahrt versuchte er, sie in ein Gespräch zu verwickeln. Er stellte Fragen zu ihrer Arbeit, ihrem Projekt und der Zeit der Kelten und schien ehrliches Interesse an ihren Antworten zu haben.

Jaja, glaub das nur, hörte Morgentau plötzlich ihre Mutter maulen. Merk dir eins: Polizisten interessieren sich nur für ihre Fälle. Wenn einer mit dir redet, hat er bereits sein Netz um dich gesponnen, wickelt dich ein, belauert dich, und ehe man sich's versieht, nagelt er dich auf deine Worte fest. Du weißt vielleicht nicht mehr, was du vor zwei Minuten gesagt hast, aber er weiß es ganz genau. Und dann verdreht er deine Aussagen und treibt dich in die Enge, bis letztlich die Handschellen klicken. So ist es immer, Süße, immer.

Gut, dachte Morgentau, Mutter hat eben ihre Erfahrungen gemacht. Sie selbst würde ihre eigenen machen. Und zwar jetzt. Nein, dieser Schulmeister war anders als die anderen. Bestimmt.

12   Als sie über verschiedene Zwischenstationen auf Filme zu sprechen kamen, die gerade im Kino liefen, hätte Alexia Morgentau beinahe Schulmeister gefragt, ob sie nicht gemeinsam …

Die Frage lag ihr schon auf der Zunge, da hörte sie Trost zischen, Schulmeister solle in der Dienstzeit doch bitte aufs Flirten verzichten.

Wieder wurde sie knallrot, und über den Rückspiegel streifte sie der entschuldigende Blick des Dicken. Die weitere Fahrt verlief beinahe wortlos.

Im Plabutschtunnel schlummerte sie an die Fensterscheibe gelehnt, die ihren Kopf und ihre Gedanken kühlte. Bei Wundschuh fuhren sie von der Autobahn ab, durchquerten den Ort und bogen auf eine Seitenstraße ein, die nach hundert Metern zu einer Schotterstraße wurde, die an einem Wald entlangführte. Als das rechte Vorderrad in ein Schlagloch fuhr, schaukelte sie auf der Sitzbank hin und her und wachte endgültig auf.

»Ausgeschlafen?«, fragte Trost emotionslos.

Sie rieb sich den Kopf, der gegen die Scheibe geschlagen war, gab aber keine Antwort.

Schließlich steuerte der Wagen auf einen geparkten Golf zu, neben dem ein junger, mit ausgesuchter Sorgfalt gekleideter Mann stand.

Morgentau entging nicht, wie Trost einen Blick ins Wageninnere warf und offenbar erleichtert aufatmete. »Sie ist nicht da«, murmelte er.

13 »Einen Moment noch!«, rief Schulmeister, der soeben dabei war, sich Wanderschuhe anzuziehen. »Den Fehler, da mit Turnschuhen reinzugehen, mach ich nicht noch einmal«, grinste er, und Morgentau lächelte zurück.

Als die beiden sich umdrehten, waren Trost und der Graf, der diesmal ebenfalls festes Schuhwerk gewählt hatte, schon ein Stück in den Wald hineingegangen.

Schulmeister wandte sich noch einmal zu seinem Auto. Zeus blickte seinem Herrchen nach, kläffte einmal und legte sich wieder hin. Er hatte offenbar keine Lust mehr auf diesen seltsamen Ort.

Hintereinander gingen sie zu viert im Gänsemarsch durch den Wald, und wie schon am Vortag hatte Trost das Gefühl, beobachtet zu werden. Immer wieder sah er Gesichter in den Baumrinden. Fratzen, die ihn anzuschreien oder auszulachen schienen. Feuchter Bodennebel kroch über die Wurzeln, und es hätte ihn nicht gewundert, wären plötzlich seltsame Kreaturen vor ihnen aufgetaucht. Ein hüpfendes Mädchen mit Hut, ein kleines Männchen mit Spitzbart, eine Gestalt mit gelben Augen und grauem Fell. Tatsächlich konnte er plötzlich zwischen den Bäumen einen Schatten ausmachen. Er blieb stehen, sah noch einmal hin. Doch der Schemen war verschwunden.

»Was ist?«, wollte Schulmeister wissen.

»Nichts«, gab Trost zurück, der Angst hatte, dass ihn sein Partner nach dem Ausraster bei der Ausgrabungsstelle für vollkommen verrückt hielt. Aber was würde er tun, sollte die Kapuzengestalt noch einmal auftauchen? Wenn sie ihm womöglich ihr Gesicht zeigen würde? Könnte er den Anblick ertragen?

Eine Minute später blieb Trost erneut wie angewurzelt stehen. Er konnte nicht anders. »Hört ihr das?«

»Was?«

»Das Trampeln.«

Alle horchten sie in die Stille hinein.

»Mensch, Armin.« Schulmeister packte ihn am Arm und fauchte die Worte zwischen zusammengepressten Backenzähnen hervor. »Da ist nichts. Reiß dich endlich zusammen.«

Nach einer Viertelstunde näherten sie sich den Gräbern. Der Marsch durchs Unterholz war wegen des feuchten Waldbodens immer beschwerlicher geworden.

Schulmeister war immer wieder ausgerutscht und war schließlich Letzter der kleinen Gruppe. »Das nächste Mal nehmen wir den anderen Weg!«, rief er verärgert nach vorn. »Der ist zwar länger, führt aber wenigstens über eine Forststraße.«

Niemand antwortete ihm.

Das rot-weiße Absperrband war schon von Weitem zu sehen. Im weißen Dampf der Mittagssonne hob es sich ab, als warnte es vor der Lebensgefahr dahinter. Trost hob es hoch und ließ Alexia Morgentau hindurchschlüpfen. Der Graf und Schulmeister folgten. Gemeinsam stiegen sie auf eine kleine Anhöhe und sahen sich, oben angekommen, um. Ringsum ragten aus dem Nebel unterschiedlich große und hohe Hügel.

»Ich muss Sie bitten, sehr vorsichtig zu sein«, sagte Trost. »Die Erde gibt an manchen Stellen nach.«

Doch die Archäologin schien ihn nicht zu hören. Sie starrte den Bagger an, der am Vortag noch freigelegt worden war, und ging dann darauf zu. Sie folgte der tiefen Furche, die sich von dem Baufahrzeug zu einem der Hügel zog, und leuchtete mit einer Taschenlampe in ein Loch im Boden, durch das ein ausgewachsener Mann hätte hindurchkriechen können. Die Spuren einer Grabung waren deutlich zu sehen. Oder besser gesagt, die Spuren einer Vergewaltigung des Bodens, denn hier war eindeutig nicht fachgerecht gearbeitet worden.

»Ein Friedhof aus der Römerzeit«, sagte sie und deutete auf einen der Hügel. »Das da könnte das Grab eines keltischen Fürsten oder einer Fürstin sein, so groß, wie der Hügel ist.«

»Also wirklich ein Friedhof? Obwohl umadum Wald ist?«, warf der Graf skeptisch ein.

»Den Wald gab's damals vermutlich nicht«, antwortete Morgentau. »Die Gräber wurden auf einer freien Fläche errichtet. Damals wurden Unmengen an Holz gebraucht, zum Bau von Häusern, als Brennmaterial, für die Herstellung von Werkzeugen und Waffen aller Art.«

»Alles schön und gut«, sagte Trost, »aber dann können wir davon ausgehen, dass hier vor Kurzem eine Raubgrabung stattgefunden hat?«

»Das ist leider nichts Außergewöhnliches.« Morgentau nickte. »Profis gehen sogar mit Metalldetektoren auf die Suche in unseren Wäldern und finden allerhand. Von Teilen von im Zweiten Weltkrieg abgestürzten Flugzeugen bis eben hin zu einem uralten Grab.«

»Ein ganzer Friedhof dürfte demnach als Jackpot gelten?«

Alexia Morgentau blickte ihn ernst an. »Ja. Unfassbar, wie brachial die vorgegangen sind. Bisher dachte ich, dass nur bei Raubgrabungen in Serbien oder Bulgarien Bagger eingesetzt werden.«

»Wie lange würde es dauern herauszufinden, ob in den Gräbern noch etwas von Bedeutung ist?«, wollte Trost wissen.

Morgentau seufzte und machte eine weit ausholende Geste. »Das hier wäre ein Projekt für die nächsten Jahre.«

Trost stutzte. »Was dauert denn daran so lange, bitt schön?«

»Man muss ja nur ein bisserl owi graben«, sagte jetzt der Graf, und Morgentau musste schmunzeln.

»Erst einmal muss die Finanzierung stehen«, begann sie zu erläutern. »Eine Grabung nur bei einem einzigen Fürstengrab kann schnell Hunderttausende Euro verschlingen, wobei die Summe von der Größe des Grabes abhängt. Und schließlich gehen wir bei unserer Arbeit sehr behutsam vor. In diesem Fall würden wir uns ein Tortenstück des Hügels nach dem anderen vornehmen, von dem wir dann Schicht für Schicht abgraben und dokumentieren würden. Wissenschaftlich gesehen sind die Schätze aus beraubten Gräbern übrigens fast wertlos, weil sie nicht einzuordnen sind. Die einzelnen Fundstücke müssen ja immer im Kontext ihrer Gesamtheit betrachtet werden.«

»Wie zum Beispiel mehrere Pfeilspitzen, die man einer Schlacht zuordnen kann.«

»So ungefähr.«

»Was ist Ihre Einschätzung, wie das hier weitergehen wird?«, fragte Trost. »Wird das Gräberfeld untersucht werden oder nicht?«

»Sie meinen, wissenschaftlich? Wahrscheinlich nicht«, gab Morgentau zurück. »Und zwar aus den bereits genannten Gründen. Trotzdem würde ich gern ein paar Fotos machen, um den Status quo zu dokumentieren.«

»Aber Sie bleiben an unserer Seite«, ermahnte Trost sie. »Dieser historische Friedhof hat die unangenehme Eigenschaft, immer noch Todesopfer zu fordern.«

14   Trost saß etwas abseits an einen Baum gelehnt im Moos, während der Graf Alexia Morgentau begleitete, die Fotos machte. Schulmeister war zurück zum Wagen gegangen, um Lemberg abzuholen, die sich ihnen angekündigt hatte. Anscheinend hatte sie am Morgen bereits mit Gierack konferiert, der aus Wien zurück war und einen Bericht über den aktuellen Ermittlungsstand eingefordert hatte.

Dieser Wald, dachte Trost, was hat er mit dem Mord zu tun?

Er ließ seinen Blick durch die Bäume schweifen und drückte seinen Rücken fester gegen den Stamm. Für einen geschickten Angreifer wäre es hier kein Problem, sich ihm lautlos zu nähern und ihn mit einem Pfeil umzubringen. Er konnte das Gefühl einfach nicht abschütteln, eine Zielscheibe abzugeben. Mit zusammengekniffenen Augen scannte er die Umgebung. Wo der Wald dichter wurde, hätte sich sogar ein Reiter verstecken können. Sogleich glaubte Trost wieder, ein Pferd auszumachen, das sich bei genauerem Hinsehen jedoch als Trugbild herausstellte. Als sein Handy läutete, richteten sich seine Nackenhaare auf, und er fuhr zusammen. Ein weiterer Schreck folgte, als er den Namen auf dem Display las. Charlotte. Erst Wochen des Schweigens. Dann der Brief. Jetzt der Anruf. Er hob ab.

Die Stimme seiner Frau ließ alles um ihn herum in den Hintergrund treten. Wie es ihm gehe, wollte sie wissen, und ob er ihre Nachricht bekommen habe und was er zu ihrem Vorschlag sage, wieder von vorn zu beginnen.

Trost wischte sich eine Träne aus dem Augenwinkel und lachte kurz auf. Sie hörte sein Schluchzen, interpretierte es als Freude, das hoffte er wenigstens, und natürlich sagte er zu allem Ja. Auch er wolle einen Neuanfang versuchen. Auch er wolle wieder zurück. Zu ihr. Zu den Kindern.

»Ich hab keine Lust mehr, in einem Gasthaus zu schlafen, aber das erklär ich dir später. – Ja, später, ich bin wieder an einem Fall dran.« Wie das klang. Wie: nur schnell fertig machen, ausstempeln und heimfahren. Doch Charlotte wusste es aus ihren vielen gemeinsamen Jahren besser. »Ein Fall« war gleichbedeutend mit Unvorhersehbarkeit. Vielleicht käme er tagelang nicht nach Hause. Vielleicht wäre er sogar in Gefahr. Er konnte seine Frau vor sich sehen. Wie sie lächelte, die Augen schloss und den Kopf senkte.

Und weil sie wusste, dass seine Fälle immer von Bedeutung waren, sagte sie nur: »Schon gut, du weißt ja jetzt, dass wir wieder da sind. Die Tür steht dir immer offen. Pass auf dich auf.«

Ihre Stimme war warm und verführerisch. Voller Sehnsucht. Ihre Trennung war lang gewesen. Zu lang. Wieder schluckte Trost eine Träne hinunter. Er hauchte noch: »Ich liebe dich«, doch da hatte sie schon aufgelegt.

Er atmete durch. War fast erleichtert darüber, denn die drei Worte kamen ihm nun doch ein wenig melodramatisch vor. Wer sagte so etwas heutzutage schon noch? Doch nur die, die einen One-Night-Stand bereuten. Er sah auf. Erstarrte.

»Hallo, Armin.«

Lemberg musterte ihn. Wie lange hatte sie schon vor ihm gestanden?

15 Er merkte es mit jeder Silbe, die er von sich gab, konnte aber nicht anders: Sein Gestammel war seiner unwürdig. »Ja … ich … Anne, hör zu, ich wollte dir noch etwas sagen. Wegen heute Nacht. Also, wegen heute Morgen …«

Schulmeister kam hinzu und räusperte sich.

»Ah, gut, dass Sie kommen, Herr Schulmeister«, sagte Lemberg und fixierte dabei noch immer Trost, »Armin wollte mir gerade etwas Wichtiges mitteilen.«

Trost schluckte. Ihr sicherlich bewusst gewählter förmlicher Tonfall machte die Gesamtsituation noch unangenehmer. »Ja …«

»Darf ich zuerst?«, nutzte Schulmeister die peinliche Pause. »Auf dem Weg hierher habe ich Annette schon von den neuen Informationen von Frau Dr. Morgentau in Kenntnis gesetzt. Aber ihr beide wisst noch nicht, was ich über die Inschrift in dem Baum herausgefunden habe. Über das Wort ›Atnamech‹.«

»Raus damit.« Trost war sichtlich erleichtert, das Thema wechseln zu können. Am liebsten hätte er Schulmeister dafür umarmt, dass er das »Sie« einfach ignoriert hatte.

»Das Wort weist auf eine alte Legende hin. Demnach ist der sagenhafte Atnamech ein keltischer König, der mit seinem

Heer noch immer und für alle Zeit in einem Berg eingeschlossen ist. Allerdings kann er zu Hilfe gerufen werden, wenn die Steiermark angegriffen wird. Dann preschen er und seine Krieger auf wilden Schlachtrössern und Äxte schwingend aus den Felsen hervor und verteidigen das Land. Atnamech ist also so etwas wie ein geisterhafter Heeresführer für Extremsituationen.«

Lemberg schaute Schulmeister entgeistert an. »Willst du mich jetzt verarschen, oder was? Ich dachte, deine Erkenntnisse seien wichtig und hätten mit dem Fall zu tun, aber stattdessen erzählst du uns Märchen.«

»Und diesen Atnamech hat es wirklich gegeben, Hannes?«, sprang Trost seinem Partner sofort bei und ermunterte ihn, weiterzureden.

»Das weiß niemand«, hörten sie plötzlich die Stimme von Alexia Morgentau, die sich ihnen mit dem Grafen näherte. »Atnamech ist eine Sagenfigur, aber die Namen von realen keltischen Königen sind heute kaum bekannt. In der römischen Geschichtsschreibung kommt er unserem bisherigen Wissensstand nach nicht vor. Dennoch lebt die Sage über ihn fort, was wiederum dafür spricht, dass er existiert haben könnte.«

»Ja, manche Figuren bleiben einem im Gedächtnis, andere hingegen verschwinden ganz einfach still und heimlich.« Lemberg warf Trost einen seltsamen Blick zu.

Eine Sekunde lang sagte niemand ein Wort. Dann läutete Lembergs Handy. Sie nahm ab und wurde blass.

Trost wusste sofort, dass Charlotte mit ihrer unausgesprochenen Befürchtung recht gehabt hatte. So schnell würde er nicht nach Hause kommen.

16   Er war zum Wagen zurückgegangen, um Zeus austreten zu lassen – an dieser Notwendigkeit hatte auch der dringende Anruf nichts ändern können.

Jetzt schnüffelte sich der Hund durch das angrenzende Feld, wobei er darauf achtete, nicht zu weit von seinem Herrchen fortzulaufen.

Trost schlug die Arme um seinen Körper, um nicht noch stärker auszukühlen. Ein solch plötzlicher Temperatursturz war ungewöhnlich, die Zeitungen würden sich mit Berichten darüber überschlagen. Besonders Lokalblätter liebten meteorologische Artikel: Sie lasen sich spannend, ließen sich leicht auf Doppelseiten ausbreiten, und nicht zuletzt redete schließlich jeder gern übers Wetter.

Er sah sich um und betrachtete eine Bauminsel nahe der Pyhrnautobahn. Und noch etwas fiel ihm auf. Am Rand des Maisfelds vor ihm konnte er ein Wellblechdach ausmachen. Wahrscheinlich gehörte es zu einem Geräteschuppen. Oder einer Scheune. Er machte einen Schritt auf den Kukuruz zu, wollte mehr von dem Gebäude sehen, als sich die Pflanzenstängel bogen. Als richteten sie sich nach ihm aus. Als beobachteten sie ihn.

Er blickte zu Zeus, der ihn anschaute, als wäre er sich nicht sicher, ob sein Herrl noch alle Tassen im Schrank hatte.

Trost überlegte. Sollte er das Feld durchqueren? Er versuchte, noch einen Blick auf das Gebäude zu erhaschen, bevor er sich wieder umdrehte und sah, wie die anderen bei ihren Wagen warteten und ihn musterten. So wie die Maiskolben – ganz bestimmt. Er murmelte Zeus etwas zu, und die treue Seele war sofort an seiner Seite. Trost rechnete seinem Hund die Reaktion hoch an.

Ein Geräusch, das näher kam, ließ ihn aufhorchen. Aus dem Wald erklang das Schnauben von Pferden. Vielen Pferden. Schon wieder. Äste knackten, der Boden vibrierte.

Und dann stellte Trost besorgt fest, dass Zeus ihn immer noch völlig gelassen beobachtete. Der Hund zeigte nicht das geringste Interesse an den herangaloppierenden Pferden. Er schien sie nicht einmal wahrzunehmen. Eine Weile blieb Trost noch mit klopfendem Herzen stehen und beobachtete tapfer den Wald. Aber es kamen keine Pferde aus ihm hervor. Da war nichts.

Er drehte sich zu seinen Kollegen zurück. Schulmeister und Morgentau starrten ihn immer noch an. Selbst aus der Ferne erkannte er, dass sie sich Sorgen um ihn machten.

17 »Also, ich bin der Ansicht, dass dieser Atnamech gelebt haben muss. Wahrscheinlich war er ein wichtiger Fürst, sonst würde es ja nicht so eine Legende über ihn geben!«

Es war einfach unmöglich, Schulmeister zu unterbrechen, wenn dieser einmal in Fahrt gekommen war.

Lemberg und der Graf waren bereits losgefahren, also ließ Trost Zeus in den Kofferraum springen, bevor er sich mit der Archäologin und seinem Partner auf den Weg machte. Lemberg hatte ihnen noch im Wald gesagt, wohin sie fahren mussten, was Trost in eine noch nachdenklichere Stimmung versetzte.

»Ihnen ist aber schon bewusst, dass diese Atnamech-Legende nicht im Kaiserwald spielt?«, gelang es Morgentau einzuwerfen. »Wissen Sie auch, wo?«

Schulmeisters Mundwinkel fielen nach unten, und er runzelte die Stirn. Es war ihm anzusehen, dass er es nicht mochte, dass die Archäologin mehr wusste, als er recherchiert hatte. Er zuckte mit den Schultern.

»Ungefähr dort, wo Sie mich gefunden haben. Ganz in der Nähe des historischen Schlachtfelds.«

18 Schulmeister lenkte den Wagen durch den Nachmittagsverkehr, wenngleich er nicht wirklich auf die anderen Autos zu achten schien. Die meiste Zeit sah er in den Rückspiegel zu Alexia Morgentau.

Trost versuchte, die beiden zu ignorieren. Selbst ihm, der unablässig mit seinen inneren Dämonen rang, war nicht entgangen, dass zwischen den beiden etwas passierte, das eine Einmischung seinerseits nicht zuließ. Weder im Dienst noch danach. Das Schicksal hatte wohl eine Vorliebe für Zynismus, schließlich hatte ihr Ausflug zur Archäologin damit begonnen, dass Trost über *seine* Beziehungen sprach. Er erkannte, dass nun keine Zeit für Egoismus war, schaute aus dem Fenster, lauschte dem Rauschen der Wagenreifen auf der Fahrbahn und sinnierte über Zufälle. Sie hatten einen Mord mit einer uralten Pfeilspitze. Ein Gräberfeld im Wald, das genauso alt war. Eine Expertin, die hundertfünfzig Kilometer von dem Tatort entfernt eine Ausgrabung machte und dabei auf dieselbe Pfeilspitzenart gestoßen war. Und einen legendären Keltenfürst samt Armee, der in Form seines in einen Baum geritzten Namens im Kaiserwald aufgetaucht war.

»Frau Morgentau«, wandte er sich an die Archäologin, »hat es nahe Ihrer Ausgrabung in letzter Zeit weitere Grabungen gegeben? Oder haben Sie seltsame Typen bemerkt?

»Sie meinen, außer zwei Kriminalpolizisten, die plötzlich vor mir standen und mir dann eine Ausgrabungsstätte im Kaiserwald gezeigt haben?« Sie drehte sich zu ihm um und sah ihn direkt an. »Nein.«

Als sie eine Hand auf Schulmeisters Sitz legte, fielen Trost die kurz geschnittenen Fingernägel auf, unter denen noch Erdreste sichtbar waren. Die Haut der Hand war nicht mehr ganz glatt. Er schätzte die Archäologin auf Mitte vierzig, vielleicht auch schon fünfzig. Ein Gedanke flatterte hinter seinen Augen, ließ ihn blinzeln. »Haben Sie in Noreia bisher eigentlich viel gefunden?«, fragte er, während er wieder aus dem Fenster blickte.

»Immer wieder etwas, ja. Ich grabe bereits seit ein paar Monaten, da ist schon etwas zusammengekommen.«

»Und wo bewahren Sie die Fundstücke auf?«

»Die kommen ins Depot des Museums.«

»Sie bringen sie persönlich dorthin?«

Sie schüttelte den Kopf. »Normalerweise ist das die Aufgabe von Franz.«

»Franz wer?«

»Franz König. Er hilft mir ab und zu aus. Ist ein Pensionist und wohnt in der Nähe.«

»Franz König«, murmelte Trost leise. »Noch ein König …«

»Was geht dir durch den Kopf?«, schaltete Schulmeister sich in ihre Unterhaltung ein.

»Nicht jetzt«, erwiderte Trost. Er hoffte, Schulmeister würde verstehen, dass er später mit ihm unter vier Augen darüber reden wollte.

19   Sie hatten ihr Ziel fast erreicht, als die Meldung in den Fünf-Uhr-Nachrichten lief. Gieracks Stimme tönte aus dem Autoradio, verkündete, es gebe keine neuen Erkenntnisse, aber man sei dabei, Hunderte Zeugenaussagen zu überprüfen und jeden Stein im Land umzudrehen und so weiter und so fort.

»Jeden Stein.« Schulmeister lächelte. »Damit kennen wir uns aus.«

Morgentau betrachtete ihn von der Seite. Als sie den Ruckerlberger Altbau erreichten, setzte wieder Sommerregen ein.

Dicke Tropfen prasselten gegen die raumhohen Fenster. Die Regale an zwei weiteren Wänden des Zimmers waren so dicht mit Büchern bestückt, dass kein einziges mehr Platz gehabt hätte. Die vierte Wand zierte ein gewaltiges Gemälde Fritz Messners, ähnlich dem Panorama der Erdgeschichte, das im Grazer Naturkundemuseum zu bewundern war. Die romantisierte Darstellung zeigte Steinzeitmenschen umgeben von phantastischen Wesen, die wohl Tiere der Vorzeit sein sollten.

Auf einem verblassten Orientteppich thronte ein wuchtiger Eichenholz-Schreibtisch aus dem 19. Jahrhundert, dem ein Laptop, ein eleganter Füllfederhalter und ein hölzerner Aschenbecher eine persönliche Note verliehen. Ein Globus in der Größe eines orthopädischen Sitzballs füllte die Leere zwischen Zimmertür und Schreibtisch, ein Thonet-Sessel als Sitzmöglichkeit für Gäste wirkte etwas verloren.

Alles in dem Arbeitszimmer strahlte Männlichkeit aus, und dennoch saß auf dem Schreibtischsessel die Leiche einer Frau, tief über die Tischplatte gebeugt.

20   Zwischen Atlas und Axis, den ersten und zweiten Halswirbeln der Landesrätin Rosalia Gstrein, steckte ein Dolch. Alles sah danach aus, dass er am Knochen abgerutscht und durch den Unterkiefer gedrungen war, bis er von der Tischplatte gestoppt worden war. Die Spitze des Messers ragte zwischen den Zähnen hervor, die Politikerin musste an den Haaren gepackt und auf die Tischplatte gedrückt worden sein. Ein überaus brutaler Mord. Die Blutlache auf dem Teppich verstärkte den Eindruck, dass dieser mit den Jahren etwas verblasst war.

Die Frage, wie der Mörder trotz Personenschutz ins Haus gelangt war, beantwortete eine weitere Leiche. Der Polizist, ein Beamter in Zivil, hing vor der Villa im Beifahrersitz seines Dienstwagens in einer nicht minder großen Blutlache. Das Fenster neben ihm stand offen, die riesige Schulterwunde deutete auf einen spitzen Gegenstand als Mordwaffe hin. Vielleicht auf denselben Dolch, mit dem kurz darauf Rosalia Gstrein getötet worden war. Der Beamte hatte keine Chance gehabt. Der Dolch war von oben in Herz und Lunge gedrungen, sodass sich das Blut in den Bauchraum ergossen hatte. Eine schnelle und effektive Mordmethode.

All das war von Waldemar Dietrich bereits in kurzen prägnanten und sachlichen Sätzen erläutert worden.

Balthasar Gierack, der Chef der Kriminalpolizei, war schon

vor Ort gewesen, als Lemberg und der Graf eintrafen. Als Schulmeister, Trost und Morgentau auftauchten, glich das Haus längst einem Labor, in dem Kollegen von der Tatortsicherung in weißen Plastikoveralls nach Spuren suchten. In der Hoffnung, dass jeder neue Fund und jedes neue Detail mehr über das erzählen würden, was wirklich hier passiert war.

Armin Trost nahm Alexia Morgentaus Hand und fragte die Archäologin, ob sie sich in der Lage fühle, sich eine Leiche anzusehen.

Sie wurde dunkelrot bis in den Ausschnitt ihrer Bluse und nickte wie hypnotisiert.

»Es wäre wahnsinnig wichtig für uns«, sagte Trost. »Am besten, Sie betrachten nur die Waffe, die in der Toten steckt. Alles klar?«

Noch ehe jemand Notiz von ihnen nehmen konnte, gingen sie durch das Büro zu der Leiche am Schreibtisch. Waldemar Dietrich wollte schon protestierend wissen, warum das nicht warten könne, und Gierack schloss sich ihm an, und obwohl Trost ihnen keine Antworten gab, wagten sie es nicht, sich ihm in den Weg zu stellen. Vielmehr warfen ihm einige Kollegen in Erwartung, er würde den Fall in Columbo-Manier ohne viel Aufhebens lösen, verstohlen hoffnungsvolle Blicke zu. Trost hingegen hatte nur Augen für die Leiche.

»Je schneller wir neue Erkenntnisse haben, desto besser«, murmelte er. Seine Augen schienen tiefer als sonst in ihren Höhlen zu liegen, die seine buschigen Brauen beschatteten.

Er führte die Archäologin um den Schreibtisch herum. Auf die Leiche zu. Als sie vor ihr standen, atmete Morgentau tief aus, als hätte sie die ganze Zeit die Luft angehalten, und starrte dann den blutigen Torso vor ihr an. Sie war jetzt blass wie die Wand.

»Ich weiß, das, was ich Ihnen hiermit antue, grenzt an Nötigung«, sagte Trost leise. »Nein, das ist es sogar sehr wahrscheinlich. Aber glauben Sie mir, ich würde darauf verzichten, wenn es nicht so wichtig wäre.«

»Schon gut«, sagte sie bestimmt, als wollte sie ihn zum Schweigen bringen. Immer wieder schob sie ihre Hände in die Taschen ihrer Jeans und zog sie wieder heraus, während sie den Dolch musterte.

»Das ist keine Kampfwaffe«, stellte sie endlich fest.

Trost beugte sich zu ihr, um sie besser verstehen zu können.

»Ganz eindeutig ein keltischer Dolch. Er erinnert mich an den Antennendolch aus dem Fürstengrab von Hochdorf in Deutschland.« Sie sah Trost schnell an. »Das ist eine der berühmtesten Fundstätten keltischer Kultur. Die Klinge ist aus Eisen, der Griff aus Bronze. Die feinen Verzierungen weisen darauf hin, dass die Waffe eher eine Art Standesabzeichen war, das weder zum Kämpfen gedacht noch geeignet war.«

»Aber töten kann man mit ihr offenbar trotzdem.«

Morgentau schluckte sichtbar. Alle Anwesenden um sie herum waren zu Standbildern erstarrt. Niemand wagte, die beiden durch eine unbedachte Bewegung oder eine Bemerkung zu stören.

»Was fällt Ihnen noch dazu ein?«

»Ich würde den Dolch wie die gefundenen Pfeilspitzen auf die späte Latènezeit datieren. Auf etwa 100 vor Christus.«

»Auf die Zeit von Atnamech und der großen Schlacht?«

Morgentau zitterte.

Trost befürchtete, dass sie sich jeden Moment übergeben würde. »Ein Sackerl oder einen Eimer, bitte. Schnell!«, rief er, und wie aufs Stichwort löste sich die Starre um sie herum, und es kam Bewegung in die Anwesenden.

Morgentau blickte jetzt direkt ins Gesicht von Rosalia Gstrein, dessen unterer Teil durch die fürchterliche Wunde und das verkrustete Blut vollkommen entstellt war.

Trost folgte Morgentaus Blick, und einen irrwitzigen Moment lang glaubte er, dass die toten Augen blinzelten. Der Moment dauerte lange genug, dass er wusste, dass er ihn in seinen Träumen heimsuchen würde. Nicht gleich in der kommenden Nacht und nicht in der darauffolgenden, aber er würde in seinem Unterbewusstsein lauern und auftauchen, wenn Trost nicht damit rechnete.

Und vermutlich würde es Alexia Morgentau nicht besser ergehen – mit dem klitzekleinen Unterschied, dass in Trosts Unterbewusstsein eine ganze Menge Leichen hausten, Rosalia Gstrein für Alexia Morgentau jedoch das erste Mordopfer war.

In diesem Augenblick begann die Archäologin zu wimmern, und Trost schob sie zur Tür hinaus, wo sie sich in eine Plastiktüte übergab, die ein Kollege ihm gereicht hatte.

21   Ein paar Menschen gewährt selbst der Tod anfangs keine Ruhe. So wie der soeben entdeckten leblosen Lokalpolitikerin. Noch vor wenigen Tagen war es in dem Landhaus aus dem 19. Jahrhundert, das eher zu den kleineren der mondänen Villen am Ruckerlberg gehörte, bedächtig zugegangen. Rosalia Gstrein hatte eine Abneigung gegen Musik, besonders wenn sie aus dem Radio trällerte. Ihr Mann dagegen frönte seiner Vorliebe für Cellomusik. Seine Lieblingsstücke hatte er als Playlist gespeichert, die er immer dann spielte, wenn seine Gattin außer Haus war.

Jetzt war nur ein unangenehmes Murmeln zu vernehmen, Experten aller Art gingen ein und aus. Gierack stand mit Lemberg an seiner Seite vor dem Gartenzaun und gab der Journalistenmeute ernst und entschlossen Interviews. Lemberg kam kaum zu Wort, aber wenn, dann beantwortete sie die Fragen knapp und präzise.

Schulmeister war damit beschäftigt, den Spurensicherern erste Ergebnisse zu entlocken, der Graf sah sich auf der Straße nach Hinweisen um, die ihnen bisher entgangen waren. Trost selbst hatte abgewartet, bis sich die Archäologin wieder erholt hatte, bevor er sie mit sanftem Druck durchs Haus schob. Anfangs protestierte sie, doch als sie merkte, dass Trost ein bestimmtes Ziel hatte, ließ sie sich bereitwillig von ihm lenken.

»Sie haben mich auf eine Idee gebracht«, sagte er.

»Ich?«

»Ja, Sie erwähnten die Jahreszahl 100 vor Christus. Vielleicht hat die Latènezeit etwas zu bedeuten.«

Im Flur packte Trost sie an den Schultern und tat so, als würde er auf sie einreden, während er sich unauffällig umblickte. Als sie unbeobachtet waren, drückte er hinter Morgentaus Rücken die Schnalle einer schmalen Tür unter dem Stiegenaufgang, und Sekunden später waren beide verschwunden.

Fasziniert stellte Trost fest, wie schnell in der plötzlichen Dunkelheit der Geruchssinn das Kommando übernahm. Morgentau verströmte einen Duft nach Erde, der ihn an ein offenes Grab erinnerte und ihn erschaudern ließ. Sie standen so nahe beieinander, dass die Szene etwas Intimes gehabt hätte, wäre da nicht noch etwas gewesen. Trost nestelte in seiner Jackentasche nach seinem Handy und schaltete die Taschenlampenfunktion ein. Sie befanden sich auf dem oberen Absatz einer steilen Kellertreppe.

Von irgendwoher dröhnte eine Stimme. »Oida, machts ein Fenster zu, es zieht.«

Das Ende der Stiege wurde von der Dunkelheit, die sie umgab, verschluckt. Mutig ging Trost voraus. Vom ersten Schritt an hatte er das Gefühl, etwas Verbotenes zu tun, und offenbar ging es seiner Begleiterin nicht anders, denn als er sich wortlos zu ihr umdrehte, registrierte er ein glühendes Flehen in ihren Augen, das ihn zu bitten schien, wieder umzukehren.

»Ich tue Ihnen nichts«, flüsterte Trost.

Jetzt wurden Morgentaus Augen noch größer. »Das weiß ich doch. Sie wollen in dem Keller auf Schatzsuche gehen.«

Er staunte über ihre richtige Schlussfolgerung. Und über ihren Stimmungswandel. Denn als hätte er sie mit seinen Worten herausgefordert, schob sie sich an ihm vorbei und zischte: »Also los, worauf warten wir noch?«

Die Holztreppe knarrte nicht wie in Horrorfilmen aus den

fünfziger Jahren, es ertönte auch keine schaurige Begleitmusik, und dennoch fühlte Trost, dass etwas Unheimliches in den Tiefen dieses Hauses lauerte. Er war sich nicht mehr so sicher, das Richtige zu tun. Aber wann war er das jemals gewesen? War er nicht immer seinen Instinkten gefolgt?

Am Treppenende spürte er den unebenen Grund eines Erdkellers unter seinen Schuhsohlen. Von dem Lehmboden ging eine feuchte Kühle aus, die in ihm nebelverhangene Bilder aus dem Kaiserwald heraufbeschwor. Als er den Lichtschalter gefunden und betätigt hatte, flackerte eine kleine, schwache Vierzig-Watt-Glühbirne an der Decke auf. Sie knisterte und summte, als hätte er sie aus einem jahrzehntelangen Schlaf gerissen. Ihr warmer Lichtkegel hatte nur einen Durchmesser von zwei Metern, sodass die Ecken des Kellers im Finstern blieben.

Vorsichtig bewegten er und Morgentau sich weiter, die Augen weit aufgerissen. Regale schienen aus dem Zwielicht auf sie zuzustürzen, Kistentürme wurden zu unheimlichen Wesen, und die Flecken an den Wänden des Kellergewölbes erinnerten an widerliche Fratzen, die kurz davor waren, ihre langen, dünnen Finger nach ihnen auszustrecken.

Plötzlich blieb Trost stehen. Der Schein seiner Handylampe fiel auf ein vollgestelltes Holzregal, hinter dem er eine Tür ausmachen konnte. Er räumte die Schachteln, deren Inhalt sie nicht begutachteten, aus dem Regal und schob es beiseite. In der Finsternis um sie herum glaubte er immer wieder, Bewegungen wahrzunehmen. Zunehmend wurde er nervöser, wischte sich immer wieder fahrig feine Spinnweben aus dem Gesicht.

Als er schließlich die Klinke der Tür drückte, ließ sie sich leicht und überraschend lautlos öffnen. Ihre Scharniere waren geölt, ihr Holz von der Feuchtigkeit nicht verzogen. Trost und Morgentau blickten in vollkommenes Schwarz.

22   Bevor Trost nach einem Lichtschalter tasten konnte, spürte er den Atem der Archäologin in seinem Nacken.

»Nicht«, flüsterte sie. »Ich glaube, hier ist jemand.«

Im selben Moment erlosch der matte Lichtkegel seines Handys. Trost tippte noch ein paarmal darauf herum, aber der Akku war leer. Die Angst in Morgentaus Stimme war ansteckend, und sein Puls beschleunigte sich.

»Werden wir wieder Leichen sehen?«, flüsterte sie.

»Das weiß man in Kellern nie«, hörte er seine Stimme. Der Satz wurde von den Wänden zurückgeworfen und klang wie das gehässige Kichern einer fremdartigen Kreatur. Wie ein nicht menschliches Geräusch.

Sie lauschten in die Finsternis in dem Wissen, dass sie, sollte es jemand auf sie abgesehen haben, ein leichtes Ziel abgaben. Regungslos standen sie da, erstarrt wie zwei Kaninchen in Todesangst. Nach ein, zwei grausam langen Minuten fasste Trost endlich den Entschluss, dass es immer noch besser war, im Licht zu sterben als im undurchdringlichen Kellerdunkel.

Vorsichtig tasteten seine Finger an der Wand entlang, jederzeit bereit, sich zurückziehen, sollten sie etwas Seltsames berühren. Doch neben dem Türstock war nichts als eine grob verputzte Mauer. Und ein Kippschalter, der jetzt mit trockenem Schnalzen von einer Feder nach oben gezogen wurde.

Beinah im selben Moment flackerte das Licht einer Neonröhre an der Decke auf, und Trost sah in das Grinsen eines Totenkopfes.

Das überaus verstörende Bild des Totenschädels war in guter Gesellschaft. Die Wand zierten weitere Darstellungen von Erhängten und Gepfählten, außerdem prangte in Großbuchstaben der Schriftzug »DER TOD IST EIN HYSTERIKER« auf dem Putz.

»Interessant«, sagte die Archäologin. »Das Zitat stammt aus den ›Todschwarzen Aufzeichnungen‹ von Günter Brus.« Die Anspielung auf den Künstler, dem in Graz sogar ein eigenes

Museum – das »Bruseum« – gewidmet war, machte wenig Eindruck auf Trost.

»Aha«, erwiderte er lapidar.

»Brus ist ein Grazer Künstler. Vielleicht der berühmteste.«

»Ich kenne Brus«, gab er fast ein wenig pikiert zurück.

Morgentau machte ein Gesicht, das keinen Zweifel an ihrem Zweifel ließ. »Ach ja? Dann können Sie mir bestimmt sagen, was er sonst noch gemalt hat.«

Trost verdrehte die Augen. »Ich kenne ihn vom Namen her. Von diesen Bildern hier hab ich noch nie gehört.«

»Würde mich nicht wundern, wenn sie Ihnen gefielen.«

Der kurze Schlagabtausch löste ein wenig ihre Anspannung, die sich aufgestaut hatte. Sie befanden sich in einem Lagerraum, an dessen Wänden Bilder hingen und der zum Großteil mit Holzkisten vollgestellt war. Trost sah sie sich genauer an. Die meisten waren übereinandergestapelt und zugenagelt, nur eine stand offen und war mit Stroh ausgepolstert. Er griff hinein und zog einen Krug daraus hervor, dessen Anblick Morgentau augenblicklich nach Luft schnappen ließ.

»Gold?«, sagte Trost.

»Das allein hätte nicht so einen großen Eindruck auf mich gemacht«, hauchte Morgentau. »Aber diese Machart und die Ornamente deuten auf ein vorchristliches Relikt hin.«

»Sie meinen, wir haben es schon wieder mit den Kelten zu tun?«

Die Archäologin nickte.

Trost griff erneut in die Kiste und förderte diesmal eine Fibel aus Blech zutage.

Morgentau tat es ihm gleich und hielt ihrerseits ein seltsames rechteckiges Stück Goldblech in der Hand. »Das könnte ein Schuhbesatz sein. Du meine Güte, das ist ein Schatz. So eine Frechheit. Was hat das hier verloren?« Ihre Begeisterung wich Empörung.

Kurz entschlossen griff Trost nach einer Eisenstange, die am Boden lag, und hebelte eine weitere Kiste auf, die eine ganze

Sammlung an Pfeilspitzen aus Eisen und Bronze enthielt, die der Waffe ähnelten, die Rosalia Gstreins Mann tödlich getroffen hatte.

Morgentau hatte sichtlich Mühe, sich zu beherrschen. Sie starrte auf die Kisten und biss sich immer wieder auf die Unterlippe. Zwischen ihren Augenbrauen hatte sich eine tiefe Falte gebildet.

Trost sah sie ernst an. »Haben Sie eine Ahnung, woher das stammt?«

»Ob ich eine Ahnung ...? Wissen Sie, worauf wir gestoßen sind? So etwas wurde noch nie bei uns in der Steiermark entdeckt. Es ist kein einziger Fund mit so vielen Grabbeigaben bekannt. Oder aber ...« Sie verstummte.

»Was? Was wollten Sie noch sagen?«

»Nichts. Das hier ist ganz offensichtlich das Ergebnis einer Raubgrabung.«

»Und woher wollen Sie wissen, dass die Dinge aus der Steiermark stammen?«

Schweigend griff Morgentau erneut in die Kiste, bevor sie Trost eine Steintafel entgegenhielt, in der er im Schattenfall des Lichts Einkerbungen erkennen konnte. Einkerbungen, die sich zu einem Namen zusammensetzten: »ATNAMECH«.

In diesem Augenblick erlosch das Licht, und die Tür fiel krachend ins Schloss. Ehe Trost blindlings auf den Ausgang zustürzen konnte, war schon das Drehen eines Schlüssels zu vernehmen.

23   Die Leiche war schon lange aus dem Haus geschafft worden, nur der Blutfleck auf dem Teppich erinnerte noch an ihre Existenz. Der Staatsanwalt hatte die Obduktion angeordnet, und anschließend, wenn die Umstände des Todes von Rosalia Gstrein geklärt wären, würde man sie aus der Kühlkammer holen, hübsch anziehen, schminken und in eine enge Kiste

stecken. Dann würde man sie zum Friedhof fahren, sie zu ihrem ausgehobenen Grab tragen und schließlich in die kalte, feuchte Erde hinablassen.

Für Rosalia Gstrein gäbe es natürlich eine spezielle Zeremonie, sämtliche honorige Persönlichkeiten des Landes würden anwesend sein, Blumenkränze lägen am Grab, Musik würde gespielt werden, das ganze Pipapo. Die Gäste würden sich drängen, denn ihren Tod und den Termin ihrer Bestattung hätten ganzseitige Todesanzeigen in den Tageszeitungen verkündet. Aber schon bald würde man sich kaum mehr an sie erinnern können. Wie ihre Stimme geklungen, wie sie gerochen, wie sie die Umgebung beeinflusst hatte. Und mit der Zeit würde die Fäulnis einsetzen, würden sich unter ihrer Haut Blasen bilden, Pilze entstehen, die Weichteile des Köpers würden sich verflüssigen. Das Holz ihres Sarges würde aufweichen, morsch werden, Käfer und Würmer würden in Augenhöhlen und Nasenlöcher von Rosalia Gstrein kriechen. Nach einigen Monaten würde ihr Körper langsam zerfressen werden, schrumpfen, die Haut sich auflösen. Nur Finger- und Zehennägel würden erst nach Jahren verwesen, wie ihr Haar, das bald in langen Strähnen ihren verwurmten Kopf umgeben würde. Wenn der Boden allzu feucht und lehmhaltig wäre, könnte sich die Verwesung verzögern und Rosalia Gstrein zur Wachsleiche mutieren, die eines Tages einem Totengräber entgegengrinsen würde, der ihren Grabplatz für den nächsten Besitzer frei machen müsste, weil sich die Erben irgendwann entschlossen hätten, ihn nicht mehr zu zahlen. Wobei, in ihrem Fall würde wohl das Land Steiermark für die Kosten aufkommen …

Johannes Schulmeister saß in einem Lehnstuhl im Wintergarten, der an das Büro – den Tatort – angrenzte, und grübelte. Seine Gedanken waren so finster wie der scheidende Tag. Er hatte die Politikerin nur aus der Zeitung gekannt, und doch machte ihm ihr Tod zu schaffen. Im Laufe seiner Karriere hatte er schon viele Leichen gesehen, Opfer brutaler Morde, grässlich zugerichtet von Vergewaltigungen, Messerstechereien oder

Schusswunden. Dennoch hatte ihn der Anblick der Frau an diesem protzigen Schreibtisch berührt. Vor zwei Tagen war ihr Mann spektakulär hingerichtet worden, jetzt sie selbst. Zusammen mit der Wache, die sie vor ihrem Haus postiert hatten. Ein junger Kollege aus dem Ermittlerpool, der sehr ambitioniert gewesen sei, wie man hörte. Ein Grund mehr, warum Gierack bei der nächsten Besprechung völlig außer sich sein würde. Denn als Personenschutz wurden normalerweise immer, *immer*, zwei Kollegen abgestellt. Aber diesmal eben nicht.

Einer der weißen Plastikanzüge rief ihm zu, die Haustür werde in fünf Minuten plombiert. Bis dahin solle er draußen sein, wenn er nicht zum Inventar des Tatorts gehören wolle.

Schulmeister erhob sich unter Ächzen und schritt die Räume noch einmal ab. Ging vom Wintergarten in das große Wohnzimmer mit der Lesecouch und dem mächtigen Bücherregal, dem Fernseher und einem Gemälde, das seiner Meinung nach auch gut ins Militärhistorische Museum in Wien gepasst hätte: irgendeine Schlacht, Öl auf Leinwand. Er durchquerte die Küche, den Flur und gelangte schließlich wieder ins Arbeitszimmer, wo Rosalia Gstrein hingerichtet worden war. Mit einem Dolch. Das Fenster hinter dem Schreibtischstuhl war geschlossen gewesen, es war also davon auszugehen, dass der Mörder sich der Politikerin ohne Probleme genähert hatte. Dass sie ihn gekannt hatte. Doch außer der Putzfrau, die die Leiche entdeckt hatte und mit einer Spritze hatte beruhigt werden müssen, war kein Angestellter im Haus gewesen. Sie würden die abwesenden Beschäftigten befragen: den Gärtner, die Köchin, die Kammerzofe – Schulmeister hatte keine Ahnung, was sich Leute von Rang heutzutage an Personal hielten.

Gierack polterte in den Arbeitsraum. »Haben Sie eine Ahnung, wo Trost ist?«

Sofort fiel Schulmeister auf, dass der Chef ihn siezte, was er immer dann tat, wenn er einen Zorn auf jemanden hatte. »Sie wissen doch, dass Armins Wege so unergründlich sind wie jene Gottes«, antwortete er jovial.

»Geh, bitte schön, hören S' auf damit. Mir reicht schon die Tatsache, dass manche so tun, als wäre er der König höchstselbst«, erwiderte Gierack. »Die lassen ihn gewähren, als gehörte ihm der gesamte Polizeiapparat. Kommen S' mir also nicht mit göttlichen Vergleichen, wenn Sie nicht wollen, dass mir schlecht wird. Trost ist ein Schaß mit Ohren, nichts weiter. Er desavouiert uns mit seiner Art, ohne ihn würden wir deutlich schneller vorankommen.«

Schulmeister konnte seine Überraschung über die Reaktion seines Chefs kaum verbergen. »Aber Sie selbst wollten doch, dass er zurückkommt.«

»Die Herrschaften in Wien wollten das«, stellte Gierack richtig, dann schien ihm aufzufallen, dass er einen Fehler gemacht hatte. »Na ja, ich habe mich dann breitschlagen lassen und Sie beide angefordert, weil ich natürlich weiß, dass Sie gut sind und die Kollegin Lemberg Unterstützung braucht«, fügte er rasch hinzu. »Trotzdem sind Sie weder Götter noch Könige, nicht bös sein. Sie machen einfach, was Sie wollen, aber das geht jetzt nicht mehr. Also, wo ist Trost? Und wer ist diese Frau, die ich an seiner Seite gesehen habe?«

»Das war die Archäologin Dr. Alexia Morgentau. Sie unterstützt uns in diesem Fall. Ich meine, den Fällen. Durch sie konnten wir die Tatwaffe des ersten Opfers besser einordnen. Offenbar haben wir es mit einem Mörder zu tun, der auf historische Waffen steht. Möglicherweise können wir bald ein handfestes Motiv präsentieren.«

Gieracks Blick verfinsterte sich. »Das ›Möglicherweise‹ gefällt mir nicht. Und über einen Täter haben Sie bisher auch noch kein Wort verloren. Ich will jetzt verdammt noch einmal wissen, wo Trost ist. So geht das nicht.«

»Wie ich schon sagte, ich weiß es nicht.« Und unwirsch fügte Schulmeister hinzu: »Ich bin ja nicht sein Kindermädchen.«

Es war Gierack deutlich anzusehen, dass er gern noch etwas gesagt hätte. Dennoch wandte er sich wortlos um.

Schulmeister konnte hören, wie sich seine Schritte im Haus

entfernten. Sie klangen wie die eines zornigen Kindes, das trotz Bitten und Betteln nicht das bekommen hat, was es will. Ihnen folgte eine überaus wohltuende Stille.

Schulmeister betrachtete noch einmal Messners Bild mit den urzeitlichen Kreaturen, dann drehte er den riesigen Globus so lange, bis Mitteleuropa vor ihm auftauchte, die Urheimat der Kelten, deren Nachfahren, die Taurisker, einst vom Norden aus in den Alpenraum gelangt waren und deshalb auch Älpler genannt wurden. Auf sie und die Noriker ging dieses Land zurück.

Geschichte beruhigte ihn eigentlich immer. Sie bestand aus alten Geschichten. Erinnerungen. Er seufzte übertrieben schwermütig und dachte an Alexia Morgentau, der es innerhalb weniger Minuten gelungen war, ihn zu berühren. Ihm gefielen ihre anfängliche Schüchternheit und ihre Leidenschaft für ihre Arbeit. Wo steckte sie jetzt bloß? Das letzte Mal gesehen hatte er sie in Trosts Schlepptau. Schulmeister spürte, wie sich die spitze Nadel der Eifersucht in seinen Brustkorb bohrte.

Er warf noch einen Blick auf den Schreibtisch, rief sich erneut die Haltung der Leiche in Erinnerung, die einen Stift in der Hand gehalten hatte. Natürlich war ihnen aufgefallen, dass ein Blatt Papier dazu gepasst hätte, das sie aber nicht gefunden hatten. Die Schubladen des Schreibtisches waren verschlossen, überhaupt sah in dem gesamten Raum nichts nach Rosalia Gstrein aus. Schnell waren sie auf ein weiteres Arbeitszimmer im Haus gestoßen, das wirklich zu ihr zu gehören schien. Ein etwas kleinerer, gemütlicher Raum mit flauschigem Teppich und einem Bücherregal. Schulmeister wollte gerade die Bürotür schließen, als er ein Geräusch wahrnahm. Er horchte. Es war seltsam arrhythmisch. Er hielt den Atem an, um besser lauschen zu können, und eine halbe Minute später rannte er durchs Haus.

165

24   Er riss die Eingangstür auf und rief Gierack zurück, der soeben in seinen Wagen steigen wollte. Zwei weitere Beamte, die an der Einfahrt geplaudert hatten, hetzten dem Chef der Kriminalpolizei sofort nach.

Es dauerte ein paar Minuten, dann hatten sie die Kellertür ausfindig gemacht, einer der Beamten stürzte ehrgeizig hindurch, stolperte und fiel die Stufen hinab.

Eindeutige Flüche erklangen, doch zum Glück hatte sich der junge Mann nicht verletzt. Während ihm sein Kollege aufhalf, eilte Schulmeister weiter und ignorierte die Gänsehaut, die ihn beim Anblick all der Schatten und finsteren Ecken des Kellers überlief. Als er einen Gang entdeckte, der zwischen Bretterverschlägen verschwand, überlegte er, ihm zu folgen. Nachdem er sich dagegen entschieden hatte, hatte er das Gefühl, knapp an einer verhängnisvollen Fehlentscheidung vorbeigeschrammt zu sein. Er sah sich weiter um, rief Trosts Namen, dann den von Alexia Morgentau. Muffige Kellerfeuchte wie Grabgeruch stieg ihm in die Nase. Er stolperte über unebenen Boden und öffnete eine morsche Holztür. Hinter ihr altes Kinderspielzeug. Ein Schaukelpferd, das ihn mit nur noch einem Auge anstierte, eine Puppe mit wirrem Haar, die in einem Kinderwagen saß und ihn mit eingefrorenem Lächeln fixierte. Sein Herz schlug ihm bis zum Kehlkopf, als er noch einmal nach Trost brüllte, dann drehte er sich um und stand plötzlich einem Geist gegenüber.

Schulmeister erschrak, fasste sich aber gleich wieder und schrie: »Bist deppert!« Einer der Polizisten war hinter ihm aufgetaucht und hatte sein Gesicht mit der Taschenlampe von unten beleuchtet.

»Sorry!«

Endlich entdeckten sie das zur Seite geschobene Regal und vernahmen die Klopfgeräusche, die aus dem Raum hinter der Tür kamen. Zum Glück steckte der Schlüssel noch, Schulmeister drehte ihn im Schloss, öffnete die Tür und befürchtete das Schlimmste.

Doch vor ihm am Boden saßen Trost und Morgentau wie zwei Kinder, die nach einem langen Spielenachmittag hinterm Haus hocken und den Sonnenuntergang beobachten. Fehlte nur noch, dass sie Händchen hielten. Schulmeister kam sich nicht vor wie ein Retter, sondern eher wie ein ungebetener Gast.

Während die beiden mit offenbar steifen Gliedern aufstanden, stürzte nun auch Gierack in den Kellerraum. Er schäumte vor Wut, doch Schulmeister sah auch seine Angst, die er in den letzten Minuten ausgestanden hatte.

»Trost!«, rief er. »Was zum Teufel ist nur in Sie gefahren, dass Sie hier im Keller …?« Er wischte sich einen Speicheltropfen von den Lippen und presste einen undefinierbaren Zorneslaut hervor. »Verdammt noch mal, Armin, was war das jetzt wieder für eine Aktion? Was wolltest du hier unten? Noch dazu mit einer Archäologin, wie ich von deinem Kollegen erfahren durfte. Und«, entgeistert blickte er die Bilder an der Wand mit den gequälten Gestalten an, »was ist das hier überhaupt für ein Ort?«

Trost breitete seine Arme aus, als gehörte ihm alles in dem Lagerraum. »Das, mein lieber Chef, dürfte die größte Schatzkammer sein, die je in der Steiermark gefunden wurde.«

25   In Sachen Diskretion unterschieden sich Kriminalpolizisten kaum von Mönchen. Sie waren verschwiegen wie die stillen Kirchenmänner, hackten sich lieber ihre linke Hand ab, als einen Informanten zu verraten, und gingen für Gerechtigkeit – oder was immer sie dafür hielten – über Leichen.

Doch in diesem Fall knallten zwei Welten wie eine Kalt- und eine Warmfront aufeinander. Die Neuigkeit vom Schatz im Keller des toten Ehepaars sprach sich so schnell herum, dass Gierack, kaum hatte er das Haus verlassen, schon die ersten Mikros wie Speerspitzen entgegengestreckt wurden. Er nutzte die Gelegenheit, um einmal mehr sein Gespür für Auftritte zu beweisen, und managte die Interviews mit professioneller Gelassenheit. Seine Sätze waren militärisch klar und sein Haar militärisch gescheitelt, nur seine Augen huschten zuweilen unmilitärisch nervös von einem Journalisten zum anderen. Wer ihn kannte, hätte die Risse in seiner souveränen Fassade gesehen. Mit jeder Stunde wurde der Fall größer, so wie die Entfernung der Polizei zum Täter, zur Aufklärung.

Bevor Gierack das Haus der toten Politikerin und ihres ebenso toten Gatten zum zweiten Mal an diesem Tag verlassen hatte, hatte er deshalb einen seiner berüchtigten Tobsuchtsanfälle bekommen. Armin Trost am Boden eines Kellerraums sitzen zu sehen, umgeben von Kisten voller Blechglumpert und Bildern mit grausigen Motiven, eingesperrt von fremder Hand, und der Aufklärung keinen Schritt näher zu kommen, war zu viel für ihn gewesen. Natürlich war sein Toben unfair gewesen, das war es meistens. Denn Trost war sehr wohl den Hintergründen der beiden Taten auf der Spur, wenngleich er selbst noch keine Ahnung hatte, wohin ihn seine Fährte führen würde.

»Zu deiner Erinnerung, Balthasar«, hatte er gesagt, »eigentlich stehe ich immer noch auf dem Abstellgleis.«

Nach den öffentlichen Lobesreden und medialen Schulterklopfern, weil Trost den Anschlag auf einen Musiker während eines Konzerts am Grazer Hauptplatz vereitelt hatte, war ihm mehr als nur nahegelegt worden, sich zurückzuziehen. Seine privaten Sorgen um seine Familie und seine offensichtlichen Probleme mit Teamarbeit würden es seinem Dienstgeber unmöglich machen, ihn weiterhin zu beschäftigen. Ohne Zweifel sei er ein verdienstvoller Polizist, aber im Grunde eine Belastung für den Dienstkörper, ein unberechenbarer Faktor in einer berechenbaren Welt aus Personalnummern und Dienstplänen.

Er war nicht direkt entlassen, jedoch vorübergehend in – immerhin – bezahlten Urlaub geschickt worden. Bis vorgestern, als das Böse im wahrsten Sinne des Wortes auf der Autobahn seinen Weg kreuzte.

»Sie wurden nicht wegen der Aufklärung des Falls suspendiert«, schimpfte Balthasar Gierack weiter, »sondern wegen Ihrer Methoden, Trost. Die sind untragbar für die Polizei. Wir sind doch kein freies Theater, wo jeder kommen und gehen kann, wann er will.«

Trost grinste. Der Vergleich passte ganz und gar nicht, denn als frei wurden lediglich jene Theater bezeichnet, die kein festes Ensemble hatten. Die Schauspieler, die für Projekte engagiert wurden, konnten weder kommen noch gehen, wann sie wollten. Trost war so von seinen Gedanken abgelenkt, dass er einen Teil von Gieracks Tirade verpasste.

»… kann jemand wie Sie sich wie ein Scheißanfänger in einem Scheißkellerabteil einschließen lassen? Erklären Sie mir das einmal!«

»Da gibt es nichts zu erklären. Es ist eben passiert.«

»Und warum artet dieser Fall so aus? Warum hinken wir so hinterher? Wir haben ein totes, nein, ich korrigiere mich, ein *hingerichtetes* Ehepaar, verdammt! Prominente steirische Persönlichkeiten, in deren Keller wir einen Kunstschatz gefunden haben. Unseren toten Kollegen nicht zu vergessen. Haben Sie irgendeinen Ansatz?«

»Schon, aber den willst du bestimmt nicht hören«, erwiderte Trost, indem er Gieracks »Sie« mit einem »Du« konterte.

»Natürlich will ich«, widersprach sein Chef. »Raus damit.«

Trost konnte Schulmeisters winzige Andeutung eines Kopfschüttelns sehen, nahm seinen stummen Ratschlag aber nicht an. »Ich fühle mich vom Bösen angezogen«, sagte er frei von der Leber weg. »Anders kann ich das nicht beschreiben.«

Er sah sich um. Schulmeister ließ die Schultern hängen. Die beiden Beamten, die mit in den Keller gekommen waren und ihn nicht besonders gut kannten, starrten ihn mit offenem Mund an.

»Dieses Gräberfeld im Kaiserwald hat eine besondere Ausstrahlung, und ich weiß, dass wir die Lösung irgendwo dort finden werden. Mehr kann ich dir im Augenblick nicht sagen.«

Gierack malte mit den Kiefern, ehe er Speichelfäden spuckend brüllte, dass er Trost einliefern werde. Höchstpersönlich. »Du bist verrückt! Oder ist es vielleicht wegen dem Alkohol? Jedenfalls gehörst du weggesperrt. Hörst du dir eigentlich selbst zu? Das ist ein scheißverdammter Doppelmordfall, und alles, was du sagen kannst, ist, dass du dich vom Bösen angezogen fühlst? Bist du jetzt plötzlich ein Scheißmedium, oder was? Oida, was ist los mit dir?«

Gierack war völlig außer sich, war wieder ins Du gefallen, ging auf Trost zu und schubste ihn vor sich her, gegen die Wand. Packte ihn an seiner Lederjacke und hätte ihn bestimmt geschlagen, hätten Schulmeister und die Kollegen nicht gehandelt und Gierack weggezerrt. Als sich der Tumult gelegt und der Leiter der Kriminalabteilung nach Luft geschnappt hatte, richtete Trost sich betont langsam auf.

»Aber genau so ist es«, sagte er. »Ich kann das Böse fühlen. Eine bessere Erklärung habe ich nicht. Aber wenn du mich nicht mehr brauchst, gut. Dann bin ich wieder raus.«

An der Türschwelle stand er plötzlich Lemberg gegenüber, die nicht wagte, ihn anzusehen. Stattdessen wechselte sie einen Blick mit Gierack.

Trost lächelte. »Verstehe«, sagte er und ging dann durch die Hintertür und den Garten hinaus – vielleicht denselben Weg, den auch Rosalia Gstreins Mörder genommen hatte.

Vor diesem Hintergrund war Gieracks Leistung vor den Journalisten also umso mehr zu würdigen. Aber im Angesicht von TV-Kameras hatte er sich eigentlich immer im Griff.

Dienstag

1 Stunden später hätte Trost sich gewünscht, nach dem Vorfall im Haus der Toten doch ins Bett gegangen zu sein. Wenigstens nach Hause hätte er fahren können, Charlotte hatte ihm doch geschrieben, wenn es nach ihr gehe, solle alles wieder so werden wie früher. Trautes Heim und Glück und so.

Aber nach all den Wochen und gerade den Ereignissen der vergangenen vierundzwanzig Stunden hätte er im Beisein von Charlotte unmöglich so tun können, als wäre alles ganz normal.

Also war er in die seltsame Absteige zurückgekehrt, die er in den letzten Wochen bewohnt und aus der ihn sein Vermieter rausgeworfen hatte. Eigentlich. Hollermann zu überzeugen, ihn noch eine Nacht verlängern zu lassen – er könne mit ausgezeichnetem Wein aus der Südsteiermark bezahlen –, war ein Leichtes gewesen.

Jetzt graute der Morgen eines neuen Tages, und Trost kotzte sich vor dem Klo kniend die Seele aus dem Leib.

Jeden neuen Würgereflex quittierte Hollermann, der an der Bar im Gastraum stand, mit einem Kichern.

Als Trost mit blutleerem Gesicht und rot geränderten Augen zurück zum Tresen ging, dem Prunkstück seiner Unterkunft, kriegte Hollermann sich gar nicht mehr ein. Mit seinen locker an die hundertfünfzig Kilo rutschte er vom Stuhl und hatte Mühe, sich aufrecht zu halten.

Der Alkohol hatte auch Trosts Gedankenwelt verrutschen lassen. Alles war durcheinandergekommen. In einem Moment überflutete ihn eine nie gekannte Angst, im nächsten durchströmte ihn eine Leichtigkeit wie damals, als er noch mit dem Maxi-Moped zur Schule gefahren und die Grazer Diskotheken unsicher gemacht hatte. Wie immer, wenn zwei mittelalte Männer zu viel getrunken hatten, waren mittelalte Geschichten wiedergekäut worden, die Erinnerungen an historische Abende in verrauchten Tanzschuppen. An die fluoreszierende Angeberei im »Bojangles«, an das düstere, abstoßende »Q«, die schweißnassen Leiber im Gedränge vom »Teatro« und die Zigarettencoolness im »Bronx«. Trost verschluckte sich, als er an die Mode damals dachte. Die wirklich hippen Burschen trugen weiße Hemden, deren Krägen rote Rosen zierten, und Haarreifen, damit ihnen keine Strähnen ins Gesicht fielen. Gemeinsam erinnerten sich Trost und Hollermann an die testosterongeschwängerte Unsicherheit, die stroboskopunterstützten Verliebtheiten und noch nie da gewesenen Getränkemischungen, nach deren Genuss man noch zu Hause im Bett liegend das Gefühl hatte, zu fallen.

Jetzt, als Trosts Magen leer war, hatte sich das Blatt des frühen Morgens gewendet, und sie hockten nicht mehr lachend und unbeschwert, sondern schweigend und düster vor sich hin brütend an der Theke. Vor ihnen fünf leere Weinflaschen wie Pokale. Die sechste, ein angebrochener Grauer Burgunder aus der Stradener Gegend, schwappte kupferfarben im Glas, das Trost vor sich schwenkte. Er konnte den Wein unmöglich trinken und ärgerte sich, die teure Flasche überhaupt geöffnet zu haben.

»Ich verstehe«, lallte er. »Die Funzn hat das also alles geplant. Von laaanger Hand geplant.«

Hollermann bekundete zum wiederholten Male, dass es ihm leidtue. Er sieht putzig aus, dachte Trost. Wie ein harmloser Tanzbär.

In den letzten Stunden hatte er erfahren, dass die Lemberg Hollermann geraten hatte, ihn rauszuwerfen. Vor der Nacht, die sie gemeinsam verbracht hatten. Wenn Trost eins und eins zusammenzählte, bedeutete das, dass sie ihn auf der Straße sehen wollte, ohne Bleibe – damit sie ihn dann bei sich aufnehmen konnte. »Durchtriebenes Luder«, maulte er. Das erklärte auch, warum er in letzter Zeit jedes Mal, wenn er Hollermann sah, sich so merkwürdig gefühlt hatte. Etwas hatte in der Luft gelegen – das hatte er eben gespürt.

Geradezu bezirzt habe sie ihn, erzählte Hollermann, da habe er einfach nicht standhaft bleiben können, Trost müsse das verstehen, er, Hollermann, sei ja schließlich auch nur ein Mann.

»Ich weiß, Stefan«, sagte Trost. »Man kann ihr nichts abschlagen. Ich konnte es ja auch nicht. Aber ich verstehe ihre Wut auch, schließlich hat sie lange auf mich gewartet. Und mich verstehe ich auch. Ich dachte, meine Welt würde einstürzen, und hatte die Hoffnung, sie würde es nicht tun, wenn ich etwas mit ihr anfinge. Was Neues.«

»Ach ja? Und? Steht deine Welt noch?«

Trost schloss seine Augen und öffnete sie erst nach einer Minute wieder. »Nein. Ich jage ja einen König.«

Überrascht hob Hollermann die Augenbrauen. »Und ich hab immer gedacht, *du* wärst der König der Stadt.«

»Ich?«, grunzte Trost. »Wenn ich es gewesen wäre, wäre der König jetzt gefallen.«

»Der tiefe Fall des Grazer Königs. Fast ein Titel für ein Buch.«

»Kannst haben, wenn du es schreibst.«

Nach einer weiteren Minute, in der niemand etwas sagte, stellte Trost sein Weinglas auf den Tresen. »Ich geh jetzt.«

»Wohin? Kannst da pennen. Heut ist es eh schon wurscht.«

»Nein, ich geh. Aber eines musst du mir noch versprechen.«

»Was?«

»Lüg mich nie mehr an.«

»Wieso? Wann hab ich denn jetzt gelogen?«

»Die Lemberg hat dir gedroht. Das mit dem Bezirzen kannst du deiner Großmutter erzählen.«

Auch Hollermann setzte nun sein Glas ab, wagte nicht, Trost anzusehen, begann aber zu erzählen.

Kurz darauf wusste Trost alles. Hollermann wolle keine Probleme mit der Finanzbehörde und schon gar nicht mit irgendwelchen Rechtsanwälten. In den letzten Jahren habe er nicht nur seinen Job bei der »Großen Tageszeitung« verloren, weil er bei den falschen Leuten angeeckt sei, zuletzt seien auch noch Abgabenhinterziehungen und sonstige Betrügereien hinzugekommen. Er könne froh sein, dass er noch dieses Haus besitze.

»Ich komme gerade wieder in die Gänge.«

»Und in dieser Situation wolltest du allen Ernstes mit mir eine Detektei eröffnen?«

Betreten zuckte Hollermann mit einer Schulter.

»Und was hast du aktuell am Laufen?«

»Ach, ich bin da in so eine Sache hineingeschlittert.«

»Was für eine Sache?«

»So ein Kunstdings.« Er seufzte. »Ich sollte für irgendwelche Promis den Zwischenhändler machen.«

Trost starrte Hollermann lange an.

»Hei, ich hab das eh abgelehnt. Ist nichts für mich.«

»Die Promis hießen aber nicht zufällig Rosalia und Helmut Ludwig Gstrein?«

Wenige Minuten später schlug Trost die willkommene kalte Luft im Stiegenhaus und dann des Morgens entgegen. Zeus hatte er bei Hollermann gelassen, der sich um ihn kümmern wollte.

Obwohl die wankenden Schritte keinen Zweifel an seinem Zustand ließen, hielt ein Taxi an. Zweimal fragte der Fahrer nach, ob er die Adresse auch richtig verstanden habe, und fuhr erst los, als Trost ihm einen zerknitterten Zwanziger als Vorschuss in die Hand gedrückt hatte.

Am Ziel der Fahrt kramte Trost nach der restlichen Bezahlung, gab zu viel Trinkgeld und stieg schließlich stolpernd aus dem Wagen aus. Das Taxi entfernte sich sogleich im Rückwärtsgang und ließ ihn auf dem Feldweg hockend am Rande des Maisfelds zurück. Vorher hatte Trost dem Taxifahrer noch hoch und heilig versprechen müssen, sich nicht das Leben zu nehmen. Er wolle nur an die frische Luft, hatte er geantwortet.

Die Erinnerungslücke, die danach begann, konnte er später nicht mehr schließen. Trost wusste nur, dass er eine Menge Dinge im Kopf sortieren musste. Zu diesem Zweck torkelte er durch den Hohlweg im Wald, und als er eindöste, hatte er die Gewissheit, etwas völlig Neues zu tun. Etwas, das wohl noch nicht viele Menschen getan hatten, denn wer konnte schon von sich behaupten, auf einem Friedhof eingeschlafen zu sein?

2   Der Geschmack von feuchter Erde und etwas Weichem, das in seinem Mund zu etwas Breiigem wurde, weckte ihn. Bis er die Augen aufschlug, dauerte es noch eine Ewigkeit. Eine Ewigkeit, in der er registrierte, dass er einen Regenwurm in seinem Mund hatte. Schon wieder musste er sich übergeben. Der König kotzt aufs Fürstengrab, dachte er. Ein absurder Gedanke, der nicht der letzte dieser Art an diesem Tag bleiben sollte.

Stöhnend, die Lider auf halbmast, setzte Trost sich auf und streckte seine Glieder, die von der kalten Bettstatt in der Natur schmerzten. Er hatte keine Ahnung, wie lange er geschlafen hatte, fand sein Handy nicht in der Hosentasche und hatte sagenhafte Kopfschmerzen. War es womöglich längst Nachmittag? Durch die Baumwipfel spähend versuchte er, den Sonnenstand festzustellen, als er ein Wiehern zu hören glaubte.

Erstaunt sah er sich um. Er lag auf dem Gräberfeld im Kaiserwald. Er wusste, dass in diesem Wald im Laufe der Zeit viele seltsame Dinge vor sich gegangen waren. Im letzten Weltkrieg befand sich hier ein Munitionslager, das später bombardiert worden war, später wurden hier Mülldeponien bewilligt, und seit Kurzem wusste er auch, dass der Wald vor Tausenden von Jahren ein Friedhof gewesen war. Er stellte sich auf seine wackeligen Beine und blickte sich um. Er bildete sich ein, dass ihn Fratzen aus den Baumrinden angrinsten, und in den hellen

Lichtstreifen, die sich durchs Blätterwerk verirrten, flirrten Mückenschwärme um die Konturen von Kobolden. Der Wald tat ihm definitiv nicht gut.

Trost fühlte sich elend wegen seines körperlichen Zustands, doch das war nichts im Vergleich zu dem Gefühl, das seine Gewissheit, den Verstand zu verlieren, in ihm auslöste. In seinem Kopf schienen lispelnde Stimmen Wörter rückwärts zu sprechen. Stöhnend machte er einen Schritt und spürte sofort, wie ihn der Friedhof beobachtete. Es hätte ihn nicht gewundert, hätten sich plötzlich krallenartige Finger aus dem Boden gebohrt oder wäre ein halb verfaulter Leichnam auf ihn zugekrochen. Das Zwitschern der Vögel hörte sich an wie das Brüllen einer Kreatur, die den Großteil ihres Lebens in der Erde verbringt.

Eine Minute später saß Trost wieder im Laub, blickte sich fassungslos um und lauschte. Äste knackten. Ein Specht hämmerte ein Loch in einen Baumstamm. Und dann waren da noch mehrere Stimmen, die sich näherten.

3   Er überdachte seine Lage so schnell, wie es sein Zustand zuließ, und beschloss, sich zu verstecken. Egal, wer da kam, er wollte ihnen nicht begegnen. Erstaunlich behände war er auf den Beinen, rutschte den Hügel, auf dem er zu sich gekommen war, auf der den Stimmen abgewandten Seite hinab und kroch ins Unterholz. Die Dornen einer wilden Rose verhakten sich an seiner Hose, Disteln kratzten an seinem Handrücken entlang. Für Außenstehende musste er einen erbärmlichen Anblick abgeben. Und doch machte er in diesem Moment auch eine interessante Erfahrung: Wenn man schon im Dreck liegt, Dreck frisst und Dreck einatmet, dann macht es einem irgendwann nichts mehr aus, und der Dreck wird zu einer zweiten Haut. Und so drückte Trost sich in den Waldboden, gesellte sich zu den Ameisen und Käfern, spähte mit geröteten

Augen durch die Zweige und leckte sich kleine Erdklumpen von der Lippe.

Und während er sich mit Überlegungen zu den Menschen, die vor zweitausend Jahren hier begraben worden waren, ablenkte, kam zum panischen Gefühl, sich jeden Moment erneut übergeben zu müssen, noch der Druck seines Darms. Er musste aufs Klo, und zwar sofort.

4   Während er mit heruntergelassener Hose im Unterholz hockte und sich entleerte, beobachtete er fünf Männer, die sich unter dem Absperrband hindurchduckten und auf den Hügel zusteuerten, auf dem er gerade noch gelegen hatte. Sogar verstehen konnte er sie, so nah waren sie.

»Und was ist, wenn die Bullen zurückkommen?«

»Tun sie bestimmt nicht. Die waren schon da und haben alles abgesperrt. Jetzt ist für die Bürokram dran.«

Nicht nur ihre Stimmen waren klar und deutlich, er konnte die Männer auch erkennen – sie waren Teil der Schlägerbande von der Tankstelle, die sich um ihren Wortführer Hartwig Strehmayr gruppierte.

Trost dankte dem Himmel dafür, dass er im Huflattich hockte. Er zupfte ein paar der großen Blätter ab und säuberte sich damit, so gut es ging. Sicherlich würde das Zeug Pusteln verursachen, die tierisch juckten, aber bei Gott, er hatte jetzt wirklich andere Sorgen.

Weil sein rechter Arm, mit dem er sich abstützte, taub wurde, veränderte er seine hockende Stellung geringfügig und verursachte dabei ein verräterisches Rascheln.

Einer der Schläger – es könnte einer der beiden sein, die der Graf ihm auf den Fotos von der Bürgerversammlung gezeigt hatte, Bronn oder Erblicher – blickte in seine Richtung, wurde von einem angewiderten Aufschrei seines Kumpels dann aber abgelenkt.

»Alter, sieh dir das mal an! Da hat ein Viech hingekotzt. Muss gerade erst passiert sein, das dampft ja noch.«

Die anderen lachten. »Bist reingestiegen?«

»Und das hier?« Strehmayr hielt einen Gegenstand hoch. »Vermisst das jemand von euch?«

Trost wusste sofort, dass das Handy seins war. Schweiß rann ihm über die Stirn in die Augen, brannte. Er zog die Hose hoch und begann, möglichst leise rückwärtszukriechen – indem er um seine eigenen Exkremente einen Bogen machte.

Die Gruppe versuchte sich währenddessen im Fährtenlesen, war darin aber zum Glück wenig geübt. Die Männer verfolgten Trosts Spuren, die er am frühen Morgen hinterlassen hatte. Das Letzte, was er von ihnen sah, waren ihre gebeugten Rücken, dann stand er auf, wandte sich um und rannte.

5 Die Nadeln und Äste stachen auf seine Haut ein, und sein Atem ging so heftig, dass er meilenweit zu hören sein musste. Er wühlte sich in das dichteste Gestrüpp.

Während er durch das unwegsame Gelände bergauf lief, spürte Trost, wie sein dehydrierter Körper immer schwächer wurde. Seine Waden begannen zu brennen, und ein Pfeifen seiner Lunge wuchs sich zu einem Singsang seiner würdelosen Flucht aus. Und dann verlor er auch noch den Halt, rutschte einen Abhang hinab, machte eine Rolle vorwärts und drehte mehrere Pirouetten. Bei jeder Umdrehung schickte er ein Stoßgebet gen Himmel, er möge sich nicht das Genick brechen. Als er endlich zum Stillstand kam, drehte er sich noch einmal im Kreis, diesmal beabsichtigt, um sich zu orientieren. Er war einen Rain hinuntergerutscht, der zu dem Feldweg führte, den er schon kannte und der zwischen Maisacker und Wald bis zur nächsten Ortschaft führte.

Die jungen Kukuruzstauden am Rande des Feldes reichten

Trost gerade einmal bis zur Hüfte, doch einige Meter weiter drinnen waren sie bereits mannshoch und standen wie stocksteife Soldaten beim Antreten zum Morgenappell in Reih und Glied. Die Armee aus grünen Blättern starrte ihn schweigend an, raschelte verführerisch. Trost überlegte nicht lange und rannte in den Kukuruzacker.

Was ihn dort erwartete, konnte nicht schlimmer sein als die Männer, die ihn vielleicht noch verfolgten. Die großen Stauden schlugen ihm gegen den Kopf, es war wie ein Spießrutenlauf. Er hetzte weiter, während die Kukuruzarmee hinter ihm ihre Reihen schloss. Als würde sie ihn beschützen wollen. Oder verschlingen.

6 Irgendwann kam Trost nicht mehr gegen das schreckliche Gefühl an, im Kreis zu laufen. Er stolperte und schlug der Länge nach hin. Als er aufstehen wollte, brach die Müdigkeit über ihm zusammen. Er blieb liegen und vergrub den Kopf in seinen Händen. Wie tief war er gesunken? Er soff, er betrog seine Frau, schlief auf einem alten Gräberfeld mitten im Wald, er versteckte sich, er machte sich beinahe in die Hose, und jetzt lag er in einem Kukuruzfeld. Er war überzeugt, dass dies der tiefste Tiefpunkt seines Lebens war – weil er nicht wissen konnte, dass der ihm erst bevorstand. Aber zunächst schenkte ihm die Welt noch einen zauberhaften Moment. Als er aufblickte, sah er in die Augen eines Rehs. Das Wild war keine drei Meter von ihm entfernt zur Salzsäule erstarrt und sah ihn mitfühlend an.

Und Trost schaute zurück. Gänsehaut überzog seine Arme, er staunte darüber, wie groß das Tier war, und spürte kurz Panik in sich aufsteigen, weil er fürchtete, es könnte auf ihn losgehen. Wobei das ein absurder Gedanke war. Ein Reh, das einen Menschen anfällt. Das hätte es auf die Titelseiten der Lokalzeitungen geschafft. Im nächsten Moment nahm das Tier

Reißaus, verschwand mit langen, fast lautlosen Sprüngen in den Reihen der Kukuruzarmee, und Trost hörte wieder Stimmen.

7 Ein Rascheln ließ ihn zusammenzucken, doch es war nur der Wind, der durch die Kukuruzstauden fuhr. Er kam auf die Füße, rannte weiter und hoffte, in der Deckung des Maises den Männern zu entkommen.

Seine Wahrnehmung spielte wieder einmal verrückt. Diesmal stieg ihm der Geruch der Kukuruzblätter scharf in die Nase, immer wieder kollidierte er mit einer Pflanze, eine andere schlug nach ihm – war das grüne Blatt eine glänzende Schwertklinge? –, aus dem Boden reckten sich ihm die Wurzeln entgegen, zappelten in der Luft und griffen nach seinen Schenkeln. Er stand kurz vor einer Panikattacke. Oder war sogar schon mittendrin. Dennoch stolperte er immer und immer weiter. Wenn er eine Pause einlegte, hätte er am liebsten japsend nach Luft geschnappt, doch er beherrschte sich, wollte so wenig Geräusche wie möglich machen. Er spürte noch, wie seine Lungenflügel vor Verlangen nach mehr Sauerstoff zitterten, dann folgte ein grässlicher Schmerz unter den Rippen, der ihn zwang, flach zu atmen. Seitenstechen. Er torkelte einige Meter und stieß nach nur fünf Schritten auf einen Feldweg, der das Maisfeld, durch das er soeben gerannt war, von einem weiteren trennte. Im Hintergrund rauschte die Autobahn. Er konnte sein Glück kaum fassen.

Allerdings währte die Erleichterung nur kurz, denn wohin sollte er jetzt laufen? Nach links oder rechts? Trost stützte die Hände auf die Knie. Seine Verfolger konnten jeden Moment an einer anderen Stelle aus dem Feld stolpern, sodass er ihnen in die Arme lief.

Als er den Weg entlangblickte, bemerkte er eine Baracke hinter einem Blechzaun. Die Baracke, die er schon einmal vom

Waldrand aus gesehen hatte? Ohne weiter darüber nachzudenken, hielt er direkt auf sie zu.

8   Er rüttelte am Blechtor des Zauns, das mit einem massiven
Vorhängeschloss gesichert war. Keine Chance. So klapprig die
Baracke auf den ersten Blick auch ausgesehen hatte, sie schien
so uneinnehmbar wie Fort Knox.

Ihm blieben zwei Möglichkeiten. Entweder kletterte er
über das Tor oder über die Zaunelemente. Aber an den glat-
ten Oberflächen würde er keinen Halt finden, und für eine
genauere Inspektion des Anwesens hatte er jetzt eigentlich
auch keine Zeit. Ganz abgesehen davon, dass er bei einem
Erfolg des Klettermanövers riskierte, endgültig in der Falle
zu sitzen.

Dann doch lieber die Flucht.

Also wandte er sich um – und blieb wie angewurzelt stehen.
Zu beiden Seiten des Weges tauchte eine Gestalt auf. In der
einen, die zwei mächtige Hunde an der Leine führte – einen
Schäferhund und einen Golden Retriever – und in deren Bart
klingende Glöckchen eingeflochten waren, erkannte er das
Hundevereinsvorstandsmitglied Peter Maultasch. Keine fünfzig Meter entfernt stand auf der anderen Seite ein Mann im
Kapuzenpullover, offenbar ein Jogger, der Trost jetzt interessiert musterte. Er verharrte anscheinend unschlüssig, ob er
sich Trost nähern oder davonrennen sollte.

Das vertraute Knacken der Kukuruzstängel riss Trost aus
seiner Betrachtung, und kurz darauf stürzten seine fünf Verfolger auf den Feldweg. Auch sie schnauften schwer, sahen
aber deutlich fitter aus, als er sich fühlte.

Trost blickte zwischen dem Jogger und Maultasch hin und
her und entschied sich schließlich, zu Ersterem zu laufen. So,
wie er aussah, wollte er niemandem begegnen, der ihn kannte.
Er sprintete auf den Kapuzenjackenmann zu, dessen Chancen

darauf, in nächster Zukunft unverschuldet Opfer einer Schlägerbande zu werden, binnen kürzester Zeit ziemlich gestiegen waren. Denn Trost hatte keinen Zweifel daran, dass seine Verfolger keine Zeugen wollten.

9   Die beiden Maisäcker waren das perfekte Versteck, um ihn und den anderen zu verprügeln. Kein Mensch würde ihnen helfen. Niemand würde es bemerken.

Der Mann vor ihm hatte sich jetzt ebenso in Bewegung gesetzt, doch anstatt die Situation rasch zu überblicken und zu flüchten, ging er auf ihn zu. Der Typ hatte sich die Kapuze seiner schwarzen Trainingsjacke über den Kopf gezogen. Einen Moment lang sah es so aus, als würde die Kapuze nichts bedecken. Nur die Augen der Kreatur blitzten im Sonnenlicht kurz unnatürlich auf, der Rest war ein unheimliches Nichts. Zu spät bemerkte Trost, dass die Gestalt jenem Dämon ähnelte, der ihm bereits mehrmals in seinen Tagträumen begegnet war. Auch gut. In dem Fall wüsste er immerhin, was jetzt kam: Die Gestalt würde ihn zu Tode erschrecken, und anschließend würden ihn die Kerle totprügeln. Die Aussichten könnten nicht besser sein.

Langsam kam der Gesichtslose auf Trost zu. Seine Beine waren schlank, die Schritte federnd. Und dann erkannte Trost die dicken Unterarme, die seine hochgekrempelten Ärmel entblößten, und ein gewaltiger Stein fiel ihm vom Herzen.

»Edgar?«

Als hätte er mit dem Wort einen Bann gebrochen, kristallisierten sich die Konturen des Gesichts unter der Kapuze heraus. Es war tatsächlich Landmann, der von der sportlichen Anstrengung noch schwitzte.

Der Tankwart schien genauso wie Trost überrascht von der Begegnung. Ein paar Meter vor ihm blieb er stehen.

»Was machst du denn hier?«, fragte Trost und erschrak über

seine Stimme, die klirrend und rasselnd wie zersplitterndes Glas klang. Sie schmerzte in seinen eigenen Ohren.

»Das müsste ich eigentlich dich fragen.« Landmann lachte trocken auf. »Ich laufe meine tägliche Runde vor Schichtbeginn, aber du …«, sein Blick wanderte über Trost, als wäre der ein seltenes Tier im Zoo, »du siehst ehrlich gesagt nicht besonders gesund aus. Was ist denn los? Ich habe gesehen, wie du aus dem Maisfeld gestolpert bist.«

Trost machte einen Schritt zur Seite. »Diese Typen da haben offenbar den festen Vorsatz, mich noch mal in die Mangel zu nehmen.«

Landmann kniff die Augen zusammen. »Welche Typen?«

Trost drehte sich um und stellte fest, dass der Feldweg hinter ihm verlassen war. Seine Verfolger waren verschwunden. Fast hätte er sich gewünscht, dass es nicht so wäre, denn musste Landmann jetzt nicht denken, dass er nicht alle Tassen im Schrank hatte? Er seufzte, und neben ihm raschelte die Kukuruzarmee, als wollte sie sich über ihn lustig machen.

10 »Ich scheine dein Schutzengel zu sein«, riss ihn Landmann aus den Gedanken.

Er fuhr so schnell herum, dass er fast das Gleichgewicht verloren hätte.

»Hey, ist alles in Ordnung mit dir?« Der Tankwart machte einen Schritt auf ihn zu. »Du bist ja völlig durch den Wind.«

»Dieser Harti und seine Bande sind mir hinterhergelaufen. Wirklich. Sie waren gerade eben noch da.«

»Bist du dir sicher? Als ich losgelaufen bin, habe ich Harti nämlich noch an der Tankstelle gesehen. Er fährt einen ziemlich auffälligen Pick-up.«

»Ich bin mir sicher.«

»Schon gut, ich mein ja nur. Kukuruzfelder können einem seltsame Streiche spielen. Als Kind sind wir da häufig rein, aber ich war immer froh, wieder rauszukommen. Zu unheimlich, wenn du mich fragst.« Er grinste bei der Erinnerung.

Wieder raschelte die Maisarmee, als wollte sie Trost wissen lassen, dass sie registriert hatte, dass über sie gesprochen wurde.

»Ist alles in Ordnung?«, hörten sie nun die Stimme von Maultasch.

Trost zog den Kopf ein und murmelte einen Fluch.

Landmann hob die Hand und gab dem anderen Bescheid, alles sei bestens. Das schien Maultasch zu genügen, und er trollte sich von seinen hechelnden Hunden gezogen in die entgegengesetzte Richtung.

»Ich glaube, ich päppele dich jetzt erst mal etwas auf.« Landmann berührte Trost kurz an der Schulter, eine scheue, aber freundschaftliche Geste. »In der Tankstelle haben wir Energydrinks, Smoothies, Kaffee und Bier. Irgendetwas davon wird dich schon wieder auf die Beine bringen. Und dann erzählst du mir alles in Ruhe.«

Trost protestierte nur halbherzig.

11   An Energydrinks mangelte es in der Tankstelle wahrlich nicht. Die Kühlvitrine war voll davon, damit die Fernfahrer nicht hinterm Steuerrad eindösten. Dass ihre Nieren dank der Getränke in ein paar Jahren den Geist aufgeben würden oder sie selbst schmerzverzerrt das Zertrümmern von Nierensteinen ertragen müssten, davon hatten sie vermutlich keine Ahnung, wenn sie das Zeug in sich hineinkippten.

Trost hingegen war sich sicher, dass er sich abermals übergeben würde, würde er auch nur einen Schluck davon zu sich nehmen. Er begnügte sich mit einem Glas Wasser, das Landmann ihm reichte.

Ein knollennasiger Jugendlicher, den Landmann mit »Pokerface« begrüßt hatte, hockte hinter der Kasse und blätterte in einem Motorradmagazin, während Trost und Landmann in dem schon bekannten Beisl-Hinterzimmer, dem »Wurmschach«, an einem Stehtisch standen.

»Also, was hast du im Wald gemacht?«, kam Letzterer gleich auf den Punkt. »Und wieso siehst du so aus, als hättest du in freier Natur übernachtet?«

Trost nippte an seinem Wasser, ohne Landmann aus den Augen zu lassen. Als er das Glas absetzte, schluckte er noch einmal, bevor er sagte: »Haben wir das Spiel jetzt umgedreht? War nicht *ich* der, der die Fragen stellt?«

Landmann lächelte nur. »Erinnerst du dich nicht? So hat der Moderator auf der Bürgerversammlung gesprochen. Hat immer zwei, drei Fragen auf einmal abgeschossen.«

Trost konnte sich nicht erinnern, aber er war ja auch nicht besonders lange dort geblieben. Er schüttelte den Kopf und schwieg.

»Schon okay, ist deine Sache«, meinte Landmann.

Erleichtert bat Trost ihn um ein weiteres Glas Wasser, und während der Tankwart kurz verschwand, sortierte Trost seine Gedanken und spürte, wie seine Lebensgeister langsam wieder erwachten.

Als Landmann zurückkam, hielt er nicht nur das bestellte Glas Wasser, sondern auch zwei Bierflaschen in der Hand. Eine Minute später hatten die beiden Männer sie jeweils zur Hälfte geleert.

»Soll ich dir einen weisen Spruch verraten, der dich garantiert aufrichtet?«

Trost bedeutete Landmann, fortzufahren.

»Es geht immer wieder aufwärts. In der Richtung, dass man gar nicht so tief fallen kann, dass es kein Oben mehr gibt, verstehst?«

Trost verstand nicht und ertappte sich dabei, entgegnen zu wollen: *In welcher Richtung?* Aber stattdessen sagte er: »Ich muss kurz telefonieren.«

»Rufst sie an?«

»Sie?«

»Es geht doch immer um eine Frau. Brauchen wir nicht drüber reden, ist so, oder?« Landmann grinste so breit, dass ein schwarzer Eckzahn zu sehen war.

»Kann ich kurz dein Handy haben? Hab meins verloren.« Der Tankwart zog sein Handy aus der Hosentasche, betrachtete es kurz, als müsste er noch überlegen, ob es klug war, es aus der Hand zu geben, schob es jedoch schließlich Trost über die Tischplatte hin. »Aber kein Telefonsex.«

12   In seinen vierzig Dienstjahren hatte der jetzt zweiundsechzigjährige Johannes Schulmeister noch nie eine derart chaotische Ermittlung erlebt. Und das ausgerechnet bei einem der aufsehenerregendsten Fälle der Grazer Polizeigeschichte. Als er in der Früh die Zeitung aufgeschlagen hatte, war ihm der Mund offen stehen geblieben.

Für den Artikel über die beiden Morde hatte die Zeitung den mittlerweile pensionierten Franz Schmalrund wieder an die Tastatur gesetzt. Offenbar wird die alte Garde doch noch geschätzt, dachte Schulmeister, der ja selbst erst vor ein paar Tagen reaktiviert worden war.

Er wusste noch zu gut, wie er, Schulmeister, wochenlang kein Wort herausgebracht hatte, nachdem er von ein paar irren Killern gequält und in einen Sarg gesteckt worden war. Und danach musste er um seine Frau trauern, die sich aus Verzweiflung das Leben genommen hatte. Aber irgendwann hatte er morgens die Augen aufgeschlagen und beschlossen, noch einmal aufzustehen. Metaphorisch gesprochen. Er konnte sich ganz genau an diesen Tag erinnern. Er hörte Radio Steiermark, während er im Pyjama an seinem Frühstückskaffee nippte und aus dem Fenster starrte, ohne etwas zu sehen. Nach den Nachrichten lief »Ich war noch niemals in New York« von Udo Jürgens, dem Lieblingssänger seiner Frau, und da passierte es plötzlich. Er stellte die Kaffeetasse ab, zog sich ordentlich an – das heißt, er schlüpfte in Jeans, ein Polohemd und ein Sakko – und verließ das Haus mit seinen obligatorischen weißen Turnschuhen an den Füßen. Ging den Kai entlang bis zur Murinsel und holte immer wieder tief Luft. Es roch nach frisch gemähtem Gras, und in der Fassade vom Kunsthaus spiegelte sich der fast wolkenlose Himmel. Eine Träne, die aus seinem linken Auge rinnen wollte, wischte er mit dem Handrücken schnell fort. Dann atmete er so tief ein, dass sich sein Shirt über seiner Brust spannte, und zwang sich zum Lachen. Es war laut und kehlig, und er merkte sofort, dass es half.

Ein Junge, der an der Hand seiner Mutter an ihm vorüberging, zeigte mit dem Finger, der kurz zuvor noch in seiner Nase gesteckt hatte, auf ihn. »Was hat der Mann?«

»Nichts, gar nichts«, antwortete die Mutter und schob ihn rasch weiter, während sie mit der anderen Hand etwas in ihr Handy tippte.

Von diesem Tag an zwang Schulmeister sich zu täglichen Spaziergängen, die mit der Zeit immer ausgedehnter wurden. Er traf sich mit alten Bekannten, trank Verlängerte in Cafés in der Sporgasse, wofür er sich mit Stapeln an Zeitungen eindeckte, über deren Lektüre der Verlängerte regelmäßig kalt wurde. Und langsam stellte sich seine alte Unruhe wieder ein, das für Schulmeister so typische Hadern.

Als Balthasar Gierack ihn anrief und gleich ohne Umschweife zur Sache kam, war es Samstag in der Früh, und die Morgensonne malte kräftige Farben in den Tag. Das Telefon zwischen Schulter und Ohr geklemmt suchte Schulmeister über den Hauptplatz hetzend nach seinem Autoschlüssel. Sein Wagen stand in einer Tiefgarage am Kai auf einem Dauerparkplatz. Er freute sich schon auf das Motorengeräusch, wenn er ihn wieder startete, wusste aber zugleich, dass dies das Ende seiner ausgedehnten Spaziergänge bedeutete. Auf dem Kaffeehaustisch, an dem er bei Gieracks Anruf noch gesessen hatte, klemmte ein Fünf-Euro-Schein unter der Kaffeeuntertasse.

Das alles war erst drei Tage her – und heute stand er schon in der Zeitung. Nicht namentlich natürlich, aber Schmalrund war wie immer hervorragend informiert und berichtete, das Landespolizeikommando habe »Gerüchten zufolge sogar pensionierte Mitarbeiter rekrutiert«. Immerhin war nichts davon zu lesen, dass jemand Trost in den Keller des toten Ehepaars gesperrt hatte oder dass beide Mordwaffen keltischen Ursprungs waren. Auch der Umstand, dass sie mit Dr. Alexia Morgentau zusammenarbeiteten, schien noch nicht die Runde gemacht zu haben. Nach der gestrigen Auseinandersetzung zwischen Gierack und Trost hatte keine weitere Einsatzbesprechung stattgefunden, also hatte er beschlossen, so vorzugehen, wie es sonst Trosts Art war: Er hatte sich nicht mit den anderen abgesprochen, sondern stand jetzt einfach in jenem Mehrparteienhaus, vor dem er die Archäologin gestern abgesetzt hatte, nachdem Trost einfach verschwunden war. Die Haustür unten war angelehnt gewesen, jetzt läutete er an der Wohnungstür.

Schulmeister wollte schon wieder gehen, weil sich auch nach mehrmaligem Klingeln niemand meldete, als er eine Stimme hinter der Tür vernahm. Die dazugehörige Person war ganz offenbar nicht erfreut darüber, aufgeweckt worden zu sein.

»Was?«, plärrte sie und lugte durch den Türspion, wie Schulmeister an dem Schatten hinter dem Milchglaseinsatz sehen konnte.

Es war ihm unangenehm, im Stiegenhaus zu stehen und durch die geschlossene Tür sprechen zu müssen. Er stellte sich vor, wie die anderen Mieter an ihren Türen horchten. Ein penetranter Zwiebelgeruch hing in der Luft, verfeinert mit einem Hauch von kaltem Rauch und Kanalisation.

Die Häuser in der Triester Straße sahen fast alle gleich aus und zählten zu einem berüchtigten Viertel. Ganz in der Nähe befand sich die Justizanstalt Graz-Karlau, eines von Österreichs größten Hochsicherheitsgefängnissen, das so berühmte

Verbrecher wie Franz Fuchs, Udo Proksch und Wolfgang Ott beherbergt hatte. Im Laufe seiner Dienstjahre hatte Schulmeister oft in der Gegend zu tun gehabt, sich jedoch nie an die Atmosphäre gewöhnt. Leute wie er waren hier selten willkommen. Die Bewohner konnten Polizisten meilenweit gegen den Wind riechen.

»Ich muss Alexia Morgentau sprechen. Ich bin ein Freund.« Ein Lachen erklang. Alexia habe keine Freunde. Und überhaupt stehe der Fernsehapparat nur zur Deko in der Küche, kein Programm sei damit zu empfangen, er solle sich seine GIS-Gebühren also gefälligst in den Arsch schieben.

Schulmeister kniff die Augen zusammen. In der Nebenwohnung knarrten die Dielen direkt hinter der Tür.

»Hören Sie, Ihr Fernseher ist mir völlig wurscht. Ich will Frau Alexia Morgentau sprechen, jetzt machen Sie schon auf, Herrschaftszeiten noch einmal.«

»Also, wenn Sie so mit mir reden, sicher nicht. Verpissen Sie sich, sonst rufe ich die Polizei.«

»Ich *bin* die Polizei.« Das war ihm einfach so herausgerutscht.

Im Haus war es plötzlich mucksmäuschenstill. Schulmeister wusste, ihm blieb nicht mehr viel Zeit.

Dann öffnete sich die Tür, und die Archäologin stand vor ihm.

»Sind Sie verrückt geworden?«

Im Hintergrund war eine ältere Version von ihr, mit grauem Haar, weinroter Küchenschürze und zwei geschwollenen Gichtklumpen in Hauspatschen, gerade im Begriff, in den Tiefen der Wohnung zu verschwinden. »Na, der hat vielleicht Nerven«, keifte die Alte, und Alexia Morgentau rollte mit den Augen.

»Warum machen Sie denn nicht auf?«

»Tut mir leid, aber nach dem gestrigen Tag wollte ich mich nur noch verkriechen. Das war mir alles ein bisserl zu viel.«

Schulmeister spürte einen Luftzug im Nacken und blickte

über die Schulter. »Lassen Sie uns doch woandershin gehen«, bat er. »Ich habe das Gefühl, hier hört alles mit und jeden Moment könnte jemand mit einem Baseballschläger auftauchen und uns eins überbraten.«

Morgentau schaute ihn gespielt beleidigt an. »Na, hören Sie mal, wohne ich etwa in einem Ghetto, oder was?«

Zwei Minuten später, nachdem sie in ihre Jacke und Schuhe geschlüpft war und noch ein paar Worte mit ihrer Mutter gewechselt hatte, ließ sie die Alte schimpfend in der Wohnung zurück. Die Tür flog ins Schloss, und Schulmeister hatte es plötzlich sehr eilig.

»Sie haben übrigens recht«, gab Morgentau beim Hinausgehen zu. »In diesem Haus hört jeder mit. Aber den Schlag mit dem Baseballschläger kriegen sicher nur Sie ab.«

Sie liefen um den Block zu Schulmeisters Mercedes-Oldtimer. Aus einem offenen Fenster rief jemand: »Scheißkieberer!« Schulmeister startete den Wagen sofort und versuchte, aus der Parklücke zu rangieren, als etwas mit einem solchen Krach auf der Windschutzscheibe landete, dass er schon befürchtete, sie sei zu Bruch gegangen. Eine gelbe Flüssigkeit lief zäh über die Scheibe, und als Schulmeister die Scheibenwischer anschaltete, verschmierten die alles nur noch schlimmer. Ein weiteres Ei krachte auf die Scheibe, und Schulmeister schaltete die Wischer auf die höchste Stufe und ließ zusätzlich Wischwasser auf die Scheiben regnen. Die Masse wurde zu einer dünnen Schicht, die zum Glück so transparent war, dass er hindurchsehen konnte. Schulmeister kurbelte mit Schwung auf die Straße, erntete von hinten dafür ein protestierendes Hupen und stieg aufs Gas. Die rote Ampel an der Triester Straße ignorierte er, fuhr einfach auf die Kreuzung und bog Richtung Süden ab. Erst vor dem Zentralfriedhof fand er die Sprache wieder. »Wenn das kein Ghetto ist, was dann? Wieso wohnen Sie da?«

Alexia Morgentau schmunzelte. »Sie übertreiben. Als Kind hatte ich einen Riesenspaß mit Polizisten wie Ihnen.«

Schulmeister sah sie von der Seite an, und augenblicklich wurde sie wieder knallrot bis hinter beide Ohren.

13   Als sie den Hohlweg entlang zum Gräberfeld gingen, war Alexia Morgentau noch immer in ihrem Element. Schon die ganze Fahrt über hatte sie Schulmeister von ihrer Arbeit erzählt, etwa von der Metrik, also dem Abmessen der Knochen, und von der sogenannten Schaumethode, die angewandt wurde, um bestimmte Merkmale des Knochenbaus zu dokumentieren.

Auf der Gegenfahrbahn war zwar eine Autoschlange hinter einem Pick-up mit Bagger auf dem Anhänger hergetuckert, aber in ihrer Richtung war der Verkehr nur mäßig gewesen. Während Schulmeister der Archäologin zuhörte, hatte er mehr als einmal gedacht, dass es vielleicht schön wäre, sich im Alter – also *jetzt* – am Land rund um Graz niederzulassen.

Momentan gefiel ihm die Gegend allerdings nicht mehr so gut. Hatte Trost eventuell doch recht gehabt mit seiner Beobachtung? Er selbst meinte jetzt zu spüren, dass der Wald sonderbar lebendig war.

»So ein Friedhof mit den Überresten von Menschen, die vor zwei-, dreitausend Jahren gelebt haben, das ist für uns wie ein offenes Buch«, redete Morgentau ohne Punkt und Komma. »Daraus können wir Erkenntnisse über nahezu jeden Lebensbereich unserer Vorfahren ziehen. Natürlich kommt es immer auf die Vollständigkeit des gefundenen Skeletts an, denn eine Brandbestattung hinterlässt weniger verwertbare Spuren als etwa eine im Moor.«

Obwohl er sein Unwohlsein nicht mehr ignorieren konnte, ermunterte Schulmeister sie, weiterzusprechen.

Morgentau dagegen schien der immer düsterer werdende Wald in keiner Weise zu beunruhigen. Sie ließ sich lang und breit über Spezialmittel aus, mit denen Skelettfunde manchmal noch an Ort und Stelle – in situ – behandelt werden müssten, um der Nachwelt erhalten zu bleiben. Es komme sogar vor, dass die Gerichtsmedizin eingeschaltet werden müsse, etwa wenn man auf Haare oder Reste von Weichteilen stieß, weshalb sie Waldemar Dietrich seit Jahren kenne.

Schulmeister hielt den Blick mittlerweile fest auf den weichen Waldboden geheftet, um Wurzeln auszuweichen, die wie Knochen aussahen. Hatte sich eine davon nicht gerade eben bewegt? Kurz schaute er auf, um sich zu vergewissern, dass alles normal war. Was er sah, ließ ihn scharf Luft einsaugen: Warum war der Wald mit einem Mal so farblos?

14 Als sie den Friedhof erreichten, war Schulmeister völlig verschwitzt. Damit Morgentau von seinem desolaten Zustand nichts mitbekam, musste er sie am Reden halten.

»Und wie bestimmen Sie das Alter eines Skeletts?«

Und seine Taktik ging auf. Morgentau beachtete ihn gar nicht, schien ganz in der Beantwortung seiner Fragen aufzugehen.

»Nun, Skelette werden normalerweise von Anthropologen überprüft, die sich auch den Zustand der Schädelnähte ansehen«, dozierte sie gnadenlos weiter. »Je besser sie verwachsen sind, desto älter ist in der Regel das dazugehörige Individuum. So ein Gräberfeld kann ungemein viele Geschichten erzählen. Spannend finde ich zum Beispiel, dass viele Leichen von Mangelernährung gezeichnet sind, unter der sie ihr Leben lang litten. Außerdem hatten viele langwierige Krankheiten. Viele von uns Archäologen wünschen sich, auf Zeitreise gehen zu können, um hautnah mitzuerleben, wie es früher war. Und trotzdem bin ich mir sicher, dass eine nicht geringe Zahl schockiert beim Anblick dieser Menschen wäre.«

Vor Schulmeisters innerem Auge krochen diese deformierten Kreaturen bereits aus den Hügeln, in denen man sie einst begraben hatte.

»Was machen wir hier eigentlich?«, unterbrach Morgentau selbst plötzlich ihren Redefluss.

Schulmeister hockte sich auf den Waldboden und lehnte sich an einen Baumstamm. Es war jener, an den sich auch Trost bei ihrem letzten gemeinsamen Besuch beim Gräberfeld gestern gelehnt hatte.

»Ehrlich gesagt, ich weiß es nicht«, gestand er. »Sie waren ja gestern mit dabei. Seither ist mein Kollege verschwunden, und jetzt versuche ich, so zu tun, als wäre ich er, und lasse mich vom Zufall und meiner Intuition leiten.«

»Aufregend.« Morgentau strahlte ihn an.

»Eigentlich gar nicht.« Schulmeister griff neben sich nach einem Tannenzapfen und warf ihn in eine unbestimmte Richtung. »Ich spüre nichts.«

»Und Herr Trost hat etwas gespürt?«

»Ja, das tut er meistens. Er hat eine besondere Gabe, kann Dinge ergründen. Er sagt, das Böse ziehe ihn an, was meiner Ansicht nach gefährlich nach Irrenhaus klingt, aber bitte. Während der meisten Zeit unserer Zusammenarbeit bin ich nicht mit seiner Attitüde klargekommen, doch jetzt hätte ich ihn gern an meiner Seite. Wir kommen in dem Fall einfach nicht weiter.«

»Ein Professor an der Uni hat mir mal gesagt, dass dieser Moment der wichtigste sei. Der, in dem man glaubt, man komme nicht mehr weiter. Wenn man sich nicht gegen ihn und die Situation wehre, dann, so seine Theorie, werde sich die Lösung des jeweiligen Problems ganz von selbst offenbaren.«

»Das könnte von Armin Trost stammen.«

»Ich glaube daran.« Lächelnd lief Morgentau den Hügel hinab und erklomm den danebеn.

»Passen Sie auf!«, rief Schulmeister ihr zu.

Sie lachte. »Ihre Kollegen haben die spannendsten Stellen doch ohnehin schon abgesperrt.«

Spannendste Stellen, dachte Schulmeister und sah sofort den Cobra-Beamten vor sich, der hier am Sonntag gestorben war. Schnell schob er das Bild zur Seite. »Haben Sie schon einen Plan, wie es mit dem Gräberfeld weitergeht?«, wollte er wissen.

»Na ja, vielleicht wird die Genehmigung für eine Notgrabung tatsächlich noch erteilt. Wobei ich persönlich ja nicht daran glaube, dass noch viel hier liegt. In der Regel sind die Grabräuber gut ausgerüstet.« Sie warf einen feindseligen Blick in die Richtung, wo sie den Bagger entdeckt hatten, und stutzte. »Hatten Sie nicht gesagt, der Ort sei beschlagnahmt? Betreten verboten und so?«

Schulmeister erhob sich. »Zumindest ist er notdürftig abgesperrt, wieso?«

»Der Bagger ist weg.«

Schulmeister fiel es wie Schuppen von den Augen: Der Pick-up mit dem Bagger auf der Gegenfahrbahn! Auch wenn der längst über alle Berge sein dürfte, griff er rasch zum Handy und alarmierte die Kollegen in der Nähe, um eine Fahndung einzuleiten. Als er das Handy wieder einstecken wollte, läutete es. Er hob ab. Starrte ein paar Sekunden ins Leere. Winkte schließlich Morgentau zu sich und zog sie mit sich fort zurück auf den Hohlweg.

Als er auflegte, erkundigte sich die Archäologin, was passiert sei.

»Das war Trost«, antwortete Schulmeister knapp. »Schnell. Wir haben nicht viel Zeit.«

15 »Hier muss es sein.«

Sie standen vor einem Blechtor, das zu einem merkwürdigen Anwesen führte. Eine von Blechwänden und Brettern umzäunte Ansammlung von Hütten. Hinter ihnen rauschten ein Kukuruzfeld und die Autobahn.

Schulmeister blickte sich zum wiederholten Mal um, ehe er auf das rostige Tor zuging, das schief in den Angeln hing. Das Vorhängeschloss war massiv, aber geöffnet. Hatte Trost am Telefon nicht gesagt, es sei geschlossen? Er musste sich wohl getäuscht haben. Als Schulmeister das Tor aufstieß, quietschte es wie ein schwächelnder Keilriemen.

Schulmeister wagte einen vorsichtigen Blick auf das Barackengelände und wunderte sich fast, von keinem zähnefletschenden Hund angefallen zu werden. Dennoch verblüffte ihn das, was er sah. Offenbar gehörte das Grundstück einem sammelwütigen Altwarenhändler. Fasziniert betrachtete er die Unmengen an Möbelstücken, Werkzeugen und Kochgeschirr, das an den Wänden mehrerer kleiner Unterstände und Hütten zu wackelig aussehenden Türmen gestapelt war. In einer Kiste, deren Deckel hochgeklappt war, entdeckte er Blechtafeln von früheren Gasthäusern und Geschäften, in einem geöffneten Koffer eine beachtliche Schallplattensammlung. Schulmeister bewunderte das Chaos aus alten Dingen, das auf ihn eine seltsam beruhigende Wirkung hatte. Umgeben von Gegenständen aus einer anderen Zeit fühlte er sich wohl. Er kam sich vor wie in einem Seniorenheim für Sachen.

Ohne sich dessen bewusst zu sein, suchte er in den Stapeln, Reihen und Bergen nach etwas, das er brauchen könnte. Ach was, das er gern gehabt hätte; brauchen tat er nichts davon. Besonders die Uhren hatten es ihm angetan. Neben einer großen Pendeluhr mit barocken Verschnörkelungen auf dem Kasten lehnten gut ein Dutzend weiterer Zeitmaschinen, manche von ihnen schlicht, andere feiner gearbeitet. Eine Pendeluhr in seinem Wohnzimmer? Er konnte das Ticken bereits hören. Und dann den mechanischen Kuckuck. *Kuckuck, Kuckuck ...*

»Hier leidet wohl jemand unter einem Sammelzwang.«

Schulmeister erschrak und machte einen Sprung zur Seite.

»Herrschaftszeiten. Hatte ich Ihnen nicht gesagt, Sie sollen im Wagen bleiben?«

»Tut mir leid, dass ich Sie erschreckt habe. Schwelgen Sie gerade in alten Erinnerungen?«

Schulmeister ging auf die Entschuldigung nicht weiter ein, war aber auch nicht wirklich böse. »Das ist Hausfriedensbruch, und ich will Sie da nicht mit hineinziehen.«

»Mit einem Polizisten an meiner Seite kann mir doch nichts passieren«, grinste sie und wagte sich tiefer in die Gänge der gestapelten Anachronismen vor. In einer Ecke türmten sich Ölgemälde in schweren Bilderrahmen, in der anderen wurde ein alter Pflug wie ein Kunstwerk präsentiert. »Ein riesengroßer Ramschladen«, staunte Morgentau jetzt selbst mit glasigen Augen.

Gemeinsam erreichten sie mit einer Freifläche eine Art kleine Lichtung inmitten des Flohmarktwarenwalds. Aus einer Grube in ihrer Mitte ragten eine Leiter und ein Stromkabel.

»Halt, halt, was haben Sie vor?«, bremste Schulmeister Morgentau, die direkt darauf zusteuerte.

Aber die Archäologin stand schon am Loch und spähte mit Hilfe ihrer Handytaschenlampe hinein. Als etwas ihre Aufmerksamkeit zu fesseln schien, schwang sie sich geschickt auf die Leiter und stieg sie hinab, bevor Schulmeister auch nur einen Fluch ausstoßen konnte.

Verzweifelt blickte er sich um, folgte ihr dann aber ins Dunkel. Das keines mehr war, denn Morgentau hatte einen Lichtschalter gefunden.

Während die Lampe knisterte, sah Morgentau sich um und ging augenblicklich japsend in die Knie.

»Jackpot«, sagte Schulmeister.

16   Ein Eisenhelm, dessen Augenbogenbeschläge Schulmeister einen schreckhaften Moment lang glauben ließen, unter ihm starre ihn ein lebendes Gesicht an, leuchtete im Licht. Er sah sich weiter um und entdeckte Schwerter, ein noch halb

vom Boden bedecktes Skelett, ein paar Scheibtruhen und eine Menge Schaufeln. Die Sachen lagen herum wie achtlos liegen gelassene Spielzeuge, doch bei genauerem Hinsehen war ein System in der Unordnung zu erkennen. Anscheinend gehörten die Schwerter und Helme zu Rüstungen, die an den Wänden in Reih und Glied gestanden haben mussten.

»Du meine Güte«, hörte Schulmeister Morgentau wispern. »Das sind Berru-Helme.« Und als ob er danach gefragt hätte, fügte sie erklärend hinzu: »Diese Helmart hat man das erste Mal in dem französischen Ort Berru gefunden. Das ist das Grab eines Fürsten. Vielleicht sogar eines Königs«, hauchte sie völlig perplex. »Wissen Sie, was das bedeutet? Das ist eine Sensation. Keltische Hügelgräber wurden meist schon wenige Jahre nach der Beisetzung des Toten beraubt. Die Leute damals hatten einfach nichts und sahen nicht ein, warum sie den Verstorbenen ihre Schätze lassen sollten. Sie sehen an diesem Beispiel ja selbst, dass manchmal sogar eine Garde in voller Rüstung um die wichtigsten Männer versammelt wurde. Heute findet man nur noch marginale Spuren davon, weil man die Steine der Gräber einfach für andere Bauten verwendete.«

»Wie bitte?« Schulmeister hatte Schwierigkeiten, ihr zu folgen.

»Ich bin einfach fassungslos. Das ist –«

»Eine Sensation, das sagten Sie bereits.« Schulmeister hielt inne und horchte. »War da nicht eben ein Geräusch?«

Er stieg die Leiter hoch und hörte es nun ganz deutlich: Schritte näherten sich.

17   Aus Angst davor, irgendwo anzustoßen und durch ein Scheppern oder ein sonstiges auffälliges Geräusch verraten zu werden, wagte Schulmeister es nicht, sich hinzuhocken. Doch seine vom Alter und vom Übergewicht gezeichneten Kniegelenke hätten es ihm ohnehin nicht erlaubt. Er kauerte

in leicht gebückter Haltung, während Alexia Morgentau neben ihn in eine tiefe Hocke gegangen war. Sie hatten es gerade noch aus dem Grab geschafft und sich in den aufgetürmten Ausschusswaren verstecken können, da sahen sie, wie eine Handvoll Männer das Grundstück betraten. Sie wirkten unübersehbar beunruhigt.

Schulmeister hätte sich dafür ohrfeigen können, dass er so unvorsichtig gewesen war, mit dem Wagen direkt bis vor die Baracke zu fahren. Aber wie hätte er auch ahnen können, dass sie Besuch bekamen?

»Ist da jemand?«, rief einer der Männer.

Seine laute Stimme ging Schulmeister durch Mark und Bein.

»Jetzt kommen Sie schon raus, Ihr alter Mercedes blockiert die Straße«, fügte ein anderer hinzu.

Schulmeister beugte sich zu Morgentau hinunter. »Passen Sie jetzt ganz genau auf. Wir machen Folgendes: Ich lenke die Typen ab, und Sie laufen den Weg zurück zur Bundesstraße, ohne dass Sie jemand bemerkt, in Ordnung?«

»Nein, das …«

Doch Schulmeister war schon aufgestanden und trat aus seinem Versteck hervor. »Verzeihung, dass ich hier so einfach eingedrungen bin. Gehört euch der Laden? Ich hatte eine Autopanne, das Tor stand offen, und da wollte ich fragen, ob mir jemand helfen kann.«

Die Männer kamen näher. Sie wirkten wie ein hungriges Wolfsrudel, bildeten sogar einen Halbkreis um ihn, sodass seine Fluchtmöglichkeiten beschränkt waren. Zwei von ihnen schätzte Schulmeister auf unter zwanzig, zwei schienen älter als er selbst zu sein. Ihr Wortführer war ein kräftiger Kerl mit Stoppelbart und schulterlangem Haar, das unter einer Baseballkappe hervorquoll.

»Eine Panne, aha«, sagte er. »Und da sind Sie auf der Suche nach Hilfe ausgerechnet diesen Feldweg entlanggefahren?«

»Ist blöd, ich weiß, war aber so.«

»Ja, sehr blöd sogar.« Der Wortführer – Schulmeister erkannte ihn von der Bürgerversammlung wieder, während deren er sich ein paarmal zu Wort gemeldet hatte – kam auf ihn zu und packte ihn am Kragen. »Aber wir lassen uns nicht für blöd verkaufen. Raus mit der Sprache: Was hast du wirklich hier zu suchen?«

Der Griff wurde fester, aber Schulmeister fiel einfach keine Antwort ein. Er befürchtete schon, der Kerl – jetzt fiel ihm auch sein Name wieder ein, Hartwig Strehmayr – würde ihm gleich sein Sakko zerreißen, als ein ohrenbetäubendes Scheppern erklang. Morgentau war anscheinend ein Missgeschick passiert, sie musste über einen Haufen Pfannen oder Ähnliches gestolpert sein. Schulmeister nutzte den kurzen Moment, in dem der andere abgelenkt war, stieß ihn von sich, griff mit einer schnellen Bewegung nach der Dienstwaffe, die in seinem Brusthalfter steckte, und richtete sie auf die Männer.

»So, und jetzt beruhigen wir uns alle ganz schnell wieder, ja? Frau Morgentau, kommen Sie zu mir. Und ihr dreht mir jetzt schön langsam den Rücken zu, verstanden?«

Die Archäologin tauchte in seinem Sichtfeld auf und kam näher, warf dann jedoch vor Erleichterung ihre Arme um Schulmeister, der davon nun seinerseits einen Augenblick lang abgelenkt war. Im nächsten Moment traf ihn etwas am Kopf. Er taumelte, seine Waffe entglitt ihm, er griff sich an die Schläfe und sah Blut an seinen Fingern.

»Gut gemacht, Gusti!«, rief der Wortführer und sicherte sich die am Boden liegende Pistole.

Schulmeister reagierte, so schnell es ihm möglich war. Er packte Morgentau am Arm und zerrte sie mit sich vom Barackengrundstück. Sie hatten den Mercedes schon fast erreicht, als ein harter Knall übers Feld fegte und Schulmeister einen brennenden Schmerz spürte. Er stürzte, der Autoschlüssel, den er in der Hand gehalten hatte, fiel zu Boden, Morgentau schrie erschrocken auf, und einen Moment später standen die fünf Männer wieder im Rudel um sie herum. Schwer atmend berührte Schulmeister sein Bein, bemerkte schon wieder Blut, das sich diesmal feucht unter seinem Hosenbein ausbreitete, und stieß ein Wimmern aus.

»Oida, Harti. Du hast ihn getroffen«, sagte einer der jungen Kerle. Er war klein und schmächtig und hatte etwas von einer Ratte.

»Seh ich auch.«

»Und wenn er stirbt? Wenn die Sau uns hier krepiert, was dann?«

Einer der beiden älteren Männer ging zu Morgentau, die neben Schulmeisters zuckendem Leib auf die Knie gefallen war, und packte sie grob am Oberarm. »Jetzt stehts nicht so herum, Burschen!«, rief er. »Wir müssen die zwei wegschaffen.«

Für einen Augenblick wirkte der Anführer ratlos. Ungläubig starrte er Schulmeisters Pistole in seiner Hand an. »Und was soll ich damit machen?«

»Wir graben sie später ein. Dann findet sie niemand mehr.«

Und mit diesen Worten zerrte der Ältere mit der Unterstützung eines seiner Kumpels die schreiende Alexia Morgentau an den Armen zurück auf das Barackengrundstück. Zwei weitere Männer folgten mit Schulmeister, der vor Schmerz ebenfalls schrie und eine Blutspur hinterließ. Nur Hartwig Strehmayr stand noch mit der Pistole in der Hand auf dem Feld und sah sich um. Als er sicher war, dass sie niemand gesehen oder gehört hatte, spuckte er aus, nahm Schulmeisters Autoschlüssel an sich, steckte sich die Waffe am Rücken in den Hosenbund und folgte dem Trupp. Er wirkte, als hätte er einen Entschluss gefasst.

18 Beim zweiten Bier musste Trost sich eingestehen, unbedacht gehandelt zu haben. Er hatte Schulmeister gebeten, die Baracke am Maisfeld genauer unter die Lupe zu nehmen, aber dabei vergessen, dass sein Partner ihn nicht zurückru-

fen konnte. Noch dazu hatte er keine Ahnung, wie es jetzt weitergehen sollte. Wahrscheinlich sollte er sich einfach von Landmann verabschieden, versuchen, zurück nach Graz zu kommen, und sich dort mit Schulmeister treffen, um zu hören, was er herausgefunden hatte. Doch dann sah er, wer plötzlich an einer der Zapfsäulen vorfuhr. Es war Strehmayr, der unangenehme Anführer der Schlägerbande, die ihm noch vor wenigen Stunden im Wald nachgestellt hatte. Breitbeinig stellte er sich hin, schob seine Kappe aus der Stirn und stemmte die Hände in die Hüften.

Landmann schien Trosts Blick bemerkt zu haben. »Ich geh mal raus und rede mit ihm«, sagte er und erhob sich.

Eine Minute später standen Strehmayr und Landmann vor dem Tankstellenhäuschen und unterhielten sich. Auf Trost wirkte die Art, wie sie miteinander umgingen, auffällig vertraut. Offenbar teilte Strehmayr Landmann etwas mit, das nicht für jedermanns Ohren bestimmt war, denn dieser beugte sich ihm entgegen und lauschte konzentriert. Dann wandten beide plötzlich ihre Köpfe, schauten zu Trost herüber und kamen mit finsteren Blicken näher.

Trost reagierte schnell und versperrte die Tür des kleinen Nebenraums. Kaum hatte er den Schlüssel umgedreht, wurde gegen die Tür gehämmert.

»Mach auf, dir passiert schon nichts, Armin!«, rief Landmann. »Glaub mir, ich hab diesen Typen unter Kontrolle.«

Doch Trost war bereits im Panikmodus, jede Pore seines Körpers war auf Flucht eingestellt. Er öffnete das Fenster auf der Rückseite des Raums und spähte hinaus in den kleinen Garten. Er kletterte hoch, hörte ein Scheppern hinter sich – sie mussten die Tür aufgebrochen haben –, war schon halb durch das Fenster hindurch und wollte sich kopfüber hinausfallen lassen, als er am Fuß gepackt wurde.

»Hab ihn.«

Trost wand sich, kämpfte gegen den Klammergriff an. Als der sich tatsächlich überraschend löste, verlor er den Halt, stürzte aus dem Fenster und landete unsanft, wobei er sich den Kopf an der Tuffsteinmauer eines Hochbeets anschlug.

Benommen rappelte er sich auf, kletterte über den Gartenzaun und stolperte über die kleine Asphaltfläche auf die Wiese hinter der Tankstelle zu. Hauptsache, weg. Plötzlich sah er im Augenwinkel etwas auf sich zurasen.

Strehmayrs roter Pick-up war mit Schlamm bespritzt, auf der Ladefläche des Anhängers zitterte ein kleiner Bagger in den Sicherungsseilen. Der Motor des Wagens klang nach brüllenden Kühen, und hinter dem Steuer schien Strehmayrs Basecap kopflos zu schweben. All das fiel Trost in den wenigen Sekundenbruchteilen auf, bevor der Pick-up ihn rammte.

Als er wieder zu sich kam, hockte er in der Wiese, und der Duft der Blumen war so intensiv, dass ihn das Gefühl puren Glücks durchströmte. Er lächelte. Schaute an sich hinab. Betrachtete seine Beine. Spürte sie nicht mehr. Dann vibrierte der Boden, als galoppierten die Pferde einer ganzen Armee darüber hinweg. Schon wieder. Trost wusste, dass er phantasierte, und schloss die Augen. Tiefes Schwarz umhüllte ihn. Ein Schwarz wie die ewige Nacht.

19 »Wir müssen ihn vergraben. Und die anderen auch. Alle drei. Bis sie gefunden werden, sind wir alle längst Geschichte. Irgendwann werden irgendwelche Archäologen kommen und sie ausbuddeln. Was witzig ist, wenn man bedenkt, dass Archäologen dann eine Archäologin entdecken.«

»Halt's Maul.« Landmann raufte sich die Haare. Im Innenhof der Baracke sah er sich mit dem ganzen Ausmaß einer völlig aus dem Ruder gelaufenen Aktion konfrontiert.

Die Archäologin Alexia Morgentau hockte mit zerzausten Haaren und hysterisch weinend auf dem Boden, als wäre sie eine entlaufene Insassin einer Irrenanstalt. Schulmeister stöhnte leise vor Schmerzen vor sich hin. Der notdürftige Verband um sein Bein war rotbräunlich verkrustet, hatte aber die Blutung gestoppt. Und dann lag da noch Armin Trost, ausgerechnet jener Mann, für den er in den letzten Tagen Sympathie entwickelt hatte, und rührte sich nicht. Er schien schwer verletzt zu sein.

»Warum musstest du ihn anfahren?«, blaffte Landmann Strehmayr an. »Wir hätten ihn auch auf andere Art und Weise stoppen können.«

»Und wie?««

»Er braucht einen Arzt«, unterbrach Schulmeister die beiden. »Bitte bringt ihn ins Krankenhaus. Und mich auch.«

»Bloß nicht«, widersprach Strehmayr und drehte sich wieder zu Landmann. »Vergraben wir sie einfach, dann erledigt sich das Problem mit ihnen von selbst.«

Als Morgentau immer lauter wimmerte, bat Schulmeister Landmann zum wiederholten Male, wenigstens sie freizulassen. Die Frau sei Wissenschaftlerin und könne nichts für dieses ganze Schlamassel. Das sei doch nur eine Sache zwischen ihnen. Aber seine Bemühungen waren vergebens.

Strehmayr machte zwei lange Schritte auf Morgentau zu und zog die Pistole aus seinem Hosenbund.

Sofort hob Schulmeister die Hand. »Um Gottes willen, tun Sie das nicht. Lassen Sie sie in Ruhe.«

»Goschn«, knurrte Strehmayr, holte aus und schlug den Pistolengriff so gegen Morgentaus Stirn, dass die Haut aufplatzte und sie zur Seite sackte. »Jetzt is eine Ruh.«

Landmann schloss genervt die Augen. »Harti, bitt schön. Hör auf damit und gib mir die Waffe.«

Doch kaum dass Landmann sie in der Hand hielt, richtete er sie auf die beiden anderen Verletzten.

Jetzt war es an Schulmeister, die Augen zu schließen. Sein Mund war ausgetrocknet. Seine Blase drückte, er musste dringend aufs Klo, sein Bein tat weh. Und trotzdem dachte er an etwas Schönes, an die Jahre mit seiner Frau Roswitha, wie sie am Wochenende nachmittags Kaffee getrunken hatten, und an die Kreuzworträtsel, die sie um die Wette gelöst hatten. An die Fahrten mit ihr im Mercedes hinunter nach Kroatien. Schnaps am Goldenen Horn. Spaziergänge im seichten Wasser in der Bucht von Nin. Burek am Hafen von Zadar mit Blick auf die in der Sonne glänzenden Schiffe der kroatischen Kriegsmarine. Vanilleeis. Bananensplit. Sogar ein paar Sequenzen mit Armin Trost waren unter den vor seinem inneren Auge aufblitzenden Bildern. Auf ihnen führten sie Verbrecher ab und gingen danach gemeinsam auf ein Bier. Schulmeister sah seine Eltern vom Balkon der Wohnung in der Andritzer Vorstadt winken. Lächelte, als sein Vater Urkunden und Fotos von ihm und seinen Geschwistern betrachtete. Er sah seine alten Freunde im Café »Nordstern« Cola-Rot und Espresso schlürfen, seine Schwester, die nach Amerika ausgewandert war. Er sah sie alle. Ein letztes Mal.

Mittwoch

1   Dem Covid-19-Virus hatte es Michael Ardonik zu verdanken, dass er im letzten Frühling mit dem Rauchen aufgehört hatte. Als Oberarzt am Unfallkrankenhaus in Graz-
Eggenberg, dem Krankenhaus der AUVA, der Allgemeinen
Unfallversicherungsanstalt, war er es schon zuvor gewohnt
gewesen, einen Mund-Nasen-Schutz zu tragen, jedoch nicht
im gesamten Krankenhausbereich und auch nicht beim Ein-
kaufen, beim Betreten eines Wirtshauses oder in der Apotheke.
Aber mit der damals neuen Verordnung war ihm bewusst geworden, dass er Mundgeruch hatte, und dieser konnte nur
von der täglichen Packung John Player Special stammen. Da
er mit Mitte vierzig ohnedies der letzte Nikotinsüchtige in
seinem Bekanntenkreis gewesen war, nahm er das als Anlass,
um Schluss damit zu machen. Der Entzug war ein paar Tage
lang die Hölle und kostete ihn die Beziehung zu Lola, der
russischen Eiskunstläuferin, die er keine acht Wochen vor
Corona-Ausbruch bei der Eiskunstlauf-WM in Premstätten
kennengelernt hatte. Aber gut, das mit Lola war sowieso nur
eine von so vielen austauschbaren Beziehungen der letzten
Jahre gewesen. Sie hatten es beide verschmerzt.

Von seiner Zeit als Raucher geblieben war ihm nur die Gewohnheit, so oft wie möglich vor die Tür zu gehen, um eine
Runde auf dem Parkplatz am Fuße des Plabutschs zu drehen –
nur eben ohne Zigarette im Mundwinkel.

Jetzt betrachtete Ardonik den schmutzig grauen Himmel,
der genauso aussah wie von den Meteorologen vorhergesagt:
wolkenverhangen. Die Wahrscheinlichkeit auf Niederschlag
war groß. Der Begriff »Morgengrauen« sollte aber gleich eine
sehr viel wörtlichere Bedeutung bekommen.

Ardonik schlenderte erst bis vor zur Haltestelle der Straßen-
bahnlinie 1, dann nach rechts über den Parkplatz und wollte

schon über die Tiefgarage wieder zurück ins Krankenhaus gehen, als ihm der Müllsack mitten auf dem Parkplatz auffiel. Was machte er da, wo die Müllsammelstelle doch weiter unten an der Straße war?

Sekunden später kniete er neben dem schwarzen Sack, riss ihn auf, und eine Hand fiel ihm in den Schoß. Erleichtert stellte er einen Pulsschlag fest, riss das Plastik weiter auf, vergewisserte sich auch an der Halsschlagader, dass die Person lebte, und griff dann mechanisch nach seinem Handy, um Unterstützung anzufordern.

Der Mann, der vor ihm lag, wirkte friedlich, aber Ardonik befürchtete, dass sich sein Körper im absoluten Kriegsmodus befand. Dass er einen Kampf auf Leben und Tod führte.

Donnerstag

1   Das rhythmische Brummen in den Tiefen des Berges erinnerte ihn an das nächtliche Schnarchen einer Armee. Riesige Schatten zeichneten sich an den Felswänden ab, Waffen, so spitz und blank, als wären sie frisch geschmiedet, lagen am Boden in einer Reihe. Griffbereit. Am Ende des Tunnels war Licht. Ein milchiges, diffuses Licht, das plötzlich auf ihn zuraste und immer heller wurde.

Er stöhnte auf, fühlte den Schmerz, hörte den Lärm und schnappte nach Luft.

»Er ist wach«, sagte eine Stimme. »Dr. Ardonik, John Doe ist wach.«

John Doe.

Er blinzelte gegen das Deckenlampenlicht an und sah das verschwommene Gesicht einer Krankenschwester mit asiatischen Zügen. Sie betrachtete ihn mit großem Interesse, aber noch größerer Besorgnis. »Wie geht es Ihnen, Mister Doe?«

Was sollte er sagen? Er schluckte und spürte den Schmerz. Es fühlte sich an, als wäre sein Geist von seinem Körper getrennt. Querschnittsgelähmt vom Hals abwärts. Oder, noch schlimmer, Locked-in-Syndrom. Dann würde ihm niemand helfen können. Panik stieg in ihm hoch.

Das Licht wurde noch intensiver, jemand leuchtete ihm mit einer Taschenlampe ins Auge. Er wollte protestieren, schaffte es nicht. Als das Licht erlosch, sah er einen Mann, dessen Haare Ähnlichkeiten mit den Fransen einer abgeschnittenen Jeans hatten. Er war groß, richtig groß – oder die Asiatin richtig klein. Jedenfalls überragte der Kerl sie locker um zwei Köpfe.

»Wie heißen Sie?«

Keine Reaktion.

»Haben Sie mich verstanden? Wie heißen Sie? Können Sie

mir Ihren Namen sagen?« Er wandte sich an die Schwester.
»Keine Chance. Noch zu früh. Fieber messen, warm halten
und Infusionen weiterlaufen lassen. Jetzt bringt das noch
nichts. Ich komme später wieder.«

Der Arzt musste schon im Türrahmen stehen, denn seine
Stimme war leiser geworden: »Hat er gerade etwas gesagt?
Nichts? Na gut. Wird schon wieder. Hoffentlich. Dann bis
später.«

2   Gierack riss die Tür so brutal auf, dass die Wände wackel-
ten. »Zu mir! Sofort!«, bellte er.

Lemberg richtete sich in ihrem Schreibtischsessel auf, und
der Graf tat es ihr gleich. Diesmal, das hatte sie sich fest vorgenommen, würde sie sich nichts von ihrem Chef gefallen
lassen. So wie er sprang niemand mit ihr um, der hatte seinen
Führungsstil doch aus dem vorigen Jahrhundert.

Sie durchquerte den Gang, trat in das wie immer dramatisch
verfinsterte Büro ihres Vorgesetzten und hielt dem Grafen die
Tür auf.

Die Ecken des Raums versanken in Dunkelheit, aber die
beiden Stühle vor dem Schreibtisch wurden von der Schreib-
tischlampe hell beleuchtet. Gierack selbst war nur schemen-
haft auszumachen. Lemberg seufzte innerlich. Wie sie diese
Psychospiele hasste.

»Herr Major«, begann sie, »bevor wir loslegen, möchte ich
eines klarstellen –«

»Ruhe!«, plärrte Gierack, während er sich setzte, völlig
außer sich.

Lemberg zwinkerte. Das Schreibtischlampenlicht blendete
sie.

»Hinterher, schließen Sie die Tür. Sofort.« Gierack beugte
seinen Oberkörper nach vorn, sodass sich nun auch dieser im
einzigen Lichtkegel im Raum befand. Die Adern an seinen

Schläfen pochten, sein Blutdruck musste auf hundertachtzig zugehen, seine Stimme zitterte.

»Wo zum Teufel ist Trost? Wo zum Teufel ist Schulmeister? Und was zum Teufel tun Sie beide eigentlich die ganze Zeit?«

»Also –«, begann Lemberg, wurde aber sofort unterbrochen.

»Ist Ihnen eigentlich bewusst, was hier los ist? Wien ist alarmiert, die Sache geht rauf bis zum Ministerium. Der Landeshauptmann ist völlig außer sich, der Landtag hat eine Sondersitzung anberaumt, beim ORF haben sie ein eigenes Team für diesen Fall abgestellt, die Tageszeitungen interviewen jeden gottverdammten Spaziergänger, und davon, was im Internet passiert, will ich gar nicht erst reden. Nur eins: Dort heißt es, wir seien in die Sache verwickelt. *Verwickelt.* Wir! Also sagen Sie mir bitte, dass Sie nur noch so viel«, er deutete mit Zeigefinger und Daumen einen knappen Zentimeter an, »von der Lösung des Falles entfernt sind.«

»Das kann ich nicht.«

Gierack schaute den Grafen an. »Das kann sie nicht. Aha. Und Sie? Können Sie das?«

»Herr Major …«

»Noch einmal«, Gieracks Stimme brummte leise wie ein Kühlschrank und war genauso kalt, »wo sind Trost und Schulmeister? Ich sage euch, wenn das hier so weitergeht, hetzen sie uns die Wiener Kollegen auf den Hals. Die Interne. Die dann auch gleich den Fall übernimmt. Dann könnt ihr euch einrexen lassen. Wir alle können uns dann einrexen lassen.«

Lemberg wusste, dass es genauso wenig brachte, Menschen während eines cholerischen Anfalls ins Wort zu fallen, wie zu versuchen, sie mit vernünftigen Argumenten zu beruhigen. Das Einzige, was half, war Zeit. Irgendwann würde selbst Gierack die Luft ausgehen. Sprichwörtlich, denn während seiner Schimpftiraden verzichtete er praktisch aufs Atmen.

Als er schließlich tatsächlich seine Hände vor seiner Nase faltete und die Augen schloss, nutzte Lemberg die Gelegenheit.

»Wir sind dran. Wirklich. Die verschiedensten Einheiten unterstützen uns, der Ermittlerpool ist in voller Mannstärke verfügbar, sodass derzeit mehr als hundertzwanzig Beamte an den Morden arbeiten. Sämtliche Nachbarn der Opfer wurden befragt, und wir sind in Kontakt mit allen Museen und Antiquariaten, um herauszufinden, was es mit den Mordwaffen auf sich hat, aus welcher Sammlung sie gegebenenfalls fehlen. Das Wissen kann Aufschluss über den oder die Täter geben. Dietrich arbeitet durch. Wir übrigens auch.«

»Schon gut, Lemberg. Schon gut.« Gierack machte eine abwehrende Handbewegung. »Ich dachte nur, Sie hätten vielleicht noch etwas, was darüber hinausgeht.«

»Sie meinen so etwas wie Armin Trosts Gabe, das Böse aufzuspüren? Weshalb Sie ihn angeschrien haben?«

Gieracks Gesichtsausdruck wurde plötzlich sanft, aber vielleicht war er auch einfach nur erschöpft. »Keine Spur von ihm?«

»Nein.«

»Sie wissen, wo er momentan wohnt?«

»Ja, dort ist er nicht.« Lemberg machte eine Pause. »Nicht mehr.«

»Und in seinem alten Haus haben Sie ihn auch gesucht?«

»Aber dort ist er bestimmt nicht.« Lemberg konnte ihre Überraschung über den Vorschlag nicht verbergen. »Ich kenne ihn, er würde nie dorthin zurückgehen, wo seine Familie –«

»Sie kennen ihn?«

Lemberg hoffte, dass in dem schummrigen Licht nicht auffiel, dass sie errötete, doch je länger Gierack sie musterte, desto weniger glaubte sie daran. Auch der Graf schien sie jetzt von der Seite zu beobachten. Sie war kaum zu verstehen, als sie sagte: »Er würde das nicht tun, weil er sich nicht damit konfrontieren will, dass seine Familie tot ist. So ist es für ihn einfacher zu glauben, sie sei noch am Leben.«

»Schauen Sie trotzdem dort nach«, sagte Gierack, und diesmal war seine Stimme unleugbar sanft.

Sie erhob sich mit zittrigen Beinen und hatte schon fast die Tür erreicht, als sie Gieracks Stimme noch einmal vernahm.

»Und, Lemberg?«

»Ja?«

»Wissen wir schon, wer Trost und diese Archäologin im Keller eingesperrt hat?«

Sie schaute ihren Vorgesetzten lange stumm an. So lange, bis er ihr einen Rat gab, der sie rot wie ein Paradeiser werden ließ.

Der Graf schob sie durch die Tür, ehe sie ihre Sprache wiedergefunden hatte.

3   Die Bäume gaben das Haus am Waldrand erst im letzten Moment frei, dennoch sah es mit der Holzveranda, dem verwitterten Schuppen und dem ungepflegten Beet fast wie ein Teil des Waldes selbst aus. Ein an manchen Stellen morscher Lärchenholzzaun umgab das Grundstück, wilde Rosen, Efeu und Disteln rankten sich an der Schuppenwand hinauf, in einer Sandkiste lagen verlassen ein Plastikbagger und ein Lastwagen. Krähen stritten sich lautstark.

Der Motor des Wagens, der soeben die Einfahrt entlanggefahren war, knisterte noch nach.

»Lass mich das übernehmen«, sagte der Graf, doch Lemberg hatte die Fahrertür schon geöffnet.

Während sie auf das Haus zuging, sah sie den verkohlten Kastanienbaum, in den Trost einst sein berüchtigtes Baumhaus gebaut hatte. Nur noch Reste waren davon übrig, und sie erinnerte sich daran, wie sie mit Gierack hier gestanden und Trost voller Zorn und Hass in das Feuer gestarrt hatte, das er selbst gelegt hatte. Weil Verbrecher, die ihn in Geistthal festgehalten hatten, seine Familie ermordet hatten. Weil sie alle tot waren. Nie wieder hatte er von seiner Frau und seinen Kindern gesprochen.

Das war jetzt viele Monate her. Schon davor hatte Lemberg ihn bewundert – und geliebt. Jahrelang. Sie liebte ihn wahrscheinlich immer noch, auch wenn er sich verändert hatte. Gierack hätte ihr nicht raten müssen, persönliche Gefühle aus dem Fall rauszuhalten. Es war ein spontaner Einfall gewesen, die Kellertür hinter Trost und der Archäologin zuzusperren. Sie hatte ihm eins auswischen wollen und fand immer noch, dass diese kleine Bösartigkeit nichts im Vergleich zu seiner nächtlichen Flucht aus ihrem Bett war. Ja, Herrgott, sie war verknallt in diesen introvertierten Narren, schon ewig.

Trosts Verbitterung, seine seltsamen Visionen und sein Hang zur seelischen Selbstverstümmelung waren für sie nur schwer zu ertragen, und doch waren sie einander am Wochenende so nahe gekommen wie nie zuvor. Bevor er verschwunden und sie zornig auf ihn geworden war. Und jetzt? Hatte Gierack sie vor ihrem Kollegen bloßgestellt und hierhergeschickt. Zu Trosts Haus. Sie schaute es an. Angst regte sich in ihrem Innern. Was, wenn er da drinnen von der Decke baumelte?

4   Der Graf hatte sich damit abgefunden, dass Lemberg kein Auge auf ihn geworfen hatte. Jedenfalls kein leidenschaftliches. Dass sie jetzt aber, wo sie doch mitten in Mordermittlungen steckten, auch noch auf die Suche nach Trost gehen mussten, war für ihn der Gipfel der Qual.

Missmutig verließ er den Wagen. Schon seit Langem hatte er das Gefühl, alles liefe aus dem Ruder, aber jetzt befürchtete er ganz konkret, dass die nächsten Minuten darüber entscheiden würden, ob er bald allein die Mord*gruppe* sein würde. Denn würde Lemberg gleich Trosts Leiche finden, wäre sie wohl kaum imstande weiterzuarbeiten, so viel stand fest.

Er versuchte, zu ihr aufzuschließen, aber sie stand schon auf der knarrenden Holzveranda und klopfte an die Tür. Er war nur noch zwei Meter hinter ihr, als er wie versteinert stehen blieb und perplex die Haustür anstarrte.

5 Die Tür öffnete sich ganz langsam, als würde dahinter jemand lauern, um hervorzuspringen und sie zu erschrecken. Oder sie zu erschießen. Und was, wenn einfach der Wind die Tür geöffnet hatte, um ihnen Trosts Leiche zu präsentieren? Von der Decke baumelnd, mit heraushängender Zunge, aus den Höhlen hervorquellenden Augen und blau angelaufenem Gesicht? Oder im Flur liegend, blutüberströmt, der Kopf aufgeplatzt und die Pistole noch in der Hand?

Und was, wenn das eine Falle war? Ein perfider Schachzug in einem komplexen Superkomplott, bei dem sie einer nach dem anderen aus dem Weg geräumt wurden? Der Graf hatte viel Phantasie. Aber wenig Humor. Seine Hand lag schon an seiner Pistole, als eine kleine Gestalt im Türspalt erschien. Im Mund des Kindes steckte ein Schnuller, es hielt eine weiße Decke in der Hand, hinter ihm nur undurchdringliches Schwarz. Fast sah es so aus, als wäre das Kind der Unterwelt entstiegen.

Lemberg schwankte. Benommen machte sie einen Schritt zurück und kam dabei der obersten Stufe der Verandatreppe gefährlich nahe.

»Was machst du denn für Sachen, Fredi?«, erklang kurz darauf eine Stimme, die Tür schwang ganz auf, und Charlotte Trost stand darin, mit roten Wangen, zu einem Zopf gebundenem Haar, das abendrötlich schimmerte, in Jeans und einem Pullover, der ihre Figur betonte. Das Erstaunlichste an ihr aber war, dass sie überaus gesund und lebendig aussah.

Der Graf ging zu Lemberg, um sie aufzufangen, sollte sie tatsächlich fallen. Doch Lemberg fiel nicht. Stattdessen gab sie wirres Zeug von sich: »Um Gottes willen, Sie sind doch tot.«

Und dann musste der Graf sie doch noch auffangen. Er hatte sich seit Langem gewünscht, seine Kollegin in den Armen zu halten. Genau genommen war das einer der Hauptgründe, warum er überhaupt zur Kriminalpolizei gewollt hatte. Aber dass sie jetzt so schlaff in seinen Armen hing, war dann doch nicht so, wie er es sich ausgemalt hatte. Sie war schwer. Hilfesuchend blickte er sich um. Dieser Moment war jetzt alles. Dramatisch. Peinlich. Aber vor allem machte er ihm Angst.

Denn Lemberg hatte recht: Die zwei Personen da vor ihnen waren doch längst gestorben.

6 Sie saßen auf Rattansesseln auf der Veranda. Der starke Kaffee brachte Lemberg wieder zurück in die Spur, sodass ein einigermaßen normales Gespräch möglich war. In kurzen Sätzen schilderte Charlotte, was in den letzten Monaten passiert war. Als der Einsatz mit ihren Entführern in ihrem Haus eskaliert sei, habe Trost sie zwar retten können, ließ aber anschließend das Gerücht verbreiten, sie sei im Krankenhaus gestorben. Auch seine Kinder wollte er nur noch tot gefunden haben. In Wirklichkeit seien alle nach dem Vorfall Teil eines aufwendigen Zeugenschutzprogramms geworden. Als ihrem ältesten Sohn Jonas das zu viel geworden sei, sei er ausgestiegen und nach Wien in eine WG mit ehemaligen Schulkollegen gezogen, Charlotte habe mit Elsa und Frederik in der Weststeiermark nahe ihren Eltern gelebt, später in einem idyllischen Weingartenhäuschen mitten in einem Schilcher-Ried, das der beste Freund ihres Vaters notdürftig so umgebaut habe, dass es bewohnbar gewesen sei. Es habe ihnen an nichts gefehlt, Elsa habe sogar die örtliche Schule besucht, und Charlotte hätten die langen Spaziergänge durch die Weingärten gutgetan. Trost sei sie oft besuchen gekommen, doch selbst darin sei er »päpstlicher als der Papst« gewesen, nie habe er das Leben seiner Liebsten gefährden wollen. Er sei stets plötzlich aufgetaucht, habe das Haus bewacht, was ihr aber manchmal so vorgekommen sei, als würde er sie beschatten. Selten habe

sie ihn bei Tag gesehen, gemeinsame Unternehmungen seien sowieso ausgeschlossen gewesen. Das Schlimmste aber sei gewesen, dass sie nie gewusst habe, vor wem sie sich eigentlich versteckten. Das Gefühl, am Weg zum Supermarkt hinterrücks erschossen zu werden, sei mit der Zeit immer stärker geworden. Selbst im Garten, umgeben von Rosenhecken, jahrzehntealten Weinstöcken und mannshohen Thujen, habe sie sich ständig beobachtet gefühlt. Kurzum, sie sei sich nicht mehr beschützt, sondern vielmehr ausgeliefert vorgekommen. Daraufhin habe sie sich zurückgezogen.

Alles schien zu zerbrechen. Ihre Liebe. Ihre Familie. Sie habe nachgedacht und ihn schließlich am letzten Sonntag kontaktiert. Weil sie sich entschieden habe, das Versteckspiel zu beenden. Das Leben müsse weitergehen, und wenn das Schicksal es gut meine, werde es ihnen noch ein langes gemeinsames Leben bescheren. Wenn nicht, dann nicht, aber auf jeden Fall wolle sie nicht die sein, die davongelaufen war. Sie schloss mit den Worten: »Wir werden uns nicht mehr verstecken.«

Lemberg sah blass aus.

»Ist alles in Ordnung mit Ihnen?«

»Natürlich«, erwiderte sie hörbar schwach. »Sie haben am Sonntag angerufen?«

»Ja, aber er hat nicht abgehoben. Da hab ich ihm eine Nachricht hinterlassen, das ist bei uns ganz normal.«

Lemberg spürte einen bitteren Geschmack auf ihrer Zunge. Sie wusste, dass Trost den ganzen Abend über sein Telefon nicht angerührt hatte. Zuerst in der Pizzeria nicht und danach auch nicht mehr. Denn da waren sie beschäftigt gewesen … Ihre Augenlider flatterten nervös. »Wir haben alle gedacht, Sie seien tot«, sagte sie. »Wir dachten, Armin habe seine Familie verloren.«

Charlotte lächelte. »Er durfte niemandem etwas davon erzählen. Und Sie kennen Armin ja, er kann sehr stur sein. Aber seien Sie ihm nicht böse, er wollte uns nur beschützen.«

Lemberg wischte sich eine Haarsträhne aus dem Gesicht.

Sie saß jetzt sehr aufrecht und mit gestrecktem Hals im Stuhl, so wie eine Gräfin, und wirkte gefühlskalt. »Ja, ich kenne ihn. Gut. Und nein, ich bin ihm nicht böse. Eigentlich sind wir ja hier, weil wir ihn suchen. Also, ist er zu Hause?«

»Nein.« Verwirrt schaute Charlotte von einem zum anderen. »Ist er denn nicht im Dienst? Bei Ihnen?«

Schmallippig erzählte Lemberg, dass Trost seit vorgestern Abend nicht mehr gesehen worden war. Man müsse mit allem rechnen. Der Graf schnappte laut nach Luft, doch sie ignorierte ihn. »Wissen Sie«, setzte sie noch einen drauf, auch wenn sie sich dafür verabscheute, »wir rechnen mit dem Allerschlimmsten.«

Nach einer Minute des Schweigens trank sie ihren Kaffee aus, verabschiedete sich, stand auf und ging zum Wagen. Trosts Frau zu beruhigen, die ihre Tränen nicht zurückhalten konnte, überließ sie dem Grafen, der ihr einen vernichtenden Blick zuwarf.

Als der Wagen kurze Zeit später aus der Einfahrt fuhr, stand Charlotte mit Frederik im Arm auf der Veranda und blickte den beiden Beamten nach. Es war der Blick einer Frau, die eine andere Frau durchschaut hat.

7   »Dr. Ardonik, das sollten Sie sich mal ansehen. Es ist John Doe.«

Er war jetzt zehn Stunden im Dienst und hatte mit viel Elan alle Patienten behandelt. Hatte zwei Raufbolde zusammengeflickt, einen patscherten Rechtsanwalt notversorgt, der sich mit der Gartenschere den rechten Nasenflügel durchbohrt hatte, außerdem einen Sturm-Nachwuchskicker mit Patellasehnenriss und eine rüstige Seniorin, die ihn beinahe mit dem Schirm geschlagen hätte, weil er »Tut das weh?« gefragt hatte, als er ihren offenbar gebrochenen Unterarm berührte. Ach ja, und gestern hatte er ja noch einen Namenlosen auf dem Parkplatz in einer Mülltüte gefunden. Einen John Doe, einen Max Mustermann. Alle auf der Station stellten schon Spekulationen an, wer der Mann sei. Ardonik hatte in den letzten zehn Stunden jedenfalls sein Möglichstes getan, um alle seine Kranken gesund zu machen. Mehr ging nicht. Und jetzt, am Ende des Tages, hieß es immer noch: »Herr Doktor, das sollten Sie sich mal ansehen.«

Er war so müde, wollte ins Bett, um am Abend noch einigermaßen fit zu sein, wenn die Eltern auf einen Sprung vorbeikamen.

Doch als sich die Tür zu John Does Zimmer öffnete und ihm eine Krankenschwester lächelnd entgegenkam, wusste er gleich, was passiert war, und fühlte sich wieder wach. Manchmal geschahen tatsächlich seltsame Dinge. Wunder, so nannten das manche. Er hielt sich da lieber an die Fakten und hatte für derlei esoterischen Quatsch wenig übrig. Wunder passierten in der Bibel, aber sicher nicht in »seinem« Krankenhaus.

John Doe saß im Bett und musterte ihn aufmerksam.

»Sie hatten außergewöhnliches Glück, wissen Sie das?«, sagte Ardonik.

Keine Antwort.

»Ich habe Sie gestern auf unserem Parkplatz gefunden. In einem Müllsack. Offenbar wurden Sie von einem Auto über- oder angefahren und dann bei uns abgelegt.«

John Doe musterte ihn, der neben dessen Bett stand, immer noch mit unverhohlenem Interesse.

»Darf ich mich zu Ihnen setzen?«

Die Augen des Patienten waren blutunterlaufen, die Naht an seinem Kopf von beachtlicher Länge. Obwohl er nicht reagierte, nahm Ardonik Platz. »Wissen Sie, wie Sie heißen?«

Hilflos warf er der Schwester, die wieder ins Zimmer zurückgekommen war, einen Blick zu, als sich Does Hand plötzlich auf seine legte und er etwas sagte.

Ardonik rückte etwas näher und bat ihn, die Worte zu wiederholen.

217

»Haben Sie die Polizei gerufen?«

Der Chirurg wurde noch blasser, als er schon war. Binnen Sekunden alterte er um Jahre. Alles war zu viel. Viel zu viel. Zu viel Verantwortung. Zu viele Patienten. Zu viel … Er hatte es vergessen. Bei der Aufregung völlig vergessen, die Polizei zu informieren.

John Doe fixierte ihn mit seinem unverletzten Auge. Der Blick lastete schwer auf ihm.

»Tun Sie es«, sagte Doe. »Sofort.«

Ardonik stand vom Bett auf, setzte sich jedoch gleich wieder. »Aber vorher muss ich Sie noch einmal fragen: Wissen Sie, wer Sie sind? Wir haben keine Papiere bei Ihnen gefunden. Es besteht die Möglichkeit, dass Sie unter einem Gedächtnisverlust leiden. Möglicherweise –«

Der Patient legte ihm neuerlich eine Hand auf den Arm, um ihm zu bedeuten, still zu sein. »Ich weiß, wer ich bin.«

Weil John Does Stimme schwächer geworden war, beugte sich Ardonik wieder ihm entgegen, aber der Patient blieb stumm.

»Bei der Polizei«, hauchte Doe dann plötzlich doch noch, »gibt es eine Frau namens Lemberg. Sagen Sie ihr meinen Namen.«

Die Stimme wurde noch dünner. Die Lider des Mannes flatterten schon. Im Grunde war er schon eingeschlafen.

»Wie heißen Sie denn?«, hakte Ardonik nach.

»Edgar«, sagte der Patient. »Edgar Landmann.« Dann fielen ihm die Augen zu.

8 »Und er hat wirklich gesagt, er will mit mir sprechen?«

»So ist es.«

Lemberg stand dem leitenden Oberarzt im Gang im ersten Obergeschoss gegenüber. Dr. Ardonik strahlte trotz seiner augenscheinlichen Müdigkeit Autorität, aber auch Charme aus. Sein Haar war wirr, so als wollte er mit künstlerischer Zerstreutheit kokettieren. Und so durchschaute Lemberg den Arzt als überaus eitlen Zeitgenossen.

»Kennen Sie den Mann?«, erkundigte sich Ardonik.

»Er spielt in unserer aktuellen Ermittlung eine Rolle. Was ist mit ihm passiert?«

»Schwer zu sagen, wir konnten noch nicht viel aus ihm herausbringen. Aber aufgrund seiner Verletzungen würde ich sagen, er wurde angefahren. Könnte auch von irgendwo heruntergestürzt sein.«

»Und Sie haben ihn wirklich auf dem Parkplatz in einer Mülltüte gefunden?«

»Ja, gestern. Und als er vor einer Stunde aufwachte, hat er das erste Mal gesprochen.«

»Wird er durchkommen?«

Lemberg bemerkte den Hauch eines Lächelns im Gesicht des Arztes. Es gefiel ihr nicht, dass er sich über sie lustig zu machen schien.

»Natürlich. Aber die Verletzungen an Bein, Schulter und Kopf sind nicht gerade leicht. Deshalb muss ich Sie bitten, Ihren Besuch sehr kurz zu halten. Erst vor ein paar Minuten konnten wir ihn von der Intensivstation auf die Privatstation im dritten Obergeschoss verlegen. Normalerweise wäre er auf die normale Station gekommen, aber ich dachte, Sie wären gerne ungestört bei Ihrem Gespräch.«

Die Lifttür öffnete sich, und zwei junge Männer, deren Jacken sie als Mitarbeiter des Roten Kreuzes auswiesen, schoben ein Bett mit einem blutüberströmten Patienten auf den Gang.

»OP eins!«, rief Ardonik den Sanitätern zu, die sich offenbar auskannten und sogleich nach rechts abbogen. »Stadler übernimmt!«, rief Ardonik ihnen noch hinterher, schien sich dann aber an etwas zu erinnern. »Verdammt, der ist ja nicht mehr da«, murmelte er dann und wandte sich wieder Lemberg zu. »Entschuldigen Sie mich bitte: Wie gesagt, Lift in den dritten

Stock, dann zweimal links. Zimmer dreihundertzwölf. Und kurz halten.« Und weg war er.

Lemberg schlüpfte in den Lift, fuhr eine Etage nach oben, bog zweimal links ab und öffnete die Tür so leise, wie man es nur mit der eines Krankenzimmers tut.

Auf der Station war es überraschend still. Weniger Patienten, keine Labors oder OPs. Sogar die Schwestern schienen auf leiseren Sohlen zu gehen, nur ein Wispern zischelte durch die Gänge, ganz so, als könnten laute Worte die Genesung der Kranken behindern.

Edgar Landmann, der Tankwart. Wie seltsam. Was hatte er mit dem Fall zu tun? Wieso wollte er ausgerechnet sie sehen? Und wer hatte ihm das angetan? Neugierig stieß sie die Tür weiter auf. Vielleicht würde sie in den nächsten Minuten sogar der Lösung des Falles einen großen Schritt näher kommen.

Zwei Atemzüge später stand sie neben dem Krankenbett und hielt die Luft an. Der Anblick des Patienten raubte ihr fast die Sinne.

9 Der Oberarzt hatte nicht zu viel versprochen. Nicht nur war das Zimmer ein Einzelzimmer, es wäre auch als Superior Room in einem Hotel durchgegangen. Mit eigenem Badezimmer, Fernseher und Blick auf den Plabutsch – fast wie im Urlaub. Wäre da nicht das Krankenhausbett gewesen, mit dem Monitor an der Seite und den kopfüber hängenden Fläschchen und den Schläuchen, die zum Bett führten, wo der Mann lag und sie aus einem blutunterlaufenen Auge anstarrte. Das andere verbarg ein Verband. Die trockenen Lippen leuchteten weiß in seinem Bart, eine Wange war blau geädert. Er saß halb aufgerichtet, ein Arm war eingegipst, ein Fuß in einer Art Schiene ruhig gestellt. Sein nackter Oberkörper war bis zur Brust zugedeckt.

Als er jetzt versuchte, sich mit dem gesunden Arm ein wenig weiter aufzurichten, bemerkte Lemberg, dass er seit der Nacht vor vier Tagen abgenommen hatte. Blaue Schatten lagen um seine Augen, zur Begrüßung hob er nur leicht ein paar Finger. Doch diese Tour würde bei ihr nicht ziehen. Damit war Schluss.

»Was soll das Kasperltheater, Armin?«, blaffte sie. »Warum hast du dem Arzt gesagt, du wärst Edgar Landmann?«

Er bedeutete ihr mit einem Nicken, sich auf den Bettrand zu setzen.

»Danke, aber ich stehe lieber. Diesmal kann wenigstens *ich* weglaufen.«

Trost stöhnte auf. Ob vor Schmerzen oder weil er sich darüber ärgerte, dass sie seine nächtliche Flucht schon im vierten Satz ansprach, wusste sie nicht.

»Der Reihe nach«, hob er schließlich mit beängstigend dünner Stimme an. »Ich habe mich als Edgar Landmann ausgegeben, weil du sonst sicher nicht gekommen wärst.«

»Und wenn schon. Dann hättest du halt deine Frau angerufen.«

Sein Blick war plötzlich wach. »Du weißt es also? Warst du bei Charlotte?«

»Ich dachte, sie wäre tot, Armin. Warum hast du es vor mir geheim gehalten? Monatelang. Vor mir. Vor deiner Kollegin. Wie soll ich dir noch vertrauen, wenn du mir solche Sachen nicht erzählst?« Sie klang nicht mehr so sicher wie gerade eben noch.

»Ich wollte meine Familie beschützen«, sagte er leise.

»Vor mir?«

»Ich habe doch sogar versucht, es dir zu sagen. Erinnerst du dich? Beim Aufsteirern-Fall? In der Konditorei? Du wolltest die Wahrheit nicht wissen. Stimmt doch, oder?«

Lemberg schüttelte heftig den Kopf. Verzweifelt versuchte sie, die aufsteigenden Tränen zurückzudrängen. »Du hättest mir das sagen sollen.« Sie schniefte. »Deutlicher. Aber das hast du nicht, weil du es eigentlich vor mir verheimlichen wolltest.«

»Nein, nicht vor dir«, krächzte Trost. »Vor allen. Ich musste meine Familie dringend aus der Schusslinie raushalten. Sie alle waren mit den Nerven am Ende, nachdem diese Typen sie bedroht hatten. *Wegen mir.* Ich wollte nicht, dass so etwas noch einmal passiert. Deshalb hab ich sie abgeschottet. Und in dem Programm untergebracht. Gierack hat Bescheid gewusst.«

»Was? Er wusste es? Ausgerechnet er?«

»Ja.«

Lemberg schien nicht gemerkt zu haben, dass sie sich mittlerweile auf das Bett gesetzt hatte. Sie sah Trost an, der ebenfalls fast aufrecht saß. Sein zweites Auge war ärger zugeschwollen als auf den ersten Blick erkennbar. Sie konnte sich nicht vorstellen, dass er sie damit wirklich sehen konnte.

»Ich musste sie einfach in Sicherheit bringen und mir etwas einfallen lassen.« Er ließ den Kopf zurück ins Kissen fallen und starrte vor sich auf die weiße Decke. »Aber dann nahm der Kontakt immer weiter ab. Vor ein paar Wochen sagte Charlotte mir, sie wolle alles überdenken. Und dann stand die Idee im Raum, uns zu trennen. Als Paar. Im Endeffekt hatten wir ja schon vor dem Vorfall aneinander vorbeigelebt. Wir hatten uns daran gewöhnt, jeder für sich zu sein. Und dann hat sie sich plötzlich nicht mehr gemeldet.«

Lemberg hatte sich wieder im Griff und wischte sich über die Wangen. »Das ist doch Blödsinn, und das weißt du.«

Trost fixierte immer noch die Decke. »Die letzte Zeit war alles andere als perfekt. Ich dachte, meine Familie sei in Sicherheit, dabei lebte sie in Wahrheit in Gefangenschaft.«

»Hat Charlotte das wirklich so empfunden?«

»Ich denke schon.«

Ein Zittern der Matratze verriet ihr, dass etwas in Trost vorging. Sein gesundes Auge tränte.

»Und was war das Sonntagnacht mit uns beiden?«, fragte sie tonlos. So als hätte sie Angst vor der Antwort.

Trost schwieg mehrere Sekunden lang. »Ich bin am Ende, Anne«, sagte er schließlich. »Seit Wochen weiß ich nicht, wohin mit mir. Ich sehne mich nach Normalität. Nach dem Leben, das ich früher gelebt habe.«

»Als du in deinem Baumhaus geschlafen hast?«

Er lächelte, soweit sie das beurteilen konnte.

»Immer noch normaler als in einem leer stehenden Gasthaus.«

»Gasthaus?«

»Tu doch nicht so, als wüsstest du nicht, wo ich wohne. Ich weiß, dass du Hollermann unter Druck gesetzt hast, damit er mich rauswirft. Du wolltest, dass ich zu dir ziehe.«

Kochend vor Wut erhob sie sich. Wie konnte er es wagen, so mit ihr zu reden? »Du Schwein!«, explodierte sie. »Mitten in der Nacht rennst du davon, und dann hältst du mir vor, dass ich alles Mögliche anstelle, damit du bei mir einziehst? Wofür hältst du mich? Ich bin doch keine Stalkerin oder so was.«

»Natürlich nicht. Ich wollte es ja auch. Aber ich will auch meine Familie zurück. Und ich will wieder normal sein. Die Stimmen in meinem Kopf sollen verstummen.« Er sah sie bittend an. »Aber vorher müssen wir noch diesen Fall lösen. Können wir das dem anderen nicht überordnen?«

Sie blickte kalt auf ihn hinab. »Natürlich. Dem anderen. Dieser anderen Sache. Kein Problem.«

»Ach, Anne.«

Demonstrativ sah sie auf die Uhr. »Also, warum bin ich nun wirklich hier? Du hast zwei Minuten, dann gehe ich wieder.«

»Anne.«

»Eine Minute neunundfünfzig.«

10   Trost erzählte ihr alles, was seit dem Disput mit Gierack in der Villa der Gstreins geschehen war. Lediglich einige Einzelheiten seiner Flucht aus dem Wald verschwieg er – sie musste ja nicht alles wissen.

»Wie besoffen muss man sein, dass man sich in den Wald schlafen legt?«

Er seufzte. Vielleicht hätte er das auch nicht erzählen sollen. »Darauf antworte ich jetzt nicht. Aber verstehst du jetzt, warum ich unbedingt mit dir sprechen wollte? Johannes ist schon wieder in Gewalt von Verrückten, und diesmal müssen wir ihn schneller rausboxen als beim letzten Mal.«

»Du weißt, wo Johannes steckt?«

»Ja, aber ich sag's dir nicht.« Er war im Begriff, die Bettdecke zur Seite zu schlagen. »Bei diesem Einsatz will ich dabei sein.«

»Was tust du?«

»Dreh dich einfach mal kurz um.«

»Spinnst du? Sieh dich doch mal an, du gehst nirgendwohin.«

Zornig funkelte er sie aus einem Auge an. »Was hast du denn geglaubt, warum du hier bist? Zum Plaudern? Wir verlassen das Krankenhaus verdammt noch einmal gemeinsam und befreien Hannes.«

»Das werden Sie nicht tun.« Die Stimme kam von der Tür, die soeben zufiel. Mit drei raumgreifenden Schritten war Dr. Ardonik am Bett, kontrollierte die Tropfe und drehte an den Dosierungsrädchen.

»Doktor, Sie verstehen das nicht. Ich muss raus. Hier geht es um mehr als um ein paar gebrochene Knochen. Das ist mein Spiel.«

»Und Sie sind meins. Und wenn ich sage, Sie bleiben, dann bleiben Sie. Gute Nacht.«

»Gute was?« Aber Trost spürte bereits, wie die Welt um ihn herum in Watte versank. Er würde schlafen, verdammt, Ardonik hatte die Schlafmitteldosierung erhöht.

»Anne«, konnte er noch hauchen. »Die Baracken. Sie sind in den Baracken beim Kukuruzfeld.« Dann brachte er kein Wort mehr heraus. Johannes, es tut mir so leid, dachte er noch und hörte Lemberg, die auf den Doktor einredete.

»Ich brauche noch eine Minute mit ihm. Nur eine …«

11 Alexia Morgentau hatte sich weit besser im Griff als befürchtet. Zum zweiten Mal innerhalb einer Woche war sie eingesperrt. Beide Male in Kellern. Das erste Mal in einem Raum voller Kisten, deren Inhalt einem großen kulturhistorischen Schatz gleichkam. Und jetzt in einem Verlies, das Ähnlichkeit mit den Kellerabteilen im Haus ihrer Mutter in der Triestersiedlung hatte. Allerdings waren die Holzbretter ihres aktuellen Kerkers nicht so morsch und brüchig und hätten selbst für freche Fahrraddiebe eine Herausforderung dargestellt.

Sie ging ein paar Schritte in dem engen, zwielichtigen Gefängnis auf und ab und streckte die vom Schlaf auf der harten Matratze schmerzenden Glieder. Ihr Kopf dröhnte, und sie spürte eine Beule an ihrer Schläfe. Immerhin hielt sich der Schmerz in Grenzen. In der Hand hatte sie eine dampfende Tasse Kaffee, die ihr einer der Männer, die sie hierherverschleppt hatten, vor fünf Minuten mit zwei Schinken-und-Käse-Toasts in Klarsichtfolie durch einen Bretterspalt geschoben hatte.

Mit einem lauten Luftschnapper erwachte Johannes Schulmeister aus einem unruhigen Schlaf, wischte sich einen Speichelfaden vom Mundwinkel, setzte sich auf und knetete sein Bein.

»Guten Morgen, Herr Inspektor«, sagte Morgentau.

Schulmeister blickte sie aus verquollenen Augen an. »Gut ist daran wenig.«

»Wie geht es Ihrem Bein?«

»Die Wunde brennt ein wenig, aber das halte ich schon aus. Und Ihrem Kopf?«

»Geht schon.«

Er warf einen Blick auf die Tasse Kaffee. »Wenigstens werden wir hier gut versorgt.«

»Fast wie in einem Hotel, finden Sie nicht? Wollen Sie auch einen? Ich bestell noch einen.« Sie lächelte über ihren Scherz.

Doch Schulmeister schien in Gedanken. »Wissen Sie was?«, sagte er dann und stand auf. »Ich bin der Ältere, also darf ich das fragen. Was halten Sie also davon, wenn wir uns nicht mehr siezen? Schließlich teilen wir uns ja schon eine Art Hotelzimmer.«

Sie spürte, wie sie errötete. Vom Sie zum Du mit einem Polizisten, noch dazu mit einem von der Kriminalpolizei. Ihre Mutter würde nicht begeistert sein. Als sie nickte und sah, dass Schulmeister vor plötzlicher Aufregung ebenfalls einen ganz roten Kopf bekommen hatte, lächelte sie erneut.

Sie hatte den Kaffee noch nicht ausgetrunken, als sich vor dem Bretterverschlag etwas tat. Die bulligen Kerle schleppten Holzkisten herein. Manche davon schienen schwer zu sein, da sie sie zu zweit tragen mussten.

Als Schulmeister sich nach dem Inhalt erkundigte, sagte einer nur: »Guter Versuch«, während ein anderer ihn mit einem Schimpfwort bedachte.

Die Kerle verschwanden, doch Morgentau war darüber nicht sonderlich erleichtert.

»Was ist?«, hörte sie da Schulmeisters Stimme, die in dem Kellergewölbe klang wie ein Cello.

Sie wusste, dass sie aussehen musste, als hätte sie soeben einen Geist gesehen, und biss sich auf die Unterlippe. Schließlich schaute sie auf und fasste einen Entschluss. Sie würde mit dem einzigen Polizisten, den sie duzte, ihre Geheimnisse teilen.

12   »Es tut mir leid«, sagte sie.

»Was tut dir leid?«

»Dass ich so naiv war.«

Weil Schulmeister vor ihr stand und nichts sagte, fuhr sie fort: »Ich kenne die Kisten, Johannes. Die Kisten im Keller des Hauses von diesem toten Politikerpaar und die Kisten hier.«

Du meine Güte, warum sagte er denn noch immer nichts? Sie konnte sein Schweigen nur ertragen, indem sie weitersprach.

»Das sind dieselben Kisten, in denen ich meine Funde trans-
portiere.« Sie hob die Arme. »Verstehst du? Darin sind *meine*
Funde.«

»Nein, verstehe ich nicht«, brummte Schulmeister. »Das
sind doch Standardkisten, oder nicht?«

»Sie sind gekennzeichnet. Sie wurden nummeriert. Von mir.
›N 1‹ bis ›N 50‹. N wie Noreia.«

Wieder brummte Schulmeister. Es war ihm anzusehen,
dass er versuchte, seine Gedanken zu sortieren. »Aber hast
du nicht gesagt, dass alle Funde deiner Grabung ins Depot
des Museums gebracht wurden?«

Sie schaute ihre Schuhspitzen an.

»Alexia, willst du mir etwa sagen, dass …?«

»Dass ich einige Fundstücke zurückhalten wollte? Vielleicht. Aber es war nie meine Absicht, dass jemandem etwas
passiert. Ich wollte nur Zeit gewinnen, um später den großen
Fund entsprechend präsentieren zu können.«

Schulmeister schaute sie entgeistert an. »Das verstehe ich
nicht. Die ganze Zeit über regst du dich über Raubgrabungen
auf, und dann machst du selber so was in der Richtung. Sehe
ich das richtig?«

»Nein«, schrie sie, hatte sich aber schnell wieder im Griff.
»Nein«, wiederholte sie ruhiger. »Du siehst das falsch. Ich
arbeite wissenschaftlich. Aber alles, was ich finde, landet in
diesem elenden Depot. Wo unser aller Wissen bis in alle Ewig-
keit lagert und vergessen wird. Wenn ich aber einen Teil meiner
Sammlung weitergebe, an kleinere Museen, dann werden die
Funde auch ausgestellt, verstehst du? Dann erblicken sie das
Licht der Öffentlichkeit, so wie es eigentlich sein soll.«

»Und was hast du davon?«

»Nichts. Außer die Genugtuung, dass das, was ich mache,
für andere Menschen vielleicht eine Bedeutung hat.«

»Ich versteh's immer noch nicht: Aus den Stücken in den
Depots werden doch Ausstellungen zusammengestellt, oder?«

Sie lachte trocken auf. »Ja genau. Hast du eine Ahnung, wie

viele Funde von denen, die insgesamt gemacht wurden, irgendwann mal in Ausstellungen präsentiert werden? Ich wette, das hast du nicht. Dir kämen die Tränen, würdest du sehen, wie viel Arbeit und Leidenschaft darin steckt, die Lager mit Zeug, das keiner sehen will, zu füllen.«

Schulmeister ging trotz seines schmerzenden Beins in ihrer Zelle auf und ab. Er biss auf seinen Fingerknöchel, als würde das seinem Gehirn auf die Sprünge helfen. »Also gut, also gut. Lassen wir das einmal so stehen. Hat Bernd Steinklopfer etwas damit zu tun? Weiß er von deinem Betrug?«

»Betrug? Aber –«

»Natürlich ist es das. Also, was ist mit dem Leiter der archäologischen Sammlung?«

»Bernd Steinklopfer hat nichts damit zu tun. Er hat keine Ahnung.« Sie verschränkte die Arme vor der Brust.

»Dann dieser König, den du erwähnt hast?«

Morgentaus Miene verfinsterte sich. Schließlich antwortete sie, als würde sie die Worte rezitieren: »Franz. Er ist aus Leibnitz. Macht viele Dinge. Und hat Kontakte. Hat das immer schon gemacht. Mir geholfen.«

Schulmeister schaute sie lange an, ehe er sagte: »Ihr wart ein Paar, nicht wahr?«

13   Morgentau erzählte und erzählte, und Schulmeister fasste das Gehörte zusammen: Es war seit Jahren aus zwischen König und Morgentau, aber sie hatten nie voneinander gelassen. Zumindest nicht, was ihre »geschäftliche« Verbindung betraf. Während Morgentau aber davon ausging, dass ihre Fundstücke Teil von angesehenen Ausstellungen werden würden, verkaufte König die Ware offenbar weiter, am Schwarzmarkt, unter der Hand. Wie es aussah, sogar an hohe Politiker.

Und auch etwas anderes konnte Schulmeister ebenso kurz und bündig zusammenfassen: Jetzt war er zweiundsechzig

Jahre alt, und das Einzige, was er in dem Moment mit Sicherheit wusste, war, dass er eifersüchtig war.

»Und wer sagt mir, dass das die ganze Wahrheit ist?«, rollte seine Stimme durchs Verlies.

»Du musst mir einfach glauben.«

»Muss ich das?« Schulmeisters einschüchternde Silhouette stand vor ihr wie ein Baum. »Warum?«

»Weil es mir wichtig ist, dass du mir glaubst.«

Er nickte. »Und du hast nichts von alldem gemerkt?«

Sie wurde wieder rot.

Schulmeister musterte sie mit einer maskenhaften Miene.

»Ich habe ihm vertraut.« Sie senkte den Kopf. »Hab meine Funde dokumentiert und sie zusammen mit den Dokumentationen in den Kisten verstaut. Er hat sie bei sich zu Hause aufbewahrt. Wir hatten vereinbart, dass wir die Funde zu einem späteren Zeitpunkt gemeinsam durchgehen würden. Teils sollten sie ans Archäologiemuseum gehen, teils an kleine private Sammlungen. Wenn ich gewusst hätte, dass er mich hintergeht …«

»In denen da hast du also deine Funde verstaut«, versicherte sich Schulmeister schnell und zeigte auf die Kisten, die sich vor ihrem Bretterverlies stapelten. Er wollte keine Beziehungskisten öffnen, sondern diesen Fall verstehen.

Sie nickte. »Hab ich doch gesagt. Und hab ich auch schon gesagt, dass ich eine Idiotin bin?«

»Wegen deiner Fundstücke sind Menschen gestorben«, erwiderte er streng. »Da geht es nicht mehr um Glauben, sondern nur noch um Schuld.«

14 Als die Männer neuerlich auftauchten und begannen, die Kisten wegzuschleppen, stellte sich Morgentau hinter die Bretterwand ihres Verschlags. Plötzlich überkam sie eine unbändige Wut.

»Wohin bringt ihr die Sachen? Und warum musste deshalb jemand sterben?« Ihr war klar geworden, was Schulmeister angedeutet hatte. Dass sie sich mitschuldig an der Gewalt gemacht hatte. Sie rüttelte an den Brettern. »Wo ist Franz, verdammt?« Die Männer gingen weiter, ohne sie zu beachten.

»Das heißt also, die Fundstücke deiner Grabung im Murtal, die von öffentlicher Hand finanziert wird, lagern jetzt unter anderem hier, bevor sie auf dem Schwarzmarkt verkauft werden.« Schulmeister stand plötzlich an ihrer Seite. »Ich frage dich noch einmal, weil mir das persönlich wichtig ist: Hast du etwas davon gewusst?«

»Ich habe dir doch schon gesagt, dass es nicht so ist.« Sie wünschte sich, dass er ihren Zorn sehen könnte. »Genügt dir das denn nicht?«

»Na ja, es ist jetzt nicht so, dass wir seit Jahren verheiratet wären und ich dich in- und auswendig kennen würde. Verzeihung.«

»Das ist jetzt mein Stichwort, euch zu unterbrechen.« Sie fuhren herum.

Aus dem Dunkel des Ganges vor dem Verschlag tauchte Landmanns Umriss auf. Übertrieben entschuldigend hob er beide Hände. »Auch von mir: Verzeihung. Es tut mir leid, euch belauscht zu haben, aber hier unten kommt man darum leider nicht herum. Eines kann ich euch schon mal sagen: Ihr werdet nicht erfahren, wohin wir die Sachen bringen.«

Morgentau funkelte ihn durch die Bretter hindurch an. »Ist Franz euer Mittelsmann?«

Landmann wirkte verdutzt. »Franz? Franz wer?«

»Du weißt genau, wen ich meine. Franz König.«

»Wie kommst du denn auf den?«

»Einige eurer Kisten stammen von mir. Von meiner Ausgrabung in Noreia, bei der mich Franz unterstützt. Also?«

Landmann schürzte spöttisch die Lippen. »König ist nur einer von vielen. Der Markt ist schließlich riesig. Deshalb haben wir eine Fundstätte zu unserem Lager gemacht.«

Schulmeisters Miene hellte sich auf: »Das der Gutachter Gstrein auffliegen lassen wollte.«

»Das ist jetzt wie in den Krimis, oder?« Landmann lachte. »Der Täter verrät alles, und damit ist die Geschichte aus. Aber wenn ihr das glaubt, täuscht ihr euch. Diese Geschichte ist noch lange nicht zu Ende.«

Auch Schulmeister trat jetzt ächzend näher. Sein verletztes Bein musste bei jedem Schritt schmerzen. »Sag's mir. Es war doch so, oder?«

»Der Orsch hat mitgenascht!«, brach es tatsächlich aus Landmann heraus. »Er und seine Frau, die feine Politikerin. Aber als das mit der Autobahn immer konkreter wurde, wollten sie uns fallen lassen. Die haben uns mit dem Bau so unter Druck gesetzt und wollten uns hochgehen lassen, wenn wir ihnen das ganze Glumpert nicht zum Ramschpreis verkaufen. Die sind doch selbst schuld daran, was ihnen passiert ist. Haben sich mit den falschen Leuten eingelassen.«

»Dann hatte ich also recht.« Schulmeister nickte. »Und was habt ihr jetzt mit uns vor?«

»Das werdet ihr noch früh genug erfahren. Wie geht es dem Bein?«

»Was kümmert dich das? Wolltet ihr uns nicht wie meinen Partner erschießen?«

Die ewig müde wirkenden Augen Landmanns ruhten lange auf Schulmeister, ehe er sagte, was dieser befürchtet hatte.

15   Stöhnend hockte er sich auf das provisorische Bett und vergrub seinen Kopf in den Händen.

Morgentau schien es nicht zu wagen, sich ihm zu nähern.

Zwischen ihnen lag ein Erste-Hilfe-Koffer auf dem Boden, den Landmann ihnen gegeben hatte, bevor er wieder verschwand. Mit dessen Inhalt sollten sie ihre Wunden versorgen. Aus irgendeinem Grund tröstete ihn das nicht. Er hatte das unbestimmte Gefühl, alles käme bald noch schlimmer. Und er sollte recht behalten.

16 Das war es also, das große Finale. Letztlich könnte es nun doch noch ihre Geschichte werden. Mit Trosts schon im Halbschlaf gestammelten Worten hatte sie nichts anfangen können. Erst durch den Hubschrauberflug konnte sie sich einen Reim darauf machen.

Gierack hatte zwar wieder einmal einen Tobsuchtsanfall bekommen, den Flug dann aber organisiert. Das flaue Gefühl im Magen, als sie abhoben, wich bald der Euphorie eines spektakulären Einsatzes. Der Hubschrauber, in dem neben ihr auch der Graf Platz genommen hatte, zog seine Kreise über dem Schachenwald und schließlich über dem Kaiserwald bis nach Wildon.

Über Wundschuh zeigte der Graf auf Baracken, und es machte klick bei ihr. Jetzt würde sie endgültig das Kommando übernehmen.

Sie schwärmten aus. Fast fünfzig Beamte, die sich im Umkreis der Blechinsel im Kukuruzfeld in Stellung gebracht hatten, darunter Makel mit zwanzig Cobra-Leuten, einige Kollegen der Posten Feldkirchen und Seiersberg sowie ein paar Spezialisten in Zivil, die aus dem Landeskriminalkommando mit aufgemotzten Limousinen angedonnert gekommen waren. Nachdem das Zielobjekt weiträumig abgesperrt worden war, schlichen die Cobra-Kollegen näher, bewegten sich mal wieder wie Akrobaten auf dem dünnen Seil zwischen Leben und Tod, was sie im Privatleben oft zu nervtötenden Zynikern machte.

Und doch war Lemberg heilfroh, sie an ihrer Seite zu wissen. Es war später Nachmittag, die Sonne stand tief. Die schusssichere Weste, die sie angelegt hatte, kam ihr schwerer vor als sonst, in der Hand hielt sie eine Glock 17 mit der im letzten Jahr neu angeschafften Deformationsmunition, die ohne Spitzen des Metallmantels auskam. Beim Aufprall wurden die Geschosse zusammengequetscht, das Blei wurde freigesetzt. Die Eindringtiefe war geringer als bei Vollmantelgeschossen, aber die Verwundungen schlimmer und die mannstoppende Wirkung größer. Von offizieller Seite hieß es dazu dennoch, dass diese Verwundungen »akzeptabel« seien. Die Cobra-Leute bevorzugten als Waffe die Steyr MP 88 – ebenfalls mit Teilmantelgeschossen. Fest stand: Wer immer sich ihnen heute entgegenstellte, er würde leiden.

Diesmal ging es nicht nur um einen Mord. Ein Cobra-Mann war gestorben, ein weiterer schwer verletzt, ein Polizist vom Personenschutz und zwei Politiker waren tot, und zwei weitere Personen waren Geiseln. Herrgott! Sie versuchte, sich mit Theorien über die Durchschlagskraft von Munition abzulenken.

Lemberg atmete tatsächlich ruhiger, je näher sie der Baracke, ihrem vermeintlichen Ziel, kamen. Unwillkürlich fiel ihr eine Statistik ein: Pro Jahr wurden rund sechzig Polizisten bei Einsätzen schwer verletzt, obwohl es in ganz Österreich durchschnittlich nur zu siebzig Einsätzen mit Schusswaffengebrauch kam. Sie zog die Waffe und stellte bestürzt fest, dass ihre Hand zitterte.

Schwarze Schatten huschten an ihr vorüber und öffneten das Tor zum Grundstück. Sie stürmte ihnen hinterher und fand sich an einem seltsamen Ort wieder. Eine riesige Müllhalde für Altmetall und zu Bergen gestapelte Flohmarktware. Mit Hunderten Verstecken ein Alptraum für die Einsatzkräfte.

»Scheiße …«, hörte sie über Funk einen Kollegen fluchen.

Irgendwo klirrte Blech. Sie zuckte zusammen, doch niemand reagierte. Keine raschen, fliehenden Schritte, kein Handgemenge und schon gar keine Schüsse. Sie kauerte sich hinter eine Kredenz, in der noch die angelaufenen Gläser längst vergangener Feste standen. Römer aus grünlich schimmerndem

Waldglas, geschliffene Weißweingläser und dünnwandige Champagnerkelche.

»Gesichert!«, hörte sie dann eine männliche Stimme, und ein kalter Schauer lief ihr über den Rücken. Ihr Blick huschte immer wieder zu den Gläsern. Plötzlich hatte sie den dringenden Wunsch, sich eines zu nehmen, es mit Alkohol zu füllen und in einem Zug zu leeren. Und sich dann sofort nachzuschenken.

Wieder der knackige Ruf: »Gesichert!«

Lemberg ging immer tiefer in die Hocke und wippte vor und zurück. Was hätte sie drum gegeben, ihre Waffe einsetzen zu können. Langsam steckte sie sie zurück ins Holster.

Und ein drittes Mal: »Gesichert!«

Nach und nach löste sich die Spannung unter den Einsatzkräften. Die ersten verließen ihre Deckung und versammelten sich auf der kleinen freien Fläche zwischen all dem Ramsch. Auch Lemberg gesellte sich zu ihnen, drehte sich um sich selbst. Sie hatten alles abgesucht, alle potenziellen Verstecke, aber nichts entdeckt. Keine geheimen Kammern. Keine Keller. Keine dunklen Türen. Alle Geheimnisse dieses Ortes waren gelüftet worden, mit anderen Worten: Es gab hier keine Geheimnisse. Sie hatte versagt, schon wieder versagt.

Ihr Handy läutete. »Nein«, sagte sie zu dem Anrufer und sah dabei den Grafen an, der inmitten der Einsatzkräfte aufgetaucht war.

Er wirkte niedergeschlagen. Und schien zu wissen, wer dran war und welche Frage er gestellt hatte.

Freitag

1 »Nichts«, sagte der Graf am frühen Morgen. »Absolut nichts. Das war vollkommen umsonst.«

Lemberg hatte die Antwort erwartet. Der Graf hatte die Tankstelle die ganze Nacht über von den Ausläufern des Kaiserwalds her beobachtet. Gieracks Protesten zum Trotz hatte sie am Abend die erste Schicht und der Graf die zweite übernommen. Ihr Chef war natürlich außer sich gewesen, weil der Helikopterflug mit anschließendem Großeinsatz keinen Erfolg gebracht hatte. Wahrscheinlich hätte er am liebsten die ganze verbliebene Abteilung auf die Straße gesetzt und stattdessen einen Haufen Hollywoodhelden engagiert, aber das echte Leben hatte mit der Filmwelt eben wenig zu tun.

Der Rest des Teams war dabei, die Aufzeichnungen der diversen Kameras rund um das Anwesen des Ehepaars Gstrein auszuwerten. Nach Landmann und den Typen, die Trost, wie er behauptete, angefahren hatten, lief eine Großfahndung.

»Warte noch. Das muss ich mir mal genauer anschauen«, sagte der Graf plötzlich.

»Was ist?«

»Bleib dran.«

Sie hörte seine Schritte am anderen Ende der Leitung. »Reini, was ist los? So sag doch etwas.«

»Gleich«, murmelte der Graf. »Ich bin auf dem Parkplatz hinter der Tankstelle. Da steht ein Auto, das mit einer Plane abgedeckt ist.« Es raschelte. »Verdammt!«

»Sag endlich, was Sache ist. Sofort.«

»Ich hab das Auto von Bezirksinspektor Schulmeister entdeckt. Johannes' alten Mercedes.«

2 Sie würde ihren Platz an Trosts Krankenbett heute nicht eher verlassen, bis er aufgewacht war. Heute mussten Schulmeister und die Archäologin gefunden werden, dann Edgar Landmann und am besten auch noch der oder die Mörder der Gstreins. Heute musste einfach ein guter Tag werden. Und die Chancen standen nicht schlecht: Freitage waren normalerweise immer gut.

Während der Lift in den dritten Stock fuhr, überprüfte sie ihr Handy. Drei Anrufe von Gierack. Sie wollte nicht mit ihm reden. Nicht in aller Frühe. Dennoch rief sie ihn zurück.

»Sorry, hatte mein Handy auf lautlos gestellt.«

»Sie haben nichts auf lautlos zu stellen«, polterte er sofort los. »Haben Sie schon Zeitung gelesen, Lemberg? Nein? Haben Sie nicht? Na, dann sollten Sie das vielleicht einmal tun. Die Journalisten wissen nämlich schon wieder mehr, als uns allen guttut. Zum Beispiel, dass einer unserer Ermittler entführt wurde. Und dass ein weiterer verletzt im Krankenhaus liegt. Was glauben Sie, was jetzt wohl passiert?« Er machte eine rhetorische Pause. »Genau, die einen zerreißen sich das Maul darüber, was für Nieten wir sind, und die anderen mutmaßen, wer denn nun der Entführte und wer der Verletzte sein könnte. Ich bin gerade dabei, gegen den Online-Artikel einer Zeitung vorzugehen. Darin wird behauptet, mich habe jemand mit einem Sack über dem Kopf in einen weißen Lieferwagen gesteckt und in die Mur zum Bäckerschupfen geworfen. Kein Schmäh, *Bäckerschupfen*, so steht es da. Was für ein totaler Schwachsinn.« Wieder hielt er kurz inne. »Wissen Sie als Zugezogene eigentlich, was das ist? Früher wurden betrügerische Bäcker in Graz in einen Korb gesteckt und in die Mur versenkt. Eine Schandstrafe zur Unterhaltung des Pöbels. Und so etwas wird mir angedichtet! Nicht einmal einen gescheiten Tod krieg ich. Das alles passiert doch nur, weil wir keinen Schritt weiterkommen. Was ist mit Trost? Gibt es etwas Neues?«

»Ich bin gerade auf dem Weg zu ihm.« Sie stand vor der Tür seines Krankenzimmers.

»Warten Sie, eines noch –«

»Ich bin schon drin, melde mich später.«

»Lemberg!«

Aufgelegt. Sie konnte einfach nicht mehr. Manchmal löste allein schon Gieracks Stimme Migräne bei ihr aus, und wenn er sich dann auch noch über die Medien aufregte, wobei es doch eigentlich immer nur darum ging, dass er selbst gut dastand, dann bekam sie das große Kotzen. Auch wenn sie hoffte, dass Trost wach war, öffnete sie die Tür leise und ließ sie ins Schloss fallen, nachdem sie ins Zimmer geschlüpft war. Dann drehte sie sich um – und hielt wie vom Blitz getroffen inne.

Sie war nicht Trosts einziger Gast.

3   Der Herzschlag pulsierte so sehr in ihrem Hals, dass es fast wehtat. Sie hätte augenblicklich in Tränen ausbrechen können. Nicht nur, weil eine andere Frau auf Trosts Bett saß – das auch –, vor allem der Zeitdruck und die zunehmende Anzahl der Rückschläge schlugen ihr langsam aufs Gemüt. Als sie sprach, fühlte sie ihren Pulsschlag im Rhythmus ihrer Worte mitvibrieren und befürchtete, die beiden könnten es bemerken.

»Tut mir leid, dass ich störe.«

Charlotte Trost drehte sich um und fixierte sie. Ihr Gesicht war so emotionslos wie eine Maske. Trosts gutes Auge schien sie dagegen anzuflehen, jetzt nichts Falsches zu sagen.

»Interessant, dass Sie hier sind«, sagte Charlotte. »Und dass Sie mich bei Ihrem Besuch nicht darüber informiert haben, dass mein Mann im Krankenhaus liegt.«

»Hören Sie.« Lemberg räusperte sich. »Als ich bei Ihnen war, wusste ich doch noch gar nicht, dass Armin verletzt ist. Sie müssen verstehen, wir stecken mitten in einer dramatischen Ermittlung und stehen unter enormem Zeitdruck. Ich habe schlichtweg nicht daran gedacht, Familienangehörige zu verständigen.«

Es war Charlotte anzusehen, dass ihr eine süffisante Bemerkung über Lembergs Beziehungsstatus auf der Zunge lag. »Hören Sie«, sagte sie stattdessen, »mir ist Ihr Zeitdruck herzlich egal. Wenn meinem Mann etwas passiert, möchte ich, dass ich verständigt werde.«

»Es tut mir leid.« Betreten stand Lemberg im Raum. Sie fühlte, dass der Satz »Aber Sie sind ja auch Single, Ihnen kommt so etwas nicht in den Sinn« im Raum stand.

Charlotte drehte sich zurück zu Trost. »Und dass die aktuelle Ermittlung dramatisch ist, sehe ich. Zum Glück hat wenigstens Ihr Chef es für nötig befunden, mich darüber zu informieren, dass mein Mann im Krankenhaus liegt.« Sie wandte sich wieder zu Lemberg und warf ihr einen eisigen Blick zu. »Mittlerweile ist mir auch klar, warum Sie es nicht getan haben.«

Trosts Auge blinzelte, und Lemberg versuchte vergeblich, in dem Blinzeln eine versteckte Botschaft zu lesen. Die Morgensonne tauchte alles in ein unwirkliches, für diese Situation viel zu freundliches Licht.

»Hören Sie, ich sitze auf Kohlen. Es ist wirklich äußerst wichtig, dass ich mit Armin unter vier Augen spreche. Es dauert auch nicht lange.«

Sie spürte, dass Charlotte genauso wie sie um Beherrschung rang. Sie saß aufrecht auf dem Bett, ihre lockige Mähne fiel auf ihre schmalen Schultern. Die braunen Augen glänzten melancholisch, und auch wenn sie sich ihr gegenüber alles andere als nett verhielt, strahlte ihr Gesicht doch Güte aus. Lemberg fand sie wunderschön. Und kam sich neben dieser Frau wie ein Teenager vor.

»Er ist vor nicht einmal fünf Minuten aufgewacht. Wie soll er Ihnen da helfen können?« In Charlottes Stimme schwang Zurechtweisung mit.

»Ich weiß es nicht«, flüsterte Lemberg und senkte den Blick.

Plötzlich stand Charlotte dicht vor ihr. »Hören Sie auf damit«, sagte sie scharf. »Spielen Sie nicht ständig das scheue Reh. Reden Sie mit meinem Mann, lösen Sie den Fall und dann lassen Sie meine Familie in Ruhe.« Sie atmete zitternd aus. Es musste sie unendlich viel Kraft kosten, ruhig zu bleiben. »Ich warte draußen.«

Trost hatte bisher noch kein einziges Wort von sich gegeben, die beiden aber keine Sekunde aus den Augen gelassen.

»Hast du es ihr gesagt?«, fragte Lemberg.

Er schüttelte den Kopf. »Aber ich denke, sie durchschaut die Leute genauso wie wir.« Seine Stimme war schwach. »Sei mir nicht bös, Anne, aber ich will meine Familie zurück.«

Sie wischte sich mit einem Handrücken über die Augen und nickte etwas zu heftig. »Natürlich«, sagte sie. »Ich verstehe.« Wieder die Wischbewegung.

Hektisch dachte er nach. Er musste etwas tun, etwas sagen, bevor ihm die Situation entglitt. »Ich nehme an, dass ihr Hannes und die Archäologin nicht gefunden habt, sonst hättest du mir das gleich erzählt, oder?«

Sie wischte wieder, schien sich langsam zu fassen. »Nein. Es war ein Fiasko.« Wieder eine Träne. »Alles ist ein Fiasko.«

Und dann schilderte sie Trost den neuerlich missglückten Cobra-Einsatz, die erfolglose Fahndung nach Landmann und Co, die Durchsicht der Kameraaufnahmen nach aufschlussreichen Bildern, die Observation der Tankstelle sowie die Sache mit dem mit einer Plane abgedeckten Auto.

»Ihr habt Hannes' Auto gefunden?« Er setzte sich aufrechter hin. »Ist die Suchmannschaft schon unterwegs?«

»Nein, Reini ist noch allein vor Ort. Ich wollte zuerst zu dir.«

Trost schaute sie ungläubig an. Hätte er die Ermittlungen geleitet, wäre jetzt schon eine Hundertschaft an Beamten unterwegs, um den Wald nahe der Tankstelle systematisch durchzukämmen. Aber statt das anzuordnen, saß Lemberg hier bei ihm im Krankenzimmer.

239

»Dann werdet ihr Hannes nicht finden«, hauchte er. »Und Edgar Landmann auch nicht, Anne. Nicht schnell genug jedenfalls, wenn ihr noch nicht einmal angefangen habt, nach ihnen zu suchen. Der Wald ist zu groß.«

»Warum bist du dir so sicher, dass sie im Wald sind?«

»Ich bin mir nicht sicher, aber ich spüre es. Wenn ich dort wäre, würde ich es noch deutlicher spüren und könnte euch zu ihnen bringen.«

»Hast du dir gerade selbst zugehört?« Sie seufzte. »So etwas kauft dir der Chef niemals ab. Wahrscheinlich wird Gierack dir ein für alle Mal den Garaus machen und deine Karriere beenden. Ich glaube, die Standpauke am Montag hat er ziemlich ernst gemeint.«

»Wenn wir Hannes und die Archäologin retten, nehme ich das gern in Kauf.«

»Aber, Armin, ich kann dich hier nicht rausbringen.«

»Aber ich.«

Überrascht drehte Lemberg sich um und sah Charlotte im Türrahmen stehen.

4   Die Schmerztabletten halfen, und die Säuberung der Wunde war wohl auch nicht verkehrt gewesen. Nahezu schmerzfrei ging Schulmeister in ihrer Zelle auf und ab, während er Morgentau mit Fragen bombardierte.

»Erzähl mir noch einmal alles, was du über diesen Franz König weißt. Abgesehen von den privaten Geschichten, wenn's recht ist.«

»Franz?«, fragte sie beiläufig. »Das hab ich dir doch schon alles erklärt. Er sollte so lange meine Funde lagern, bis ich sie genauer unter die Lupe genommen hätte, um sie Sammlungen anzubieten.«

»Und währenddessen hat er ab und zu Funde auf die Seite geschafft?«

»Offenbar. Aber das war so nicht vereinbart.«

»Was gibt es noch zu ihm?«

»Er war einmal der Besitzer eines privaten Museums in einem kleinen Ort in der Weststeiermark. Gut möglich, dass er sich immer noch dafür engagiert.«

»Lass mich raten: In diesem Museum wird bald eine Ausstellung über die Zeit der Kelten stattfinden.«

Morgentau presste die Lippen fest aufeinander.

Nun gut, dachte Schulmeister. Fürs Erste würde er aufhören, sie zu löchern. Wenn das hier vorbei wäre, würde sie sich ohnehin eine ganze Reihe von Einvernahmen gefallen lassen müssen. So leicht würde sie nicht aus der Sache rauskommen. Er betrachtete sie, wie sie an der Wand hockte und ihre Hände massierte. Wahrscheinlich war ihr bereits bewusst, dass sie ihre Karriere aufs Spiel gesetzt hatte.

»Es tut mir leid«, sagte sie.

»Mir auch«, gab er zurück und beschloss, das Thema zu wechseln, um sich und sie abzulenken. »Wie muss man sich eigentlich die Steiermark vor zweitausend Jahren vorstellen? Ich meine, wo hat man etwas gefunden, was uns Hinweise darauf gibt? Und was für eine Bedeutung hat ein einzelner Gräberfund für die Forschung überhaupt?«

Erst jetzt wurde ihm bewusst, wie plump sein Versuch war, über etwas anderes zu sprechen. Doch an ihrer Antwort erkannte er, dass es ihm gelungen war, Morgentau abzulenken.

»Bei der Leechkirche, am Grazer Schloßberg und in der Körblergasse wurden Funde gemacht«, begann sie und berichtete dann von einer römerzeitlichen Villa nahe dem SOS-Kinderdorf in Kleinstübing, einem in Thondorf gefundenen wertvollen Topf, einem Brandgrab in Wohlsdorf im Laßnitztal und einem Hügelgrab in Oberschwarza bei Mureck, das sie »Tumulus« nannte. In Voitsberg habe man Lanzenspitzen gefunden, ein Hiebmesser am Lassenberg von Wettmannstätten und eine Bronzefibel in Mitterdorf. Auch die Höhensiedlungen am Kulm bei Weiz, am Dietenberg bei Ligist, am Frauenberg bei Leibnitz und in Tälern wie etwa in Södingberg und Retznei vergaß sie nicht zu erwähnen.

»In den letzten zwanzig Jahren ist da eine Menge freigelegt worden«, sagte sie, und die Begeisterung für das Thema brachte die Farbe in ihr Gesicht zurück. »Aber natürlich gehen uns Wissenschaftlern auch Funde durch die Lappen. Entweder weil die Felder unautorisiert begraben wurden oder weil ganz einfach das Geld fehlte. Ich vermute, dass es trotz aller Bemühungen, sollte ich hier je wieder rauskommen, auch im Kaiserwald so sein wird. Wirst sehen.«

Landmanns dröhnendes Lachen unterbrach sie. »Was wisst ihr schon vom Kaiserwald?« Dann tauchte seine Silhouette aus dem Dunkel auf. »Aber es ist euer Glückstag, denn ich gebe euch nun die Gelegenheit, ihn besser kennenzulernen, den Wald. Die Luft wird hier langsam zu dünn für uns, und daran seid ihr schuld, brauch ma nicht reden.« Er machte eine Pause, wie um seinen Worten mehr Gewicht zu verleihen. »Ja, ist so. Aber zumindest haben wir dank euch schneller als geplant gehandelt. Nicht einmal die Cobra hat uns gefunden, darauf sind wir schon ein bisserl stolz.«

Er machte sich an der Kette am Bretterverschlag zu schaffen und öffnete sie. »Bevor wir uns endgültig absetzen, wollen wir aber noch ein bisschen Spaß haben. Und als Belohnung dafür, dass ihr uns dabei helfts, schenken wir euch die Freiheit.«

Mit einer Kopfbewegung bedeutete er ihnen, die Zelle zu verlassen, doch an Flucht war nicht zu denken. Nicht nur, weil Schulmeister dazu noch zu schwach war, sondern auch, weil aus der Finsternis zwei weitere von Landmanns Handlangern aufgetaucht waren. Schulmeister erkannte die beiden, hatte er sie doch bei der Bürgerversammlung gesehen. Der Poolbau-Mitarbeiter Harald Bronn trug jetzt einen Unterarmschutz wie ein Bogenschütze sowie einen der konischen Helme, die sie zuvor in dem Königsgrab gesehen hatten. Der Rauchfangkehrer Gustav Erblicher hielt eine Lanze in der Hand, trug ein Kettenhemd und entblößte, als er grinste, ein

Gebiss, das so schlecht war, dass selbst die Kelten sich davor geekelt hätten. Die beiden Kerle machten einen trainierten Eindruck und waren außerdem ein gutes Stück jünger als Schulmeister.

Statt an Flucht zu denken, ätzte er deshalb: »Ist das gerade Mode unter den Grabräubern?«

»Das sind keltische Helme«, flüsterte Morgentau.

Wieder erklang Landmanns schallendes Lachen. »Wenn ihr wüsstet, was wir noch alles für Schätze lagern. Die Schätze einer ganzen Armee.«

»Atnamechs Armee.« Schulmeister sprach die zwei Worte fast andächtig aus.

»Die des ersten Grazer Königs, genau. Witzig, gell, ein König im Kaiserwald«, fügte Landmann hinzu, dann wies er ihnen die Richtung. »Nach Ihnen, der Herr, die Dame. Wir machen einen Ausflug.«

»Wo bringen Sie uns hin?«, wollte Schulmeister wissen.

Eine Antwort erhielt er nicht. Stattdessen bohrte sich etwas Spitzes in seinen Rücken und stieß ihn voran.

Minutenlang lief die kleine Gruppe durch ein unterirdisches Labyrinth, das dem, in dem Schulmeister vor einigen Jahren in der Oststeiermark auf Mörderjagd gegangen war, frappierend ähnelte. Ihm war klar, dass ihr Weg sie nicht zu jener Höhle im Flohmarktlager zurückführte.

»Leider können wir nicht mehr in unser Lager, da das von deinen Kollegen gestürmt wurde«, sagte Landmann dann auch, als hätte er Schulmeisters Gedanken gehört. »Könnte sein, dass es immer noch oberserviert wird, obwohl die Einstiegsluke natürlich nicht gefunden wurde. Und weil die Tankstelle auch unter Beobachtung steht, haben wir beschlossen, dass wir uns nach der Hasenjagd aus dem Staub machen.«

Natürliches Licht strömte in den Tunnel, in dem sie jetzt leicht bergauf gingen. Immer mehr Laub lag plötzlich auf dem lehmigen und wurzeldurchsetzten Boden, federte ihre Schritte ab. Sie näherten sich einem Ausgang.

»Hasenjagd?«, schnaufte Schulmeister, den der Marsch zunehmend anstrengte.

Einmal mehr ertönte Landmanns dröhnendes Lachen. »Früher war der Kaiserwald berühmt für die Jagd. Natürlich nur bei den Adeligen. Aber weil wir den legendären König sozusagen geweckt haben, beleben wir mit ihm auch den alten Brauch. Nur dass wir eben keine Hasen jagen«, jetzt kicherten auch die beiden »keltischen« Begleiter, »sondern euch. Aber keine Angst, ihr bekommt Vorsprung.«

5   Mit zitternder Hand unterschrieb Trost den Revers. Das war die leichtere Übung. Die schwierigere war, ohne Hilfe aus dem Bett zu kommen. Er hatte dem Oberarzt versprochen, das Krankenhaus nur zu verlassen, wenn er zumindest bis zum Rollstuhl gehen könne. Aber schon das Aufsetzen bereitete ihm so große Schmerzen, dass er fast wieder ins Kissen zurücksackte. Es werde ein wenig dauern, bis die Schmerzmittel wirkten, aber sie würden wirken, das hatte ihm Dr. Ardonik versichert. Also los, ein zweites Mal.

Diesmal griff ihm Charlotte unter eine Achsel, sodass das Gewicht seines Oberkörpers auf die Hüfte etwas verringert wurde. Trost langte nach den Krücken und stemmte sich fast in die Senkrechte, bevor er sich mit einem Schrei wieder ins Bett fallen ließ, nur um es Momente später wieder zu versuchen.

»Verdammte Scheiße!«, brüllte er. Und als hätte das Fluchen Kräfte freigesetzt, konnte er plötzlich stehen, machte zwei, drei Schritte und setzte sich in den Rollstuhl, den Lemberg ihm in die Kniekehlen schob.

»Also gut, raus hier«, presste Trost hervor.

In diesem Moment polterte Gierack durch die Tür und funkelte sie fuchsteufelswild an. Auch Dr. Ardonik kam nicht davon, was einer gewissen Komik nicht entbehrte, da dieser nicht wusste, wen er vor sich hatte.

»Was ist denn das schon wieder für eine Scheißaktion, Armin?«, knurrte Gierack. »Sofort zurück ins Bett. Ich kann schon keine seelischen Krüppel gebrauchen, aber ganz bestimmt keine körperlichen.«

6 »Ihr wollt uns jagen?«

»Korrekt. Ich bin sicher, der legendäre König Atnamech hätte das auch gemacht. Die historischen Haudegen hatten ja allerhand seltsame Bräuche. Wusstet ihr zum Beispiel, dass der Legende nach Atnamech seine Armee in der ganzen Steiermark verteilt hat? Im Ernstfall, wenn es wirklich eine Bedrohung für das Land geben sollte, greifen die Kerle nach ihren Äxten und Schwertern, und die Hölle bricht über die Angreifer herein. Ich stell mir das vor wie die Wilde Jagd, die *Gjoa*, wie man in der Weststeiermark dazu sagt. Geister auf knochigen Pferden mit langen Bärten, die im Wind wehen, untermalt von schaurigem Stöhnen im Morgengrauen.«

Bei Landmanns Geschwätzigkeit fiel es Schulmeister schwer, nachzudenken. Fieberhaft überlegte er, was er als Nächstes tun könnte, aber er hatte keine Idee.

»Ah, schaut her, er hört mir gar nicht zu«, sagte Landmann da. »Ich vermute, er überlegt, wie er aus der Situation doch noch rauskommt.«

»Sie werden euch kriegen und euch dafür büßen lassen, was ihr uns und Trost angetan habt«, brach es schließlich aus Schulmeister heraus. »Euer restliches Leben werdet ihr in der Karlau verbringen.«

Landmann lachte erneut, aber nicht mehr so laut. Offenbar waren sie schon zu nah am Ausgang, und er befürchtete, gehört zu werden. Von wem auch immer. »Das glaube ich nicht. Wir haben dafür gesorgt, dass eure Leute abgelenkt sind. Wirst sehen, den Kaiserwald haben sie gar nicht auf dem Schirm.«

Am Ende des Tunnels mussten sie ein kurzes Stück auf

allen vieren kriechen. Morgentau übernahm die Führung des Trupps, Schulmeister folgte ihr, dahinter die drei Kidnapper.

Als Schulmeister aus dem Tunnel kroch, fand er sich auf einem Hohlweg wieder. Er drehte sich um. Aus dem Tunnel, der aussah wie das Tor zur Unterwelt, kroch jetzt Edgar Landmann hervor.

»Oh mein Gott«, rief Morgentau plötzlich und fasste sich, wie es Schulmeister vorkam, übertrieben gestikulierend an ihren Kopf.

»Was soll das? Weiter!«, trieb Landmann sie an. Im Tunnelloch waren jetzt Erblichers Kopf und seine Lanze zu erkennen.

»Oh. Mein. Gott. Jetzt verstehe ich es erst.«

»He, Alte, geh weiter, sonst komme ich nicht raus«, blaffte Erblicher. Sein Gesicht war so verschmutzt, wie es auch bei der täglichen Arbeit als Rauchfangkehrer sein musste.

»Wie idiotisch ist das denn?«, hörte Morgentau nicht auf. »Wir befinden uns auf historischem Boden, reden von Geisterarmeen und Königen, aber die eigentliche Sensation hat noch niemand entdeckt.«

»Und was wäre das?«, fragte Landmann tatsächlich nach.

»Das Grab, in dem ihr bis vor Kurzem die Fundstücke aufbewahrt habt.« Sie drehte sich zu Schulmeister. »Das Loch, in das wir mit der Leiter gestiegen sind, Hannes. Wisst ihr überhaupt, wer dort begraben lag?«, sagte sie jetzt wieder in Landmanns Richtung. »Das *ist* das Königsgrab des Atnamech. Es existiert wirklich.«

»Natürlich tut es das«, gab sich Landmann unbeeindruckt. »Allerdings werden wir es erst in der Zukunft finden.«

»Falsch.« Morgentau lächelte. »Ganz falsch. Ihr habt es längst gefunden.«

Erblicher steckte von den Schultern abwärts immer noch im Tunnelausgang.

7 »Das ist also euer Plan. Ihr fahrt in den Wald, lasst Armin voranhumpeln wie einen lahmen Spürhund und hofft, auf diese Weise Hannes, die Archäologin und die Mörder zu finden?«

»Und vielleicht ein paar alte Gräber«, fügte Lemberg hinzu. Gierack wischte den Einwurf mit einer unwirschen Geste weg.

»Einerlei. So machen wir es jedenfalls nicht. Besser, wir fahren das volle Programm. Das wird ein James-Bond-Finale, dass denen Hören und Sehen vergeht. Und wenn ich dafür den ganzen beschissenen Wald abholzen lassen muss.«

Trost, der versuchte, an Gierack vorbeizurollen, schüttelte nur stumm den Kopf.

Und dennoch standen sie fünf Minuten später vor dem Krankenhaus, wo nicht nur zwei Polizeibusse warteten, sondern auch das nächste Problem. Gierack, Lemberg und Charlotte schafften es einfach nicht, den Rollstuhl zusammenzuklappen oder wenigstens die Sitzbänke im Bus so umzulegen, dass der Rollstuhl in seiner vollen Größe hineinpasste. Als es Trost, der neben einem Bus gewartet hatte, zu bunt wurde, machte er sich daran, ohne Hilfe in den Bus zu steigen.

Eine Minute später fuhren die Polizeiwagen die Krankenhauszufahrt hinunter. Der verwaiste Rollstuhl schien ihnen nachzublicken.

8 »Scheiß drauf!« Gierack warf sein Handy auf die Mittelkonsole und herrschte den Fahrer an, Gas zu geben. Die Sirene hallte durch die Gassen, während sie die Baiernstraße entlang- und schließlich vorbei an der Belgierkaserne in Richtung Süden auf die Autobahn zurasten.

Trost schloss die Augen. Die quietschenden Reifen und der monotone Singsang des Martinshorns beruhigten ihn. Er war erleichtert, dass es einfach gewesen war, Charlotte zu überreden, sich vom zweiten Dienstwagen heimbringen zu lassen. Ihre Anwesenheit bei einem Einsatz hätte ihn nur gehemmt. Andererseits hätte er sie gern an seiner Seite gehabt, denn er war sich nicht sicher, wie dieser Tag enden würde. Das wusste man zwar bei den meisten der Einsätze der Mordgruppe nicht, aber eine wilde Schießerei war doch etwas anderes als das, was die Tage üblicherweise für die Beamten bereithielten. Und auf eine wilde Schießerei würde es hinauslaufen – das sagte ihm sein Bauchgefühl.

Die Schmerzen hatten nachgelassen, waren der Wirkung der Tabletten und des Adrenalins gewichen, das seinen Körper jetzt flutete. Diesmal musste er schneller sein als damals im Geistthal. Noch einmal würde Johannes Schulmeister eine wochenlange Entführung mit Folter nicht überleben. Vor allem würde er sie ihm nicht verzeihen. Als er ihn vor einem Jahr in dem Sarg gefunden hatte, war er völlig perplex darüber, ihn überhaupt noch einmal lebend zu Gesicht zu bekommen. Wie musste es da Schulmeister selbst gegangen sein, mit der so lange ausgestandenen Todesangst, jeden Moment lebendig begraben zu werden?

Und doch war es diesmal anders. Trost hatte keine Erklärung dafür, aber diesmal wusste er, dass Schulmeister noch lebte. Und er wusste auch, wo er ihn finden würde, auch wenn er nicht erklären konnte – oder wollte? –, warum das so war.

Dennoch hatte er ein schlechtes Gewissen. Hätte er ihn nicht gebeten, diese Baracke genauer unter die Lupe zu nehmen, dann wäre das alles mit Sicherheit nicht passiert. Dass er dort nicht mehr zu finden war, war nach dem Großeinsatz allen klar. Dass sie sich nun auf sein Gespür für das Böse verließen, auch. Selbst seinem Chef.

Minutenlang sprach niemand ein Wort. Trost sah, wie Gierack auf seinen Fingerknöcheln kaute. Hätte Trost ihm verraten, dass er als Schwerverletzter gleich ganz allein in den Wald gehen musste, ohne Verstärkung, hätte Gierack sich vermutlich alle zehn Finger auf einmal abgebissen.

9 Sie rasten über die Autobahn, passierten den Zubringer, der aus dem Plabutschtunnel dazustieß, und fuhren in einem kleinen Konvoi aus Einsatzwagen, die sich ihnen angeschlossen hatten, mit hundertfünfzig Sachen durch die Rettungsgasse, die sich angesichts ihrer weithin hörbaren Sirenen tatsächlich gebildet hatte.

Bei der Ausfahrt Wundschuh öffnete Trost wieder die Augen. Etwas war plötzlich anders. Hier, wo vor einer Woche Helmut Ludwig Gstrein durch einen Pfeil getötet worden war, ausgerechnet hier kam der Polizeibus ins Schlingern. Trost hielt sich an einem Haltegriff fest, dann quietschten die Bremsen, der Wagen stellte sich quer, die Stoßdämpfer ächzten unter der Fliehkraft, und Gieracks Kopf wurde mit solcher Wucht gegen die Seitenscheibe geschlagen, dass er sich eine Platzwunde zuzog. Als dehnte sich die Zeit, zog sich der Moment in die Länge. Trost beobachtete, wie der Fahrer die Luft anhielt, zweimal blinzelte und, anstatt eine Vollbremsung zu machen, stoßweise auf das Pedal trat, sodass der Wagen nicht ins Schlingern geriet, wobei der Mann jedes Mal, wenn er auf die Bremse stieg, heftig ausatmete. Seine Backen blähten sich.

Trost sah auch, wie Lembergs Kopf durch das plötzliche Manöver gegen die Nackenstütze des Vordersitzes geschleudert wurde und sie ihn dabei ansah wie ein verliebtes Mädchen, das sich um ihn sorgt. Sie verzog die Mundwinkel, als würde sie eine heiße Schüssel von einer Kochplatte auf die andere stellen. Ihr Zopf flog ihr ins Gesicht wie der Schweif eines Pferdes, das sich die Fliegen vom Leib halten will.

Gieracks dünnes Haupthaar wirbelte ebenfalls durch die Luft, sah aus wie eine dürre Wiese im Wind, ein Blutstropfen spritzte in eleganter Flugbahn durch den Innenraum des Wagens und klatschte auf den Gurt des Fahrers. Trost hätte ein ganzes Buch über diese eine Millisekunde schreiben können, in der der Wagen einen Ruck machte, vielleicht weil er die Baustellenabsperrung touchiert hatte. Er hätte die mannigfaltigen Arten des Schmerzes aufzählen können, die er trotz der Medikamente spürte, aber vor allem hätte er davon berichten können, dass er in der entfernten Biegung der Straße nun den Kaiserwald vor sich auftauchen sah wie ein dunkles Reich, das ihn erwartete. Hätte er die Möglichkeit gehabt, das Ganze noch einmal zu durchleben, hätte er vielleicht sogar das Horn gehört, das einer düsteren Armee im Wald das Zeichen zum Angriff gab.

Dann stand der Wagen mit einem Mal still, eine Dampfwolke verbrannten Gummis legte sich über ihn, und niemand wusste, wie es jetzt weitergehen sollte.

10   Die Sprüche auf den Transparenten waren unmissverständlich. »Nieder mit der Autobahnlobby!«, »Stoppt den Verkehrswahnsinn!«, »Mit jeder Fahrbahn stirbt Lebensraum!«, stand in fetten aufgemalten Buchstaben auf den gespannten Leintüchern. Dass es bislang noch zu keinem Unfall gekommen war, grenzte an ein Wunder. Die rund fünfzig Demonstranten hatten es bereits zu einer Autoschlange aus mindestens ebenso vielen Fahrzeugen gebracht. Das Martinshorn des Polizeibusses plärrte den still stehenden Wagen in die Heckscheiben, übertönte deren Hupkonzert und schrillte über die Ebene hinweg.

»Schalten Sie doch das verdammte Ding aus!«, brüllte Gierack den Fahrer an.

Der junge Mann reagierte sofort und wirkte so abgeklärt, als wäre er die Ausbrüche des obersten Kriminalpolizisten im Land längst gewohnt. Trost hatte ihn nie zuvor gesehen. Ein hübscher blonder Kerl, dem allerdings am Hals rote Pusteln mit gelben Kuppen wuchsen.

Gierack war völlig außer sich. Auf seinen Lippen glänzten feine Spuckebläschen. »Was bilden sich diese Anarchisten eigentlich ein? Das ist ja lebensgefährlich. Na wartet.«

Als er aus dem Wagen sprang, erinnerte er Trost ein wenig an einige Typen, die sie in den letzten Jahren festgenommen hatten. Völlig die Contenance verlierende Männer, die in Rage zu allem fähig waren.

11 Indes rastete auch Alexia Morgentau aus. Mit hochrotem Kopf deutete sie immer wieder auf den Helm Erblichers, hinter dem Bronn ebenso im Begriff war, aus dem Loch zu kriechen. Morgentau rief immerzu, dass sich hier ein komplettes Königsgrab befinden müsse, und klang dabei, als hätte sie endgültig den Verstand verloren. Sie schrie, dass sich in dem Grab Hunderte toter Krieger und Gegenstände befänden, gegen die selbst der hölzerne Kultwagen von Strettweg und die hölzerne Graziella nur kulturhistorischer Kleinkram wären.

Schulmeister konnte den trotz der dramatischen Umstände peinlichen Auftritt nicht ganz nachvollziehen. Seiner Meinung nach sprach die Archäologin reichlich abfällig von den Kultgegenständen der heimischen Geschichte, außerdem waren Kultwagen und Graziella nicht aus Holz, sondern aus Bronze und Ton, wenn er sich nicht täuschte. Was war nur in die Frau gefahren?

Landmann schien der Geduldsfaden zu reißen. Er packte Morgentau am Genick, was ihr einen spitzen Schrei entlockte. Er fluchte, warnte sie, er werde sie noch gröber behandeln, sollte sie nicht ihren Mund halten.

Doch sie entwand sich ihm, nur um wieder auf die Helme ihrer Bewacher und auf das dunkle Loch zu zeigen, aus dem sie gekommen waren. »Diese Helme stammen aus einem Königsgrab, ihr Idioten.«

Entgeistert schaute Schulmeister zwischen Morgentau und

seinen Kidnappern hin und her. Es war offensichtlich, dass die Archäologin ihm etwas mitteilen wollte. Fieberhaft suchte er die Umgebung ab – und bemerkte schließlich das Netz, das direkt über dem Tunnelausgang im Dickicht hing.

Morgentau war mittlerweile so außer sich, dass die anderen Schulmeister für ein paar Sekunden nicht beachteten. Diese Zeit genügte ihm, um sich ein Scheit von einem Holzstoß neben dem Waldweg zu nehmen. Doch damit wollte er keineswegs auf seine Entführer einschlagen. Das wäre ein aussichtsloses Unterfangen gewesen. Das Holzstück löste vielmehr das Tarnnetz, das den Eingang etwas weniger offensichtlich machen sollte. Es fiel herab, und im letzten Moment versetzte Schulmeister Erblicher einen Stoß, sodass dieser rücklings auf Bronn fiel und ein Stück weit zurück in den dunklen Gang rutschte. Die beiden Helmträger verhedderten sich in dem Netz und brauchten Minuten, um sich zu befreien. Dann ergriffen sie die Flucht.

Plötzlich wurde es still. Fassungslos starrte Landmann seinen Kumpanen hinterher, bevor er sich auf Schulmeister stürzte, der sich mit seinem verletzten Bein nicht aufrecht halten konnte und rücklings auf den Waldboden kippte.

Im nächsten Moment spürte er Landmanns Knie auf seiner Brust. Er versuchte, es wegzudrücken, doch vergeblich. Also konzentrierte er sich auf dessen Gesicht, wollte ihm die Daumen in die Augen rammen, ihn an den Haaren reißen oder ihm auf andere Art Schmerzen zufügen. Doch Landmanns Oberkörper war zu lang oder Schulmeisters Arme zu kurz. Einerlei. Das Knie auf seinem Brustkorb rutschte in Richtung Hals.

Er grunzte, bekam keine Luft mehr. Er gab sich nur noch wenige Sekunden. Kein Zweifel, der Kerl würde ihm den Kehlkopf eindrücken. Wieder umfasste Schulmeister Landmanns Knie mit beiden Händen, aber sein Gegner war zu kräftig.

Erst als Landmanns Körper zu zucken begann, löste sich der Druck auf Schulmeisters Brust. Der Tankwart ließ benommen von ihm ab, wurde immer schwächer und legte sich auf den Boden, als hätte er beschlossen, einfach einzuschlafen. Hinter ihm tauchte Alexia Morgentau mit einem Holzscheit in der Hand auf. Keine Sekunde zu früh. Die Wunde an Landmanns Kopf blutete, doch sie kümmerten sich nicht darum.

Es dauerte eine Weile, bis Schulmeister wieder auf zwei Beinen stand. »Also los, Alexia«, keuchte er schließlich. »Die Hasenjagd hat begonnen. Wer weiß, ob die beiden anderen es nicht immer noch auf uns abgesehen haben. Wenn, dann sollten wir schnellstmöglich aus diesem gottverdammten Wald verschwinden.«

12   Eine verstauchte Hüfte, eine Fraktur des linken Ellbogens, Prellungen und Abschürfungen an Kopf, Schulter und Rücken, Gehirnerschütterung, aber keine inneren Verletzungen: Für diese Diagnose war Trost überraschend fit. Er war Gierack gefolgt und hangelte sich von Auto zu Auto, indem er sich an deren Karosserien abstützte.

Gieracks wütendes Gebrüll war von Weitem zu hören, und Trost stellte sich vor, wie er es damit binnen kürzester Zeit zur YouTube-Berühmtheit schaffte. Er gab dem ersten Beitrag maximal eine Viertelstunde, bis er online ging.

Und tatsächlich, als er näher kam, sah er, dass bereits vereinzelte Handys auf Gierack gerichtet waren, während er mit den Anführern der Protestgruppe heftig debattierte. Hauptsächlich schien es ihm darum zu gehen, dass er dringend vorbeimüsse, während die Agenda der Demonstranten natürlich vorsah, eben niemanden durchzulassen. Dass sie die Chuzpe hatten, sogar einem Polizeiwagen die Weiterfahrt zu verweigern, nötigte Trost sogar ein wenig Respekt ab. Sie wollten Aufmerksamkeit, und die hatten sie jetzt garantiert.

Unter den Demonstranten erkannte Trost Teilnehmer der Bürgerversammlung wieder, darunter auch Hartwig Strehmayr. Der bullige Kerl mit dem kurzen Hals hatte ihn im selben Augenblick entdeckt und schaute ihn aus großen Augen an. Ganz offensichtlich hatte er nicht damit gerechnet, ihn so kurze Zeit nach seinem Angriff wieder auf den Beinen zu sehen. Er löste sich aus der Gruppe und kam unbemerkt von den anderen, die sich immer noch auf Gierack konzentrierten, auf ihn zu. Trost wich zurück, aber der Kerl war schneller und packte ihn am Kragen der Lederjacke.

»Schleich dich endlich, Oida«, knurrte Strehmayr. »Hast du es immer noch nicht kapiert?«

»Du hast da etwas nicht kapiert«, gab Trost trotzig zurück und spürte Schmerzwellen durch seinen Körper rollen.

»Sem, gemma's an«, kündigte Strehmayr das nächste Level seiner Gewaltbereitschaft an. Er verdrehte Trosts verletzten linken Arm, sodass Blitze vor dessen Augen zuckten, bevor er den dumpfen Schmerz in seiner Magengrube fühlte.

Strehmayr würde gut in ein sibirisches Lager passen, wo sie Bären und Hunde aufeinanderhetzten oder sich für ein paar Rubel mit blanken Fäusten die Fresse einschlugen. Das Bild Strehmayrs inmitten der Tundra, umgeben von Schlägertypen, löste ein Lächeln bei Trost aus.

Weitere Bauchtreffer folgten, denen Trost nichts entgegenzusetzen hatte. Und es hätte bestimmt kein gutes Ende mit ihm genommen, wären Strehmayr nicht plötzlich die Arme nach hinten gerissen und mit Kabelbindern fixiert worden. Schließlich wurde der massive Körper hochgehievt, als wöge er nicht mehr als eine Frauenhandtasche, und gegen die Kühlerhaube eines Autos gedrückt. Im Verhältnis zu dem grobschlächtigen Kerl, der so bald wohl niemanden mehr belästigen würde, wirkte die Frau, die ihn überwältigt hatte, geradezu zierlich.

»Alles in Ordnung?«, keuchte Lemberg.

Trost biss den noch nachhallenden Schmerz weg und nickte dankbar. Es nötigte ihm Respekt ab, wie energisch seine zierliche Kollegin sein konnte.

In diesem Moment knurrte der Motor eines Motorrads, ein Motorradpolizist parkte ein paar Meter abseits seine Maschine, stieg schwungvoll ab und kam rasch näher, eine Hand lässig am Pistolengurt.

»Was ist da los?«, wollte er wissen. Und einen Augenblick später konnte er seine Überraschung nicht verbergen. »Das gibt's ja nicht. Schon wieder die zwei von der Kriminalpolizei. Ich schätze, das ist wieder dienstlich?«

»Richtig getippt«, erwiderte Lemberg. »Aber der hier gehört jetzt Ihnen.« Sie nickte in Richtung Strehmayr. »Tätlicher Angriff auf einen Polizisten, Widerstand gegen die Staatsgewalt und so weiter.«

Während die Schmerzwellen langsam verebbten, blickte Trost immer wieder unruhig zum Wald hinüber. Er spürte, dass ihnen nicht mehr viel Zeit blieb.

13   Landmann stand auf, klopfte sich die Hosenbeine ab und sah sich um. Im Licht der Mittagssonne schimmerten die Bäume und täuschten das Auge. Sie schienen sich zu bewegen, schienen einander mit ihren Ästen zu umschlingen und Plätze zu tauschen.

Er rieb sich die Augen, versuchte, das Bild scharf zu stellen. Langsam veränderte sich das, was er sah. Die Bäume verhielten sich wieder wie Bäume – und auf einem vielleicht zweihundert Meter entfernten Hügel erkannte er ganz deutlich zwei Gestalten, die sich nicht gerade schnell fortbewegten. Er betastete seinen Kopf und betrachtete grimmig das Blut an seinen Fingerkuppen. Dann blickte er sich erneut um, ging ein paar Schritte nach links und hob einen mit Moos bewachsenen Holzdeckel hoch.

Eine Minute später lief er los, an seinem Rücken ein Köcher mit Pfeilen mit korrodierenden Eisenspitzen, in der Hand den selbst gebauten Eibenbogen. Wie vor zweitausend Jahren,

255

dachte er. Als die Kelten auf die Jagd gegangen waren, Seite an Seite mit den Römern in Noreia gegen die Germanen gekämpft hatten. Er fühlte keinen Schmerz mehr. Nur noch diese magische Lust, zu jagen, bevor er untertauchen würde.

14   Er hatte es dann doch nicht übers Herz gebracht, ihn zu erschlagen. *Idiot.* Schulmeisters Bein schmerzte, aber schon für Alexia Morgentau musste er durchhalten. Sie hatten keine Ahnung, wohin sie fliehen sollten, hatten aus dem Bauch heraus eine Richtung gewählt. Hauptsache, sie hielten den Abstand zwischen sich und Landmann möglichst groß.

Sie stolperten einen natürlichen Hohlweg entlang, mussten aber immer wieder Pausen einlegen. Schulmeisters Lungen brannten. Er versuchte, sich daran zu erinnern, wann er das letzte Mal so viel gelaufen war. Es musste Jahre her sein. Sollte er heil hier rauskommen, würde er mehr für seine Fitness tun, versprach er sich selbst. Die Einsicht kam spät, aber besser spät als nie.

Trotz des pfeifenden Geräuschs, das er beim Rennen von sich gab, zwang er sich dazu, die Pausen möglichst kurz zu halten. Morgentau sagte nichts, aber er wusste, dass sie ihn argwöhnisch beobachtete und dabei vermutlich überlegte, ob sie allein nicht besser dran wäre und schneller vorankäme. Zweige hatten in ihrem hochroten Gesicht Kratzer hinterlassen, und das Haar klebte ihr an der schweißfeuchten Stirn, dennoch sah sie aus, als wäre sie noch nicht am Ende ihrer Kräfte.

»Weißt du was?« Schulmeister gelang es kaum, die drei Worte flüssig hervorzubringen, schnappte zwischendurch immer wieder nach Luft. »Wir sollten uns trennen. Das erhöht unsere Chancen.«

Sie widersprach ihm nicht. »Du da lang, ich hier lang«, sagte sie nur, drehte sich um und rannte los.

Na bravo, dachte Schulmeister. Die hatte sich ja einfach überzeugen lassen. Er presste sich eine Hand ins Zwerchfell und hoffte, dass das Seitenstechen bald nachlassen würde. Langsam, viel zu langsam stolperte er weiter.

15 Der Schweiß brannte ihm in den Augen. Es hatte noch ein paar Minuten gedauert, bis der Polizeibus endlich die an die Seite gedrängten Demonstranten passierte. Gierack jammerte noch eine ganze Weile darüber, dass sich sein Konterfei jetzt in den sozialen Medien verbreiten werde. Erst als sie die per Funk mit den Kollegen vereinbarte Stelle am Rande des Kaiserwalds erreichten, nahm er wieder Haltung an.

Sie winkten eine Gruppe Wanderer weiter, und während die Kollegen eine provisorische Kommandozentrale in einem der Busse einrichteten, sah Gierack konzentriert in den Wald. Plötzlich war es so unerträglich tropisch schwül, dass sein Körper von Feuchtigkeit überzogen war. Er hasste es, zu schwitzen. Ein diskreter Blick unter seine Achseln überzeugte ihn davon, dass es zudem auch noch schrecklich aussah. Auf seinem Hemd hatten sich dunkle Flecken gebildet.

Auf dem Weg hierher war ihm aufgefallen, dass alle paar Meter schmale Pfade in den dichten Wald hineinführten, der von Disteln und Büschen durchsetzt war. Die Wege mündeten allesamt im finsteren Dickicht, das keinen Zweifel daran ließ, dass nach ein paar Metern Schluss war. Das war kein normaler Graz-Umgebungs-Mischwald, vielmehr ein Dschungel. Nur ein einziger etwas breiterer Weg schien hineinzuführen, und den würden sie nehmen müssen.

»Herr Major«, kam ihm der Fahrer des Wagens mit den Pickeln am Hals entgegen. »Wir wären jetzt so weit.« Von den anderen unbemerkt hielt er ihm eine Box Feuchttücher entgegen.

Gierack war zu überrascht, um eine große Sache daraus zu

machen, zog dankbar ein Tuch heraus und wischte sich damit übers Gesicht. Zumindest ein paar Sekunden lang fühlte er sich erfrischt.

Sie hatten sich um eine Karte des Kaiserwalds versammelt, die ausgebreitet auf der Kühlerhaube eines Einsatzwagens lag, und warteten auf die Anweisungen von Gierack, der unschlüssig die Backen blähte und sich suchend umdrehte. In diesem Moment läutete sein Handy.

»Ja!«, bellte Gierack hinein. »Der wer? Hören Sie, wir sind gerade mitten in einem Einsatz …«

Im Hintergrund schüttelte Cobra-Einsatzleiter Makel den Kopf und starrte in die Baumkronen. »Das darf doch alles nicht wahr sein«, sagte er so laut, dass sämtliche Kollegen es mitbekamen.

»Wie gesagt, ich kann jetzt nicht … Ah, Herr General, Sie sind schon dran? Natürlich habe ich Zeit, bitte, was kann ich für Sie tun?«

Eine geschlagene Minute passierte nichts weiter. Die Umstehenden versuchten, an Gieracks Mimik abzulesen, worum es bei dem Anruf ging, doch seine Züge waren in Stein gemeißelt. Schließlich beendete er das Gespräch mit den Worten: »Ich habe verstanden, Herr General. Auf Wiederschauen, Herr General.«

Als er das Handy wegsteckte, war das Schweigen der Truppe so umfassend, dass ein Specht zu hören war, der sich an einem der Bäume abarbeitete.

»Gut.« Gierack suchte seinen neuen Adjutanten. »Geh, nemman S' das Handy und legen es ins Auto. Jetzt wird gearbeitet.« Er griff nach einem Funkgerät. »Wo ist Trost? Armin? Herr Trost? Gemma's an, bitte schön. Zeigen Sie uns, was Sie können.«

Die Männer der Einsatztruppe blickten sich um, doch nirgendwo lichteten sich ihre Reihen, um Trost durchzulassen.

»Sakrament, wo ist der denn? Trost!«, brüllte Gierack.

Dann: »Lemberg!« Aber keiner von beiden antwortete. Sie waren verschwunden.

16 »Au!«, quiekte Schulmeister und rieb sich den Unterarm. Zum wiederholten Mal war er in einen abstehenden Ast gerannt. Doch das war nichts gegen den Schmerz, der folgen sollte. Er drehte sich im Laufen um, gab sich schon der Hoffnung hin, dass vielleicht doch niemand hinter ihnen her war, als er mit voller Wucht mit einem Baum kollidierte. Einen Moment lang sah er nur weiße Flecken, die vor seinen Augen tanzten. Er drohte das Gleichgewicht zu verlieren, fing sich aber rechtzeitig und stützte sich an dem Baum ab. Er nahm zwei, drei Atemzüge, ehe er benommen weitertaumelte und spürte, wie das Blut ihm aus der Nase rann. Aber er hatte keine Zeit, sich zu bemitleiden, denn er hatte den Schatten bemerkt, der flink und behände ihm hinterherhuschte.

Auf der Suche nach einem Versteck sah Schulmeister sich um – und wurde stutzig. Zwischen den Bäumen schimmerten die Reste bleicher Betonsteher hervor, die ein grün überwuchertes Flachdach trugen. Das musste einer der zahlreichen unheimlichen Orte dieses Waldes sein, der »Tempel«, wie man die einstige Munitionsfabrik der Nazis nannte, die seither als Ruine verrottete. Allzu viel Schutz bot er nicht, wie Schulmeister alsbald feststellte.

Er schlug Haken zwischen den Stehern und ließ den Tempel dann links liegen, wohl wissend, dass er seinem Verfolger dadurch näher kommen würde. Doch er hatte ein grünes Band bemerkt, ein Dickicht aus Buschwerk und kleinen Bäumen, das seine Rettung sein könnte. Vielleicht seine einzige Möglichkeit, dem Schatten fürs Erste zu entkommen.

Plötzlich vernahm er ein Surren, das nicht hierhergehörte, und zog den Kopf ein. Im nächsten Moment steckte ein Pfeil dicht neben ihm im Baum. Der Schaft vibrierte. Aber das grüne

Band kam immer näher. Schulmeister wechselte erneut die Richtung, lief jetzt im Zickzack darauf zu, hatte alle Schmerzen vergessen, als es erneut surrte.

17 Das Galoppieren der Pferde war jetzt unüberhörbar. Er stolperte auf das Geräusch zu, schoss jegliche Vorsicht in den Wind. Er hätte sich verstecken, sich in eine Mulde kauern sollen, um von der Horde nicht entdeckt zu werden. Nicht auszudenken, was sie mit ihm anrichten würde, wenn er sich ihr in den Weg stellte.

Trost kam es so vor, als könnte er ihre Gegenwart durch seine Verletzungen sogar noch besser fühlen als zuvor. Mit seinem einen gesunden Auge, seinem einen gesunden Arm und seinem einen gesunden Bein. Es war, als hätte er die Hälfte seines Körpers diesem Empfinden geopfert. Stöhnend stolperte er an dem riesigen Gräberfeld vorbei und noch tiefer in den Wald hinein.

Dann passierte es. Die ersten Toten erhoben sich aus der Erde und griffen mit langen Fingern nach seinen Knöcheln. Er strauchelte und fiel, schaffte es irgendwie aber, wieder aufzustehen, schüttelte die Krallen ab und lief weiter. Aus den Baumrinden ringsum schälten sich Gestalten, auf deren Köpfen Moos und seltsames Gestrüpp wuchsen. Einigen der Figuren fehlte ein Körperteil, doch eines war ihnen allen gemein: Sie waren bewaffnet.

Grunzend kamen sie näher, folgten Trost durch den Wald. Manchmal stützte er sich ab und musste dabei angewidert feststellen, dass er einen Totenkopf berührte. Um ihn herum hob ein Heulen wie von Hunden an, wenn die Sirenen am Samstagmittag zum Probealarm losgehen.

Trost schüttelte ein nie zuvor erlebter Schauer. Der Grund seiner Angst war real geworden. Äste knackten, Finger fuhren durch sein Haar, Atem brannte heiß in seinem Genick, und kalte Klingen stießen in seinen Rücken. Er wusste, dass er den Verstand verlor, fühlte sich aber dennoch und trotz seines körperlichen Zustands stark wie selten zuvor. Denn er wusste oder glaubte wenigstens ganz fest daran, dass diese Armee des Grauens – Atnamech und seine Mannen – hinter ihm stand. Dass sie auf seiner Seite war.

18 Wenn das hier schiefging – und ja, nach menschlichem Ermessen musste es schiefgehen –, dann könnte sie sofort auswandern. In jeder Polizeidienststelle des Landes würden sie ihr Foto ans Schwarze Brett pinnen und die Kollegen davor warnen, ihr zu nahe zu kommen. Sie würde keinen Job mehr bekommen, nicht einmal als Kaufhausdetektivin. Verrückte waren nirgendwo gern gesehen, und es war absolut verrückt, Armin Trost sabbernd und unsichtbaren Gestalten etwas zumurmelnd ihr voraus durch den Wald zu schicken. Ganz abgesehen von der Kleinigkeit, dass sie ihm seine Dienstwaffe zurückgegeben hatte, obwohl er in seinem Zustand keinen psychologischen Test der Welt bestanden hätte. Sollte er sie benutzen, würde ihn jedes Gericht fertigmachen. Was hatte sie sich bloß dabei gedacht?

Und dann noch die Kosten. Ein ganzes Geschwader an Polizisten hatten sie hierherbeordert. Unter ihnen einmal mehr die Cobra. Und dann seilten er und sie sich einfach ab und starteten einen Alleingang. Nicht auszudenken, wenn die Aktion danebenging.

Trost sah so furchtbar aus, dass sein Anblick sie zu Tränen rührte. Immer wieder rief er: »Lasst mich!«, »Hört auf!«, und: »Folgt mir doch einfach«, und sie bewunderte ihn dafür, wie schnell er trotz seiner Verletzungen vorankam. Es musste an diesem Wald liegen, an den Dingen, die er sah. Daraus schöpfte er seine Kraft. Sie hatte Mühe, mit ihm Schritt zu halten.

Mittlerweile lag das Gräberfeld einige Kilometer hinter

ihnen, und mit jedem Schritt schwand ihre Zuversicht. Lemberg musste sich eingestehen, sich verrannt zu haben. Hier im Wald, bei den Ermittlungen zu diesem Fall und überhaupt im Leben.

Sie war stehen geblieben, beobachtete Trost, wie er weiterstolperte und kurzzeitig auf allen vieren kroch. Weinend sah sie dem Mann hinterher, dem sie noch immer ihr Herz schenken würde, wenn er es denn gewollt hätte.

Nein. So konnte es nicht weitergehen. Sie würde es hier und jetzt beenden. Einen Schlussstrich ziehen. Einen einigermaßen würdevollen Abgang, den war sie sich selbst schuldig. Als ihre Hand an ihre Hüfte fuhr, spürte sie den Griff der Glock an ihren Fingern. Wieder einmal musste sie sich die Tränen wegwischen. An einen Baum gelehnt atmete sie zitternd aus. Dieser Einsatz musste abgebrochen werden. Hier und jetzt.

19 Schulmeister war klar, dass sein Jäger mit ihm spielte. Wieder surrte ein Pfeil auf Kopfhöhe an ihm vorbei und blieb in einem Baumstamm stecken. Er hörte sich selbst wimmern, wankte unsicher durchs Gebüsch. Der Plan, hinter dem grünen Band in Deckung zu gehen, hatte sich zerschlagen. Immer noch war ihm der Jäger dicht auf den Fersen, und fast wäre es ihm sogar recht gewesen, hätte ein Pfeil ihn in den Rücken getroffen. Dann hätte sein Leben ein Ende gehabt. Immer noch besser als ein aussichtsloser, aber sich hinziehender Zweikampf, bei dem er zu Tode geprügelt wurde.

Wie hatte das passieren können? Immer wieder käute ihm sein Unterbewusstsein die Frage wieder, als hätte er in diesem Moment die Zeit, darüber nachzudenken.

Sein Bein tat furchtbar weh. Normalerweise wäre er vor Schmerzen in Tränen ausgebrochen, stattdessen machte er sich jetzt vor lauter Angst vor dem Tod fast in die Hose. Diese

Hasenjagd war schlichtweg eine Gemeinheit. Menschen wie Vieh durch den Wald zu hetzen war die pure Folter.

Schulmeister hoffte nur, dass er mit seiner Idee, sich von Morgentau zu trennen, wenigstens deren Leben hatte retten können. Dann hätte er zum Schluss doch noch ritterlich gehandelt. Eine kleine Heldentat für eine Frau, die ihm gefallen hatte, das musste er zugeben. Er wäre wahrscheinlich zu alt für sie gewesen, aber allein die Vorstellung, sie …

Vermutlich würde er den Gedanken in seinem nächsten Leben zu Ende denken können. Er stolperte, stürzte auf sein verletztes Bein und rollte schreiend einen Hügel hinab. Wieder surrte ein Pfeil, doch da sein Körper mittlerweile ein einziger Schmerz zu sein schien, hatte Schulmeister keine Ahnung, ob er getroffen worden war oder nicht. Viel schlimmer war, dass er seinem Jäger direkt vor die Füße gerollt war.

20 Die nackte Wut trieb Gierack zu Höchstleistungen an. Einsätze wie dieser waren üblicherweise nicht seine Sache. Aber die Liste von dem, was allein heute schon vorgefallen war – bis hin zu dem Anruf des Generals –, war lang genug, um sich durch den Wald zu schießen wie diese irren Blockbusterhelden auf Kinoleinwänden. Grimmig führte er seine Truppe an. Am liebsten hätte er alle Bösewichte – und Trost gleich mit – erledigt, um alle Sorgen los zu sein.

Es war eine Schwäche unter seinen vielen Stärken, Typen wie Trost nicht zur Räson bringen zu können, dessen war er sich bewusst. In jeder anderen Abteilung des Polizeidienstes hätte der Chefinspektor schon längst als Computerdateileiche sein Ende gefunden. Und zwar im Ordner mit den Kündigungen.

Warum musste dieser Wahnsinnige ausgerechnet unter seiner Fuchtel stehen? Gierack knurrte wie ein wildes Tier und versuchte, seinen Mangel an Kondition zu ignorieren.

Er feuerte sich an, folgte dem Lauf seiner Pistole, die er im Anschlag hielt.

Und dann sah er ihn. Gezeichnet von seinen Verletzungen stand er auf einer Lichtung und breitete die Arme wie ein verdammter Jesus-Imitator aus. Alles erstarrte, die ganze Mannschaft verharrte in staunender Pose, unfähig, weiterzugehen. Zu Trosts Füßen lag Schulmeister. Und dann kam auch noch die Lemberg hinzu. Rannte wie eine Furie, sprang über Wurzeln und Zweige, als wäre sie eine geborene Crossläuferin. So erstaunt war er über die Frau, dass er dabei fast den Kerl zwischen den Büschen übersehen hätte. Der die Sehne eines Bogens spannte.

Gierack blickte sich um, blinzelte, gab den Schießbefehl, schoss selbst und rannte weiter. Kollegen gingen zu Boden. Lieber Gott, betete er, bitte mach, dass keiner ernsthaft verletzt wird. Und dann fiel er selbst.

21 Landmann kicherte. Das war die beste Hasenjagd aller Zeiten gewesen. Die Krönung eines außergewöhnlichen Abenteuers. Der Schuss auf den ehemaligen Richter war schon stark gewesen, der Doppelmord in und vor dem Haus der so kurz zuvor verwitweten Politikerin eine eher simple Sache, aber das hier? Das hatte ihm wirklich getaugt. Das war *in der Richtung* eine richtig klasse Sache gewesen. Einfach unglaublich.

Der einzige kleine Wermutstropfen dabei war, dass sie ihn mit ihren beschissenen Kugeln erwischt hatten. Wie gelähmt lag er jetzt auf dem feuchten Waldboden; alles, wozu er im Augenblick fähig war, war zu atmen. Nichtsdestotrotz war er zufrieden mit sich. Er war auf dem Schlachtfeld besiegt worden. Im Kampf. Du meine Güte, die alten Helden wären stolz auf ihn gewesen.

Jetzt drückte ihm einer der Typen, die um ihn herumstanden

und immer unschärfer wurden, weißes Zeug auf die Wunden. Weißes Zeug, das sich rasend schnell rot verfärbte.

Er hatte getroffen, erinnerte er sich. Er hatte jemanden getroffen. Die Hasenjagd war erfolgreich gewesen. Er kicherte wieder. Das Geräusch echote in seinen Ohren nach. Als stünde er in einer großen Halle. Inmitten einer unendlich großen Armee.

22 Wenige Minuten vorher hatte Armin Trost sein Glück kaum fassen können. Er hatte seinen Kollegen gefunden, lebendig. Die beiden Männer umarmten einander. Schulmeister brachte kein Wort hervor, schnappte nur immer wieder nach Luft, offenbar noch immer in Panik. Die Geisterarmee scharte sich um die beiden, kroch und schaukelte heran. Langhaarige Kreaturen, die kaum mehr als Menschen erkennbar waren, manche von ihnen noch in Rüstungen, mürrisch grunzend und schaurig klagend.

»Ich danke euch!«, rief Trost. Und fügte, weil er Schulmeisters entgeistert fragenden Blick bemerkte, hinzu: »Keine Angst, Hannes. Du musst keine Angst vor ihnen haben.«

In diesem Moment setzten die Schreie ein, Schüsse fielen, und ein Pfeil surrte.

Aus den Augenwinkeln sah Trost, wie Gierack stolperte und der Länge nach hinfiel. Er sah aber auch, wie Annette Lemberg von den Beinen gerissen wurde. Ihr Körper hob ab wie von einer unsichtbaren Faust gepackt und blieb zappelnd an einem Baumstamm hängen. Der fingerdicke Pfeil mit einer Spitze aus rostigem Eisen hatte sich durch ihre Schulter in das Holz gebohrt. Was um ihn herum vor sich ging, daran konnte sich Trost später nicht mehr erinnern. Jedenfalls war die Armee des Grauens mit einem Mal verschwunden, als hätte sie nie existiert, und er konnte sich selbst sehen, so als hätte er seinen Körper verlassen. Wie er einem Polizisten ein Messer aus der Hand riss und den Pfeil zwischen Stamm und Lemberg durchtrennte.

Danach half er trotz seiner eigenen Verletzungen, seine Kollegin zur Kommandozentrale am Waldrand zu tragen, wo mittlerweile Rettungswagen warteten. Lemberg wurde in einen von ihnen verladen und mit Blaulicht und Sirene auf den Weg ins nächste Krankenhaus geschickt. Trost raste im nächstbesten Streifenwagen hinterher und biss sich vor Schmerzen die Unterlippe blutig. Wieder einmal hatte er alle Vernunft ausgeblendet und war seinen Instinkten gefolgt.

Diesmal wurden die Fahrzeuge nicht aufgehalten. Trost überlegte noch, ob es nicht besser gewesen wäre, einen Hubschrauber anzufordern, als der Rettungswagen vor ihm in den Grazer Verkehr eintauchte und plötzlich langsamer wurde.

Er wusste, was das bedeutete. Der Notarzt hatte Mühe, Annette Lemberg zu stabilisieren. In ihrer Schulter steckte immer noch der Pfeil, wahrscheinlich hatte sie zu viel Blut verloren. Der Rettungswagen fuhr nur noch Schritttempo. *Gott, fahr doch schneller.* Die Sanitäter schalteten das Folgetonhorn aus, doch das daraufhin einsetzende Schweigen war für Trost viel schwieriger zu ertragen als die Sirene. Die Welt schien den Atem anzuhalten, als hätte das Blaulicht sie hypnotisiert. Weit über das Lenkrad gebeugt murmelte Trost Stoßgebete.

Am Weblinger Kreisverkehr blieb der Rettungswagen schließlich stehen.

Auch Trost hielt an und stieg aus seinem Fahrzeug. Fiel auf die Knie. Starrte in den Himmel. Und weinte.

23   Hin und wieder kann man mit Glück oder praktischem Wissen Leben retten, dennoch entscheidet nie der Mensch über Leben und Tod. Manche nennen es Schicksal. Andere glauben an einen Gott oder eine andere höhere Macht, die bestimmt, wann man lebt und wann man stirbt.

Dr. Michael Ardonik hob seine Hände, die in Plastikhandschuhen steckten, und atmete tief durch. Der obligatorische Mund-Nasen-Schutz und eine Brille verbargen seine Mimik, die Aufschluss darüber hätte geben können, wie es ihm tatsächlich ging.

Er hatte schon vieles erlebt, aber dass drei Menschen, die in Beziehung zueinander standen, auf der Intensivstation lagen, war wahrlich keine Alltäglichkeit.

Im ersten Bett lag die attraktive, aber stets gestresste Polizistin mit dem deutschen Akzent. Wie sie es überhaupt hierhergeschafft hatte, war ihm ein Rätsel. Sie hatte so viel Blut verloren, dass ihre Haut fast durchsichtig war. Jetzt lag sie so friedlich da, als würde sie den Geräten lauschen, die neben dem Kopfteil des Bettes standen.

Im zweiten Bett lag Johannes Schulmeister, auch ein Polizist, um den es nicht gerade gut stand. Eine Schussverletzung am Bein hatte sich entzündet, und die Entzündung breitete sich aus. Ardonik fand trotzdem, dass der Mann noch geballte Autorität ausstrahlte, so als hätte er selbst darüber entschieden, welche Geräte um ihn herum aufgestellt worden waren. Fast fürchtete Ardonik den Moment, sollte er jemals wieder aus dem Koma erwachen.

Im dritten Bett lag der zähe Bösewicht, wieder ein Edgar Landmann, aber diesmal angeblich der echte. Der Schuss, der ihn getroffen hatte, hatte Milz und Leber arg in Mitleidenschaft gezogen, dennoch sah der Kerl aus, als könnte er jeden Moment aufstehen und ein paar Leute umbringen.

Erschöpft ließ Ardonik jetzt seine Arme sinken. Seit sechsunddreißig Stunden hatte er nicht mehr geschlafen. Und sosehr der Tod zum Alltag eines Chirurgen gehörte und auch von vielen Ärzten wie ein alter Bekannter akzeptiert wurde, den man nicht mag, der Prozess des Sterbens setzte einem immer zu. Denn für einen Chirurgen bedeutete er, dass das Leben eines Patienten durch seine Hände hindurchrieselte wie Sand. Und genau das war Ardonik soeben passiert. Er hatte es nicht verhindern können, dass das Leben eines dieser drei Menschen ihm gerade durch seine Hände gerieselt war.

24   Dass Armin Trost es ohne einzuschlafen bis hierher geschafft hatte, grenzte an ein Wunder. Er hatte die ganze Nacht im Krankenhaus verbracht und vor den Operationssälen gewartet. In den Morgenstunden war er zu seinem VW-Bus gestolpert, losgefahren und passierte jetzt den desinteressiert dreinblickenden Holzkopf unter der Ortstafel von Noreia.

Er parkte auf dem öffentlichen Parkplatz in der Ortsmitte. Als er ausstieg, erhielt er einen Anruf aus der Polizeidirektion.

Der Graf teilte ihm mit, dass sie der restlichen Bande binnen kurzer Zeit habhaft geworden waren. Bronn hätten sie erwischt, als er im Garten seines Hauses in Dobl ein Loch gegraben hatte, um darin Helme, Dolche und Kelche zu verstecken.

»Erblicher haben wir soeben an der Grenze zu Slowenien gestellt«, fuhr der Graf fort. »Er trug ein Kettenhemd. Drei Spießgesellen auf der Rückbank seines Wagens dürften ebenso zur Gruppe gehören. Sie müssen sie im Lauf des Tages identifizieren, womöglich waren sie bei dem Angriff auf Sie auch dabei.«

Trost bedankte sich für den Bericht und legte auf. Als er die Kirche auf dem Hügel erblickte, beschloss er kurzerhand, trotz seiner Schmerzen hinaufzugehen. Eine Weile schlenderte er über den Gottesacker, betrachtete die Grabsteine und die Kreuze und versuchte, sich die Geschichten auszumalen, die dahintersteckten. Von kleinen Buben, vier und fünf Jahre alt, die viel zu früh gestorben waren. Ein Unfall? Eine Krankheit? Von Zwanzigjährigen, die während des Zweiten Weltkriegs nicht mehr aus Norddeutschland zurückgekommen waren. Von einem jungen Mann, für den seine Hinterbliebenen den berührenden Spruch »Jeder Engel findet einen Platz zum Landen« auf dem Grabstein ausgewählt hatten.

Trost hielt inne und fühlte mit denjenigen, die diese Grabsteine hatten aufstellen lassen. Er fühlte mit ihnen und hätte fast losgeheult, so sehr berührte ihn die Traurigkeit dieses Ortes. Und dennoch konnte er sich kaum vom Friedhof losreißen. Er wusste genau, warum.

Als er es doch geschafft hatte und an den hübschen und kulissenhaften Häusern Noreias vorbeiging, bemerkte er, dass bei manchen von ihnen die Türen offen standen, als vertrauten ihre Bewohner darauf, dass niemand Fremdes sie betreten würde. Dass nichts Böses ihnen etwas anhaben könnte. Eine Kuhherde auf einer Weide betrachtete ihn mit einer zur Schau gestellten Lässigkeit, sodass er trotz seiner dunklen Gedanken kurz lächelte. Eines der Tiere verscheuchte Fliegen, indem es seine Ohren bewegte, was fast ein wenig angeberisch wirkte. Wobei Trost keine Ahnung hatte, ob Kühe überhaupt zu so etwas wie Angeberei fähig waren.

Je mehr Distanz er zwischen sich und Noreia brachte, desto erhabener erschien ihm die Landschaft um ihn herum. Wie konnte hier einst eine gnadenlos geführte Schlacht stattgefunden haben, die Zehntausende das Leben gekostet hatte? Erstochen und erschlagen hatten die Menschen auf den Wiesen gelegen, gejammert, geklagt und waren verblutet.

Und wie konnte es vor allem sein, dass dieser Ort womöglich bald einen weiteren Menschen das Leben kosten würde?

25   In seinem Zustand wäre eine längere Wanderung unmöglich gewesen. Etwa zum Hörfeldmoor, einem Naturschutzgebiet, durch das man auf hölzernen Stegen wanderte. Einer Legende nach sollte dort eine ganze Stadt versunken sein, aber Trost hatte die Schnauze voll von solch alten Geschichten.

Er ging auch nicht über den Pferdeweidepfad hinüber nach

Kärnten, nicht nach Mondorf, nach Mühlen oder sonst wohin. Stattdessen stolperte er querfeldein, indem er Reifenspuren folgte. Er stapfte über die vom Quellwasser matschige Wiese, in der Sonne glitzernde feuchte Huflattichblätter erinnerten ihn daran, wie dringend er eine Dusche nötig hatte, und als er ein Feld erreichte, atmete er tief durch, bevor er weiter voranschritt. Vierzig, fünfzig Meter vor den beiden Autos griff er nach seiner Pistole, entsicherte sie und achtete noch stärker darauf, kein Geräusch zu machen.

Er erblickte Alexia Morgentau, ihr Körper wirkte so groß wie ein Grashalm. Sie arbeitete in der Grube. Als sie ihn bemerkte, wischte sie sich gerade den Schweiß von der Stirn. Dann stellte sie sich breitbeinig vor den blutüberströmten Körper zu ihren Füßen, als würde das noch etwas ändern.

26 »Legen Sie sofort die Schaufel weg!« Trost näherte sich dem Grubenrand.

»Ich denke gar nicht daran. Dieser Saukerl hat meine Fundstücke verkauft und damit meine Arbeit sabotiert. Mehr noch, er hat nebenbei auch noch so getan, als wäre er mein Freund. Jetzt soll er für immer dort ruhen, unter der Erde.«

»Ganz langsam«, sagte Trost, der nicht erkennen konnte, ob der Mann noch lebte. »Wer ist das?«

»Fragen Sie Johannes, Ihren Kollegen. Er weiß alles über Franz König.«

Viele Dinge waren Trost in letzter Zeit unbegreiflich erschienen, fast märchenhaft. Und zu einer märchenhaften Welt gehörten mitunter auch deren Geister. Er blickte sich um, dann wieder in die Grube. Aus den Bruchstücken, die er erfahren hatte, reimte er sich eine Geschichte zusammen.

»Tun Sie das nicht, Alexia«, sagte er schließlich. »Wenn Sie ihn töten, hat er Sie nicht nur um Ihren wissenschaftlichen Erfolg gebracht, sondern auch Ihr Leben zerstört. Lassen Sie ihn diesen Kampf nicht auch noch gewinnen. Ich verspreche Ihnen, er wird bezahlen, sollte er noch leben. Legen Sie bitte die Schaufel auf den Boden.«

»Nur wenn Sie das Gleiche mit Ihrer Pistole tun.«

Trost setzte sich an den Grubenrand, ließ die Beine baumeln. Die Pistole legte er hinter sich in die Wiese.

Langsam tat es ihm Morgentau nach und setzte sich in einen Schneidersitz. Der blutüberströmte Körper neben ihr rührte sich nicht. »Und jetzt?«

»Jetzt erzählen Sie mir, was wirklich passiert ist.«

27 »Der perfide Plan war folgender: Als in der Nähe der Autobahn, auf dem Gelände der Baracke, ein keltisches Grab gefunden wurde, beschloss der Grundstücksbesitzer Edgar Landmann, in den illegalen Handel mit archäologischen Funden einzusteigen. Dabei lernte er den pensionierten Kunstsammler und Händler Franz König kennen. König begann, ihn kontinuierlich mit Fundgegenständen zu versorgen, etwa jenen, die ich hier bei Noreia ausgegraben hatte. Ich betone ausdrücklich, dass ich nichts davon gewusst habe. Als der geplante Bau der Autobahn immer konkretere Züge annahm, wurde Landmann nervös. Er bestach den Gutachter Gstrein, der gemeinsam mit seiner Frau immer mehr dafür forderte, das Projekt noch zu verhindern. Als sich herausstellte, dass die Gstreins nie vorgehabt hatten, den Ausbau der Autobahn zu stoppen, drehte Landmann durch. Er tötete das Ehepaar und wollte mit den Fundstücken abhauen, doch seine Mordlust wurde ihm zum Verhängnis. Das ist alles.«

Trost nickte. »Und was war Ihre Rolle dabei?«

»Meine? Sie und Ihr Kollege sind zu mir gekommen, weil Sie mehr über diese blöde Pfeilspitze wissen wollten. Das ist alles. Ich bin nur eine einfache Archäologin, die in der Vergangenheit schwelgt und naiv ist. Aber damit ist jetzt Schluss, denn egal, was Sie sagen, jetzt werde ich Franz König erledigen, jenen Mann, der mich und die Wissenschaft betrogen hat.«

»Verstehe. Aber rein interessehalber: Wie ist es Ihnen gelungen, den Mann zu überwältigen und ihn hierherzubringen?«

»Nachdem ich einen Weg aus dem Wald gefunden hatte, bin ich einfach mit dem Linienbus heimgefahren. Hab eine kalte Dusche genommen und dann die Bahn zu König nach Wildon genommen. Es war schon längst finster, aber ich konnte ihn überreden, noch einmal zur Ausgrabung zu fahren. Seine Gier war so groß, dass er sich sogar auf nächtliche Spritztouren einließ. Als er sich in der Grube umdrehte, habe ich ihm einfach die Schaufel auf den Hinterkopf geknallt.«

»Aber das muss dann schon Stunden her sein.«

»Kann sein.« Sie schaute Trost an. »In Ihrem Zustand wäre ich übrigens nicht die lange Strecke hierhergefahren.«

»Wie? Ach, das wird schon wieder. Aber bei ihm da«, er zeigte auf den reglosen Körper, »bin ich mir nicht so sicher. Wollen Sie wirklich, dass er stirbt?«

Sie zuckte mit den Achseln.

»Und warum haben Sie meinen Kollegen allein im Wald zurückgelassen?«

Sie starrte stumm auf ihre Fußspitzen.

»Ich glaube, er mag Sie.«

Sie nickte. »Ich weiß.«

»Und trotzdem war Ihnen Ihre Rache wichtiger?«

»Wissen Sie eigentlich, wie viele Stunden Arbeit in einer solchen Ausgrabung stecken?«

»Nein, aber ich kann es mir vorstellen. Und Sie glauben wirklich an den ganzen Hokuspokus mit Atnamech und der Schlacht?«

Morgentau lachte. »Wer, wenn nicht Sie, könnte das nachvollziehen? Sie spüren doch selbst, dass sich in diesem Land hinter jedem Baum eine Geschichte verbirgt. Und unter jedem Stein eine uralte Legende begraben liegt. Warum also sollten die Taurisker damals nicht Seite an Seite mit den Römern in den

Krieg gezogen sein? Außerdem belegen das meine Fundstücke. Auch, wie riesig die Heere damals gewesen sein müssen. Ich behaupte also: Ja, die Legende ist wahr. Atnamech war ein König, der bestimmt nicht nur am Zirbitzkogel, sondern mindestens bis zum Kaiserwald südlich von Graz herrschte.«

Trost nickte wieder. »Aber ist diese Theorie nicht nichts mehr wert, weil es Raubgrabungen gab, die eine wissenschaftlich korrekte Aufarbeitung unmöglich machen?«

Wieder starrte sie ihre Fußspitzen an wie ein Schulkind, das bei einer Missetat ertappt worden ist.

»Raubgrabungen, von denen Sie nichts wussten, Franz König aber sehr wohl. Er hat Sie übers Ohr gehauen. Hat Sie um Ihren Erfolg gebracht. Um Ihre Reputation.« Trost lächelte. »Und wer weiß, vielleicht hatten Sie ja auch eine persönliche Beziehung, das würde Ihre Enttäuschung und Ihren Rachedurst noch verständlicher machen.«

»Hören Sie auf damit.« Morgentau war aufgesprungen und hielt wieder die Schaufel in der Hand. »Hören Sie endlich auf damit. Was wissen Sie schon?«

»Ich habe mich mit Johannes unterhalten. Sie waren naiv, Frau Morgentau. Ihr früherer Liebhaber hat Sie betrogen. Und wer weiß, vielleicht werden auch Sie dafür bestraft. Aber sicherlich wird Ihre Strafe nicht ganz so hart ausfallen wie die, die Ihnen blüht, wenn Sie jetzt Franz König verbluten lassen.«

Vorsichtig ließ sich Trost in die Grube hinabgleiten. Jede einzelne Bewegung schmerzte. Er fixierte die Archäologin mit seinem gesunden Auge, während er sich auf die Unterlippe biss. »Sie wissen doch«, presste er hervor, »ich folge meinen eigenen Dämonen. Mein eigenes Geisterheer führt mich wie ein Navi. Sie müssen jetzt aufhören und die Schaufel weglegen.«

»Geisterheer, klar.« Morgentau verdrehte die Augen. »Und sind sie jetzt auch hier, diese Geister?«

Trost blickte sie müde an. Tatsächlich hatte sich Atnamechs Armee wieder um ihn geschart. Vielleicht, weil Morgentau

273

dort ein Loch gegraben hatte, wo einst ihre Heimat gewesen war. Schade, dass keines der Wesen sprechen konnte. Nur grunzen, gurgeln und heulen. Jetzt krochen sie an ihm vorbei, umzingelten Alexia Morgentau.

Die Archäologin blickte sich um und wirkte plötzlich ängstlich. »Antworten Sie mir. Sind in diesem Moment irgendwelche Geister hier?«

Etwas Kaltes strich über seine Schulter, und Trost nickte.

Zitternd legte Morgentau die Schaufel auf den Boden und wurde weiß im Gesicht. Spürte sie auch die Berührungen? Sie begann zu wimmern. »Bitte, sagen Sie ihnen, sie sollen gehen«, flüsterte sie. »Bitte …«

Montag

1   Das Wasser spülte nicht nur den Schmutz der vergangenen Tage, sondern auch die düsteren Gedanken fort. Als es an der Tür klopfte, erwartete er, Hollermann ein wirklich allerletztes Mal zu sehen. So oft, wie sie sich in der vergangenen Woche schon voneinander verabschiedet hatten, würde es ihn nicht wundern, sollte der Journalist mit einer Flasche Weißburgunder vor der Tür stehen. In Shorts humpelte Trost in den Vorraum und rubbelte sich noch schnell die Haare trocken, bevor er die Tür öffnete und erstaunt innehielt.

Vor ihm stand Gieracks junger Adjutant. Seine Pickel am Hals leuchteten wie schon in den letzten Tagen, während er Trost mitteilte, er habe den Auftrag, ihn zu chauffieren.

»Chauffieren, aha«, antwortete Trost perplex. »Und wohin soll die Reise gehen?«

»Nach Wien.«

Zwei Minuten später, Zeus hatte er mal wieder bei Hollermann untergebracht, musste Trost dem jungen Mann Schneid attestieren. Er konnte nicht nur fahren, wie er gestern bei der Vollbremsung auf der Autobahn bereits bewiesen hatte, er war auch kaltschnäuzig. Die schwarze Mercedes-Limousine hatte er einfach auf der Leonhardstraße vor dem Eingang zu Trosts Unterkunft geparkt und ignorierte nun das Klingeln der Straßenbahn und das Schimpfen ihres Fahrers.

»Und das ist wirklich kein Scherz?«, fragte Trost ungläubig.

Der junge Mann antwortete nicht, drückte stattdessen einen Knopf, und die Fahrzeugtüren entriegelten sich. Dann rief er: »Freie Platzwahl!«, lief um das Auto herum und stieg ein.

Als sie kurz darauf durch Graz Richtung Autobahn fuhren – Trost hatte sich dafür entschieden, auf der Rückbank Platz zu nehmen –, vermied er es, nach dem Warum zu fragen.

Warum wurde er abgeholt? Und warum ging es nach Wien? Und wohin?

Er ließ es einfach geschehen, vertraute darauf, dass ihm nichts Unangenehmes bevorstand. Er konnte sich einfach nicht vorstellen, dass das Unangenehme ihm einen so harmlosen Kerl wie diesen Chauffeur geschickt hätte.

Auf der Autobahn kamen sie kaum voran. Trost musste an die Pyhrnautobahn und an die geplante dritte Fahrspur denken. Würde sie wirklich etwas nützen oder nur für noch mehr Verkehr sorgen, wovon manche überzeugt waren? Diskussionen wie dieser ging er meist aus dem Weg. Möglicherweise, weil sie ihm einfach zu profan waren. Was kümmerte es schon einen Mordermittler, wie viele Spuren eine Autobahn hatte? In Graz wurde schon seit Jahren mehr oder minder heftig über mehr und breitere Radwege debattiert, womit den Autos weniger Raum zugestanden werden würde. Die Stadt sei für alle da, argumentierten die einen. Ohne Autos kein Umsatz für den Einzelhandel und die Gastronomie, die anderen. Die Diskussionen kamen jedes Mal, einige Tage nachdem sie aufgeflammt waren, ohne Ergebnis wieder ins Stocken, sosehr sich die Tageszeitungen auch bemühten, ein großes Thema daraus zu machen. Graz und sein Verkehrsproblem steckten in einer Sackgasse. Es schien einfach keine vernünftige Lösung zu geben. Ein Argument tötete das andere. Und am Ende blieb alles so, wie es war.

Das Leben der Archäologin Alexia Morgentau würde sich hingegen bestimmt verändern. Aber wie es aussah, käme sie mit einem blauen Auge davon. Als die Rettung an ihrer Grube eingetroffen war, stellte der Notarzt fest, dass Franz König vom Schaufelhieb nicht lebensgefährlich verletzt worden war, und Trost hatte sich vorgenommen, in seinem Bericht darauf zu verweisen, dass die Archäologin »maßgeblich dazu beigetragen hatte«, den Fall aufzuklären und einen wichtigen Zeugen zu stellen. Ob das ihre berufliche Karriere retten würde, vermochte er zum jetzigen Zeitpunkt nicht zu sagen. Und auch nicht, ob Schulmeister ihr deshalb gewogener sein würde. Als er zuletzt die Sprache auf sie gebracht hatte, hatte er nur den Kopf geschüttelt.

Erst kurz vor Laßnitzhöhe nahm der Mercedes Fahrt auf, erreichte die im Tempomaten eingestellten hundertneununddreißig Kilometer pro Stunde und raste fortan auf der linken Spur durch die Oststeiermark.

»Geben Sie mir einen Tipp, was genau unser Ziel ist?«

»Sorry, tut mir leid.« Der junge Mann blickte auf seine Armbanduhr. »Aber wir sind spät dran.«

Und dann kam Trost sich vor wie in der Serie »Die Straßen von San Francisco«, die in ihm als Kind vielleicht den Funken entfacht hatte, der ihn später zum Polizisten werden ließ. Er sah Michael Douglas vor sich, wie er als Inspector Steve Heller die Scheibe seines goldenen Ford Galaxie 500 herunterkurbelte, das Blaulicht am Dach fixierte und aufs Gas stieg. Aber es war nur der pickelige Fahrer, der das Fenster öffnete, ein mobiles Blaulicht aufs Dach steckte und es blinken ließ. Als die Scheibe wieder hochgefahren war, wanderte die Tachonadel auf hundertfünfzig und mehr.

2   Der 9. Wiener Gemeindebezirk Alsergrund war einer der wenigen der Hauptstadt, die er etwas besser kannte. Vor vielen, vielen Jahren etwa war er im alten AKH, das gerade für das neue geschlossen worden war, auf einer Studentenparty gewesen. Die Räume waren noch nicht gänzlich ausgeräumt, sie wankten durchs Gebäude und tranken im Leichenraum der Pathologie ihr Bier. Außerdem hatte er vor Jahren mit Charlotte ein Kabarett im Theater am Alsergrund besucht, die Buchhandlung Südwind hinter der Votivkirche mochte er am liebsten von allen Buchhandlungen in der Stadt, und auch in die Biergärten nahe der Universität und ins NIG, das Neue Institutsgebäude, war er regelmäßig gegangen. Zudem befand

sich hier im Alsergrund, genauer gesagt am Josef-Holaubek-Platz 1, das Bundeskriminalamt, das BKA, das direkt der Generaldirektion für die öffentliche Sicherheit im Bundesministerium für Inneres, kurz Sektion II/8, unterstand.

Der Mercedes fuhr durch die Prachtalleen, vorbei an Gründerzeithäusern, bis er eine Schranke passierte und schließlich zum Stehen kam.

Trosts Chauffeur schaute wieder auf seine Armbanduhr und murmelte zufrieden, dass sie es doch noch pünktlich geschafft hatten. »Sie werden erwartet. Folgen Sie mir.«

Trost stieg aus und musste zugeben, dass seine Spannung stieg.

Der junge Mann eilte mit derart langen Schritten voraus, dass Trost Mühe hatte, ihm zu folgen. Sie betraten das Gebäude, einen mehrstöckigen Kasten in Schmutzig-Grau, ihre Gummisohlen quietschten auf dem Marmorboden. Trost konnte seine Schmerzen nur noch mit Mühe ignorieren. Als sein Chauffeur schließlich eine Flügeltür öffnete, hatte er gerade noch Zeit, sich mit dem Handrücken über die schweißnasse Stirn zu fahren, da wandten sich auch schon zwei Gesichter in den Drehsesseln zu ihm um, und das Gespräch, das gerade noch in Gang gewesen war, verstummte.

»Meine Herren«, der Chauffeur schlug militärisch die Hacken zusammen, salutierte und machte einen Schritt zur Seite, »Chefinspektor Armin Trost.«

3   Der Auftritt hätte kaum theatralischer sein können, fast erwartete Trost grelles Scheinwerferlicht, das auf ihn gerichtet wurde, und einen Tusch. Doch nichts dergleichen geschah. Als er sich kurz umdrehte, schlüpfte der Chauffeur lautlos aus dem Raum, und die Tür fiel leise schmatzend ins Schloss. Vor ihm erhoben sich die beiden Männer aus ihren schwarzen Ledersesseln, die an einem runden Tisch standen. Auf ihren Laptops

sah Trost Bilder, die ihm keinen Hinweis auf den Grund ihres Treffens gaben. Wie in einem Seminarhotel standen auf dem Tisch mehrere kleine Fruchtsaftfläschchen, eine Kaffeekanne, aus der es dampfte, eine Schale mit Prinzenrolle-Keksen und ein schmuckloses Kaffeeservice.

Der Deckenluster hingegen hätte auch Schloss Schönbrunn zur Ehre gereicht, genauso wie die großformatigen Malereien an der Wand, die den Stephansdom, die Oper und andere bekannte Wiener Gebäude zeigten.

Balthasar Gierack kam als Erster auf Trost zu und reichte ihm die Hand. Sein trotz seines Alters – er war doch schon Mitte fünfzig – glattes und jugendliches Gesicht war blass. Trost kannte kaum einen eitleren Mann als Gierack, und trotzdem war dessen Händedruck eines Polizisten würdig. Fest und direkt. Er schüttelte Trosts Hand nicht, er griff zu. Und blickte ihm dabei direkt in die Augen. Vielleicht konnte er sogar noch tiefer blicken.

»Armin.«

»Chef.«

»Ich möchte dir General Norbert Pankraz vorstellen, den Leiter des Bundeskriminalamtes.«

Der Mann, dessen Körper Gardemaße hatte und in einer Uniform steckte, blickte ihn mindestens ebenso fest und unnachgiebig an. Trost wusste, dass Pankraz, da die Sektion II/8 derzeit keinen Leiter hatte, eingesprungen war und damit direkt dem Innenminister unterstellt war. Mit anderen Worten, er stand seinem höchsten Offiziersvorgesetzten gegenüber. Wieder wischte er seine schweißnasse Stirn mit dem Handrücken trocken. In dem Raum war es drückend schwül.

»Ich danke Ihnen, dass Sie sich die Zeit genommen haben, nach Wien zu kommen«, sagte Pankraz nun, und seine Stimme schmetterte durch den Raum wie eine Blasmusikkapelle.

Trost wollte gerade nachfragen, ob er denn eine Wahl gehabt hätte, kam aber nicht zu Wort.

»Einen Moment bitte«, vernahm er eine Stimme in seinem

Rücken, die er aus unzähligen TV-Auftritten kannte. Kurt Grahammer war soeben eingetreten, ein überaus sportlicher Mittvierziger. Mit großen Schritten durchmaß er den Raum, streckte Trost die Hand entgegen und ließ keinen Zweifel daran, dass er es eilig hatte. Innenminister hatten es immer eilig.

»Ich bin mitten in einer wichtigen Besprechung, aber als ich hörte, dass Sie im Haus sind, wollte ich es mir nicht nehmen lassen, schnell vorbeizuschauen. Ich freue mich, Sie endlich persönlich kennenzulernen, Herr Chefinspektor. Ihre Erfolge haben sich längst bis zu uns rumgesprochen. Ich gratuliere. Wie haben Sie den Fall denn diesmal gelöst?«

Trost schilderte in groben Zügen, was geschehen war, vermied es aber natürlich, auch nur ein Wort über die finstere Armee Atnamechs zu verlieren. Als er einen Blick zur Seite warf, glaubte er zu sehen, dass Gierack aufatmete. Obwohl der Minister mehrmals aufmunternd nickte, hatte Trost das Gefühl, er würde ihm gar nicht zuhören. Stattdessen starrte er unverhohlen sein geschwollenes Auge und die Schrammen in seinem Gesicht an.

»Mein lieber Herr Trost«, sagte der Minister schließlich und klopfte ihm auf die Schulter, was ihn alarmierte, »es scheint ja fast so, als verfügten Sie über eine Gabe.«

»Also, Gabe würde ich das nicht nennen.«

»Aber der Minister nennt es so, Trost«, warf Pankraz bestimmt ein.

»Nun, ich muss dann auch wieder.« Grahammer nickte den drei Anwesenden zu. »Aber ich würde mich über ein Wiedersehen freuen. Meine Herren, Sie entschuldigen mich. Herr Trost, gute Besserung.« Und fort war er.

Sekundenlang sagte niemand etwas. Gierack räusperte sich.

»Kaffee?« Pankraz lächelte jetzt und sah aus wie ein Reptil. Trost lehnte dankend ab.

»Dann Schnaps?«

Die Männer grinsten über den Scherz.

»Damit wir uns richtig verstehen«, fuhr Pankraz schließlich ernst fort. »Ich achte Sie sehr. Und ich habe von Ihren Fällen gehört. Von dem Einsatz in den unterirdischen Gängen in der Oststeiermark, dieser Attentätergeschichte im Einkaufszentrum, dem Einsatz in dem Geisterhaus im Geistthal und von dem unglaublichen am Hochschwab und beim – wie heißt das Fest noch schnell?«

»Aufsteirern«, sagte Gierack.

»Aufsteirern, genau. Alle waren spektakulär, Trost. Sie waren nackert im Einsatz, sind an einem Hochhaus gehangen, haben sich in Burgen geprügelt und sind jetzt schwer verletzt durch den Wald gelaufen. Alles beeindruckend. Alles filmreif. Dennoch möchte ich mit Nachdruck darauf hinweisen, dass heute Ihre Karriere auf dem Spiel steht.« Pankraz wechselte einen Blick mit Gierack. »Ihre und die Ihrer Vorgesetzten.« Er musterte ihn aus schmalen Augen. »Ihre Gabe, wie der Minister sich gerade ausgedrückt hat, ist, wie Sie sich denken können, im herkömmlichen Polizeiapparat höchst problematisch. Wir leben in Strukturen, agieren als Behörde, da haben freie Radikale keinen Platz. Verstehen Sie mich bitte nicht falsch, aber wir können uns keine Spinnereien erlauben.«

Natürlich verstand Trost. Was er nicht verstand, war, dass er ihm das nicht in einem Brief mitgeteilt hatte. Wieso zitierte man ihn nach Wien, um ihn vor die Tür zu setzen? Dafür hätte es doch ganz andere, weniger zeitaufwendige Methoden gegeben.

»Deshalb mache ich Ihnen ein Angebot. Sie arbeiten künftig allein. Als Sonderermittler. Steigen von der Verwendungsgruppe E2a in die E1 auf. Sie werden Leutnant, Ihr Gehalt wird natürlich angepasst. Und Sie agieren österreichweit. Nach Bedarf. Nach *meinem* Bedarf. Sonderermittler Leutnant Armin Trost: Wie klingt das für Sie?«

Trosts Blick wanderte ungläubig zu Balthasar Gierack, der ihn mit versteinerter Miene ansah. Glitt zurück zu Pankraz, dessen reptilienhafte Züge jetzt zu einem freundlichen Teddybärgrinsen mutiert waren. »Wie viel Zeit zum Überlegen habe ich?«

»Gar keine. Ja oder ja?«

»Dann ja.«

Pankraz klatschte erfreut in die Hände, als hätten sie soeben einen Termin am nächsten Nachmittag für Kaffee und Kuchen vereinbart. »Na dann. Ich freue mich. Fahren Sie einfach nach Hause. Erholen Sie sich. Bringen Sie Ihr Leben in Ordnung. Und halten Sie sich bereit.« Effektvolle Pause, dann: »Allzeit bereit. Details, neuen Dienstvertrag et cetera bekommen Sie zugeschickt.«

Sie wechselten noch einige Floskeln, ehe sich der ranghöchste Offizier der österreichischen Bundespolizei empfahl. Trost nickte noch immer vor sich hin, als Pankraz den Raum schon lange verlassen hatte.

4 Gierack setzte sich, rückte sich im Stuhl zurecht und schenkte sich und Trost Kaffee ein.

»Hab ich dir das zu verdanken?«

Gierack neigte den Kopf, als würde er darüber nachdenken. »Ich will ehrlich zu dir sein: Ich kann dich nicht leiden. Als du mich am Freitag angerufen hast, weißt eh, der Tag mit der Autobahnleiche, da hab ich lange nachgedacht. Du warst so sicher. Hast wieder einmal etwas *gespürt*. Wolltest, dass ich Schulmeister dazuhole. Wolltest selbst wieder zurückkommen. Aber die Lemberg sollte nichts wissen von unserem Gespräch, sollte glauben, du wärst von oben zurückbeordert worden. Außerdem sollte sie den Fall leiten und so weiter. Ich war ganz schön zornig, weil du das mit Charlotte nicht in den Griff gekriegt hast.« Er machte eine Pause. Dann: »Aber bei dir weiß man eben nie, wozu deine ganzen Pläne gut sind. Also habe ich mit Pankraz darüber gesprochen, und der hat mich zurechtgewiesen und gemeint, ich solle nicht so lange überlegen. Er hält große Stücke auf dich, vertraut dir. Trotzdem kann ich dich nicht leiden.«

Gierack hatte seinen Monolog mit der gleichen Aussage begonnen und beendet, aber natürlich wusste Trost ganz genau, dass das nicht der Wahrheit entsprach. Es wäre Gierack in den letzten Jahren mehrmals ein Leichtes gewesen, ihn fallen zu lassen, und doch hatte er es nicht getan. Es war nur ihm zu verdanken, dass er, Trost, jetzt den Posten hatte, den er hatte.

»Kannst du noch etwas für mich tun?«

Gierack runzelte die Stirn. Es war ihm deutlich anzusehen, dass seine Skepsis groß war. »Bin mir nicht sicher. Was denn?«

»Ernenn Schulmeister zum Chefinspektor und Lemberg zur Abteilungsinspektorin.« Nachsatz: »Falls sie am Leben bleiben.«

Gieracks Stirnfalten wurden tiefer. Er griff nach seiner Kaffeetasse und musterte ihren braunen Inhalt, als fände sich darin eine Antwort. Schließlich lächelte er dünn. »Ist gut. Der Vorschlag ist gut. Ich prüfe ihn.«

Trost war mit der Antwort zufrieden, spürte jedoch, dass noch ein »Aber« im Raum schwebte.

Der Major nahm einen Schluck Kaffee, wobei er seinen kleinen Finger affektiert abspreizte. »Ich möchte dir noch einen dringenden Rat geben«, fuhr er schließlich fort. »Pankraz und seine Leute, das ist eine Schlangengrube. Pass auf dich auf.« Dann lächelte er. »Doch wie ich dich kenne, tust du das sowieso nicht. Egal, was ich dir sage.«

Trost seufzte, schaute Gierack lange an und überlegte, ob er einem Freund gegenübersaß. Sein direkter Vorgesetzter war es jedenfalls nicht mehr.

5   Dr. Michael Ardonik schaltete das Licht zu seinem Büro aus. Seine Bewegungen waren automatisiert. Er brauchte dringend Schlaf. Den weißen Arztkittel und die weißen Hosen

hatte er abgelegt, trug stattdessen ein dunkles Sakko und eine Cordhose. Bevor er das Krankenhaus verließ, wollte er einer alten Gewohnheit folgend seinen aktuellsten Patienten noch einen kurzen Besuch abstatten.

Vor dem ersten Raum desinfizierte er sich die Hände und öffnete dann die Tür. Johannes Schulmeister lag nicht mehr auf der Intensivstation, nachdem sich sein Zustand rasant verbessert hatte. Ardonik studierte noch einmal das Krankenblatt, betrachtete den schlafenden Patienten und musste lächeln. Johannes Schulmeister machte selbst im Schlaf einen mürrischen Eindruck, was ihn davon ausgehen ließ, es mit einem schwierigen Patienten zu tun zu haben. Viel wichtiger aber war, dass seine Verletzungen heilen würden. Zumindest die sichtbaren, für die er zuständig war.

Im zweiten Zimmer hielt sich Ardonik etwas länger auf. Während er die Gestalt betrachtete, die auf dem Bett lag, fragte er sich, was ihr Schicksal nun, nachdem es sich für das Leben entschieden hatte, mit ihr vorhatte? Vielleicht würde sich in den nächsten Tagen die Gelegenheit ergeben, ins Gespräch zu kommen. Er wünschte es sich sehr. Als er hinausging, flatterte das Patientenblatt am Fußende des Bettes kurz auf. Der Name darauf lautete: »Annette Lemberg«.

Ardonik war schon auf dem Weg zum Krankenhausausgang, als ein Bett mit einem abgedeckten Körper an ihm vorübergeschoben wurde. Der dritte Patient, der es nicht geschafft hatte, wurde soeben in die Pathologie überstellt. Wahrscheinlich geschah es ihm recht. Er war ein Mörder gewesen. Auch wenn dem Schicksal normalerweise herzlich egal war, wie die Menschen gelebt hatten, über die es eine Entscheidung traf, diesmal hatte es in Ardoniks Augen die richtige getroffen.

Aber jetzt brauchte er Schlaf. Nur Schlaf.

6　Die schwarze Limousine knirschte über den Kies der Einfahrt und ließ Sonderermittler Leutnant Armin Trost allein zurück. Der pickelige Chauffeur hatte so viel Anstand, nicht allzu lange auf das Haus zu starren.

Später würde er mit dem Regionalbus in die Stadt fahren, um Zeus, seine restlichen Sachen und den Wagen zu holen, aber zunächst musste er etwas erledigen.

Der Wald, der hinter dem Gartenzaun begann, schien zu verstummen, als Trost sich näherte. Langsam setzte er einen Fuß vor den anderen, schob seine Schmerzen neuerlich zur Seite. Er befürchtete, dass sein Auftritt mit all den Schrammen und den Verbänden, die ihn zierten, ein kleiner Schock für sie sein könnte.

Am verkohlten Baum hielt er inne und musste schlucken. Jemand hatte eine Tafel an die Äste gelehnt. »Hier entsteht ein neues Baumhaus«, stand darauf. Frische Bretter lagen auf dem Boden, ein Hammer, eine Säge, eine Schachtel mit Nägeln.

Er betrat die Veranda. Was, wenn er alles nur geträumt hatte? Wenn sie doch nicht mehr lebten? Wenn er sich das Ganze nur eingebildet hatte?

Doch dann hörte er die Stimmen, die aus dem Inneren des Hauses drangen, und sah, dass die Tür offen stand.

Glossar

bamstig – frech, grantig

brauch ma nicht reden – darüber müssen wir nicht reden

Dampfplauderer – Großmaul

deppert – verrückt

einrexen lassen – ugs. für »erledigt sein«

Funzn – eingebildete Frau

getaugt – gefallen

Glumpert – wertloses Zeug

Goschn – Mund, Klappe

großkopfert – großspurig

Gschichtldrucker – liebevoll für »Lügner«

Gstauder – Gestrüpp

Häferl – Kaffeetasse

halt – eben

Krügerl – Krug

Kukuruz – Mais

Morillon – die steirische Bezeichnung für Chardonnay

Oida – Alter

owi – hinunter

Paradeiser – Tomate

patschert – tollpatschig

Pfitschipfeile – Pfeil und Bogen

pickig – leicht klebrig

Sackerl – Tüten, Taschen

Schaß – Furz

sem, gemma's an – also, gehen wir es an/nun, dann fangen
   wir an

Türschnalle – Türklinke

umadum – rundherum

Unterleiberl – Unterhemd

Welschriesling – für die Südsteiermark typische Rebsorte

wurscht – egal

Nachwort zu Noreia

113 v. Chr. wurde das Heer der Römer bei Noreia vernichtend geschlagen. Eine verheerende Schlacht, die – wie auch Armin Trost festgestellt hat – in einer derart zauberhaften Gegend heute kaum vorstellbar ist.

Schon Plinius der Ältere (23/24–79 n. Chr.) bezeichnete Noreia als eine versunkene Stadt, dennoch ist bis heute unklar, wo der historische Ort tatsächlich liegt. Seit zweihundert Jahren versuchen Wissenschaftler herauszufinden, wo genau die Schlacht stattgefunden hat. Bis heute haben zwanzig Orte zwischen Slowenien und dem Murtal den Anspruch erhoben, das legendäre Noreia, Heimstatt der Kelten und somit temporäres Lager der Germanen, zu sein. Vor allem die unterschiedliche Auslegung der römischen Entfernungsangaben stiftete bei der Klärung der Frage immer wieder Verwirrung. Zum Beispiel war man im 18. Jahrhundert sicher, dass es sich bei der Gegend um Murau um das Zentrum des Regnum Noricum handele.

Für die Berechnungen wurden das attische Stadionmaß (1 Stadion = 177,6 Meter) und das römische Stadionmaß (1 Stadion = 185 Meter) herangezogen, dennoch sind sich die diversen historischen Quellen bis heute uneins: Magdalensberg, Zollfeld, Glantal, Dellach, Lölling, sie alle könnten einst ebenso Noreia gewesen sein.

In den zwanziger Jahren des letzten Jahrhunderts behauptete schließlich der steirische Landesarchäologe Walter Schmid, mit St. Margarethen am Silberberg, einem kleinen Bergdorf oberhalb der Gemeinde Mühlen, die Stadt Noreia gefunden zu haben. 1200 Stadien seien es von der römischen Handelsstadt Aquileia nach Noreia gewesen, heißt es bei Schmid in den »Blättern für Heimatkunde« im Jahr 1930. Das wären 222 Kilometer, »eine Zahl, die der wirklichen Entfernung von 225 Kilometern sehr nahe kommt«, so schreibt er.

Obwohl sich im Laufe der Jahre herausstellte, dass die ausgegrabenen Fundstücke mittelalterlichen Ursprungs waren, setzte eine Art Noreia-Hysterie ein. In einer antisemitischen Hetzschrift wurden die Kimbern als Volk »von gewaltigem Körperbau« beschrieben, »mit üppigem blonden und roten Haarwuchs, begabt mit Kraft und Mut, waffenkundig und waffenfreudig, voll kühnen Wagemutes«. Was sprach da also dagegen, aus St. Margarethen am Silberberg »Noreia« zu machen?

Auf dem Geierkogel nahe der Burg Forchtenstein in Neumarkt sollte ein Denkmal errichtet, der Ort somit gleichsam zum Mekka des Germanentums werden. Man hatte vor, in einem 40 Meter hohen Granitturm entlang einer Wendeltreppe in Kolossalgemälden die deutsch-germanische Geschichte darzustellen. Die Euphorie kannte keine Grenzen mehr, doch mit den politischen Wirren der dreißiger Jahre, dem Austrofaschismus sowie den Nazis und dem Zweiten Weltkrieg verschwand die Idee des Denkmals wieder von der Bildfläche. Man hatte andere Sorgen.

Nach dem Krieg flackerten die alten Ideen dann noch einmal auf. Mittels eines Flugblattes wurden Laienschauspieler für ein Theaterstück gesucht, das den Ort und seine vermeintlich germanische Vergangenheit glorifizieren sollte. Doch das Projekt wurde nie realisiert. Konkrete archäologische Beweise für Noreia als Hauptort der Kelten gibt es bis heute nicht, auch die große Schlacht konnte bislang nicht exakt lokalisiert werden.

Seit einigen Jahren hat es sich der Historische Arbeitskreis Neumarkter Hochtal zur Aufgabe gemacht, mit Unterstützung des Universalmuseums Joanneum die frühe Siedlungsgeschichte dieser einmaligen Region sachlich und ohne jeden ideologischen Hintergrund zu erforschen.

Wo sich jenes historische Noreia nun wirklich befand, wird man wohl erst wissen, wenn man, wie irgendjemand einmal gesagt hat, seine Ortstafel ausgräbt. Bis dahin lasse ich Alexia Morgentau weitergraben.

Die Sage von Atnamech

Im steirischen Volksmund existiert tatsächlich eine Sage, die von einem gewissen König Atnamech berichtet. Sie lautet in etwa so:

Eines Tages schlief ein Schäfer unter einem Baum ein. Plötzlich stand ein gewaltiger Mann vor ihm in der Sonne, sodass sein Schatten auf ihn fiel. Der Schäfer wurde wach, blinzelte und sah sich einem Mann mit einem langen wilden Bart und noch längerem Haar gegenüber. An seinem Gurt hing ein Schwert, der Köcher auf seinem Rücken war mit Pfeilen gefüllt, den dazugehörigen Bogen hielt er in der Hand. Bekleidet war er mit Fellen und Leder. Der Mann bat den Schäfer, mitzukommen, weil er ihm etwas zeigen müsse.

Bereitwillig stapfte der Schäfer mit ihm einen Berg hinauf und zwängte sich dort in einen engen Höhleneingang. Der dunkle Gang wurde mit jedem Schritt breiter und lichter, bis er schließlich in einen offenen, von einer geheimnisvollen Lichtquelle hell erleuchteten Raum mündete.

Dort wurden sie von vielen weiteren stattlichen und bis an die Zähne bewaffneten Kriegern erwartet. Was den Schäfer aber noch mehr beeindruckte, waren die Berge aus Münzen, die sich an den Wänden türmten. Er betrachtete die Silberlinge, die einen Männerkopf im Profil zeigten. Der Krieger bedeutete dem Schäfer, er möge davon mitnehmen, was er tragen könne. Im Gegenzug solle er der Welt kundtun, dass Atnamechs Heerscharen bereitstünden.

»Wofür?«, wollte der Schäfer wissen.

»Das Land zu verteidigen, wann immer das nötig sein sollte«, antwortete der Krieger. Atnamech werde dann mit seinen Mannen aus dem Berg strömen und alle Feinde vernichten.

Der Schäfer raffte zusammen, was er an Münzen tragen

konnte, und verließ die Höhle, begleitet von dem Singsang der Männer. »Atnamech, Atnamech, Atnamech«, riefen sie immer und immer wieder den Namen ihres Königs.

Als der Schäfer unter dem Baum erwachte, rieb er sich die Augen und lächelte. Was für ein seltsamer Traum das gewesen war. Während er sich streckte, spürte er, wie etwas gegen seinen Rücken drückte. Als er sich erhob, bemerkte er ein kleines Häuflein silberner Münzen.

Zeittafel

In der Latènezeit (450 v. Chr. bis Christi Geburt) erstreckt sich ein einheitliches Kunstbild von Mittelfrankreich bis Niederösterreich und Böhmen. Mensch und Tier rücken in den Darstellungen in den Mittelpunkt – sogar Fabelwesen wie Drachen.

Die erste, wenngleich nicht ganz unumstrittene Nennung der Kelten findet sich bei Hekataios von Milet im ausgehenden 6. Jahrhundert v. Chr. Im 5. Jahrhundert v. Chr. erwähnt Herodot eine am Ursprung der Donau liegende keltische Stadt und bezeichnet die Volksstämme von der Donau bis Marseille als »Keltoi«. Neuerdings wird diese Stadt übrigens mit dem frühkeltischen Fürstensitz Heuneburg bei Hundersingen in Baden-Württemberg in Verbindung gebracht.

450 v. Chr.
Beginn der Latènezeit (jüngere Eisenzeit).

3. Jahrhundert v. Chr.
Keltenbewegung nach Südosten bis in den südlichen Balkan sowie nach Makedonien, Thrakien, Griechenland und nach Kleinasien. Aus dieser Zeit (ab ca. 300 v. Chr.) sind erste keltische Münzen belegt. Vorbild ist die hellenistische Münzprägung der Ostkelten (siehe: Die Sage von Atnamech).

2. Jahrhundert v. Chr.
Erste stadtartige Siedlungen der Kelten – sogenannte Oppida.

170 v. Chr.
Einigen Quellen nach wird das Regnum Noricum erstmals erwähnt. Neuesten althistorischen Forschungen zufolge sollen

die Römer dieses Gebiet des keltischen Einzelstammes der Noriker allerdings erst ab 50/49 v. Chr. so bezeichnet haben. Das Regnum Noricum bestand bis 6 n. Chr.

113 v. Chr.
Schlacht von Noreia.

15 v. Chr.
Römische Okkupation des Regnum Noricum.

79 n. Chr.
Plinius der Ältere (23/24–79 n. Chr.) zählt Noreia zu den ausgestorbenen Städten des Abendlandes.

1857
An der Mündung der Zihl in den Neuenburger See (Schweiz) entdeckt ein Schweizer bei La Tène (übersetzt: Untiefe) im seichten Wasser zahlreiche Schwerter und Lanzenspitzen. Seither nennt man die Epoche, aus der die Funde stammen, Latènezeit (jüngere Eisenzeit = 450 v. Chr. bis Christi Geburt).

1872
In dem Dorf Berru bei Reims (Frankreich) wird ein frühlatènezeitliches Wagengrab entdeckt. Dabei wird ein Bronzehelm ausgegraben, dessen Form bisher unbekannt war – ein spitzkonischer, kegelförmiger Helm.

1885
Der Wissenschaftler Otto Tischler definiert die drei Phasen der Latènezeit (Früh-, Mittel-, Spätphase).

1929
Bei Grabungen in St. Margarethen am Silberberg wird das vermeintliche Noreia gefunden.

26. März 1930
St. Margarethen wird in Noreia umbenannt.

1935
Im Bereich der Sandgrube Schmidbauer (Graz-Wetzels-dorf) untersucht Marianne Grubinger zwei Brandgräber. Ursprünglich sollen es mehr als dreißig keltische Gräber gewesen sein.

1939
Bei Bauarbeiten in Schrauding bei Frohnleiten wird ein Flach-gräberfeld entdeckt. Walter Schmid untersucht es und ent-deckt, dass sich über dem latènezeitlichen Flachgräberfeld ein frühmittelalterliches Körpergräberfeld befindet.

1948
Walter Modrijan entdeckt Überreste einer frühlatènezeitlichen Besiedelung am Kulm bei Aigen im Ennstal.

1953
Konrad Zeilinger veröffentlicht die Funde eines Gräberfeldes in Schrauding bei Frohnleiten.

1957
In Rohr bei Ragnitz wird ein Einzelgrab gefunden, das ur-sprünglich Teil eines Gräberfeldes war. Es enthält ein Eisen-schwert aus der späten Latènezeit. In den 1990er Jahren publiziert man Hinweise, die darauf hindeuten, dass es an gleicher Stelle weitere Gräber aus der mittleren Latènezeit gegeben hat.

1962
In Hart bei Stocking wird beim Schotterabbau ein Gräberfeld, bestehend aus zehn bis dreißig Gräbern, entdeckt.

1977

Bei Stangersdorf (Gemeinde Lang, Bezirk Leibnitz) wird im Zuge eines Autobahnbaus das größte spätlatènezeitliche Frauengrab der gesamten keltischen Welt entdeckt.

1981

In seiner Dissertation listet Diether Kramer sämtliche bis zu diesem Zeitpunkt gemachten Latènezeitfunde in der Steiermark auf.

1994

Margret Kramer veröffentlicht eine aktualisierte Auswertung der Funde. Sie enthält alle Orte der Steiermark, wo Funde der mittleren Latènezeit gemacht wurden: Hart bei Stocking, Schrauding bei Frohnleiten, Graz-Wetzelsdorf, Schirka/Lang und Rohr (hier auch Frühlatènefunde). In der Finstergrube der Grazer Laubgasse wird ein frühlatènezeitliches Eisenschwert mit Scheide gefunden. Die Punzierung und die Verzierung weisen Ähnlichkeiten mit Fundstücken in Ungarn und Frankreich auf.

1995

Entdeckung des überregional bedeutenden keltischen Heiligtums auf den Perl-/Stadläckern am Frauenberg bei Leibnitz.

1998

Margret und Diether Kramer verfassen den Katalog zur Ausstellung »Die Zeit der Kelten« in Bärnbach.

2001

In Rassach bei Deutschlandsberg wird ein Kriegergrab mit Waffenbeigabe freigelegt. Es ist das bislang jüngste keltische Grab der Steiermark und stammt aus der späten Latènezeit. Ausgräber: Gerald Fuchs.

Paul Gleirscher vermutet Noreia auf dem Berg Gracarca

nahe dem Klopeiner See, wo eine eisenzeitliche Siedlung und mehrere Fürstengräber gefunden wurden. Die Archäologen Georg Tiefengraber und Christoph Gutjahr weisen jedoch nach, dass die publizierten Funde allesamt aus dem Kunsthandel stammen. Die beiden Experten nehmen an, dass sich Noreia am ehesten in der Nähe des Magdalensbergs befindet.

2010
In Schirka bei Lang wird eine Gräbergruppe entdeckt und teilweise wissenschaftlich untersucht.

2014
Das Institut für südostalpine Bronze- und Eisenzeitforschung (Susanne Tiefengraber) untersucht eine kleine Höhensiedlung (Guggamoar) in St. Lorenzen bei Knittelfeld und findet frühlatènezeitliches Material.

2020
Veröffentlichung einer Grabung am Ostgipfel des Schöckls. Forscher des Instituts für Antike der Universität Graz unter der Grabungsleitung von Manfred Lehner beweisen, dass der Schöckl ein Kultberg vor allem für Frauengottheiten war. Im Anschluss findet eine Ausstellung in Kooperation mit dem Archäologiemuseum des Universalmuseums Joanneum in Graz statt. Und diese Ausstellung wiederum gab den Anstoß für dieses Buch …

Danksagung

Viele Freunde meinten in den letzten Monaten, dank Corona käme ich bestimmt wunderbar zum Schreiben. Die Wahrheit ist: Es war ungemein schwierig. Das Virus hat mir quasi das Vorrecht auf die Düsternis genommen. Mit anderen Worten, die Realität erwies sich zuweilen als beklemmender als jede Phantasmagorie.

Dass es dennoch mit dem siebten Band um Armin Trost geklappt hat, ist vor allem meiner Frau Kerstin zu verdanken, die wie immer die Kraftanstrengung auf sich nahm und die Allererstfassung las.

Ganz besonderer Dank gilt diesmal auch Christoph Gutjahr, der das Manuskript nicht nur auf seine archäologische Plausibilität überprüfte. Christoph hat die Fähigkeit, beim Anblick von Ruinen und Fundstätten Geschichte lebendig werden zu lassen. Ich hoffe, einiges seiner Erzählkraft schwingt auch in diesem Buch mit.

Zu den Erstlesern zählte wieder einmal Harald Schwarz, der mich davon abhielt, Dienstgrade durcheinanderzubringen und allzu unrealistische Tatorte zu kreieren.

Ich danke euch allen dafür, dass ihr euch die Mühe gemacht habt, die erste Version des Buchs durchzuackern. Mit eurer Hilfe konnte ich vieles verbessern. Was nicht gelang, ist allein mir anzulasten.

Dafür, dass das neue Abenteuer optisch wieder ein Hingucker geworden ist, danke ich Niki Schreinlechner und seiner Fotokunst, Lektorin Susanne Bartel kam erneut die Herkulesarbeit zu, die zuweilen wirren Gedankengänge zu kanalisieren. Und dass der Emons Verlag weiterhin an der Krimireihe festhält, freut mich besonders – das Team in Köln war wieder einmal eine große Unterstützung.

Der größte Dank geht aber natürlich an euch da draußen.

Es ist mir eine Riesenfreude, die Abenteuer des Armin Trost mit vielen Krimifans zu teilen. Wie immer an dieser Stelle deshalb auch meine Bitte: Wenn euch positive Worte dazu einfallen, euch vielleicht sogar die eine oder andere Idee für eine Fortsetzung kommt (ja, ich bin da ganz schamlos), schaut einfach bei Lesungen von mir vorbei, da findet sich meist Zeit zum Plaudern (Termine unter www.robertpreis.com). Oder ihr schreibt mir an office@robertpreis.com – ich bemühe mich, zeitnah zu antworten.

Und da ihr als Trost-Krimi-Leser ja wisst, was das Negative mit einem anrichten kann: Wenn euch etwas an der Story nicht gefallen hat, erzählt es nicht weiter – vor allem nicht mir.

Robert Preis
GRAZ IM DUNKELN
Broschur, 288 Seiten
ISBN 978-3-95451-180-0

»*Ein einsamer Held, der einem mit seiner trockenen Art schon bei seinem zweiten Fall irgendwie ans Herz gewachsen ist.*«
Austria Presse Agentur

www.emons-verlag.de

Robert Preis
DIE GEISTER VON GRAZ
Broschur, 272 Seiten
ISBN 978-3-95451-446-5

»Düsteres Lokalkolorit, Graz mit ganz anderen Augen sehen, Spukhaftes, Unerklärliches, dazu eine mysteriöse Mordserie und exzellente Typen – Robert Preis gehört zur subtilen Krimi-Oberliga.«
Kleine Zeitung

www.emons-verlag.de

Robert Preis
DER ENGEL VON GRAZ
Broschur, 224 Seiten
ISBN 978-3-95451-722-0

»Mit diesem Kriminalroman entführt Robert Preis die Leser zu den Schauplätzen historischer Morde und bettet authentisch geschilderte Ermittlungsarbeit gekonnt in einen spannenden Plot mit intelligenten Dialogen ein. ›Der Engel von Graz‹ ist die Garantie für ein schauriges Gänsehauterlebnis.« Bezirksrevue

www.emons-verlag.de

Robert Preis
GRAZER WUT
Broschur, 272 Seiten
ISBN 978-3-7408-0204-2

»Düster, gespenstisch, reich an schwarzem Humor. Robert Preis trumpft auf.«   Kleine Zeitung

www.emons-verlag.de

Robert Preis
DER TOD TANZT IN GRAZ
Broschur, 272 Seiten
ISBN 978-3-7408-0672-9

»*Ein Krimi, der wirklich unter die Haut geht.*«   zeitlos

www.emons-verlag.de

Robert Preis
**111 SCHAURIGE ORTE IN DER STEIERMARK,
DIE MAN GESEHEN HABEN MUSS**
Mit Fotografien von Niki Schreinlechner
Broschur, 240 Seiten
ISBN 978-3-7408-0445-9

Schlachtfelder, Spukgestalten, Mordsgeschichten und entsetzliche Gräueltaten. Mit diesem Blick in die schaurige Vergangenheit der Steiermark eröffnet sich dem Leser ein Panoptikum menschlicher Abgründe. Schreibt Robert Preis seit Jahren düstere Krimis aus dem Steirerland, hat er jetzt dem Bösen endgültig seinen Stempel aufgedrückt. Seine 111 düsteren Geschichten liefern eine faszinierende Reise auf die dunkle Seite eines der schönsten Landstriche der Welt.

»Folgen Sie zu den düstersten Orten der Steiermark – wenn Sie den Mut dazu haben!«   Süd-Ost Journal

www.emons-verlag.de